人生的节气

季红真 著

北京大学出版社

图书在版编目（CIP）数据

人生的节气 / 季红真著. —北京：北京大学出版社，2019.7
ISBN 978-7-301-30169-2

Ⅰ.①人… Ⅱ.①季… Ⅲ.①散文集—中国—当代 Ⅳ.①I267

中国版本图书馆CIP数据核字（2018）第293397号

书　　名	人生的节气 RENSHENG DE JIEQI
著作责任者	季红真　著
责任编辑	张丽娉
标准书号	ISBN 978-7-301-30169-2
出版发行	北京大学出版社
地　　址	北京市海淀区成府路205号　100871
网　　址	http://www.pup.cn　　新浪微博：@北京大学出版社　@培文图书
电子信箱	pkupw@qq.com
电　　话	邮购部 010-62752015　发行部 010-62750672　编辑部 010-62750112
印　刷　者	天津光之彩印刷有限公司
经　销　者	新华书店
	787毫米×1092毫米　32开本　14.25印张　350千字 2019年7月第1版　2019年7月第1次印刷
定　　价	69.00元

未经许可，不得以任何方式复制或抄袭本书之部分或全部内容。
版权所有，侵权必究
举报电话：010-62752024　电子信箱：fd@pup.pku.edu.cn
图书如有印装质量问题，请与出版部联系，电话：010-62756370

作者
季红真

文学评论家、散文家、传记文学作家。1955年生于浙江丽水,先后毕业于吉林大学、北京大学,文学硕士,现为沈阳师范大学中国文化与文学研究所教授。著有文学评论集《文明与愚昧的冲突》等六种、《浮尘漂流记》等各体散文四种、《呼兰河的女儿——萧红全传》等文学传记两种,另有长篇小说、译著及编著十余种。获当代文学研究会颁发"1988年中国当代文学研究奖"、首届"萧红研究奖"等奖项。

目录

再版序 / 1

自序　远行客古今如梦 / 3

忆渔事 / 7		听音乐 / 233	
挖野菜 / 23		访古迹 / 251	
做女红 / 39		遭梦魇 / 271	
遛电影 / 65		行夜路 / 291	
翻旧书 / 85		乘出租 / 307	
蹲车站 / 103		吃小吃 / 325	
说闲话 / 123		下饭馆 / 345	
辨名物 / 139		写情书 / 367	
读注释 / 159		买东西 / 381	
种纸田 / 175		观风景 / 399	
串亲戚 / 189		看美人 / 417	
会朋友 / 211		逛书店 / 431	

再版序

浩浩阴阳移,年命如朝露。

将近十年以前,《人生的节气》初版之时,我尚处于知天命向耳顺之年过渡,得以精装再版的今日,我已经急惶惶朝着随心所欲之岁滑落。阴阳移动的速度之快如剪辑出来的瞬间影像,分割阴阳的时间直接分割着空间的边界。逝者飞升,生者仍在悲欣交集中如梦浮游。

开始写作这本书的时候,我还没有学会上网,今日我已经能熟练使用智能手机,科技发展的迅速,也令人恍如隔世。本书所记皆为日常琐碎,但已经是隔世的碎碎,日常的急剧变化模糊了语言的面目,当年觉得普遍的口语,如今也因关联域的复杂化而迅速老旧,被冲击到边缘,比如"购物"全方位地取代"买东西"的说法,从电视购物到网购,微商的隔空买卖交易借助庞大交叉的货运投递体系,越来越像虚拟;图像接收的便易则使看电影的现场感飘忽远去,随时随地的观影使世界更加拥挤，迅速消逝的自然风景倒如往日难得一见的银幕画面；地铁轻轨上下四方运行使都市交通立体化，私家车的普及与滴滴叫车的新兴业务，更是使路边招手打的变得落伍而困难……追赶着数码化的大跨步渐入老境，我居然也加入了"低头族"。

不能推断年轻的读者是否还有耐心读这本过时的书，家里的孩子们早已不屑一顾，但能够精装包裹陈旧的记忆，对于个人来说总是微小生命中值得庆幸的欢喜，应该感谢母校出版社的偏爱。写作本是挽留时间的艺术，何况去日苦多，能够记住的琐碎已经稀少，管他呢，褪了色的旧年记忆也是岁月的掠影，好在节气还在，春秋轮回依旧，二十四的常数仍然规划着文化记忆，巩固着我们对时序的感知。发了黄的照片装裱在精美的影集中，自有一番滋味在心头。

当初文章写得匆忙，多有错讹，借这次机会做了一些修订，填补当年的疏漏。张丽娉女士为此书耗时耗力，衷心感谢。

己亥年元宵于春城

自序
远行客古今如梦

人生天地间，忽如远行客。

人过五十，忧患渐多，便有挣扎之感，再不敢学少年，潇洒挥霍时间。本书的文章写作，开始于2004年，完成于2008年，题目都是三个字，拟好之后挤时间赶写出来。并无外力催促，完全是自己找罪受。一来是突然相遇灵感，以为有话可说。二是借助写作挣脱心灵的痛苦，频繁的伤逝已经让我不堪承受。文章随写随发，感谢各家杂志社连续提供版面。蒙秀芹女士雅意，得以出版，文字略有增删与修改。共计二十四篇文章，不出中国人的生活范围。以《人生的节气》为题，套用二十四节气的成数，以寄托古今之变中人生不变的喜与忧。时间的流转无穷无尽，空间则是相对有限。于是，便有"人生代代无穷已"的亘古感叹，而短暂的生命之旅，有彼此的重复，也有独一无二的奇遇，文章便做在这恒与变的裂隙中。尽管回头已百年，生的幸运仍然让我满怀对世界感恩的虔敬。

我是一个读书人,但是生性好奇、不务正业。因为定力不足,常被身外的热闹所吸引,免不了"一心以为鸿鹄将至",学问自然业绩平平。加上自立早,迁徙频繁,家务琐事繁杂,难与红尘的世界相隔绝,没有"自己的房间",完全属于自己的时间也不多,甚至经常有放不下一张书桌的窘迫。倒是接近了原生态的生活,尽管处理起世俗事务来常常捉襟见肘、狼狈不堪,但扑面而来的生活常给我意外的启示,不期然而遇的感触丰富了我贫乏的生命,也使书斋中的思想获得感性的体验。好在我以文学为业,一切都与专业有关,无所谓有用无用。说化腐朽为神奇自然是夸大其词,但是平凡的点滴见闻,也能积累成阅历。生活便是由无数琐碎的细节构成,即使是远行客,随手采集路边的草花,也不失为值得庆幸的纪念。人生的可爱之处,就是经常会有一些小的感动。

现代学术的分类使专业越来越狭窄,而蒙童式的好奇在我则始终没有泯灭。世界容我们寄身,并且时时展示它的神秘,正是庄子所谓的"吾生也有涯,而知也无涯"。不仅是飞速发展的科技不停刷新着我们的视野,还有自古以来的宇宙自然之谜,历史就在我们的周围,诱惑着我们的认知冲动。现代的传媒提供了优越的条件,多学科的亲友也使我偏得。吃百家饭,师天下人。我是一个贪婪的饕餮之徒,而且永远没有餍足,虽然常常只是惊鸿一瞥,也足以陶然。如梦的人生不再虚飘,充实感就是价值的体现。仅仅面对纸本常常会使想象力枯竭,而全面调节感官的最佳方式,莫过于到其他门类中聊怡倦眼。美术、书法、建筑、音乐与其他艺术,都激发着我的兴趣与写作的灵感。尽管才能不足以创造,但是鉴赏的兴致中,也积攒起一些印象,朋辈中的高人不吝赐教,不时增补着我的底气。这有点像一个有恋物癖的守财奴,珍藏这些印象竟像保有财富一样快乐。即便是专业本身,也迫使你无法懒惰，对象的丰富大大超出纸本，水下的冰山需要勘测的功夫。加上浏览杂书的习惯，特别是文史类的杂书，与掌故知识无意间的相遇，更是让人窃喜。这大概是本能，永远无法抗拒历史的魅力。特别是作为精神家园的母语，延绵几千年的汉字，每一个几乎都关联着漫长的历史时空。它是纽带，也是钥匙，帮助我们打开时间之门，使所有的感触与发现，都连接在唯一的空间中。

这些浅尝辄止的一得之见，自然不足以治正经的学问，但是作为下脚料，也可以拼接出属于自己的思想图景，一如终年劳作的村妇们，在闲暇中用各种颜色的布头，缝制出人兽鬼神和器物。于是便有了这一次写作的冲动，希望与友朋分享心灵的悸动与精神的漫游。至于文体，连我自己也想不出如何命名，大致应该属于散文，但是如何归类则很难说。蒙童式的简单自然不足以忝列学者散文，而大量的私人记忆也不足以纳入文化随笔。管他呢！文章拼着力写完了，肖与不肖都随它去。散文原本就是可以随便写的。

是为序。

2009 年 12 月 5 日
于沈阳师范大学寓中

忆渔事

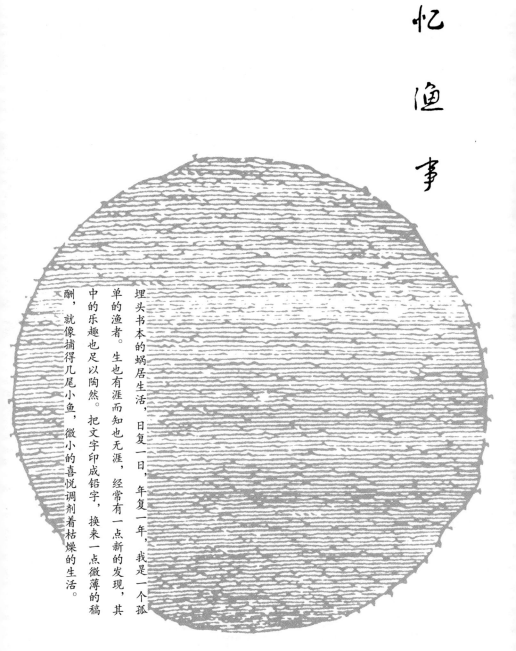

埋头书本的蜗居生活，日复一日，年复一年，我是一个孤单的渔者。生也有涯而知也无涯，经常有一点新的发现，其中的乐趣也足以陶然。把文字印成铅字，换来一点微薄的稿酬，就像捕得几尾小鱼，微小的喜悦调剂着枯燥的生活。

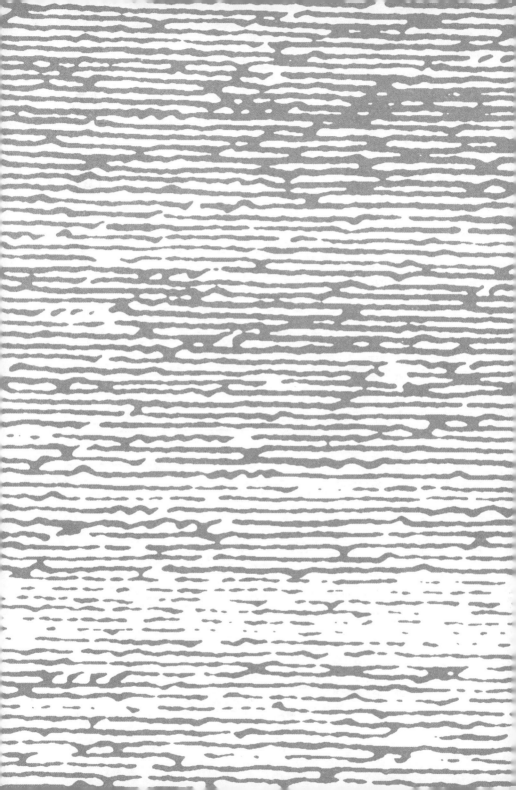

一

捕鱼和狩猎一样，大概是人类最早的生产方式，创造出最古老的文明。在中国至少可以上溯到六千年以前的良渚文化，出土的玉器、陶器上都有鱼形的纹饰。道家信仰中的太极图，是以黑白相交的两条变形鱼来概括对于宇宙的基本看法。西南少数民族的铜鼓铭文中，也有不少鱼的图案。特别有意思的是，断发文身的人竞渡的场面。他们驾的龙舟很小，而鱼却很大，在散点透视的平面构图中，船仿佛是在鱼群中穿行。而且，就是在生态环保的意识普及全球的今天，越来越严格的禁止使打猎几乎成为犯罪行为，而基本退出人类的生产范围，捕鱼的活动却一直延续下来。尽管工具和方法发生了很大的变化，但仍然是人类重要的活动内容。可以说捕鱼是人类贯穿古今的一项重要生产方式，和人类的生活有着密切的关系。所以无论中外，各种各样的文学艺术多取材于捕鱼。已故的中国名作家汪曾祺，在《故乡人》中，有一篇即是《打鱼的》，详细地记载了故乡捕鱼的方法。海明威的《老人与海》更是经典的叙述，因为获得诺贝尔文学奖而名扬全球。那个独自架着一只小船在海里捕鱼的老人，紧紧抓牢绳索，与风暴和鲨鱼搏斗，不知道感动了多少人。虽然最终得到的只是一条鱼骨，但生存的顽强却寄托了现代人对于生命价值的独特理解。据说故事是海明威听来的，但关于捕鱼的大量细节却好像出自行家里手。始知人可以独自驾船在海里捕鱼，我也是得自海明威的著作。

在中国古代,捕鱼的知识非常丰富,保留在大量的古汉语词汇中。比如捕鱼的工具,最通常是用网,《诗经·新台》有"渔网之设,鸿则离之"。而且,至今仍然如此。记得幼年的时候,院子里的小伙伴儿经常玩儿的一个游戏就是模仿用网打鱼的情景。两个大一点的孩子高举着搭起来的手,象征着渔网。一群小孩子后面的拉着前一个人的衣服后摆,转着圈鱼贯着从"渔网"下钻过去。所有的人齐声唱着一首歌谣:"一网不捞鱼,两网去赶集,三网捞一条小尾巴鱼。""小尾巴"一词可以任意地无穷反复,全凭"渔网"的好恶。歌谣完结的时候,两个大孩子的手臂落下来,被扣住的那个孩子就是落网的鱼。游戏重新开始,虽然简单却有不尽的乐趣。由此也可以看出,用网打鱼的活动反映在民间文化的形态中。不仅如此,中国古代对于渔网有着详细的分类,大的渔网称"罛",小的渔网叫"罜䍡",用竹竿支架的渔网为"罾",捕捉小鱼的细眼网名"罭",兼能捕鸟的网是"罤","罟"则是所有网的总称。由用网捕鱼的基本方法推及其他,所有捕鱼的方法几乎都有相关的语义联想。古代的网大概是用麻或丝的绳编织的,但是一些用竹子做的渔具也用相同的偏旁,比如"罩"最原始的语义是捕鱼的竹笼。不仅如此,其他的捕鱼方法也都冠以同一个字头。比如,"罧"是积柴在水中取鱼,先将柴草放入水底,然后敲击船帮,鱼因恐惧而钻进水下的柴草中,然后捞取柴草得到藏在里面的鱼。这种捕鱼的方法大概已经失传,我走过很多地方也没有遇到过。又比如"罺",《辞海》里说明是古代夹鱼的工具,但是如何夹则没有说明。"罺"是"罱"的本字,夹鱼大约和罱河泥的方法相近。钱载《罱泥》诗:"两竹分手握,力与河底争。……罱如蚬壳闭……",幸运时便能夹到鱼。"罶"的注释更简略,只说是古代的渔具,材料和方法都无记载。现代捕鱼的词汇则更繁杂,多数是以不同的动词和"鱼"组成动宾词组,比如钓鱼、淘鱼、摸鱼、拦鱼、捞鱼,等等。这些动词不专门用于捕鱼，因此也没有古代相关字的同一偏旁。而且获得鱼的方法除了捕之外，还包括人工养殖。捕鱼的智慧不知道从什么时候开始，扩展到社会生活的各个方面并带有贬义色彩，"渔"又指涉所有谋取不正当的利益，所谓"坐收渔人之利"。

在脱离了渔网捕鱼之后，在所有的捕鱼方式中，钓鱼的方式最古老也最普遍。城市里的工薪阶层，双休日的时候，到人工挖掘的鱼塘去钓养殖的鱼，是休闲的重要方式。与其说这是一种生产方式，不如说是一种精神的调节。钓鱼的这一特殊意义，也是从古延续至今，在古代渔、樵并列代表归隐的主要方式，是传统士大夫阶级推崇的至高文化境界。无论是神话中的姜太公，还是历史人物严子陵，都是以在山野垂钓的方式远离政治纷争，避祸于乱世，获得精神的独立与逍遥。从柳宗元的名句"孤舟蓑笠翁，独钓寒江雪"，到清代王士禛的"一人独钓一江秋"，都寄托了遗世独立的精神与天人合一的完美境界。以一个"渔"字而能概括所有捕鱼的方式，也只有汉语才有这样丰富的简约。

二

此生对于渔事的记忆，可以追溯到童年时代。

那时家住京郊的一个小镇，四周遍布沼泽。许多的农舍周围有水沟，似乎是建在小岛上。经常可以看见一些个穿深色粗布大襟袄的农妇，站在杂树丛中大声地呼喊。炊烟渗过枯枝，和水汽融合，升入雾霭，很有古画儿的意境。

邻居叔叔酷爱捕鱼，节假日的时候，经常伙同几个朋友，到远处的河里去打鱼。他们是用网捕鱼，规模应该算是不小的。每次归来，收获都很大，各种各样的鱼装满几大脸盆。他把鱼分给左邻右舍，留给自己吃的却很少。打鱼对于他来说，绝不仅仅是为了解决蛋白质的问题，更在于这个过程中得到的乐趣。尽管困难时期刚过，蛋白质的问题仍然是全民的问题。我没有少吃他的鱼，在补充了蛋白质的同时，也从他那里得到不少打鱼的知识。他真是一个有情趣的人，几乎能干全活。他把买来的蜡线缠在梭子上，一梭一梭地织成网。他把积攒起来的牙膏皮放在煤铲里，架在炉火上融化后，浇在长圆形的陶土模子里，系在渔网的边沿当坠子。这样，渔网撒出去的时候，就会自然地垂落。我曾看见过他挽着裤腿站在河边的水里，抡圆了胳膊撒网，浑身的劲道都随着前倾的身体运出，那样子实在是优美。

　　我家居住的院子东面，就是一个苇塘。有一线细水从南面注入，从北面流出。雨季的时候，流量丰沛，水声潺潺，响彻昼夜。冬季封冻，薄冰下仍有水流涌动。在窄小的水口，不知是什么人支起筛子，随着流水游动的小鱼便纷纷落网。最大的也不过两寸长的小白条，多数是小鱼苗，还有一些活蹦乱跳的小虾米，偶尔会有几条小鲫瓜子。苇塘因生满芦苇而得名，春天蹿芽，端午节的时候，就已经遮天蔽日。秋天芦苇发黄，芦花飞白，一片迷蒙的景色。芦苇被割光的时候，一年一度淘鱼的时节也就到了。一群壮汉，穿着挽裆的粗布棉裤，脚踩高筒胶靴，宽大的棉袄用麻绳系着。他们把南北两个水口都封死，用土石垒起结实的小坝。一只大铁桶上拴上四根麻绳，一人拽两根对面而立，喊着号子把桶悠起来，放到水里，再把装满了水的桶悠起来，把水倒在坝外。这样一起一伏的动作，需要全身的协调，加上均匀的水声，就好像是舞蹈。我经常呆呆地看着他们充满力与美的动作，而忘记了自己应该做的事情。晚上收工的时候，坝外的水会渗进来，形成一个小水坑，便会有一些鱼落入其中，溅起一片水声。孩子们不顾寒冷，用石头打碎上面的薄冰层，赤手深入冰水里，凭着感觉摸出鱼。一次摸光了，过不了多少时候，又会有鱼落进来。这样做虽然没有人明令禁止，但也是不能公开的，多少近似于偷，所以也就格外地刺激。一个快乐的夜晚，就在这惊险的渔事中度过。

南北两条坝上，几个水桶一起淘，要四五天的时间才能够把塘里的水淘完。苇塘的底一点一点地露出来，最先出现的是周身长满苔藓的大田螺，一片碧绿在肃杀的景色中格外惹眼。北方人没有吃田螺的习惯，所以也没有人在意它们。只有养鸭子的人家，会大盆大盆地拣回去，砸碎了当饲料。然后是一些大大小小的鲫瓜子、白条，它们在水面上蹦跳，鳞光闪耀着划出一道道弧线。偶尔有几条大鲤鱼，便会赢得一片喝彩。当地的人认为鲤鱼是鱼中的上品，可以卖出好价钱。最底层的是鲇鱼和黑鱼，它们甩动着尾巴在淤泥里挣扎，最大的有两三斤重。捕鱼的人是站在近膝的淤泥里，把鱼拣出来。这是一个难度很大的工作，鲇鱼滑很难抓牢，黑鱼劲大打着挺，需要很大的手劲才能制伏。还有一种嘎鱼，鳍上长着硬刺扎人，伤处还容易感染，而且卖不出好价钱，通常是不要的。泥鳅在当地人的眼睛里几乎就不算鱼，更不会要了。淘鱼的人把一些大鱼收走，足足装满几大筐。小鱼则就地处理，价钱无法想象的便宜。一两毛钱就可以买到一斤两寸长的鲫瓜子，简直就像是白送一样。家境窘迫的我们，就是靠了这些廉价的鱼虾，渡过了从童年到少年的艰难岁月。

鱼淘完以后，就会有成群的农人来。他们把塘泥铲起来，装在大车里运走。据说是当肥料，比猪圈里起出来的粪土肥力还要好。从鱼淘完到起塘泥之间，通常会有一天半天的间隙。所有的人都可以去拣剩下的小鱼，就像庄稼收割之后，容许拾荒一样。曾随了小伙伴一步一滑地在苇塘里走来走去，寻找淤泥里的小鱼。虽然所得很少，那快乐却是巨大的。常常一不小心滑倒下去，人就变成了陶俑。一群一身泥水的孩子，哆哆嗦嗦地大呼小叫，那气氛是难以形容的热烈。成年之后，看到齐白石的一幅画，一根钓竿垂下细细的鱼线，下面是一小群姿态各异的小活鱼,边款题字是"小鱼都来"。这立刻使我想起童年在苇塘里拣鱼的经历,会心的愉快从心底涌起来。他真是一个智者,悟透了人生至福的境界。而且是来自民间的艺术家,没有士大夫的矫情,真切的童趣表现了对于世界人生的爱。

塘泥起完之后,就把土坝扒开,水又从南面的水口流进来,很快就注满了苇塘。各种各样的鱼,又随着水游进来。到了最冷的三九天,塘水冻成一个锅底形的冰面,新的捕鱼活动又开始了。这次来的人更多,他们是用铁镐把塘心的冰刨开,把冰块运到岸上。苇塘中心露出很大的圆形窟窿,里面只有很浅的一层水,不少的鱼拥挤在冰碴儿之间游动。穿了胶靴的农人,跳下去淌着水摸鱼。他们动作敏捷,顺手就把摸到的鱼扔上岸,简直就像是拣一样。只是酷寒的冰水冻彻骨髓,摸鱼人的手很快就僵硬得麻木。为了抵御严寒,他们在下水之前,通常要喝烈性的白酒。岸上升起火堆,青烟缭绕在落尽了树叶的林木中,丝丝缕缕地穿过干枯的树枝,汇入天空阴暗的浓云。冻得手脚发麻的渔人从苇塘里爬上来,蹦跳着在火堆旁烤手。他们粗糙的手上往往有裂开的口子,露着血红的嫩肉。好在这一渔事延续的时间不会很长,通常是一两天就完了。否则,这样受罪的捕鱼方法,就是钢筋铁骨的人也受不了。

破冰捞鱼的工作一完,苇塘变得丑陋,大大小小的冰块乱七八糟地堆在那,只有等到开春以后才能一点一点地融化。水重新盈满塘池,鱼又顺着水流游进来。芦苇一寸一寸地生长,转瞬之间就绿成一团。那个苇塘真是一个聚宝盆,芦苇、塘泥和鱼全部来自天赐,不需要投入却永远有产出,只要付出劳动力。

三

"文革"开始以后,家道日益窘迫。母亲有限的一点工资,要养活一大家人口。猪肉已经成为奢侈品，很少能出现在饭桌上。便宜的小鱼成了主菜，几乎每天一顿。那都是附近的农人，送到院子里来卖的。吃的多了，就会发现有的小鱼有一种难闻的味道。不是因为不新鲜，而是因为那是用农药毒死的。捕鱼的人把农药喷洒在水里，通常是六六粉，中毒而死的鱼就漂在水面上。他们用长把儿的网兜捞起来，拿来兜售。这大概是所有的捕鱼方法中最野蛮的一种，简直是伤天害理，既破坏了生态，也危害了食者。从此懂得，只有吃活鱼才可以避免中毒。

"文革"越来越激烈，社会也越来越混乱。闹也闹过了，对于各种名目的斗争也厌倦了，人变得凶残难以相处。学校停课了，躲在家里看书成了一大乐趣。一到夏天，游泳就成了我的日课。每天午饭以后，就用塑料网兜装上一个馒头两个西红柿，约了伙伴去游泳。先是到小河沟里，那只能算是戏水。经常有小鱼小虾撞到身上，皮肤上留下轻微的酥麻，那感觉真是好极了。在水草密集的地方，顺手一抓，就可以捉到小虾，塞到嘴里鲜脆微甜，是绝妙的美食。胆子大了一点，就到水柜里去游泳。所谓水柜是一条人工挖掘的大水沟，用于排放水库里过多的水。特别是在暴雨之后，水库的水涨满，会有决堤的危险，就提起闸门把水放出来。所以水柜虽然是死水，但也经常会有活水灌入，不少的鱼虾随水而下。水柜里的水深浅不一，离水闸越近的地方越深也越清，约有两三丈深，只有水性极好的人才敢游过去。离水闸最远的地方，只有半人深，挤满了初学游泳的人，像煮饺子一样，浑浊得像泥汤。我以每天一百米的进度，从浅处向深处游。而且练习着潜水，憋足一口气，从岸边一个猛子扎进水底，抓一把水草浮上来，证明自己达到的深度。真正的高手，是站在岸上活动好身手，憋一口气一跃而起，几乎是垂直着一个猛子扎下去，要在水底待很长的时间，而且能摸到潜在深水里的鱼。有的时候是先把一条鱼扔到岸上，然后

忆渔事　15

得意地钻出水面,摇晃着头抖落水珠。有的时候,则是举着一条鱼蹿出来,踩着水高兴得大喊大叫。通常是一条黑鱼,只有在最底层的淤泥里才能摸到。这大概是最具冒险性的捕鱼方法,也是最具艺术性的一种。赤裸的身躯跃出水面的那一瞬间,发达的肌肉在油亮的皮肤下滚动。头发上的水珠在阳光下闪烁着,得意的神情如婴儿般纯洁。使人联想起从哪吒到孙悟空,所有少年英雄出世的情景。

水性越来越好,胆子也越来越大。我终于随了别人,走到十来里外的水库去捉鱼。那是在水库放水之后,剩下了一片沼泽。很多的人在里面走来走去,倒像是在赶集。而且地盘已经被瓜分完毕,几乎无法插足。大的水洼和小河的水差不多深,也要潜下去才能摸到鱼。小的水洼像苇塘一样,需要垒起小坝把水淘干净才能捉到鱼。那一天走得很累,也没有带任何工具。一条鱼也没有捉回来,倒是看足了各种捕鱼人的行状。有一群六七岁的孩子,男男女女都赤身裸体,在水洼里兴奋地喊着歌谣,高兴得撩水摔泥巴,像一群天使一样欢快。许多年之后,我才懂得他们喊的歌谣里涉及性的内容,当时恐怕他们自己也不懂。

弟弟有一个要好的同学,家住水库旁边的村子。经常邀他到家里去玩,到水库旁边的水洼里捉鱼是他们最经常的游戏。由此带来的副产品,就是各种大大小小的鱼。这使饭桌上经常可以出现平日里绝对舍不得买的大鱼。记得一个雷雨交加的傍晚,屋外漆黑如夜。弟弟一头闯进来,而且光着膀子浑身精湿。怀里抱着一包东西,打开来是一堆大鲫瓜子,足有四五斤重。他是把衬衫脱下来包着鱼,冒着雨跑了十来里路。他略带沮丧,兴奋异常地说,真不走运,刚把水淘干净,雨就下了起来。那一片水洼子里足有几十斤鱼,只好挑了些大的带回来。

复课了,每天在学校读毛主席语录斗私批修,演出忆苦剧,开批判大会,打着背包拉练,参加社会上的公判大会,庆祝最高指示发表游行。很少的一点文化课,在一片混乱中也静不下心来学。幸亏有开门办学,有学工学农,精神总算有一个可以逃避的渠道。从南到北从东到西,我走过了小镇周围的不少地方。有一次在水边,看见不少的农人割下一种野草撒进河湾。问他们这是干什么,回答说这种草有特殊的气味,鱼闻见了就会游过来,吃了就被醉翻。捞起来之后,过一段时间,鱼就会醒转过来,和活鱼一样。这种野草只能麻醉鱼,对人没有作用。这种捕鱼方法大概是最经济也最科学的一种,是利用生物圈儿的天然法则。不需要成本,也不会危害环境和食者。可惜年头太久,我忘记了那种鱼的蒙汗药野草的名字。

那一带多数是盐碱地,麦子和玉米的产量极低。为了改良土壤,也为了提高产量,农业部门推广种植水稻。许多次学农的劳动,都是帮助生产队挖排水灌溉的渠道。附近的农田遍布纵横交织的水网,里面经常游弋着小鱼。就是在稻田里,也会有小鱼顺着水渠游进来。夏天拔稻子里的稗草,便可以意外地捉到鱼。在收割稻子之前,先要把水放干净,晒得稻子发黄。许多没有及时顺水回到水渠里的鱼,便枯死在稻田里。用镰刀割稻子的时候,脚下经常会踩到鱼干。也有一些鱼落在小水坑里,翻来覆去地蹦跶,鱼鳃一张一合,痛苦地喘息着,很像庄子所谓的涸辙之鲋。这种无意间的收获带来的惊喜,近似于天上掉馅饼,大约是所有捉鱼的方法中最幸运的。掐一根粗梗的稗草,从鱼鳃穿过鱼嘴,拎起来一串,沉甸甸的,也有一斤来重,带回家便可以做一道菜。只是这样的好事不多,我统共也只遇到过一两次。比较有把握的是抓泥鳅。雨季过后,公路两侧的排水沟和各单位周围土围墙下面的壕堑里,积水逐渐被晒干,露出在里面蠕动的泥鳅。只要光着脚在半干的泥里一踩,就会感觉到黏滑的活物。一抓一个准,不大的工夫就可以得到半脸盆。端回家用水养起来,可以活很长的时间。

忆渔事　17

这大概是我从事最多成就也最高的一项渔事，只是缺乏美感，属于简单劳动，甚至比原始人投石制梭镖叉鱼还不如。

四

六十年代末，家随母亲的学校搬到了太行山里。

这里除了山洪暴发的时候，几乎终年干旱。除了一条瘦瘠的易水河，几乎看不到什么水。溪水是清冽的，于是应了"水至清则无鱼"的老话。游动得最多的是透明的小鱼苗，没有人想到去抓它们。这里的人不会打鱼，似乎也没有吃鱼的习惯，看不见在溪水上筑坝拦鱼。据说有水库，但在很远的地方。偶尔在集市上遇到卖鱼的，或者有人带个三两条鲤鱼到院子里来卖，都是从水库里偷捕的。那是一个禁止自由贸易的时代，山里的农民又老实，连出售点花生一类的油料作物都要偷偷摸摸的。卖鱼的多是一些壮汉，据说他们是在夜里偷着将炸药投进水库，匆忙中捡拾被炸晕了的鱼。这是违法的，只求快些成交。通常价格极其便宜，一元人民币就可以买到一条一斤多重的红鲤鱼。这大概是所有的捕鱼方式中最危险的一种，如果炸药炸开了堤坝，大水涌出来，灾难的后果是不可想象的。为了这样一点小钱铤而走险，大约也是被贫困逼得没了办法。八十年代末，我回家度假。母亲为了招待我，买了一条鲤鱼，立即遭到父亲的批评，他说这些鱼都不是好来的，买他们的鱼就是助长他们的违法行为。

水库在什么地方？我只在弟弟的描述中，知道一个大概的方位。那是在搬到山里的第一个夏天，父亲在遥远的冀东南插队，母亲随着单位里的人去支农劳动。有一天，弟弟终日未归，闹得我心神不宁，直到落日接近山顶的时候，他才和几个小伙伴兴高采烈地跑回来。他的手里提着一串鳖，足有七八只。大的有大瓷碗口大，小的也有巴掌大。他把军用胶鞋的鞋带解了下来，系住鳖的脖子。问他哪来的，说是在水库游泳的时候抓的。他兴致勃勃地讲述抓鳖的过程，全无劳累的感觉。他游泳累了以后，躺在岸边休息。发现鳖趴在浅水处沙滩上晒太阳，他们悄悄地走过去，用手从后面插入鳖的肚子下面，朝岸上一掀，鳖就四脚朝天地躺在了地上，然后再用鞋带系住它的脖子。他补充说，鳖咬人很痛，而且不撒口，只有黑鱼叫了才张嘴。不知道他是从哪里得来的经验。弟弟走了十几里地，那些鳖居然还活着。把它们放进水里，第二天它们把铅桶挠得嘎吱吱地响。而且还下了几个蛋，像煮熟了的鸡蛋黄一样。只是很硬，看不出有蛋壳和蛋清一类的东西。也许正常产下的鳖蛋不是这样的，但是我只见过这一种。请教了南方籍的成人邻居，才知道收拾鳖的方法。那是平生第一次吃鳖，味道的鲜美给我留下深刻的印象。我们把烧好的鳖装在饭盒里，托人带给母亲。她的同事们羡慕极了，说你们家的孩子怎么这么懂事呀！

当地人没有吃鳖的习惯，所以鳖的价钱极便宜，几毛钱一斤，还常常卖不出去。只是由于外来人口的增多，才逐渐有了销路。有一年，南方的亲戚来，母亲买了好多的鳖养着，每天给她们炖鳖汤，她们瘦弱的身体很快好起来。捉鳖是一项非常需要知识的工作，和一般的捕鱼方式不一样。曾听说有一位要人到那里去视察，闹着非要吃鳖。当地的领导发动了不少人，在小河上筑了两条坝，把水淘干之后，一只鳖也没有捉到。相传那一带，只有一家人会捉鳖。河水里的鳖通常是在岸边下面的石头缝里筑窝，呼吸时的水泡会漂上来。捉鳖的人看清了水泡冒出来的位置，用一根铁签子扎进鳖窝，一般来说是十拿九稳的。而且他们不多捉，只在集日的头一天捉一些。第二天卖出去以后，就停捕几日。要买鳖只有等到集日，如果头一天下雨，或者他们自己遇见什么事不能去捉，就连集上也买不到。

七十年代的中期，在乡下插队的弟弟被选调到了渤海边的一片油田打井。每次回家，他都要带回一大包鲅鱼干。问他是哪里来的，他说是从海里钓上来的。弟弟素有豪兴，永远乐观开朗。每到休息日的时候，他就和朋友跑到海边，用长长的钓绳钓各种海鱼。回来以后放在脸盆里，支上几块砖头，点上柴火煮熟。一群哥们儿在工棚里，围着脸盆喝酒吃鱼。七八级的大海风在屋外呼啸，他们却快活得像神仙一样。他详细地介绍海鱼的品种和习性，在不同的季节以不同的方式和钓饵去钓不同的鱼。鲅鱼是渤海湾最名贵的鱼种，当地人说，宁舍九头牛，要吃鲅鱼头。他把每次钓到吃剩下的鲅鱼开膛剖肚，串起来挂在屋檐下晒好风干，攒到年底的时候带回家。年夜饭的菜肴中，便多了一道美味。

五

八十年代，我在东北的一所大学读书。那是一座寒冷的城市，最低的温度到达过零下四十度。在冰天雪地之中，竟然也有人热心渔事，而且方法非常艺术。他们把冰冻几尺的湖面，用大冰锛子锛开直径一尺的窟窿，便有许多的鱼游上来透气，鱼嘴露出水面一张一合地呼吸。冰锛子是一种专门凿冰的工具，有半人高，铸铁制成，顶端直径半尺，装有横的木把儿，逐渐变细成锥形。破冰的人手握木把儿，提起来重重地放下，反复地戳向冰面直至锛透冰层。一把冰锛子至少一二十斤重，没有力气的人是无法胜任这样的工作的。冰窟窿锛好之后，他们把铁丝圈起来的方口塑料纱布笼垂直放入水里，过一会儿再提起来，便常常可以捞到鱼。这种捕鱼的方法和工具，很接近古代的罾，只是材料更先进。一个人在冰面上通常要待至少半天的时间，忍受着寂寞和苦寒，经济效益不会很高，其中的乐趣也只有渔者自知。而且隔夜之后，冰窟窿就会封冻，第二天还要重新用冰锛子锛。这样不断地重复劳动，付出与得到之间不成正比。

定居北京二十多年，与渔事相逢的机缘越来越少。只是在孩子幼年，每天傍晚从幼儿园接回来之后，只要天气好，就带他到附近的护城河边去放风。经常可以遇到一些老人在小桥上，用长的蜡线吊着形状不一的广口纱布筲，一次一次地放入水中，再一次一次地提起来。这种工具也很像古代的罾，只是河水污染没有什么鱼，他们捞的是鱼虫。据说拿到市场上去卖价格不菲，以游戏般的工作而能生财，这大概是远离自然的现代人协调物质生存与精神生存最聪明的方式。

看到真正的罾，是二十几年前在湘西猛洞河。两岸山高林密，各种禽鸟叫声不断，时有猴子爬在树上窥视游人。水色碧绿如蓝，激流随着险峻曲折的河道起伏奔涌。三两渔人架一叶扁舟，在河水里颠簸，逐渐停靠在水势平缓的河湾。他们在木棍支架上伸出一根长竿，顶端系着长绳，钓着四根竹竿撑着方口渔网。放下水的时候，网自然张开。过一会儿，把长竿翘起来的时候，竹竿出水之后自然合拢，里面便有落网的游鱼。他们把船划到旅游船旁边，将刚出水的鲜鱼卖给厨房。那都是名贵的鳜鱼，约长半尺。船上的厨师就地打上河里的水，将鱼煮得微熟，几乎不放什么作料。连汤端上来，简直鲜美绝伦。那是我一生吃到过的最好的鱼，也是我一生看到的最从容的捕鱼场面。虽然时隔多年，仍然犹如近在眼前。

埋头书本的蜗居生活，日复一日，年复一年，我是一个孤单的渔者。生也有涯而知也无涯，经常有一点新的发现，其中的乐趣也足以陶然。把文字印成铅字，换来一点微薄的稿酬，就像捕得几尾小鱼，微小的喜悦调剂着枯燥的生活。如果能意外得一个什么奖的话，就像偶然拣到几条涸辙之鲋一样喜出望外。大隐隐于市，我是在书山艺海中垂钓。只是我毕竟不是一个真正的渔者，我缺少他们怡然自得面对世界的勇敢,也没有搏击风浪的身手,达不到和自然高度和谐的精神境界。我羡慕满怀豪兴挑战生命极限的潇洒人生,怀念英俊智慧宽厚的渔者。

写下这些,为了纪念逝者。

挖野菜

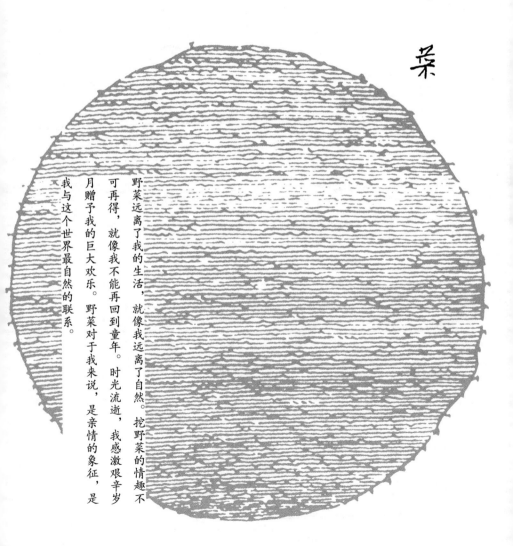

野菜远离了我的生活,就像我远离了自然。挖野菜的情趣不可再得,就像我不能再回到童年。时光流逝,我感激艰辛岁月赠予我的巨大欢乐。野菜对于我来说,是亲情的象征,是我与这个世界最自然的联系。

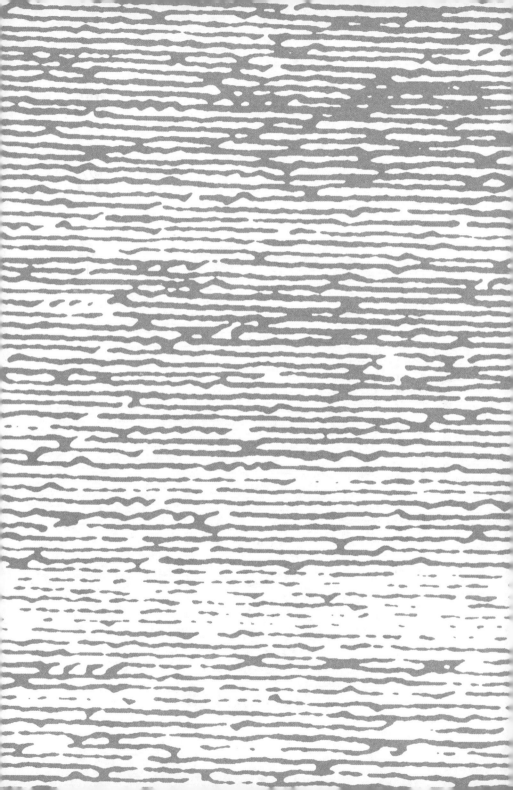

一

　　食物是人的宇宙性内容,烹调则是人类区别于动物界的标志之一。烹调方式和饮食习惯,是文化的重要差异。列维·斯特劳斯由此入手,研究特定的文化结构。不同的自然条件和生产方式,影响着人们的味觉习惯和肠胃功能。游牧民族对肉食和乳制品有偏好,农业民族对植物有偏好,沿海地区的人大量吃鱼虾,高山密林里的人多吃山珍野味,都是不同地域的物产决定的。大自然是如此慷慨,为人类提供了赖以生存的食物。而由此也形成了各种各样文化的偏见,肉食为主的游牧民族,嘲笑以食植物为主的民族是食草民族,更有甚者干脆说是喂兔子。而农耕民族的人初到牧区,最无法忍受的是没有青菜。相传乌孙公主曾作《悲秋歌》:"吾家嫁我兮天一方,远托异国兮乌孙王。穹庐为室兮毡为墙,以肉为食兮酪为浆。居常土思兮心内伤,愿为黄鹄兮归故乡。"作为政治联姻的工具,远嫁的不幸除了语言的障碍之外,首先是饮食习惯的差异。就是同一民族中的人,也因为饮食习惯的不同而多有误解。北方人到南方,最受不了的是吃不饱,南方人到北方则是吃不了。不仅是食量,也包括食物的品种和烹调的方式。少小时,认识一位阿姨,她有一个亲戚是南方人,她家人从来不请这个亲戚做客,原因是怕伺候不好饮食。

　　饮食成分具有明显的阶级差异。在上古时代,吃肉是贵族的特权,平民百姓是基本吃素的,故有《诗经》中"彼君子兮,不素餐兮"的牢骚。《曹刿论战》中,也有"食肉者鄙,未能远谋"的记载。冯谖有"食无鱼"的不平,他是孟尝君的门客,地位介乎于贵族和平民之间。大概是从畜牧文化普及开始,肉不再是珍贵的东西,平民百姓也可以吃上,故陆游有"莫笑农家腊酒浑,丰年留客足鸡豚"的诗句。就是在二十世纪的中国,年底杀猪也是农家普遍的风俗。而在城市里,待客的时候如果没有肉,也会被认为不恭,甚至引起亲友失和。东北农民想象的国宴,是猪肉炖粉条子可劲儿造。而南方的村妇想象的帝妃生活,只是睡醒了觉对丫鬟说,拿一个柿饼来。可见东北比南方富庶,天气寒冷,摄入卡路里的需要量也高。此外男人对于肉的需求量比女人要大,大约是因为要从事高强度的体力劳动。除此以外,还有文化的禁忌,女人爱吃肉违背淑女风范,至少是馋,也说明不会过日子。而当代农民对市民的讥讽,则是一年收十二个秋,天天都吃肉。

辨别植物是文明的开端,神农尝百草的传说应该是最早的起源。而由此引申开去的语用,则形成汉语的不少词汇,"尝试"泛指所有的探索。而进一步发展的生产活动,也是以植物为条件,无论是采集、种植还是游牧,都依赖于植物。医学一开始也建立在关于植物性能的知识上面,李时珍作《本草纲目》,张仲景被称为"医圣",都和他们对于植物的药理发现有关系。就是在西方,民间的医药也是以植物为主,乔治·桑笔下的小法岱特,有用草药治病的特殊本领而具有神秘性。托尼·莫里森《所罗门之歌》中的一个女黑人,也会用草药和偏方治病。进一步推广,应用到织物的印染,更不用说环境的绿化与居室的布置,总之,植物与人类的文明休戚相关。

一个人对于植物的辨别,大约是从吃开始。粮食、蔬菜和水果,是最基本的食物。古人所谓"民以食为天",指的就是以粮食为主的植物。在旧日农村,"糠菜半年粮"是一般农家基本的饮食条件。这里所说的菜,指的还是蔬菜,所谓"瓜菜代"。连一个伟人都教导人民"忙时吃干,闲时吃稀",青黄不接的时候,蔬菜一类的植物就是宝贵的活命粮。即便在没有饥荒的年头,对于粮食的珍惜也是全民性的观念。历史上饥荒的记忆,影响着民族的心理,"吃了吗"成为见面时的问候语。东北的民谚云:"家有万贯,不吃咸豆拌饭。"各地区的民间故事中,多有教育孩子节约粮食的内容,都是这一民族集体无意识的表征。一旦遇见大的水旱灾害,或者外族入侵和各种战争,农事荒废,就连蔬菜也吃不上,也就是所谓的荒年,只好以野菜充饥。如果连野菜也没有的时候,则只能是吃观音土,甚至易子而食。特别是在北方地区,无霜期短,可以采摘野菜的时间也很短。而外族的入侵又很频繁,据历史学家分析,西北牧区每十年中就要有一次大的干旱,水源枯竭,牧草不生,牲畜大批死亡。游牧的人群活下去的唯一办法,就是抢劫接壤的农耕地区,所以,北方乱世特别多。老实的农民流离失所,名之为逃荒。有血性的青壮年则揭竿而起,农民起义由此不断。李自成号召民众的口号是"迎闯王,不纳粮"。刘恒的著名小说《狗日的粮食》,就是讲述一个农妇为了填饱全家人的肚子所经历的磨难。一位博学的先生,分析汉字简约形象的表意功能时,举"饭"字为例,左为"食"右为"反",无食即反;而"和"字,左为"禾",右为"口",口中有粮即和,可谓精辟。

如是说来,野菜真是一个好东西,既能解决民生的问题,又可以保持社会的安定。这就难怪,朱元璋的第五个儿子朱橚封王驻开封,他采集种植了五百多种野菜,研究它们的品质性能,还编了一本《救荒本草》,帮助百姓在青黄不接的时候渡过饥馑。清代高邮散曲作家王磐,号西楼,被称为"北曲之冠"。他编了一本《野菜谱》,自绘五十二种野菜,还配了朗朗上口的散曲,将民众的疾苦、野菜的吃法一起写进词中,当然还有他悯农的情怀。湘军围攻南京的时候,城中粮食几乎罄尽,天王洪秀全号召居民吃野菜,称之为"甜露"。他还在天王府的后花园中，亲自种植各种野菜，以示与民同甘共苦。洪秀全最终死于疾病，有一种说法就是因为吃野菜中毒而死。汪曾祺的书画中，多有寻常花草，有一幅画的是一只松鼠站在一蓬野果上，边款题字是"桑植山中有野果曰舅舅粮，亦名救命粮"。还有一幅画的是几个荸荠和茨菰，边款题字是"水乡赖此救荒"，民本的思想，首先体现在对民食的关注，由此生发开去，则是文人对于植物的普遍兴趣。从古到今，吟诵植物的诗文不胜枚举。著名作家张洁有一篇散文《挖荠菜》，是回忆早年的经历，但更多抒发的是对淳朴乡情的怀恋。野菜成为一种象征物，联系着乡土与自然。这和民生相比，自然是文人一厢情愿的艺术想象，但是作为一种诗性的情怀，则是源远流长的文化传统。《诗经》中，以采集野菜起兴的诗篇为数不少，第一首《关雎》，有"参差荇菜，左右采之"。即便在大量的植物能够人工培植的今天，以野菜为主的采集文化仍然相当普遍。东北的蕨菜、西藏的红景天、湘西的石耳，仍然需要人工采集。就是药用植物，也以野生的药性为好，仍然是给山野农民带来商业效益的重要副业。至于以"香草"和"美人"并举形容君子，更是自屈原开始中国士大夫阶层自喻的修辞手段，由此形成一个语义系统，至今还在置换出不同的内容。

野菜还和彻底疏离庙堂的遗民传统相关。孤竹君之二子不食周粟，在首阳山采薇，直至饿死。鲁迅作《采薇》，意在讽刺遗民的情结。"普天之下，莫非王土"，野生的薇自然也不能除外，这就揭示了封建时代的士人们没有安身立命之本的基本文化困境。他是学医出身，有生物学的基础，所以可以把薇的简单烹饪方法想象得很生动。查《新华字典》，薇是巢菜，也就是野豌豆，嫩的枝叶是蔬菜，成熟的果实即是粮食。如果大量采集并且能够贮存过冬的话，伯夷和叔齐是不至于饿死的。流传下来的《采薇歌》，相传是他们二人所作："登彼西山兮，采其薇矣。以暴易暴兮，不知其非矣。神农、虞、夏，忽焉没兮，我安适归兮？于嗟徂兮，命之衰矣。"从这首诗来看，他们和周王朝不合作的态度，不完全是遗民的心理。张爱玲对于遗老家庭有过透辟的分析：清朝亡国了，说得上是国恨家仇，做官就是资敌。而《采薇歌》中提到的神农，是以尝试植物解决了民食的问题，成为人民崇拜的领袖；夏为禹所创建，而尧舜禅让更是古代民主制的神话。他们都是原始社会时期卓越的部落联盟长，代表着士人质朴的政治理想，"至君尧舜上，再使风俗淳"。与他们一起消亡的政治制度，是伯夷和叔齐无所安身立命的根本原因。或者说对于现实政治的幻灭，导致了他们生命的衰萎。其中还包括对于一切暴力的厌恶，这就在根本上超越了一般的遗民心理。乱世之中的人，都向往政治的清明，而且都是在历史的传说中建立自己的想象，法先王是普遍的心理趋向。孔子念念不忘恢复周礼，老子小国寡民的理想更是回归到自然状态中，近似于《击壤歌》的"日出而作，日入而息，凿井而饮，耕田而食，帝力于我何有哉？"鲁迅以现实主义的态度，从政治学的角度，延续了古来的传说，由一个长舌妇去发难，这似乎是他们直接的死因。而对于更深刻的心理原因，则几乎没有涉及。他们是贵族出身，估计没有生产技能，绝对不会有鲁宾逊在一片蛮荒中开辟出生活的能力。采薇只能解决吃的问题，而住的状况如何没有记载。

二

对于经历过饥荒的人来说，挖野菜的记忆是深刻的。

六十年代的大饥馑，是初通人事以后世界留给我最深的印象。马路两边的柳树刚发芽，就被饥饿的人群撸得精光。柳树芽是苦的，根本不能吃，必须在水里泡，把苦味儿拔出去，和在玉米面里蒸窝头或贴饼子。槐树的花和叶更是上品，微甜而有清香，掺和在玉米面中散蒸,柔软而适口。榆树浑身都可以吃,树叶黏滑,口感近于木耳菜;果实叫榆钱,因形状似制钱而得名,也带微甜,丰足的年头,与白面和在一起蒸熟是著名的榆钱饭,属于上好的吃食,一般农家用来待客;树皮晒干后磨成粉,和玉米面和在一起,可以擀面条。所有可以入口的东西,人们都抢夺。从麦收到秋收,围在地边等待拾荒的人,黑压压一大片,多是女人和孩子。麦穗、玉米、白薯和高粱,各种各样的蔬菜,一直到白薯的藤蔓、洋白菜的根,都是人们觊觎的对象。一个人喊一声,收齐了!人群就像决堤的洪水一样涌进去,足以覆盖地面。人比物要多,互相拥挤着引起冲撞,叫骂声和哭喊声不绝,有的时候还会拳脚相加。随着人群去拾荒是童年的多次经历,并不是被生活所迫,而是在风气影响下随俗从众。几乎没有拾到过什么,看热闹倒是排遣了寂寞。我家的附近有一座粮库,内有榨油的车间,废水顺着一条沟流出来,上面漂着一层油。有当地的居民撇了上面的油食用,一般是用作炸油饼,不能炒菜。近似于这些年城市里的地沟油,只是当时并没有听说谁吃出毛病,也可能生了病乃至死了人也没有人知道。

  吃的问题空前地严重,蔬菜已经是奢侈品,一个人一天只供应二两菜,全家合在一起也不过一斤多,端到饭桌上的汤里能漂着几条菜丝,就高兴得不行。一家邻居,把铺地的砖起开,在屋子里开出一小块地,把白菜根种在里面,浇上水之后,白菜的芽就生长出来,而且擗掉一层,又生长出新的叶子。这大概是他家的独创,此后我再也没有遇见过第二次。各种解决饥饿的办法也应运而生,母亲学校的校办工厂,研制出了人造淀粉,是用稻草一类的东西发酵。我随了邻居家的大姐姐,提了小铅桶去领,那是一种灰白色的半黏稠物质,吃在嘴里有一股石灰味儿。孩子们在垃圾堆里寻找带鱼的头和骨,放在炉子上烤焦了吃。

  春天终于来了,我们爬到刺槐树上撸槐叶,顺手把花塞进嘴里,像吃糖一样津津有味，顾不得手被刺扎破。父亲领着我们去挖马绳菜，那是一种匍匐在地面的野菜，紫红色的茎和老绿色的椭圆叶子都厚且嫩，一掐就出水，枝叶的连接处开细碎的小黄花。女孩子经常把叶子撸掉，把茎一正一反一小截一小截地掐掉，只连着一层皮，挂在耳朵上当耳坠。它的学名是马齿苋，还有一个通行的名称叫长寿菜，因为性耐旱、生命力强，也因为营养价值高、可药用，有益于人的身体。休息日的时候，我们穿过小镇，走到很远的林场，挖上几麻袋，用车推回来。放在开水里炸熟，捞出来晾干储存起来，入冬以后用水泡开，和在棒子面里蒸窝头。这是首选的野菜，附近的早已经被人挖完了。林场是学校的领地，不许外人进入，还可以挖到。还有一种经常采的是野苋菜，棵大茎长，叶子是紫红色，也有绿色的，或者绿色中圈着紫色。在南方那里是人工种植的蔬菜，但是北方人不认，只有野生的。掐下它的嫩叶炒着吃，是从春天到秋天的家常菜肴。因为经常撸树叶、挖野菜，手也被染成灰绿色，洗都洗不掉，只有等到皮肤自然代谢才能褪尽。

后来单位一家分了二分地，在院子后面的柳树林中。父亲每天起早，吃一点东西，就去种玉米，然后再上班。夏天的时候，玉米棒子灌浆了，掰下来煮一煮是上好的美食。等不到秋天，父亲种的玉米就吃完了，只剩下一片秸秆。每个人的粮食定量有限，组织上还要号召大家捐赠支援灾区。吃菜的问题不再严重，母亲单位的食堂加了一道无油菜，基本就是水煮菜，有的时候是小白菜，有的时候是大白菜，总之是随着季节变化。有一位阿姨受到全校表扬，就是因为她大量地吃无油菜，节约下一些粮票捐给灾区。成年后，遇到不少城市里的人，听他们讲起对于饥荒的刻骨感受，便深深地庆幸，生活在乡下的好处，还有野菜可挖。此外，能果腹的东西也很多，打鱼摸虾钓田鸡，嚼玉米、高粱的秸秆和芦苇的根，一直吃到玉米根部的瘿。那是一种包状的东西，灰白黑三色纠缠在一起形成像大理石花纹一样的图案，约有拳头大小，切成片素炒，味道近似于生菜。

三

　　饥荒过去了，挖野菜的事情并没有结束。
　　随着自由市场的开放，各种小打小闹的私人农牧活动也被容许。种自留地、养鸡养兔，一直到养羊。养鸡的饲料主要是剩饭，没有剩饭的时候，就把白菜帮子剁碎，和上一点玉米面。养羊的人家主要是放，牵了羊到野地里吃青草，用不着挖野菜。只有养兔子的人家，需要去挖野菜，俗话说是打兔草。有一种兔子特别爱吃的野菜，当地人叫苣荬菜，宽长的叶子呈灰绿色，开小黄花。后来知道，那就是著名的苦菜，也有的地方叫苦苦菜。北方的农家不仅用来喂兔子，而且蘸了酱生吃佐餐，微苦的味道大约有清火的性能。
　　学雷锋的时候，我们的校外活动小组，经常到一家五保户家去做好事。那是在离学校不远的一个村子，站在土围墙上就可以看见黄秃秃的农舍。星期六的下午，走上土墙，钻过密集的紫穗槐，跳下壕沟，爬上公路，就到了村子边缘的农家。老奶奶双目失明，老大爷腿脚不便。我们推水车浇菜园，烧柴灶煮开水，更多的时候是帮他家打猪草。几个人背了筐，在附近的农田中，寻找各种猪和兔吃的野菜，这使我学会了辨别各种野菜。除了麻绳菜和苣荬菜之外，还有蓟菜的嫩芽。那是一种半人高的花草，枝子上有刺，羽状的叶子，开紫色的花，密集的花瓣挤成一团，比小菊花还要细小。采的时候要小心着刺，一枝一枝地把芽掐下来。有一种长穗多汁的野菜，因形状而得名猪尾巴菜。还有一种长着小紫叶的大棵野菜，也是要它的嫩枝叶，名字好像是灰灰菜。车前子也是我们寻找的对象，当时管它叫猪耳朵菜，因为它的叶子形状像猪的耳朵。

"文革"期间,学校停课。和小伙伴们一起去挖兔菜,是经常性的活动。因为家长不让远走,我们经常去的地方是父母学校的菜园附近。那里生长着很多各种大棵的野菜,周围是杂树,树荫下清凉如水。知了的叫声响彻燠热的下午,蜻蜓落在灌木丛的叶尖上,蚂蚱在草丛里蹦来蹦去,成堆的蘑菇生长在潮湿的冷土中。我们跑来跑去,一会儿捉蜻蜓,一会儿逮蚂蚱,还要抓知了拣蘑菇,通常是一下午也采不满一小筐。这近似于《诗经》中的《卷耳》,所谓"采采卷耳,不盈倾筐"。

一个严峻的时代,就在这种游戏般的劳作中倏忽而过。在一起去的小伙伴中,每次我的收获都是最少的,篮子里的野菜勉强盖住底,但这个过程中享受的快乐足以弥补。有一个小伙伴,竟然在挖野菜的时候拣到了一对金戒指,其中的一个上面还镶着一块红宝石。那个时代的气氛是紧张的,所有值钱一点的东西都被视为"四旧",而且没有任何私人的空间,胆子小一点的人都不敢收藏。我们挖野菜的菜园,就在女生宿舍的后面,那是一个有圆月门的灰砖瓦房的院子。可能是哪个胆小的女学生,顺手从后窗户扔了出来。

武斗开始以后,气氛更加紧张,所有的人都在设法逃离危难之境。母亲带了我们辗转到父亲的学校,那是建在杨柳青附近一片荒滩上的几排平房。临时找了一大间房子居住,估计是空着的学生宿舍,里面是大通铺。因为自己不能开伙,每天在学校的食堂打饭吃,基本都是水煮菜,寡而无味儿。远离城镇,没有什么地方可以去。熟人也少,来往的不多。姐妹兄弟几个,便终日在野地里跑着玩儿。沙土地上的柳树行中,经常可以找到蘑菇。所谓柳树行,是把柳树从根上砍掉,让分蘖的枝条生长,形成一排一排的灌木丛。长到一定的尺寸,再砍下来卖,用做编筐一类的农具,这样既固了沙,又有经济价值。在两排柳树行之间,是大片的荒沙地,只生长一种毛毛草。成群的蚂蚱,在里面蹦来蹦去,有的干脆蹦进你的裤腿里。我们把抓住的蚂蚱串在草茎上,一串一串地拎到地头上,点上荒草烧熟,吃得满嘴喷香,嘴角都是黑的。还有一个意外的发现,是在一片收获过的地里,长着一些土豆苗,拔起来挖开土,有一些大大小小的土豆。用衣襟兜着回家,洗干净放进茶缸里,支上几块砖头,点着枯树枝煮着吃。只是无论如何也煮不烂,吃在嘴里也很涩。一开始以为是火候不够,后来父亲说,发了芽的土豆淀粉变质,加上冻了,就是煮不熟,而且可能还有毒素。于是,不敢再去挖来吃。

四

  家搬到太行山区以后,吃的问题有了很大的改善。因为交通不便,东西运不出去,购买力又很低,物价极其便宜。尽管文件三令五申,不许买卖统购物资,甚至不许公职人员买私人出售的东西,但是,山区里没有副食供应系统,不买私人的东西就无法维持基本的生活。除了盐可以到供销社去买,其他的副食几乎都没有公家的供销点,总不能让大家吃盐花吧。所有的人都心照不宣地买农民自家出产的菜,而管事的人也睁一只眼闭一只眼,即使管也管不过来。

  由于生活不方便,只能向大自然索取。冬天买不到劈柴,就要到松树林里拣松塔,搂松毛,家家几乎都要烧柴灶。夏天蚊虫很厉害,没有化学制造的驱虫药,就到集市上买晒干了的蒿草编成的火绳,一毛钱可以买一大捆。傍晚时分,点着了,一股清香随着清烟弥散开去,蚊子就不再飞过来。这种蒿草大概就是曹操诗篇《蒿里行》所说的蒿,就是在最平常的生活细节中,也会遭遇历史。有一段时间,连暖水瓶的盖子也买不着,精通树木品质的人出主意,可以到山上砍一些软木,锯开以后削一削做成瓶盖子。医疗条件也很差，冬天感冒咳嗽是多发病，一般是托进山的人带一截阴沉木回来，放在水里煮，汤可以治咳嗽哮喘。春天在野地里采蒿芩的嫩芽，加上红枣和一个鸡蛋，煮成汤喝了有预防肝炎的功效。

这里的野菜品种明显地多于平原地区。野葱和松蘑，都是上好的野蔬品种。路边地角生长着开白花的荠菜，母亲看见了很高兴，说在老家南方，家家园子里都种着这种菜，只是比这里的棵子大一些。她挖了好多，用手绢兜回来，放在开水里炸软，剁碎以后，与猪肉和在一起包饺子，味道鲜美异常。这有点像古代"挑春"的风俗，开春以后，不论贫富，女人们都从居室院墙中走出来，挖野菜也是游春的一种方式，活动身体的同时也舒展了精神。这样的风俗至今盛行，只是没有古代的风雅名称。我工作的校院里，野菜破土的那几天，采挖的人遍地都是，不论职业，也不分男女。至于植物园中，挖野菜的人更是络绎不绝。母亲出身山地，且是性情中人，每到生活比较安定的时候，她就要想方设法地改善家里的伙食。她把散落在地上的玫瑰花瓣捡回来，加进一些白糖，放进玻璃瓶子里腌，蒸豆沙包的时候当作调料，便有了玫瑰的香味。她把小白菜切碎，装进玻璃瓶，倒着扣起来，不久就有一种很香的酸味。她说，这是老家腌菜的方法，名字就叫倒菜。她在野地里采来野薄荷的叶子，贴在我们的太阳穴上，一股清凉浸透脑仁，驱除了酷暑引起的烦躁。她用晒干了的薄荷叶子冲凉茶，是防暑的最佳饮料。成年之后，我才能理解，母亲是以这样的方式，圆她的思乡梦，也在苦难中满足一点优雅的精神需求。

我在农场的时候，又重新遭遇了拾荒的场面。只是，这次我的角色发生了变化，我不再是一个拾荒的人，而是一个与土地有着联系的护秋的人。从麦收到秋收，每年两次的护秋是农场的重要工作。一般都由青壮年的男工承担，也有需要女工助阵的时候。每年几乎都要发生一些斗殴伤残的事件，而且来拾荒的不都是女人和孩子，有许多是年轻力壮的男人。他们人多势众，与其说是拾，不如说是抢。地缘很长，而人力有限，经常是赶走了这边的，那边又涌进来。据说有一年，经过周密的组织动员之后，一秋的粮食都被抢光了。周围都是盐碱地，水灾频繁，种什么收成都不好。农民们终年吃的东西是"三红"：红高粱、红辣椒和红萝卜。红萝卜即胡萝卜，因为抗盐碱而产量比较高。蒸熟以后当饭吃，也可以晒干了当零食吃。小的时候，我曾经吃到过胡萝卜干，那是父亲的同事从家里带回来的。拾荒几乎是当地的农民获取粮食的唯一途径，所以倾巢出动，不能错过一年仅有的两次收获。因为是机械化的收割，遗失在地里的庄稼很多。连收胡萝卜和花生，都是用拖拉机拉着五铧犁把地先耕一遍，其他的人则拿着大麻袋跟在后面，拾取从土里翻出来的果实。在收秋之后，先是让本场的工人和家属们先拾，这近似于福利待遇。曾听说有一个分场的职工，一个人一个早晨拾到的花生就有一脸盆。然后才容许附近的农民们拾荒，他们所得也不会太少。

  我已经过了好热闹的年龄，不太容易被情势所裹挟。粮食定量足够我吃，又没有积攒过日子的长远打算，吃集体伙食，也没有做饭的工具，所以不再参与拾荒的运动。只是站在地边上惊怯地看各种争斗，不知道谁更有道理。我在那里也挖过野菜，那是生地黄，暗绿色的宽大叶子上凸起紫红色的筋脉，上面有一层油亮的光泽，贴在地面上生长，麦子地里特别多。写信告诉母亲。母亲回信说这种野菜性凉，根可以医治中耳炎，让我挖一些带回家，给小弟治耳朵。麦收过后，请假回家。先到地里找到大棵的，挖出地下的根，那是像小拇指一样粗细的短根。带回家，母亲把根里的汁捣出来，滴进弟弟的耳朵。经过一段时间这样的治疗，弟弟多年的耳疾大有好转。

五

进城以后最初的年月,我几乎和野菜绝缘了。即使偶尔接触,也和实用无关。在北大读书的时候,规定的劳动时间是在草坪上拔野草。带领我们的生物系女教师说,把单子叶的留下,双子叶的拔掉。她说的话很专业,许多同学觉得可笑,偷着学她说话的腔调。我明白刚出土的叶子叫子叶,单子叶的是草,双子叶的是野菜。而草和野菜都很小,用手一棵一棵地抠,一上午也抠不了多大一块地方。但这工作让我觉得亲切,使我回想起童年的生活。

大约是在八十年代末,北京的路边出现了卖野菜的。先是一堆一堆的荠菜,摆在路边;后来又出现了苣荬菜,也就是苦菜;还有绿色的苋菜,都是一块钱一堆。我喜出望外,赶紧买了一堆荠菜,拿回家按照母亲的方法炮制,包好了饺子全家吃。家中父子两人都说没有什么特别的味道,我也觉得没有小时候吃过的香。先是疑心自己的味觉退化,后来又怀疑是地里用了农药化肥,影响到荠菜的品质。不甘心,又买来做了几次,都没有少年时代的味道。后来发现,街上卖的荠菜比母亲挖来的大得多,突然明白,这可能是人工种植的,遂不再做重温旧时光的梦。近些年的超市,卖各种馅的冻饺子,其中也有荠菜馅的,如果都是野生的话,恐怕会供不应求。于是,不再买任何与荠菜有关的商品,与其说味道让我失望,不如说是想更多地保留野荠菜原汁原味儿的记忆。

只有回到父母的家,野菜又会自然地进入日常的生活。父亲在门前的小院里种了薄荷、金银花,夏天用新鲜的叶子泡茶,余下的晒干,留在冬天吃。他还种了紫苏,也是类似薄荷的大棵植物,种子是从南方老家搞来的。在我的家乡,紫苏是烧鱼时必用的作料,春夏秋三季都用新鲜的,冬天用晒干的。每次回家,母亲烧鱼都放紫苏,有时是

挖野菜 37

直接从院子里采,我称这是家乡鱼。有一年到广东,朋友招待吃饭,有一道炒田螺,我一吃就吃出了紫苏的味道。说给朋友听,她大惊之下说,你们北方人还知道紫苏。其实北方也有紫苏,出生在东北的外子曾随了父母在农村插队,那里的农民叫它苏子叶,因为叶子宽大可以食用,农家都把它垫在笼屉上蒸黏豆包。只有朝鲜族人种植,并且腌成咸菜出售,价格几倍于普通的咸菜。只是没有人想到用它当作料,更不会像我的家人把它看得那么珍贵。

野菜远离了我的生活,就像我远离了自然。挖野菜的情趣不可再得,就像我不能再回到童年。时光流逝,我感激艰辛岁月赠予我的巨大欢乐。野菜对于我来说,是亲情的象征,是我与这个世界最自然的联系。

做女红

做女红的种种酸甜苦辣,也是人生况味的一种。它使我在空虚的时候变得充实,不至于陷入诞妄的自我膨胀。它帮助我理解文化变革中的古老传承,从所有意识形态的话语陷阱中挣脱出来,以平实的态度面对飞速变化的世界。

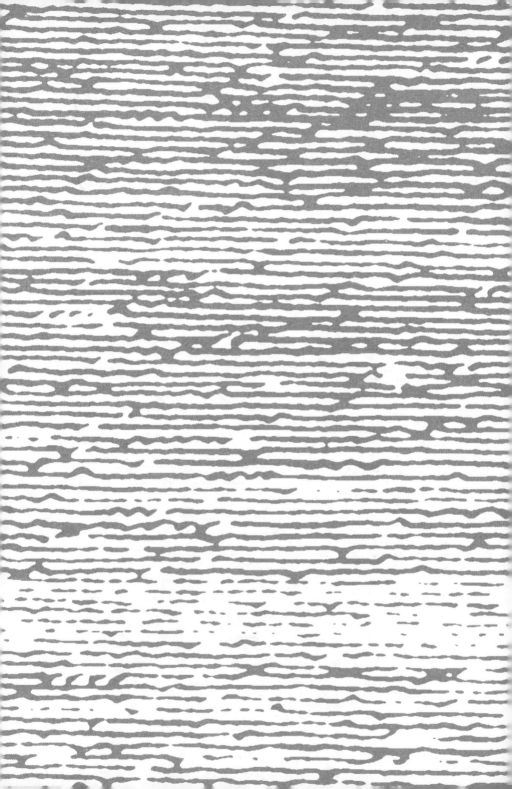

一

做女红的说法不知起于何时？"红"是形声字，左边象形，右边注声。象形随丝，当与养蚕、缫丝和纺织相关；清代《说文通训定声》中记载，"红，假借为功，实为工"，"工"具有干活的意思，那么"红"字也可以解释为"干"与"丝"相关的工作。尽管它最初的语义是指特定的颜色，应该是源自对包括生命在内的自然现象的命名，矿物质的颜色、人与兽的鲜血、花卉的颜色，以及太阳在某个时间的色彩等，从中抽象出共同的特点加以概括。在色彩的基本意义中，特别强调了指涉女性的文化含义，"红颜薄命""红粉知己"等，都是性别指认的套话。这大约是起于对女性生命现象的发现，身体的潮汐循环与生育时的血水奔流，都是红的具象；此外，因与石榴花显示着相同色彩，故有以石榴裙指代女人的说法。将植物与女人相类比，这显然是男性的视角。"红"前加"女"，重叠的语义区别于自然现象，体现着人类性的文化特质，同时也是对这一色彩象征双重语义的强调，可以理解成红上加红。

推广开去的各种意思，则使这个颜色在语言所象征的文化体系中具有特殊的价值功能。它象征喜庆、主吉祥，古时的读书人"洞房花烛夜，金榜题名时"，都要披红挂花。它又象征顺利与成功，如"开门红""满堂红""红歌星""红舞女"，"红得发紫"是对一个成功的人充满嫉妒的讽刺。而不知道从什么时候开始，它又和革命发生了联系，象征着暴力流血的政治变革，大概是专取"红"字色彩的单一意义。而这又与宗教的神秘信仰相关联，中国的萨满教认为红色具有驱邪镇妖的功能。这种信仰一直延续到"文革"，所有被打倒的"牛鬼蛇神"，名字上都要打一个红色的大叉子。就连基督教中也有相近的观念，美国作家霍桑的名著《红字》，在女主人公的胸前缝上红色的字母A，惩罚她违犯教规的越轨行为，煽动普遍的歧视。进入商业社会以后，"分红利"更是普遍的集资分配方式。就是在革命以后，新的权力结构中，也仍然存在尊卑贫富的差别，于是有了"新阶级"的命名，这又重合于前一种语义。以上三种意义附着在原始语义上，都使红色关联着现世的利益，意味着顺遂和发达。其中也包括了女性的文化价值，作为男人欲望对象的体现。所以它又概括着所有人间的福祉，"红尘滚滚""红尘障目"，都是佛家形容世俗社会的用语。

"工"除了注音之外，也还有意义存在。工作的一般意义，加上"丝"的偏旁，强调了工作的内容，区别于渔猎、农耕、畜牧和其他的重体力劳动，以及两性都从事的生产活动，比如采集，这就使"红"字所代表的工作范围限定于女性。又古代所谓的"工女"，专指从事桑蚕、纺织和缝纫的女人，这大概是做女工的意思通于做女红的原因。由此推测，"做女红"的说法，大致应该产生于农耕文明中桑蚕业兴起的时代。这已经很古老了，至少早于先秦。《诗经》中多有桑间陌上的记录，《桑中》记载，"期我乎桑中，要我乎上宫，送我乎淇之上矣"；《卫风》中的《氓》，更是由以布易丝开篇，叙述被遗弃女子的痛苦，开中国"弃妇诗"的先河。周朝时卫国处于现在的河南、河北相接的地方，那个时代，中原一带的气候大概是适合植桑养蚕的，而生态的变化与政治经济中心的南徙，使桑蚕以及丝绸生产业逐渐随之南移，成为一般人印象中南方的特产。又有传说中的黄帝之妻嫘祖发明了养蚕缫丝的技术，河南某地至今还有祭祀她的节日。"丝"对于中国文化的影响是超越地域的,首先形成了一个基本的汉字偏旁,派生出不少与之相关的词语。比如,"绪"的原始语义是丝之端也,"经"与"纬"都是织布时纵横的线路。如是说来,实在不应该小看了做女红,它几乎是文化的源头,关联着一大批词汇,渗透在社会生活的各个领域。

二

起于中原,早于先秦,使"做女红"的说法拥有了广阔的时空范围。而它的具体内容则是随着时代的变迁,发生了很大的变化。先是棉花的引进与普及,棉纺织品代替了丝织品,产生了一个新的字"线",特指粗于丝而细于绳的同型物体。棉线是用棉花纺成的,故有丝的偏旁而以注声字区别质料。陕北民间的口语,称纺棉花为纺线线。丝线并列,既指两种质料的混合品,所谓棉加丝,也代表所有细致的绳状物。随着棉纺织品的普及,它在人们的日常生活中越来越重要,"线"的语义不仅脱离了丝,也大大地超过了丝的语用范围,关联着人体、科学、社会和政治的广泛事物,"神经线""电话线""前线",以及"路线斗争"等,都是以"线"为中心词。做女红的内容再一次成为文化的起点,具有普遍的象征意义。

由此带来的阶级、文化差异,也扩及整个社会。棉花取代了兽皮的御寒功能,成本低廉,是普通民众承受得起的四季穿衣用度。由此形成的平民性文化特征,也是读书人自我标榜的寄托。马王堆汉墓出土的丝织品,工艺的考究体现着贵族精致的生活质量,而布衣粗食则是一般民众的生活标准。自隋唐开科举之后,中国的读书人就喜欢自称布衣,连诸葛亮贵为一国之相,还要在《前出师表》中声称"臣本布衣"。魏晋以前的名士,都要标榜出身高贵,且需华服美容才有资格,故有魏晋士人"痛饮酒,熟读《楚辞》,可为名士"的反动。传统的工女成为了少数人的仆从，从宫廷到官宦富商，都养着做丝绸刺绣的专门人才。即便是民间的织户，也首先是为朝廷生产，故曹雪芹的祖父曹寅官至江宁织造，专门督办民间丝绸纺织品的采买进贡事宜，是官商。能得到这个肥缺，有赖于曹家与皇室的特殊关系。许多年以前，在苏州参观苏绣工厂，女工们把一条细丝线擗成二十多股，以各种针法在薄如蝉翼的素绸上，绣出有立体感的色彩层次。一个工作日只能绣指甲盖大的一小块，完成一件绣品短则一周，长则数年。一位从海外来的女汉学家摇着头叹息道，这样的艺术实在是太残酷了！估计绣工们中年以后，目力都不会太好。

棉纺织则主要是面对平民百姓，基本上是自给自足，主要靠女人的家庭式生产，是否曾形成产业都是个问题。男耕女织是中国农业社会的典型生产方式，纺线织布的主要原料是棉花。一直到抗日战争时期，北方民间交纳的军鞋等，主要还是以靠手工机织的粗布为原料。做女红的范围首先是一个农家所有成员四季穿着的棉布衣物，纺线、织布、搓麻绳做鞋、剪裁缝纫，甚至漂染，全都靠家庭主妇的一双手完成。如果有女儿的话，还可以有一些帮衬。一个北方的家庭主妇，通常做完了秋装做冬装，要赶在季节来临之前，准备好一家人的衣物。有一句流行甚广的民谣云："秋风凉，秋风凉，懒老婆，着了忙。"除实用以外的针线活，比如剪花样、刺绣、编织等，也是一个称职的主妇必不可少的修养。这样全面的技能，是需要花费大量的时间与精力才能够习得，也需要有相当的聪明才智。故民间有在农历七月初七深夜，牛郎织女相会于鹊桥的时候，女孩儿家乞巧的风俗。有一双巧手，是一个女人一生中靠得住的幸福，而有一个手巧的主妇，也是一个家庭所有成员的幸事。

棉纺织业的兴起，是近代开海禁之后的产物。这对于妇女的家务劳动是一个很大的解放。随之流行的棉布女红新工艺，也影响着女人们的趣味，比如十字花纹的刺绣就是棉布的特产。而机械的广泛应用，也产生出新的女红方式。比如，缝纫机的普及，比起手工来快了不知有多少倍，换上特殊的压脚，连多种花色的刺绣都可以完成；而电脑控制下的刺绣，几乎可以乱真，只是种类有限。尽管如此，不少的老百姓还是不认可，我下乡的地方是本省主要的产棉区，当地的老乡基本不穿机织的"洋布"，原因是花钱还不结实，而且穿在身上凉。他们穿的都是家织漂染之后的土布，也有简单的格子布，是把染了色的线和白棉线交叉着织成。因为棉花的纤维长，织出来的布确实比山区的粗布要细致得多。那里还出产一种紫花布，棉花的原色是鲜亮的土黄色，不用染，一般是用来做男人的裤子。近年北京的市场也开始卖紫花棉的织物，称作彩棉，比白棉花纺织的衣物要柔软得多。因为从来也没有见过这种棉花，我推理是开紫色花的棉花，而开白色花的通常被称为洋花。

女红内容的再一次革命，是由于毛纺织业的兴起。大规模的机械化生产，使毛线的价格大幅度下降，而且创造出自己的名牌，著名的"羝羊牌"毛线就是其中的一种。随之引进的，是打毛衣的新女红，区别于传统女红棉活、单活的分类，俗称毛活。城市里的妇女几乎多少都会一点，两根针别来别去打出各种衣物，有的还能花样翻新地创造出各种针法，织出不同的图案与花色。技术的革新，使毛线的品种型号源源不断地生产出来，最细的开司米与最粗的棒针线，都可以带动毛活样式的潮流。与之相关的则是工具的变化，最初的毛衣针是竹木的，后来又有了各种金属的，一直到以尼龙绳连接两根很短的金属棒针，都与科技和产业的发展密切相关。除此之外，还有钩针，一扎长的金属细棍儿的一端做成一个小钩，带动着毛线穿来穿去，勾出各种花样。和手工毛活几乎同时出现的，是机械化的毛衣生产，以这样的方式打成的毛衣简称机织。不知从什么时候开始，又出现了家庭用小型毛衣机，多数是用于城市里打毛衣的家庭作坊，专门承揽零散的毛

做女红　45

活,冲击着城市妇女手工打毛活赚钱的职业。只是花色品种相对比较单调,还不足以和手工打毛衣的能手抗衡。大约二十几年前,小型的毛衣机走进普通的家庭,不少主妇开始用它为家人打毛衣,这大大地减轻了家务劳动。

  毛活也同样体现着阶级的差异。首先是城乡的差异,六七十年代的北方农村,妇女们基本不会打毛活。就是在城市里,底层的市民阶级也消费不起毛线,所以他们的子女多数也不会打毛活。一件毛衣或两斤毛线,在当时是很有分量的彩礼。在我下乡的地方,大都市来的知青,私下嘲笑当地和小城市知青,连毛衣都不会打。作为家庭劳动的毛活,大多出现在城市里面中等偏下的家庭,主要是为了节省手工钱。机织的毛衣贵,但是有型,用上海人的话来说就是挺括,是买办一类从业人员的首选。正式场合中,很少看见有人穿手工毛衣出场。但是,特别灵巧的女人打出来的毛活,几乎可以与机织毛衣媲美。一件普通的毛衣,手工费大约是五元人民币,一个手快的家庭妇女三两天打一件毛衣不成问题,如果在活计多的春秋旺季,一个月的劳动所得不会低于一个大学毕业生的工资。只是这些年风气大变,着装的随便成为时尚,毛活的价值也以手工的为好。一些毛衣厂雇用大批的女工,按照外商订货的式样,用手工编织毛衣行销世界,通常是用大棒针织成松松垮垮的样子,用彩线拉织出动物或风景的简单图案。

  虽然毛线的消费不普及,但打毛衣的技术却很快传到了穷乡僻壤,具有维新倾向的乡村妇女,把它应用到棉线的编织。工厂里的劳保棉线手套,成为重要的原料来源,攒够一定的数量就可以拆开打一件大的衣物。缝衣服的棉线也是原料,冀西的乡村里,有专门为人用棉线织袜子的手艺人,他们通常是在赶集的日子出现,用自行车带着一种小型的手工摇动的小机器,当场为赶集的人织出不同型号的袜子,顺带也卖一些成品。知青上山下乡的运动,使打毛衣的技术大普及。城市的知青,追赶着针法的潮流,水草花和阿尔巴尼亚花都曾盛行,后者是从阿尔巴尼亚电影中演员的着装受到启发琢磨出来的,又分大和小两种针法。乡下的女人则向知青学习,迅速掌握毛衣的花样。在无所事事的时代,在开不完的路线斗争的政治学习中,女人们经常凑在一起打毛活,被戏称为"线路斗争"。

由此可见,女红的种类和范围,反映着文化的变迁。至少与桑同时的麻,是从南到北做鞋的重要原料,也是纺织品的一种。《诗经》中有《丘中有麻》篇,和麦并举用于起兴,可见也是种植的作物。另有《东门之枌》,内有"不绩其麻,市也婆娑",也可见当时麻制品的流行。一直到现在,披麻戴孝仍然是不少乡村丧礼的制度,大约有返璞归真、慎终追远的意味,只是麻布已经很少,通常是以白棉布代替。随着手工制作的鞋逐渐被淘汰,麻线纳底布鞋的生产也受到影响。只是随着后工业社会的到来,对于手工制品的推崇,它又开始走俏。北京的商场中,有时可以看到"内联升"的手工布鞋,价格是塑料底布鞋的十倍。原本是出苦力的劳工阶级的用品,一反成为一种多少带有一点奢侈的文化人的标志。而取中的是一种用机器轧底的棉线布鞋,价格略高于塑胶底的布鞋,因为不结实,干体力活是穿不住的,只有老人们可以用于散步。扣子从手工编织纽扣到金属的摁扣,再到各种的化学制品,工艺越来越简单,价钱也相差越来越大。随着环保意识的加强,木制的扣子走俏了二十多年,但也是用特定的机械车出来的。"文革"后期,在革命化意识形态的影响下,崇尚简朴的风气,手工包扣一度盛行,一直延续至今,但现在服装店里的包扣也都是用机械制作。

三

随着社会分工的越来越细,做女红早就不是女人的专利,裁缝多数是男人,更不用说各类纺织厂中都有相当数量的男工与技术人员。而产业化的总体趋势导致了做女红的技术革命,同时也使一个人的专业越来越狭窄。不要说一般的职业妇女,就是制衣厂的女工,都不可能独自完成一件衣物的制作。在现代化的流水线上,原料分解成许多块,从第一道工序到最后一道工序,要经过许多人的手。一个工序的工人,经常是做一道缝,连成品的样子都无法想象。传统女红的创造性审美活动,彻底被消解在机械的单调重复劳作中。只有服装店还有干全活的裁缝,他们量体裁衣,根据顾客的要求制作。但是也有专业的分工,比如做西装与做中式服装的专门店等,专业性越强,价钱也越贵。同时也受制于时尚,要迎合顾客的趣味,也很难有什么创造性可言。

能干的家庭主妇们,为了节约,会利用各种材料制作简单的衣物,但是能做西装、丝棉袄和吊皮衣的怕是极少。此外,就是商品经济不发达的地区,物资与专业人才都很匮乏,女人被逼得不做女红就无法维持家庭成员的日常生活,于是能做全活的人才也涌现了出来。通常是基本的棉活与单活,诸如纺线织布、拆洗被褥、做四季衣裳。更多的时候是缝缝连连,保持全家人起码的体面。这就使她们的技术大大地受到限制,更多的是节约用料的常识、翻旧为新的经验,比如套裁的方法,以及各种废物利用的程序。在七十年代的中国农村,缝纫机还是奢侈品,农村妇女主要靠手工做针线。对于一个会过日子的家庭主妇来说,一根线头都是宝贵的。补袜子、补鞋,更是家常便饭。做女红成为女人的日课,即使是在闲聊的时候,也很少看见有人空着手。小女孩儿和老太太通常是举着纺锤拧线,大姑娘、小媳妇和中年妇女则一般是纳鞋底。冬天在炕上纺棉线、做棉袄,夏天在院子的阴凉地里铺上席子絮棉被。

即便在城市里,女人一般的缝纫工作也是不可少的。民国初年创办的女校中，有专门的缝纫课，教女学生刺绣等各种女红，力图把女学生培养成有文化的新式淑女，并且配备了专门督导学生行为规范的成年女人当舍监。"五四"以后的女校风潮，多少都与这样的教育方式与制度相关。从许广平开始，许多的文化人都曾回忆过对当时女校保守风气的反抗。萧红对于学校的反感，以至于离家出走，首先基于以做女红为象征的教育思想，也包括学校与家庭沆瀣一气的管理方法。她在自己的小说中，抨击了新式教育的种种弊端，做女红也是其中之一。尽管如此，那一代知识妇女还是受惠于学校的淑女教育，培养了她们的生活能力，形成了她们生活方式的一部分。鲁迅故居中，陈列着许广平绣的枕头套。萧红回忆鲁迅的动人散文里，有许广平打毛衣的细节。萧军和他的同时代人，都回忆过萧红做针线的神奇本领。特别是在抗日战争的动荡年代，她从地摊上买来廉价的扣子等材料，自己缝制合体的旗袍，既美观又大方。我推想，她们反感的不是做女红的工作，而是拒绝仅仅当一个贤妻良母的文化角色。做女红其实是需要艺术想象力的，并不仅仅是为了实用的目的。少小时，曾听一个同学讲起，她的母亲未嫁之前，和村子里的女伴儿们暗中较劲，偷着精制各种花样的衣物秘不示人，等到做好后突然拿出来，争奇斗巧互相比量。我确实看见过她母亲做的婴儿鞋，式样大方、色彩雅致、针脚匀称，简直就是艺术品。

  至于日常生活中的缝缝补补，更是起码的能力。连张爱玲这样富家出身的女人，都因为自己不会做女红而惭愧。她在《我的天才梦》中，详细地讲述了自己生活能力的低下，其中不会补袜子是重要的一项，并因此说自己是一个废物。她经常为日常生活的细节所磨难，所以才断言"生命是一袭华美的袍子，爬满了虱子"。就是在国外，贵族妇女们也要会起码的针线活。安娜·卡列尼娜的嫂子，看见她华贵的内衣，立即对自己内衣上的补丁生出羞惭。而不修边幅的女人，则

做女红　　49

比衣冠寒酸的女人，要承受更多的文化压力。从城市到乡村，从农民、市民到知识分子，大多都是如此。如果是一个家庭主妇，她还要承担全家人着装风格的责任。有一句古话说，男人在外面走，带着女人的手。这就使做女红的工作，具有格外深厚的文化意味。不仅是能力，也是文化规范，所谓"德言容工"是最基本的操守之一。

革命带来的文化震动，则是和商业社会的分工一样，从另一个方面动摇着这一古老的传统。"南京路上好八连"的事迹之一，是对于针线包所代表的艰苦朴素革命传统的继承发扬。这使男人做缝缝补补的工作，变得理所当然。我推想，除了经济条件之外，一开始是由于革命队伍中女性很少，加上革命女性对于做女红的反感，逼得男人们必须自己动手。后来被设定为革命传统，影响着几代人的思想和行为方式。在男性朋友中，确实有会踩缝纫机做针线的，大多出身革命干部家庭，或者有过当兵的经历。实际上，民间也有喜好干针线活的男人，他们更多地出于对技艺的好奇与创造的快乐，纳鞋底、打毛衣、做被子，都可以比女人出色。而他们所承受的文化压力，也并不是很大。有的时候，民间社会更宽容一些。尽管免不了会被视为娘娘腔，但却是许多女人择偶的最佳对象。当然，也有为生活所迫的情况，类似电影《和你在一起》中的刘成，独自抚养捡来的孩子，把他培养成了艺术家。其中有他做针线乃至打毛衣的情节，编导者对于民间生活可谓熟稔。

改革开放以后的商业化潮流，更是彻底地冲击着这一古老的传统。首先是就业的机会相对增多，专职的家庭妇女越来越少。生活节奏的紧张、繁忙的工作，都使职业妇女没有做女红的心情。普罗阶级的女人，在工厂里累得筋疲力尽，回到家里又要干各种家务劳动，没有余力做细致的女红。加上商业化的迅速发展，可供选择的商品种类增多，价格也可以为一般人所接受，手工女红节约下来的那一点儿钱不再重要，多数人做女红的动机不复存在。连服装厂的女工，都不自己做衣服。知识妇女要忙于工作和各种业务进修,原本没有多少做女红的思想和技术训练,家庭劳动的社会化使各种人工多且便宜,更乐得家务劳动的简单。再加上域外女权思想的影响,有意反抗淑女规范,着装更加随便,自然没有做女红的兴致。只有影视明星们,不得不在衣饰上讲究,那也多数是在正式的场合。著名的舞蹈艺术家杨丽萍出道之前,为了参加重要的比赛,倾其财力为自己设计制作了一条孔雀裙,使她高超的舞艺获得形式上的完美配合。至于职业暧昧的女性,着装的经济另有来源,也不必锱铢必较那几个小钱。高档的通常是穿各种名牌,低档的则是赶各种廉价的时髦,都不需要亲自动手做女红。

做女红的工作越来越职业化,女服装设计师在国际国内频频获奖,女服装店的老板通常也都受过专门的培训。而做女红的审美需求,则可以通过其他的途径实现,比如各种艺术的创造,从表演到美术,各种各样的小制作,都可以充实业余生活。由于家庭关系的进一步松散,女人对家庭成员的着装责任也大大地减轻了。在一个多元化的时代,每个人首先在服饰上具有选择的权利与余地,就连孩子们也开始不太喜欢家长为他们购买的衣物。新新人类以奇装异服表达自己反文化的精神倾向,男孩子要裙子也不是什么稀奇的事情,至于颜色和式样的挑选更是应该由孩子们自己做主。这既解放了女人,也刺激了生产,使女人有了更广阔的自我发展空间。

四

我的少年时代生活在半城半乡的地方,既有乡土社会的传统,又邻近城市,时时受到流行风气的影响。记得每到春夏之交,每个家庭都要挑选大太阳的日子,把箱子底翻出来晒一晒。各种质料的衣物在铁丝上晾成一排，五颜六色十分悦目。主要是各种丝绸的棉单服装，也有毛料的各种制服大衣。傍晚的时候收回来，等到热气散尽放凉之后，包上樟脑球，再收到箱子里。这些衣物几乎没有穿的时候，一年中只有这一天见一见天日。后来在张爱玲的书里知道，这是一种风俗，在南方叫作晒霉，是在黄梅雨季之后进行。除了驱除霉味儿防止虫蛀以外，还有一个功能是夸富。而城市里流行的新事物，则很快地被接受。比如，苏联花布做的布拉吉、廉价人造棉、塑料凉鞋、尼绒纱巾、尼绒丝袜，等等，都迅速地取代了传统棉毛麻纱与皮革的制品。那是一个匮乏的年代，新产品的经济实用与简便，是受到欢迎的主要原因。

我家居住的大院，邻居基本都是家庭妇女。她们都要做大量的针线活，承担着全体家庭成员的衣物与被褥的缝制。小脚的老太太们，完全靠手工，缝制各种衣物之外，还会绣各种的花样。有一个邻居家的大妈，给自己的女婿做了一个烟荷包，黑色的面上用各种花线拉出长长短短的直线，形成大小不等的花朵。解放了脚的中年妇女，则跟上了时代的潮流，都会蹬缝纫机。有的手特别巧，可以根据城市流行的式样，手工剪裁制作出精致的衣物。她们善于持家，利用各种下脚料，做出各种家庭用品。其中的一种是对布的图案，把各种花色的碎布片，剪成三角的形状，调整好对比的颜色并拼成整块的布，在周围用统一颜色布料圈上边，通常是黑或蓝的深色厚布，在里面续上棉花做成椅垫。也可以用其他的花布，掩上荷叶边做成书包。因为没有正式的服装店，她们也承做一些零散的活计，从棉到单、从铺到盖，以及补衣服，等等。记得有一家的老人突然去世，几乎院里所有的主妇都义务地帮助做寿衣。那是一个燠热的夏天，她们坐在房山的阴凉地里，在席子上剪裁黑白两色的布片，并很快地缝成夹袄夹裤。还做了一双尖脚的小鞋，因为来不及绣花，白底上用水彩画出荷花的图案，在对称中显出鲜活的姿态。她们使用的工具,有一些也是自制的。比如,拉线的粉包,是绣着花的圆形小兜里装上白粉,一根细绳从中穿过。绗被子的时候,两个人拉着线的两端,对好被面需绗的位置,用手拉起绳线的中部再放下,嘣的一声,一条白线就出现在被面上。会打毛活的则是比较年轻的人,她们的着装更现代一些,基本不穿中式的衣服,夏天穿裙乃至布拉吉,追赶着城市的潮流。

我称年老的为大妈,称中年的为娘或婶,称年轻的为阿姨。和她们的交往,使我从小就受到做女红的熏陶。尽管比起其他孩子,我受到的训练是不正规的,更多的时候是偷艺,但是从旧到新,也可谓全面。盘纽襻是和一位老大妈学的,她是母亲同事的老伴儿。打毛衣则是和一位年轻的阿姨学的,她是我家的近邻。一些母亲是家庭妇女的孩子,她们做女红的启蒙教育,是从摘线头开始的。夏天的树荫下,她们抱着一堆拆开的旧衣服,顺着针脚的边缘,把上面的线头一根一根地摘下来。还有解乱线的工作,是把从旧棉被和棉袄上拆下来的旧线,从互相纠缠在一起的线团中,一点一点地解开,缕成一把准备以后再用。这不仅是为了废物利用,也是磨炼性情,目的是使女孩子们变得文静,训练成稳重的淑女。然后是搓麻绳,整把的麻擗出两小股,在腿上搓成绳,不时地要在手上啐上一些唾液。还要做的是糊嘎褙,用细的玉米面打好很稀的糊糊,找来大块的木板,至少是案板,把各种没用的破布展开,一层糨糊一层布地贴上去,放在阴凉处晾干以后,揭下来做鞋用。多则五层,用作鞋底;少则三层,用作鞋面。前些年,城市里流行布贴画,大约就是起源于糊嘎褙的工艺原理。

我的母亲是一个职业妇女,而且生长于南方,她家乡的风气是请裁缝做衣服,女红除了缝补之外,主要是刺绣,所以她不擅长针线。但是,她一心要把我培养成革命淑女,向我灌输各种革命理论,还教我绘画绣花。记得她为我买了一尺宽幅的漂白布,对裁成一对枕头面。

还为我买了一缕紫红的变色丝线,教我绣枕头。她用圆珠笔把图案画在白布上,一幅画的是一枝梅花,斜依在一角;另一幅是一支羽毛球拍子,把儿上有蝴蝶结系着花束。她把布绷在竹子的花绷子上,教给我用不同的针法绣不同的东西。第一幅比较简单,针法没有什么变化,第二幅则用了至少三种以上的针法。花瓣是平绣,花叶是用长短针插绣让出筋脉,羽毛球的拍子先用结珠的方法勾出轮廓,再用拉线织出网的效果。那是我一生做过的最艺术的女红,可惜做成枕头套以后,早就用烂了。母亲的审美观念和其他人完全不一样,这使我觉得很奇怪。

少年时代最经常做的针线活是补袜子,把木头的袜楦子装进破了的袜子里,找出碎布对照着破洞的形状剪出来,先用线绷上,再一针一针地把布边缝起来,最后一道工序,是在上面纳上一圈儿一圈儿的针脚,使布与袜子紧紧地连在一起。那时候的袜子都是粗线织的,加上补丁就更厚了。好在鞋也多是宽松的布鞋,穿起来也方便。后来有了呢绒袜子,穿破了的时候,就经常把一双最破的剪开,补其他袜子的破洞。再后来,有了呢绒丝的袜子,它的好处是特别结实,几乎穿不破,只是容易缩水,越穿越小。织袜子也是当年做得最多的活,先是用缝衣服的棉线织,两股合在一起,用铁制的针打。一开始的时候,因为不能熟练掌握线的松紧,铁针把手指扎得很疼。后来换成竹子的针就好得多,那多半是用竹批子削出来的,用玻璃片刮光,再把针头在砖头上磨秃。有的时候,也用从旧的袜筒上拆下来的线织。后来有了机器拧的粗棉线,那是为平原地区女人纳鞋底生产的,因为土路省鞋,用不着麻那样结实的线,大大降低了成本。买一两粗棉线,缠在线拐子上放松,擀出三股,用来织冬天穿的线袜。后来又出产了一种呢绒绳,可以擀成许多股,也是用来织袜子。一直到旧毛衣拆出来的线,也是织袜子的原料。织袜子的技术在袜跟和袜尖,都是和邻居家的大姐姐学的。在这个基础上,又开始打毛衣。

有了缝纫机以后,所有的女孩子迅速地学会了蹬缝纫机。从轧鞋垫开始,把嘎褙剪好,垫在最便宜的原白布上,压在机器上,针脚挨着针脚,密密麻麻布满所有的地方,然后剪下来。一开始是轧直线,学会了拐弯则转着圈地轧。各家的鞋垫几乎都出自孩子们之手,这种自制的鞋垫比买来的要结实得多。我对缝纫机的迷恋一度近于狂热,经常趁母亲不在家的时候,把能拆的零件一件一件地拆下来,再试着安上去。顺便打扫了里面的灰尘,慢慢悟到它的原理,在后来远离城市的山居生活中,一些小的故障便可以自己排除,居然还有人求我修理缝纫机,应该说是童年的好奇带来的意外收获。缝纫机大概是六十年代财富的象征,同时也引领着女红的潮流。记得曾经到一个当地的女同学家串门,看见她的外婆用手工缝出机器的针脚,当时惊叹不已。

我的小学同学不少来自农村,加上支农劳动很多,经常有机会去农村,可以看见当地女红的特色。婴儿穿的红兜肚上绣着黄花绿叶,女孩子的鞋上绣着各种颜色的花草,有的是蝎子一类具有避邪作用的毒虫,还有的是四季的各种蔬菜的花朵。用色丰富与随意,当时只是觉得新鲜,不懂得这是民间艺术的特点。三十岁以后,才能比较深刻地理解这种艺术的想象力。特别是接触了西方现代派的美术作品之后,也格外地欣赏这种纯粹的民间艺术。

五

"文革"对于女红的冲击是剧烈的,先是各种奇装异服被取缔,连发式都要统一。接着是革命的观念艺术盛行,随之而来的是以俭朴为美的时尚。各种旧的风俗都在批判之列,更不用说对阶级成分的过分强调。夸富的晒衣不再盛行,代之而起的是装穷。穿打补丁的衣裤很时髦，近于十几年以前域外流行的乞丐装。即使是新的裤子，也要把裤脚挽上，类似牛仔服的故意做旧。政治的禁忌也越来越多，当年批判的电影中有一部六十年代拍的《巧媳妇儿》，因为教人们套裁省布料的方法，而获"污蔑社会主义"的罪名。女红的范围急剧缩小，只有红太阳以及与之相关的内容。而且形式也发生了革命，简单为美的潮流影响着技术的简化。双色木刻的图案、塑料窗纱上的十字绣，最复杂的也就是用多种颜色的丝线在缝纫机上轧，还有用红纸刻，用多种谷物豆类的颜色拼凑粘贴，唯一的主题是红太阳。我着实疯过一段时间，但是很快就烦了。对于单调的内容没有太大的兴致，而对于各种工艺则生出好奇。这真是一个不可救药的弱点，老是为了细节而忘记主题。我尝试过各种工艺的制作，首先明白了木刻的基本原理，刻纸的技术也大有长进，绣十字花的针法也是那个时候学会的。后来在东京，看见卖扎染的铺子里，有专门的工匠当场制作，顾客花一点钱就可以实习。这真是一个好办法，不仅生财有道，也普及了艺术的工艺技术。

中学的同学不少来自镇上，男男女女都精于日常生活的知识，和我们这些所谓文化家庭出来的孩子大不一样。他们在混乱的教室里，大谈家常菜的做法，各种话题涉及姓氏、民族、风俗和两性关系，等等，拥有丰富的文化含量。女同学更是在革命的热潮中，坚信一些基本的价值观念，比如厚道，比如本分，比如整洁，等等。各种文化规范更是渗透在方言中，"张巴儿"是形容一个人好咋呼，"显奇儿"则是形容喜欢表现与众不同，两个词合起来连读，前者变成主语，主谓结构指涉好出风头的人。在女同学的私下谈话中，更是充满了生活的智慧。一个女孩子对我说，有钱吃了谁知道，要是穿在身上多体面。还有一个女同学嘲笑另一个女同学说，你看她表面穿得流光水滑的，里边的毛裤都秃噜得少了半条腿。她们穿的衣服都是手工家做的，整整齐齐非常合适，估计家里没有缝纫机。还有各种俗语，更是体现着民间的价值观念。比如,"买得起马配不起鞍",是说用大钱慷慨用小钱吝啬。

有一段时间,因为家里的经济情况不好,我基本上穿的是母亲的箱子底。棉袍剪掉下摆,缭上边就是棉袄。春夏秋三季的衣服,则连改都不用改。记得有一件绿色大花图案的府绸棉布长袖衬衣,一件白底小绿花图案的套头衫,一件湖绿色暗花纺绸短袖,还有一件白丝的短袖,上面有深浅不同的菱角图案。一个当地的同学说,你们家真有钱,有这么多的好衣裳。这让我愕然,这些衣服布料都不结实,在经常性的学工学农劳动中,很快就都破了。母亲的箱子底也空了,只好把一些早就淘汰了的衣服翻出来穿,记得有一件打着补丁的黑色列宁装,穿到学校以后,一个老师开玩笑说,这是哪个时代的衣服呀?家境稍微好了一些之后,母亲立即张罗给我们做新衣。因为找不到裁缝,都是请人帮助裁,然后自己用缝纫机轧出来。母亲的同事的学生,经常到家里来用缝纫机,这给我的偷艺创造了良好的条件。我看着她们熟练地工作,默默地记下各种程序。政治风潮稍微平静了一点之后,母亲又开始她的淑女教育,而且变得严厉。有一次,她疾声说,如果不学着做,冬天就别穿棉袄。没有办法,我只好又开始做各种针线活,主要是缝缝补补,没有做成过一件衣服。但是关于服装制作的种种经验之谈,却是记住了不少,比如"裤长不过寸,衣长不过分"。裁剪中式便服的领口,是一项难度很大的技术,口诀是"女枣核儿,男柿子",意思是说,女人的领口要裁成枣核的形状,男人的领口要裁成柿子的形状。

后来,家搬到了山区,生活更加不方便。武斗刚过,当地的学校还没有恢复,无学可上。母亲去搞"斗批改",我和弟弟妹妹们自己管理自己。洗衣做饭、拾柴搂草、赶集上店、买粮做煤,都要大家一件一件地去做。连弟弟们的头发都是我用推子理,发式自然是不成样子。邻居家经常有农村来的亲戚,半大不小的女孩子,针线活都做得特别好。有一个平原农家的女孩子,穿着一身崭新的紫红色的花条绒,玫瑰红的新方头巾系在下巴颏上,肤色白嫩,脸蛋红扑扑的,浓眉毛,小肉眼,噘噘嘴,煞是可爱。她来伺候姨妈坐月子,一有空闲就出来和我们玩儿,手里永远拿着活儿,一边说话一边做。她纳鞋底和当地山区的女人不一样,不用锥子也不用麻绳,只用顶针顶着粗针,带着棉线穿过薄薄的鞋底,针法也复杂,能够把线缠着纳出富于变化的花结。她纳鞋垫是把两只对在一起缝,用红红绿绿的棉线纳出各种几何图形,然后用薄刃的小刀从中割开,两只鞋垫图案对称,产生毛茸茸的效果。她告诉我说,这叫割绒,在俺们那可时兴了。在风气的影响之下,我也开始学着做鞋。按从小看来的程序,从糊嘎褙开始到绱鞋,一道一道工序地做起来。只做了一双圆口的布鞋,弟弟穿了没几天就烂了,因为材料的简陋,大约也不太跟脚。冬天快到的时候,以前的邻居阿姨看我难,主动帮助我把弟弟的棉袄做起来。我在冰凉的井水中洗被单,手冻得通红发麻。那些小脚的大妈走过,感慨地称赞,十几岁就可以顶门立户挑家过日子了!这让我感到自信。这是生活逼迫的结果,也是母亲淑女教育的点滴成就,更是环境带给我的影响。

做女红的实惠贯穿了我的一生,帮助我渡过种种难关。在乡下的时候,许多女工的针线活都很出色,一块补丁也要缝得平平展展。就连来自大城市的知青,做鞋的水平也很高。手工做出的布鞋,穿着确实比买来的鞋舒服得多。那里的棉花好且便宜,在风气的影响之下,我托人买了一些给自己做了两床被子。因为不会絮棉花,就和当地的一个女工换工,她给我做棉被,我给她打了一件线衣。由此带给我更深的影响,是毕生对于技术与工匠的尊敬。后来在一本内部参考的苏联小说中,看到一句话,"要么艺术,要么技术",立即产生强烈的共鸣。在"文革"后期，因为不愿意求人，我摸索着做过各种东西。在断断续续的偷艺与偶尔向女伴儿的请教中，我已经可以做大件的全活儿。从裁剪到锁扣眼，从棉活到毛活基本都可以独自完成。只是需要做的东西太多，经济又不充裕，活计比较糙。耳闻北京一些正经做活的人，要准备一根针，把尖磨秃了，专门用来拆活用，可见专业水平精细的程度。记得有一次，为远方的家人做衣服，因为要赶着让人带去，一个星期做了七件，白天还要上班。有一段时间，我做衣服的兴致近于狂热，父母的衣服、兄弟姐妹的衣服、自己的衣服和朋友们的衣服，全都做过。而且对于服装样式的简单变化也非常敏感，看一看就可以琢磨着做出来。至于打毛衣，更是驾轻就熟，走路也打，看书也打，简单的针法连看都不用看，一个冬天打七八件毛活是经常的事情。而且那时候打毛衣主要是用旧线，拼拼凑凑加上一点新线，尽可能地艺术一点。父亲有一件银灰色的旧毛衣，我把它拆开为弟弟打了一件毛衣，在流行的大鸡心领上织出黑色的宽窄条纹。他穿着出去，不少人问，这么漂亮的毛衣是哪买的。就是考上大学最初的时期，还把毛活带到学校里打。放假回家的第一件事，也是把全家的被褥拆洗一遍再做上，连弟弟的游泳裤都是借了别人的样子，比量着做成的。在时间和精力都有余裕的时候，我还绣枕头套。那时流行的图案和针法都是简单的，以单一的花色平绣，为了有立体感，先用粗白线绷上芯，最后用金、银线乱针缝，有一种简朴的雅致。而抽纱一类的精细技术，我在山沟里是无从学习的，补花的做法受到原料的限制也没有尝试过。还有一个遗憾，是我不会钩花。在一个思想没有空间的时代，技术便是智慧得以实现的最佳途径。而做女红兼有实用与艺术的双重性质，也使女人的精神得以舒展。

世道是混乱的，父亲经常说的一句话是，家有良田万顷，不如薄技在身。我暗暗打定主意，如果有一天没有了饭辙，就可以做女红养活自己。上了大学以后，由文论课懂得，"艺术"的希腊语词根就是技术的意思。突然明白对于技术的推崇其实是具有人类性的，而艺术与技术原本也是分不开的。做女红最直接地体现了这一点，这就难怪著名的女作家残雪，原来是一个熟练的裁缝。对于布料的全面规划与对于生活的整体把握，大概有着相通之处；而寓言式的整合能力更显示着剪裁技术的完美，细节的丰富也和工艺的细致密切相关。

六

考上大学以后，我最大的感受是可以摆脱做家务的负担，其中包括缝缝补补。加上学业的繁忙，也没有时间做细致的女红。偶尔为之，也都是比较像样的衣物。有的时候，还有男同学求我缝补衣服，特别是军队下来的同学，把军裤改瘦是他们摆脱枯燥军营生活后最初的自我调整。因为没有缝纫机，经常是到同学家借用。去的次数多了，别人不嫌烦，自己也不好意思。意识到时间比金钱更宝贵，城市里裁缝也好找，干脆到服装店做。也有技痒难熬的时候，多是因为对于新布料的喜好，而又买不到用它制作的服装。而且，八十年代初的北京商场，还出售裁片，就是裁好了的服装半成品，曾经买来，借用别人的缝纫机做。

就是上到北大，女同学中做女红的风气也很盛。不用说一般的拆洗缝补，就是各种流行的款式，也都琢磨着剪裁缝制。因为是穷学生，多数是买棉布。有的还要改旧为新，比如把裤子改成短裙。你教我，我教你，各种式样迅速流传。当年，流行连衣裙，一个同屋住的同学，比量着自己的腿说，膝盖下面三拳，是正合适的长度。同学之间彼此换着穿衣服，也是经常的事情。季节转变的时候，把各自穿着不合适或者不喜欢了的衣服拿出来交换，戏之为"服装展销会"。在我结婚之前，同学极力撺掇我做好衣服，还陪着我到著名的服装店，挑选面料做了一身西装。对于流行面料与色彩的知识，我也多有受益，比如，对于女式呢的喜好，就是在那个时期养成的。有一件穿小了，又做了一件。有一个同学是正统的北京淑女，着装朴素，终年穿裤子。我们便发起一个改造她的运动，有人负责买裁片，我负责做，另有同学负责锁边，半强迫地动员她穿上裙子。所有的人都从中获得了喜悦，这是实用与艺术和情感的最佳结合。

生了孩子以后，我又陷入往日的家务劳动。做女红更是其中不可摆脱的内容，而且实用性强，艺术性则比较差。从婴儿的被褥到小衣服，都需要动手做。幸亏有家人的帮助，还不至于顾此失彼。就是在北京这样的大城市，八十年代中期，幼儿的衣物也是买不到的，王府井的少儿商店出售的都是三岁以上孩子的衣物，品种也很有限。特别是幼儿的棉制品，更是有钱也买不着。给孩子做衣服是当年一件大事，从棉到单都要靠一双手。经常是借了别人的样子琢磨着裁剪，利用各种旧料子翻改，既节约了时间也节约了有限的钱。打毛衣则是利用看电视的时间，或者是熟朋友来聊天的空档。在孩子长大以后，商品经济活跃的九十年代，我基本不做衣服，毛活也多数是由亲戚帮忙。只有买不到合适的，才自己动手。当身体和精神都不适宜读书写作的时候，自我调整的最佳方式就是打毛衣。八九十年代之交，我各方面的状况都不好，毛线的价钱又很便宜，家人的毛衣不是小了就是破了，便买了不少毛线打起来。只是技术荒疏多年，效果远不如前，但还是可以体会到创作的快乐。我用各种颜色的零散毛线，为儿子织了一件大色块的毛背心，对比鲜明，式样大方，不少人问是从哪里买的。后来听说，打毛衣活动手指，可以防止心脏病，斯言是哉！

时间与财力稍微充裕了一些，我便开始注意自己的着装。首选的面料是民族传统的工艺，各种印花布、扎染和蜡染，都是我喜欢的东西。不仅是古朴的图案,也包括厚实的布料,它让我感觉舒适可靠。一件仿蜡染的蓝花斜裙,是用几元人民币从地摊上买来的,朋友看见都说好,穿了将近十年还舍不得丢掉。一件柞蚕绸的直筒扎染裙,是在王府井的工艺美术商店买来的,也穿了十年,至今还当礼服用。居委会原先裁缝铺的小老板是一位善于革新的年轻人,我经常设计好样式请他做。他原在东北干活,他说那里钱赚得少,但是活儿好做。这就是居住在北京的好处,人的观念比较开放,生活方式选择的余地也大,首先体现在着装风格的个人化。有一年年底,手头略有余钱,又发现附近的一家裁缝店做中式棉袄,立即把结婚时母亲赠的一斤丝棉和一块绿花缎找出来,送去做了一件棉袄。同时又到白孔雀艺术世界买来了一块蓝印花布,配着做了一件罩衣。春节的时候穿回家,全家人都觉得喜兴。

儿子在东北读书,冬天居然不肯穿羽绒衣。这使我很担心,决定为他打一件厚毛衣。找出他小时候的一身旧红毛衣裤,拆开洗过重新打,想赶在他开学以前穿走。朋友问起,何不去买一件。答曰,有跑商场的时间,自己也打出来了。找出多年不用的粗细毛衣针,回忆着各种针法,不分昼夜地赶起来。在他临行的那天下午,我只剩一个袖口没有打完,估计着时间没有问题,一定能让他穿着走。就在他即将出门的前一个钟头,一件悲惨的事情发生了,线不够了,只好放弃原来的计划。送走他之后,又翻箱倒柜,终于找到了当年用同一种毛线打的一顶小帽儿,拆出线来打完袖口,才松了一口气。

做女红的种种酸甜苦辣,也是人生况味的一种。它巩固着我和这个世界的世俗联系,时时提醒着我普通人的基本处境。它又启示着我超越世俗之上的精神信仰,种种的技术都是艺术感悟的契机。它使我在空虚的时候变得充实,不至于陷入诞妄的自我膨胀。它帮助我理解文化变革中的古老传承,从所有意识形态的话语陷阱中挣脱出来,以平实的态度面对飞速变化的世界。一度我曾想改换专业，去学服装设计，而且专门为普通人服务。现在，我渴望早一点老去，可以待在家里，专注地做女红。

遛电影

北大每个周六的晚上,都在大操场放电影,而且票价便宜,带有福利性质。坐在四周树影婆娑的空地里,又回到了童年的时代。多数情况下是和同窗好友一起看,讨论起来别有见地,对于增进文学的理解力大有益处。

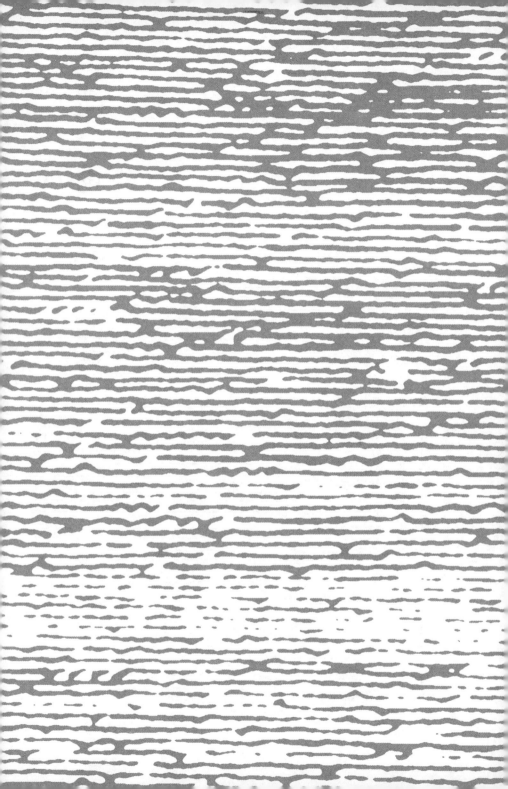

一

电影是现代文明最典型的艺术方式。它综合着各门艺术的形式，又依赖科技的昌明，具有产业化的生产方式，制作的过程需要许多人的合作。它把时间和空间浓缩在一块白布上，缝合现实与梦幻的边界，全面地调动观众的感官。欣赏它不需要很高的文化，是最为普罗的艺术。它迎合着市场的需求，是消费文化的重要形式。同时，它又以各种新奇的故事，激发着人们的欲望，影响着世界的秩序。因此不同的意识形态和政治立场，都可以用它来宣传自己的思想。它简直就是歌德的《浮士德》中，那个在实验的魔瓶中诞生的精灵。

对于它的种种抵抗，也持续了一个多世纪。一向很接受新事物的艺术家们，也对它束手无策。托尔斯泰是一个例子，他不是一个保守的人，自行车发明的时候，他已经七十三岁，居然也购得一辆学会了骑。但是，他对于电影的厌恶却格外地强烈，引用米兰·昆德拉的说法，他大概是反感电影的"媚俗"。具有讽刺意味的是，在他的身后，各国的电影艺术家争相改编他的作品，几乎他所有的重要作品都被改编成了电影，《安娜·卡列尼娜》还被改编成更加通俗的电视剧。如果托翁地下有知，不知道会做何感想。鲁迅也不以电影为然，他对萧红和萧军说，电影没有什么好看的，值得一看的是纪录片，可以得到一些知识，了解一些各地的民俗风情。在二萧的回忆中，鲁迅曾经请他们看的电影，有一部是《人猿泰山》，加演的是红场欢庆"十月革命"

节的纪录片。而在他逝世的二十多年之后，他的小说《祝福》就被改编成了电影，这也是历史嘲讽的一种方式。即便在电影普及为主导艺术形式的二十世纪中，对于现代文明持批判态度的文学家，也都不肯随俗。诺贝尔文学奖得主福克纳只有在经济困窘的时候，才为制片商编剧本，也就是说他参与电影是为了找饭辙，真正能表达他思想的艺术形式是小说。

与此同时，在电影的影响下成长起来的人们，也在利用现代声光技术的同时，借助电影的方式表达自己，也就是用现代文明的技术表达对于现代文明的反抗，五十年代意大利的新现实主义与六十年代法国的新浪潮电影，都是其中最典型的代表。他们在不断探索电影表现的手法时，也努力把这门艺术从媚俗的处境中拯救出来，表达自己对于世界的哲学思考。东西方一大批卓越的电影艺术家由此诞生，伯格曼、波兰斯基和黑泽明都是其中有影响的人物。电影的观众由此分流，以美国大片为代表的电影工业继续着它们的市场霸权，迎合着大众的趣味，而一些艺术的守灵人则继续自己孤独的探索，从国外到国内的电影奖，也都区分为观众与专家的不同评审标准。这是一种很民主的策略，使电影文化在更通俗的电视文化的冲击下，得以艰难地生存。

所有的艺术形式几乎都要经历这样的过程，一开始是大众的，随后迅速取代原有的主导艺术形式。一种艺术形式当更通俗的形式兴起的时候，则很快退到边缘，因深刻与高雅而失去了观众，成为少数人欣赏的艺术形式。而且越到晚近，这个周期越短，电影艺术的发展是一个最典型的例子。从1895年12月28日下午，卢米埃尔兄弟在巴黎卡普辛路14号"大咖啡馆"的地下室，售票公映《拆墙》等纪录片开始，仅仅一个多世纪，电影就走过了默片、有声片、彩色片、宽银幕、立体片等过程，目前最前卫的是3D电影。产业化的电影制作，适应着市场的各种类型的分类，和畅销书所差无几。艺术的探索片则仅限于学院里的文化精英们,坐在沙龙里观赏。当前卫的探索被越来越多的人理解的时候,商业电影也会很快地接受它的成就,丰富电影的文化含量,提高它的艺术水准。也就是说,当少数精英天才的个人想象,逐渐成为一个时代人们的普遍感受的时候,先锋艺术的价值也就具有了商业的效益。从这个意义上说,电影也在造就着自己的观众。在电视文化和各种高科技的信息转播媒体阴影的笼罩之下,电影自身也在这两极的互动中,仍然不断地发展,拥有自己的大量观众。

对于1949年以后的中国人来说,看电影是一件很重要的文娱活动,也是比较普遍的大众文化娱乐活动。大城市就不必说了,再小的县城也都有一座电影院,有的是和剧院混合经营,称为影剧院。稍微大一点的单位,工会都有自己的放映员和放映器材,周末的电影放映是例会。除此之外,县一级有许多放映队,经常深入各公社巡回放映。就连最偏僻的穷乡僻壤,一年当中也会演几次电影。每当放映队来的时候,男女老少扶老携幼,从四面八方涌过来,群情之激动超过任何传统的节日。有些酷爱看电影的孩子,还会随了放映队跑,连饭都顾不上吃。放映员是传播现代文化的使者,自然也成为许多年轻姑娘崇拜的对象。乡村里的爱情传奇有许多都和电影放映员有关系,只是一直到现在很少被作家讲述。只有刘恒在《天知地知》里,涉及女广播员的风流韵事。而这种故事的流传,在当年的民间口头文学中是非常普遍的。

从小生长在乡镇,辗转走过很多地方,从最底层的农村到最繁华的城市,从一个禁欲的低消费时代到人欲横流的市场经济时代,半生中看电影的方式可谓五花八门。各种不同的方式又会产生不同的故事,成为人生阅历中难以忘怀的记忆。

二

最早看电影，都是在母亲学校的大礼堂里。那是一座有三层楼高的建筑，外面是朴素的灰色砖结构，里面的墙皮上用麻刀和白灰雕成一撮一撮的立体毛状，据说是为了吸音，免于产生回响。舞台的两侧分别挂着中外革命家的画像，显得很庄严。舞台下面摆着一排排活动的长椅子，只有最后面有几排高椅子。每到周六的时候，如果没有其他演出，就放映电影。家属们拿了三分钱一张的油印电影票，从学校的大门鱼贯而入，走过长长的绿篱甬道进入礼堂。票是不对号的，需要自己找座位。通常是孩子们先去占座，所以你呼我喊的声音此起彼伏。甚至由此引起争吵，闹不好还会拳脚相加。放映机就架在礼堂中部靠前的地方，在看电影的同时也可以看到放映员的工作，很有点后现代的艺术风格。那时候的电影是单机放映，一盘胶带放完了，放映员熟练地换新的盘，引起周围人的好奇与崇拜。电影演出的时候，经常会有孩子因为看不见而坐到椅子背上，挡住了后面人的视线，引起愤怒的喊叫。电影散场的时候，坐在椅背上的孩子还没有从故事中醒过来，不提防坐在椅子上的人突然站起来，椅子的重心一下后倾，磕破脑袋的事情也会发生。哭声骤然响起，又很快消失在兴奋的议论声中。

学校的周围是农村和街市，居民们也很热衷于看电影。他们没有渠道搞到电影票，一些半大的孩子只好跳下壕沟，爬过一丈高的土坡，钻过铁丝网，穿越校园到礼堂外面，再从窗口爬进去。在这期间如果被巡逻的警卫人员抓住，就要被驱赶出校园。对于他们来说，看电影实在是一种充满刺激的历险。侥幸能够进去的人，找不到座位，就坐在舞台的幕布后面。还有一些勇敢的人，则爬到窗户台上。坐在嘈杂的礼堂中，伸着脖子勉强看到半个银幕，听着扩音器里刺耳的噪音，闻着各种人体的气味儿，度过一个夜晚，是童年看电影最经常的方式。夏天来临的时候，不下雨的日子，放映机就搬到学校外面的大操场中。这一半也是为了和周围的居民搞关系，因为操场的四周都是各种树木，没有围墙阻隔，想看的人尽管来看。通常是在中心地带立两根杆子，横着架起一根木棍，把银幕挂起来。看电影的人就可以在银幕两面席地而坐，只是银幕背面的观众，看到的人物都是左撇子，有时与对话的内容不相吻合。这并不妨碍观众的兴趣，各种各样的笑声和喊声响成一片喧哗。天空中布满大大小小的星星，夜风吹过，闪闪烁烁，好像随时可能掉下来。人也不那么拥挤，比坐在礼堂里要舒服得多。

　　学校放映的电影，都经过严格的挑选，配合学生的思想教育。所以童年看到的电影，多是革命历史题材，战斗片占主要的成分。电影正式放映之前有加片，除了纪录片之外就是科教片。有的时候，也放映一些戏剧片，因为听不懂唱词，我能欣赏的只是五颜六色的布景和漂亮的服装。记得看《追鱼》的时候，有一场戏是书生在后院踱着步独自吟唱，我竟生出莫名的恐惧。这些电影的内容与我的兴趣不相吻合，一度认为电影没有什么好看的，不如看书有意思。有的时候，全家人都去看电影了，我一个人躲在屋子里看书。尽人皆知的几大明星，我都分辨不清，也记不住演员的名字，更不用说对于演技的欣赏，有的时候连剧情也迅速忘却。至于电影的种种艺术手法，更是浑然不知。印象里看过的最有意思的一部电影，是于蓝主演的《革命家庭》。频繁变动的场景、演员们生动的道白，还有摩登的服装都让我觉得新颖。除此之外，则是为数不多的少数民族题材的故事片，记得秦怡主演的《摩雅傣》，看得我目瞪口呆。加片中我最喜欢看的也是各种异域风情的纪录片，它们开启了我对于人生的文学想象力。还有一些电影故事，是从小人书中得来的。舞剧《蔓萝花》，看的就是从同学手里借来的小人书。

离家不远的十字街边，也有一座影剧院。它的后院是县评剧团，从很小的时候起，路过那里，总是要停下脚步，听锣鼓和乐曲的声音，幸运的时候还可以看到演员们练功。这座影剧院的式样和学校的礼堂大不一样，从外观到里面的结构都更接近传统的剧院。有拱起脊柱的坡型屋顶，有大大小小的柱子，刷了红红绿绿的漆，座位也是对号的。剧院外面的墙上，贴着各种五颜六色的电影海报。一走到那里，就觉得头晕眼花。坐在里面看电影，更是有一种说不出来的憋屈。好在我很少进去，"文革"之前，只有学校组织的活动不得不参加时，我才跟着队伍挤进去。记得我在那里，看过大型团体操《革命赞歌》、大型舞蹈史诗《东方红》，还看过《农奴》。《农奴》是我童年接触的文艺作品中，最受震撼的一部。影片开始时，几只长颈的大喇叭一起吹响的单调长声，使我产生肃穆的敬畏，第一次感觉到灵魂的存在，周围杂乱的环境反而离我而去。

走进正规的电影院，也是靠了母亲学校工会的福利。坐了大卡车，从郊区开进城里，拐过无数的街道，停在一家电影院门口。那是一家立体电影院，门面很小，场地也很小。进门的时候，每个人发一副墨镜。座位很舒服，近似于沙发。而且，非常安静，除了电影的音响，没有任何人声。那天演的片子，隐约记得叫《魔术师的奇遇》。有一个镜头，是火车呼啸着迎面开来，人好像置身在铁轨之间，一片惊恐的叫声爆发出来。有人在提示大家，快把墨镜摘了。慌乱中摘了墨镜，才一下从铁轨中跳了出来，火车又退了回去。那部电影的故事没有什么意思，自己对纯粹的技术又没有分辨能力，童年唯一一次坐在正规电影院中的经历很快就模糊了。

同学中不乏电影的爱好者。不少人喜欢讲述看过的电影故事，电影知识贫乏的我只有当听众的份。有一个男同学，父亲是军人，终年穿着褪了色的黄军装。他不仅看过的电影多，而且有一大堆关于电影的各种知识。著名的演员、导演和制片厂，以及各种影人的奇闻逸事，他都了如指掌。有一次，他请我们一群同学到家里去玩儿，那是坐落在荒野里的一座军营，房屋是西式的，彼此离得很远，室内的陈设简单而整洁。一下午的时间，他的话题都离不开电影。记得他问我们，你们说哪个电影厂拍的故事片最好？我们都答不出来。他得意地说，长春电影制片厂！

三

"文革"开始了。

学校里的电影不再定期放映，影片内容的审查也更加严格。以前看过的电影多数受到了批判，戏剧片更是严格禁止。在越来越革命化的气氛中，值得一看的电影只有苏联片。《列宁在十月》与《列宁在一九一八》都是看得烂熟于心的片子，吸引我的不是革命的内容，而是生动的人物形象与诙谐幽默的对话。留着小胡子的卫队长，不时掏出怀里的小梳子，即使是在非常严峻的情境里，也从容地梳着头。列宁富于鼓动性的演讲，则是男孩子们普遍崇拜的姿态。小弟穿着毛坎肩，把两只大拇指挎在腋下，在屋子里走来走去，模仿着列宁的举止。更经常放映的电影是样板戏，同学中不乏懂行的人，他们对主题毫无兴趣，津津乐道的是演员的家族系谱和出身的师门。记得有一个女孩子很神秘地对我说，你知道吗？演刁得一的马长礼是马连良的儿子（后来我才知道其实不是）……我当时能够欣赏的，只是音乐的丰富，比起旧戏剧单调的音乐和嘈杂的锣鼓，样板戏的旋律更富于变化。特别是《智取威虎山》，以庞大交响乐队伴奏，随着演员的载歌载舞起伏回旋，带给我新奇的感觉。后来逐渐演变成例行公事的思想教育，看倒了胃口。据说在一些县里，三级干部会放映样板戏的时候，把礼堂的门锁上,不许干部们出去。

"文革"的中期,十字街口的影剧院则格外地热闹起来。院子里贴满了大字报,多数是县委原领导和著名演员的私生活。演电影的时候,似乎也不再售票。多数情况下是由群众组织主办的,而且要挂上批判的名义。我突然发现电影这样有意思,和我以前的概念大不相同。在那一个短暂的时期里,我过足了看电影的瘾。有的时候一晚上看两部,而且不需要买票。印象较深的一部是《刘少奇访问印尼》,看着穿旗袍戴首饰挎小包的王光美,突然明白了什么叫作风姿绰约。我还在一个同学那里,借得一本批判资料,题目大概是一百部毒草电影的介绍。我迅速地让过声讨的文字,寻找到故事的内容,如饥似渴地读起来。这些故事对于我干涸的心灵,犹如潇潇春雨,在一个无法倾诉的时刻,得到无声的滋润。

随着母亲的学校搬到太行山区之后,看电影更是一件大事情。因为远离城市,没有什么地方可去。寂寞的山居中,偶尔有一些外来人,就会引起激动。文艺演出多是业余性质的,谈不上艺术。反倒是篮球赛更吸引人,技术优劣无所谓,匀称的身体和健美的动作,都近似雄强的舞蹈。我已经进入了青春期,在一个敏感的年龄,非常容易感动。第一次在电影院中情不自禁地痛哭失声,就是看《英雄儿女》。那是在附近兵营的大礼堂中,地势缓慢地由低渐高,椅子一排排固定在地上。天棚很低,吸音的措施是用新材料,好像是纤维板。比起母亲学校原来的礼堂来,正规了不少,也高级了不少,但是坐在里面同样感觉到压抑。在礼堂的右侧,还有一个依山势而建的露天阶梯广场,军营里的电影也经常在那里放映。即便在十冬腊月的日子,无论什么片子,看电影的人也会挤得满满的,冻得跺脚的声音有时会形成一定的节奏,响彻整个广场。清楚地记得,傍晚时分,炊烟远远近近地飘起来,所有的山沟里都躁动着人声,像溪水一样曲折地涌向那里。电影散场的时候,又像海水退潮一样,星星点点的光亮,随着人声渐行渐远。

学校里也经常放电影,多数情况下,是在空地上挂幕布。所有的人都要从家里带凳子,这很平等。周围的老乡也会来看,远道的通常是找几块砖头垫着坐。电影放映的时候,所有的人都会纵情地说笑。这在那个严酷的时代,真是难得的发泄机会。因为当时能够得到的拷贝有限,有的时候是和外单位跑片。一个单位放完了一盘胶带,就用汽车送过来,这个单位再开始放。这个单位放完了,再送到其他单位,有点像接力赛。断片是不可避免的,喊叫说笑和无端的吵闹充填着电影放映之间的空白。特别是在"文革"的后期,文艺逐渐开禁,传说中的许多好电影,都是以这种方式演出的。著名的如越剧片《红楼梦》,它在有知识的人们中引起的轰动,持续了好长的时间。在普遍粗糙的生活方式中,幽雅的精神情感获得认同。还有《十五贯》,演员的表演比列宁们还精彩,这大概是有生以来,对我的民族戏剧鉴赏能力的最初启蒙。

即便在最底层的乡村当知青的生涯中,电影始终伴随着人们的生活。尽管那时候能够看到的电影就是那么几部,"三战"加上八个样板戏。在地里干活的时候,不识字的女工们,也会回忆起"文革"前的电影,她们最欣赏的是戏剧片。严凤英、新凤霞等著名的戏剧表演艺术家,是她们热爱的人物。一边干活一边讲述电影故事,你一嘴我一嘴地争论补充着情节,艰苦的劳作变得轻松。那个时代文化禁锢的严密是今天的孩子们无法想象的,动辄就要受批判,看书都要偷偷摸摸地。在漫长的夜晚,知青当中流行着一个游戏,一个人提三个问题,分别与时间、地点和人物有关,其他的人根据这些线索,猜测一个电影的名字。这些知青都来自大城市,电影文化的知识非常丰富,我只能当一个旁观的听众,一条谜语也猜不出来。关于书籍也有类似的游戏，有一个男孩子给我出了一条谜语，"两天两夜"，打一本小说。我猜不出来，他得意地告诉我，这是一部苏联的小说《日日夜夜》。在这些闲谈中，艰辛的劳作不再无法承受。许多的文化知识，也是这样积累起来的。在此后的日子里，只要有条件，我就按图索骥，寻找传闻中的书籍，看听说过的电影。"批林批孔"的时候，读到孔子的一句语录，"三人行必有我师"。这实在是至理名言，我搞不懂错在哪里！说来惭愧，梁效之类的文章我一篇也没看完过，"文革"后期拍摄的电影我也很少看出兴味，原因是看不懂。包括后来对它们的批判、微言大义的索引和政治的影射，听得我一头雾水。只好承认脑袋里缺少政治这根筋，老老实实地搞自己的文学。

青年时代，偶尔到一次北京，如同文化的节日。会同学，逛书店，串商场，看演出，看电影更是必不可少的项目。有的时候是同学搞来的票，也有的时候是自己买票。记得我在北京展览馆剧场看过《海港》，尽管剧情没有什么意思，但是宽敞的空间、豪华的设施与纯净的音响效果，给我留下深刻的印象。这是在电视文化的洪水中，电影仍然有观众的主要原因，特殊的音像效果是电视无法取代的。舒适的环境也是短暂地摆脱生存窘境的方式，这也是电影文化受到普罗阶级爱戴的原因之一。许多年以后，我在一本电影杂志中看到一幅漫画，一群人舒服地待在豪华的拍摄场地，嘴里说着意思相同的话，还是待在厂子里好。第五代导演最初的作品几乎没有什么观众，大概也是这个原因，生活已经很沉重了，谁还愿意花钱到电影院里找罪受呢？当年，我还在隆福寺电影院里，看过法意合拍的电影《蛇》，那是我接触的第一部当代西方的商业片，演员、故事、色彩和风景精彩绝伦，所有的美学因素都无懈可击，带给我的震撼是巨大的。

乡下的风气是保守的，对于未婚女人的文化禁忌特别多。女人几乎没有任何体育活动，游泳一类半裸的运动，更是大逆不道的事情。

看电影是唯一的娱乐,一年中也就有三两次。通常是在天气暖和的时节,晒场上支起杆子,挂起幕布。吃过晚饭以后,男男女女老老少少都早早地搬了椅子去占座位。去晚了就挤不进人堆,只能游离在人群外面,即使踮着脚尖伸长了脖子,也只能看见银幕上的人头,近似于管中窥豹。由此引起的恶作剧,则带来意外的哄笑。经常是一个没有座位的人,在场外瞄好了一个有好位置的熟人,大声地叫喊他的名字,然后说有电话或有人找,等那个人出来以后,他迅速地取而代之,占领位置。等上当的人明白过来的时候,已经晚了,只好大声地笑骂一阵。多次重复之后,这个游戏失去了效应,当"狼"真的来了的时候,反而没有人相信,因此耽误正事的情况也不少。这样的苦趣,对于单调的生活也是一种调剂。在地里干活的时候,电影也是工人们议论的重要话题。特别是本乡出去的电影演员,使他们引以为荣。最著名的是电影表演艺术家陈强,他演的南霸天家喻户晓,而他就出生在离我们农场十几里地的地方。《小兵张嘎》里的两个匪兵之一,也是附近出去当兵的人。

　　看一次电影带来的兴奋,可以持续好长时间。我所在的农场有好几个分场,每一部电影都是巡回放映。遇到难得看见的电影,不少人看一遍不过瘾,又会在第二天赶到分场去看,有的一连看几场。看过电影之后的十天半个月里,地里干活的气氛特别活跃。被普遍关注的情节是男女之事,联想也特别丰富,由此引起的争论格外有趣。《英雄儿女》演过之后,多数男工认为通讯员小刘想和王芳好,对于主题宣传的阶级情和革命英雄主义,则很少有人感兴趣。在后来的日子里,我发现爱情是他们理解电影的基本视角。记得《多瑙河之波》放映之后,引起了巨大的反响,其中有一个情节,作为船长的主人公在战争中负伤直至死去,很多的人从他身边跑过,却没有人救他。一个业余尝试着写作的知青对我说,很多人看到这里都不理解,其实战争就是这样残酷。而女工们为之激动的是接吻的细节，许多老娘们儿模仿演员的动作说，看看那个猪头，还啃哩！加上特殊的方言语调，特别的生动。

四

似乎今生有约，我和电影的缘分越来越近。

我读书的吉林大学，就在著名电影城长春的市中心。多年来在传说和想象中十分神奇的长春电影制片厂，就坐落在这座城市的南部，坐车也就三四站地。这座以电影闻名天下的城市名不虚传，每一条略有规模的街道上，都有一两座电影院，学校的周围更是遍布电影院。当时的票价极其便宜，看一场电影只需两毛钱，如果拿学生证买票的话，只需一毛钱。加上学校组织和同学搞来的票，一周要看上好几场电影。每次考试之后，从紧张中放松下来，同学都结伴上街找电影看，名之为遛电影。家不在长春的同学，更是以遛电影的方式填充假日。记得有一次看《追鱼》，时隔十几年，又看到童年感到莫名恐怖的那场戏，原来只是书生孤独，在后院吟唱"书房寂寞"，这实在没有什么可怕的。坐在我们后排的一个已婚男同学顺嘴说道，咱们也是书房寂寞，引起大家的哄笑。

那时候的电影实在是好看极了，耳闻中的许多好电影都是在那个时候看的。中国电影最辉煌的几十年，一下展现在我们的视野中。与境外隔绝了十几年，累积起来的精彩之作，开禁之后蜂拥而至，大饱眼福的同时也开阔了的眼界。在时间与空间的频繁错动中，我们了解了世界，增长了审美判断的能力。每次看过一部好电影，主要人物的台词都要在同学中流传一段时间，连配音演员的嗓音都是模仿的内容，直到另一部好电影上演。与文艺一起开禁的，还有人们的情感。爱情不再是丑恶不洁的，但是还免不了遮遮掩掩。男同学追求女同学，最便捷的方式就是请看电影，而且每次都要约上另外的几个女同学，做出不经意的样子。如果同一房间的女生中，有一个特别有男孩儿缘的同学，大家就可以沾她的光看不少免费电影。同学之间闹了意见，缓和关系的主要方式也是请看一场电影。电影歌曲更是不胫而走，日本电影《追捕》中"啦啦啦……"主题歌，高高低低地响彻校园。学校的联欢晚会上，有一对男女同学经常唱《花儿为什么这样红》，那是《冰山上的来客》插曲，因为不知道他们的名字，调皮的同学就管男同学叫"男花儿"，管女同学叫"女花儿"。就是班级里的小型晚会，最出风头的同学都是演出和电影有关的节目，一个同学能够跳《红色娘子军》中的五寸钢刀舞，主持人则化妆成卓别林的样子。二十多年过去了，同学相聚，模仿当年看过的精彩电影中的台词，也是回忆旧时光的重要内容。有了光盘之后，反复看当年的老电影，则是我和外子怀旧的主要方式。

可看的电影多了，便也有了选择。不仅是对演员和片子进行选择，也包括对于美学风格的选择。日本电影震撼我的是，用各种艺术手段把普通人的命运故事讲述得细致入微，能够把人性的弱点表现得淋漓尽致，比如《人证》中那首《草帽歌》，配着空旷的画面，唱得人肝肠寸断。而且美丽动人的风景画面，也经常使你忽略人物与故事的平淡。对于著名影星的感觉，反而不是十分强烈。相反的是好莱坞的电影，画面一般而影星光彩夺目，有的时候仅仅为了看一个心仪的影星倩影，而冒着风雪走好远的路。苏联的电影好的不多，但演员的形体特别有派，幽默的轻喜剧则比较有意思。欧洲的电影一般都很艺术，大量的风俗画面配上民族风格的音乐，可以感受到强烈的民族意识。罗马尼亚的传记片《奇普里安·波隆贝斯库》，讲述的是一个人民音乐家的故事，演员的艺术气质和表演的分寸、大量的民俗场面结合着美丽如画的风景,让我至今记忆犹新。即使是商业片也拍得很讲究,特别是英国片,艺术的严谨与故事内容的优雅,都体现着一种文化的品位。金斯基主演的《苔丝》就不必说了,连《三十九级台阶》这样的探案片,画面都像油画一样。法意合拍的《尼罗河上的惨案》,人物与对话的风趣、风光的旖旎、推理逻辑的严谨、故事的新奇,都是引人入胜的因素。而主要人物的服装,更是令人赞叹不已。印度电影则以歌舞的形式取胜,尽管故事并不特别,但亚洲人特有的细腻使它别有境界。只是风格太重复,看一两部便没了兴致。

  同学中不少出身城市,电影知识的丰富更是让我咋舌。他们熟悉国内外的影星,了解各种电影奖的特点,能分析出各种不同的电影技巧,经常把蒙太奇、定格一类术语挂在嘴上。当地的同学说起长春电影制片厂的影人更是如数家珍,从导演到演员,一直到雷振邦这些电影音乐的著名作者,都是他们深感骄傲的故乡人。还有的同学来自电影厂,说起某个著名的影星,亲切得像说自己的家人。我曾随了同学到长春电影制片厂参观,一个摄影棚里,不知在拍什么戏,放着一条做工精致的木船,留给我很深的印象。离开长春之后,每次探亲都要经过长影厂,外子不止一次地指着一栋栋的旧楼房对我说,这里曾经居住过一大批优秀的电影艺术家,小的时候在这一带看见过不少名演员,有的扎眼得漂亮。以我贫乏的电影知识,只有充当听众的份儿,有一次把三十年代著名演员魏鹤龄误听成痾特灵,被同学嘲笑了好长时间。

  几年之间,我几乎进过所有的电影院。长春的电影院都有相当的规模,有些可以称得上豪华,只是年代久远显得破败。最现代化的是工人文化宫,是1949年以后新建的,式样和设施都比较大方。军队系统的礼堂不少是接收原日本关东军的产业,有一种过时的凝重,外面贴着瓷砖,里面场地狭小,透着日本人的空间感觉。就连吉林大学的校部礼堂,都是由原来日本人的神社改建的,灰色布瓦的大屋顶和矮小的白灰墙不成比例，但里面的天棚比较高，座位设计得很舒适，音响效果也很好。长影礼堂大约也是伪满时期留下来的，设计和设备都比较讲究。还有一些单位的礼堂则显得比较简陋，除了一间大房子之外，没有任何其他设备，但是比起在寒冬中看露天电影来也已属奢侈。最乱的是商业电影院，它们坐落在闹市区，有一种历尽沧桑的老旧，使你生出古怪的感觉。就像一个暮年潦倒的纨绔子弟，破衣烂衫却都面料考究做工精湛。外面的门脸很矮小，走进去别有洞天。丝绒的幕布已经破损，造型细致的座椅经常不是少靠背就是没坐板。而且里面的秩序很乱，不少人在嗑葵花籽，地上铺了厚厚的一层瓜子皮，观众走过时发出哗哗啦啦的响声。许多的半大小子，在座椅之间翻来越去，一言不合就挥舞拳头，有的时候还拔出凶器。有一个邻近学校的学生，只是无意地哼了一声，就被人用刀子捅死。这是一个从穷乡僻壤来的苦孩子，家里只有一个寡母。经过了这件事的刺激，乡下人的本性立即暴露出来，从此再不敢一个人去看电影。

五

定居北京之后，我又看上了露天电影。（北大每个周六的晚上，都在大操场放电影，而且票价便宜，带有福利性质。坐在四周树影婆娑的空地里，又回到了童年的时代。多数情况下是和同窗好友一起看，讨论起来别有见地，对于增进文学的理解力大有益处。）买上一打电影票，是穷学生招待各方来客的通常方式。到城里看望熟人，也经常受到看电影的礼遇。毕业以后，一个人在北京，同学的母亲想我孤单，便找好电影票带我看电影。这位阿姨已经作古，每当进入电影院的时候，都会想起她当年的厚意。

同学中有酷爱电影的，不少和电影界有联系，便约我们去看电影，鼓励我们写影评。自知对电影所知甚少,不敢贸然答应,又抵御不了看电影的诱惑,便也混迹在专家中。小西天的电影资料馆,是我每周必去的地方。在单位处理完公务,到街上胡乱地吃一点东西,骑车穿过闹市区,看一下午两场电影,是当年颇为明显的文化特权。有的时候,还可以带了朋友一起去。经过了多年的苦读,看电影是解放感官享受世俗生活的主要方式。有的片子看到一半,觉得没有意思就出来了。印象最深的一部电影是《得克萨斯州的巴黎》,导演、演员姓甚名谁都已经忘记,故事情节时隔多年还记忆犹新。那个承受不了狂热爱情折磨的女人,离家出走之后带给丈夫精神的毁灭性打击,洞察到了两性关系的脆弱。一年多的时间里,看电影都快看疯了。惭愧的是白看了不少电影,一篇影评也没发表过,很对不住朋友的雅意。

　　好在生活很快发生了变化,孩子的出生使我忙起来。有限的精力也不容许我无选择地游荡,不要说电影,连电视都很少看。外子是一个电影迷,经常把我从书堆里拉出来,带着儿子一起去看电影。我坐在电影院里索然无味,心里计算着越欠越多的稿债。后来家里买了录像机,外子便不再出去看电影,和邻居之间交换着看带子。可以选择的余地又多起来,有好片子的时候,就在做家务的空当中看上一会儿,《莫扎特传》就看的是录像带。比起正规的电影院来效果要差得多,人物的轮廓模模糊糊,字幕翻译得毫无个性,越发留恋当年看电影的享受。再后来有了电脑多媒体,有了越来越先进的影碟机,光盘取代了录像带,声像的效果改善了不少。而且比起看电影来明显更经济,选择的余地也更大。不仅可以选片子,还可以选择镜头反复看,这对我一向迟钝的电影美学意识是一个极大的促进。

　　坐在家里看电影,节约了体力,也利用了短暂的空闲时间。不好看的片子随时停掉,喜欢的片子反复地看。《日瓦戈医生》我看了不下十遍,《英雄本色》也看过多遍。亲友来访,看光盘更是他们求之不得的事情。各城市之间都有一些发烧友，互通光盘的市场信息。这使电影这门艺术，真正地普罗化了。不少人迷恋光盘到不惜毁家的程度，朋友的朋友因为重金买大批光盘，妻子弃他而去。电影和生活的关系越来越紧密，就连国际政治也隐约与它相关。"9·11"的时候，飞机穿越世贸大厦的镜头，与《真实的谎言》中的经典镜头何其相似乃尔！雄霸世界的美国大片在传播意识形态的同时，以梦幻的想象启发人类的不仅是思想。

有了这样便利的条件，又萌生出补充电影知识的愿望。朋辈中有专门从事电影美学的，便请她为我开了一个单子，都是必须看的经典之作。到处跑着寻访光盘，托朋友求亲戚，仿佛时光倒转，我又开始遛电影。只是现在的遛法功利性太强，为了多少知道一点前卫电影，诸如《发条橙》这样反文化的探索片也咬着牙看了下来。经典导演的经典作品，从中国到世界都得跑着买来看。对于当代作家作品泛文化背景的考察，则需要看大量流行的商业片。青年时代盲无目的遛电影的乐趣，已经随着年龄消逝。唯一值得庆幸的是，全家人坐在一起看光盘，其乐融融，而且也节约了金钱、时间和精力。

尽管目的性很强，但兴趣也会有开小差的时候。许多的戏剧片，得自无意的巧遇。梅兰芳的《霸王别姬》与《贵妃醉酒》，都是在逛商场的时候偶然发现的。许多的表演艺术家，或者去世多年，或者年近耄耋告别舞台，幸亏当年的音像资料保留了他们艺术高峰期的绝活，使后人可以一睹群星灿烂的往日辉煌，不必感叹生之也晚不能躬逢其盛。黄蜀芹导演的电影《人鬼情》，在舞台和生活的切分剪辑中，讲述了她的艺术人生之路。河北梆子的名角儿裴艳玲，是我仰慕的艺术家。感动我的不仅是她艰难的传奇经历，《钟馗嫁妹》的片段，也带给我强烈的震撼。中音区空旷苍凉，一如河北的山水，把原本属于高腔戏的河北梆子推向了一个高峰。空旷的音色与载歌载舞的表演，给人以究天人之际、通古今之变的感受。托了朋友四处打听她演出的信息，不问价码也要搞一张票，遇见音像商店就进去连找带问，寻访持续了十年没有间断过，仍然是一无所获，只好自叹与她无缘。前不久，外子终于在王府井的新华书店中，买到了《钟馗》的全本光盘，兴致勃勃地赶回家。那一个晚上的时间，都被裴艳玲占据了。她不仅中音区唱得有特色，高音区也好生了得，表演的精湛更是妙不可言。青年时代遛电影的快乐，在那一瞬间又回到了我的生活中。

　　人生的得意之处，就在于遛的过程中不期然而遇的快乐瞬间。

翻旧书

静夜沉思,觉得自己也像一本越来越旧的书,随着岁月一页一页地剥落。就像所有的旧书一样,重新成为纸浆,加工成新的纸张。只是用于何种文体的写作和印刷则无法推测,希望转世的形态也与『书』字原有的意义与形式相关,至少还能保留一点自然的气息。

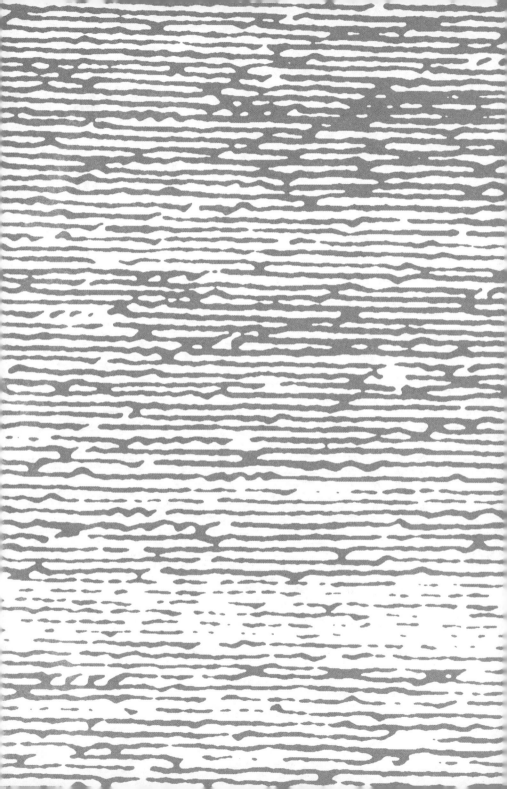

一

"书"的意指范围在汉语中格外广阔。

作为装订成册的文字读物,各种语言中都有相同的词汇。但是作为一个词根,汉语中"书"的原始语义是写的意思。从结绳记事开始,经历了漫长的岁月。仓颉造字的时候,传说"天为雨粟,鬼为夜哭,龙乃潜藏"。可见发明文字与书写,具有人类宇宙性的大震动。书写的历史是文明进程的重要阶段,至此人类才有了辅助记忆的方法,有了抽象思维的能力。区别于以标注声音为主的曲折语,汉字象形的特征使文化的精神首先在形式上独具特色。比较起来,应该承认,无论是楔形文字,还是拉丁字母的拼音文字,都比汉语的抽象程度高。但是汉字由"图画—象形—标记"发展出来的各种字体,本身具有广阔的文化覆盖面。

这样,就派生出了"书"的第二层意思——不同形式的字体,并且由此发展成文化史的重要分支,就是书法的历史。这部历史与科技、工艺等密切相关,依赖于各种相关材料的生产。最早的文字是用刀刻在兽骨上,甲骨文一般被认为是最古老的汉字;希腊人则写在简单处理过的苇纸上;最早的佛经写在贝多罗树上;西亚一带流通的楔形文字则是写在泥板上。但是,看西南少数民族的岩画,高度抽象的人物也很接近象形的文字。因此推测,在甲骨文之前,汉字还有一个更具体更烦琐的时代,也可能是刻在岩石一类纯粹天然的物质上。有学者推测西夏岩画是夏朝的文字，刻石以记载其历史。甲骨的应用仰仗渔猎文明的成果，刻写的工具则需要冶金技术的发明。它最主要的用途是为了占卜，和后世吐鲁番文书的世俗应用内容大不一样。这已经超出记事的范围，是巫术发明之后的产物，人类对于世界有了相当成熟的整体看法。换句话说，就是主客体分离，有了成熟的世界观。

帛书与竹木简册的出现，使分散的文字得以汇编，便于贮存，也使思想更加系统，得以复制传播。也是在这个层面上，"书"字的语用通于世界范围的语义。这是文明的又一次大的进步，人可以把自己对于世界的看法全面记录下来，尽管简要，但比起问卜来也丰富了许多。《论语》都是简短的语录与事件的汇编，却包括了从认知、个人修养到社会实践的丰富内容，以至于后世的帝王可以"半部论语治天下"。《老子》一书，只有五千言，但是却表达了对于世界人生的全部理解。在那个时代，五千言应该说篇幅不小了。体现着人的主体能力长足的发展，人不再向神讨主意，而是依靠自己的智慧，来调整对宇宙人生的基本伦理态度。

从帛到纸，由刀换成毛笔，工具的改变，在方便了书写的同时，也便于携带，使信息的传播更丰富，也更迅速。《诗经》中有不少相思之苦的记载，有"投我以木瓜，抱之以琼琚"的定情细节，却没有写情书的内容。且不说那时候书写方式的繁难，文字也不普及，认字的人是极少数。只有到了汉代，经历了全面的改革，书写工具的轻便、字体的简化与文化相对的普及，才有了民间性质的书写记录。《饮马长城窟行》中有："客从远方来，遗我双鲤鱼。呼儿烹鲤鱼，中有尺素书。"在说明书信质料的同时，也表达了世俗的情感内容："上有加餐食，下有长相忆。"书由此从巫术的形式、官方的史书、圣人的经书，进一步发展为具有实用价值的平凡人间的信札。这也是一次大的变革，书法的普及带来了书法艺术的发展，几千年间渊源流布，至今仍然是中华艺术的绝技。而大量的书法作品，题材都是日常生活的音讯传递。"书圣"王羲之流传下来的作品，多数都是亲友之间的应酬文字，比如《奉橘帖》《孔侍中帖》《姨母帖》等。而荣列"四大发明"的造纸术与活字印刷，都与书籍的制作密切关联。在近两千年相对稳定的文化空间中，从写、印、装订到出售、收藏，书籍生产的每一个环节都积淀着深厚的传统，辐射在我们习以为常的语言体系中。"文房四宝"是对于书写工具的神性崇拜，"敬惜字纸"是对于文字所象征的文化由衷的敬畏。而且各种书写工具，都有以品质出众而著名的产地、以工艺精致而著称的匠人。书香门第以纸墨气息的转喻，指涉文化家族的风范。书卷气更是对读书人精神气质的感性概括，而书呆子则是善意的嘲讽，在一个"万般皆下品，唯有读书高"的等级社会里，一般民众也只有以这种方式，才能缓解文化特权造成的精神压抑。

"书"字这一实用性语义的发展，就是由字体到文体，渗透在我们所有社会生活的各种应用文中。越到近世，这种实用性越显明，文体的分类也就更加细致。政治领域中的宣言书，外交领域的白皮书、蓝皮书等，工作和学习领域的决心书，表达爱慕的情书……它与书法已经没有多少关系，特别是伴随着书写方式的又一次大革命。金属硬笔由于携带更加方便，取代了几千年毛笔的使用，成为汉字普及的重要条件。其他如粉笔、蜡笔、呢绒芯的水彩笔，都是随着科技进步涌现出来的新工具。到了电脑就更加彻底，连字体都是统一的。钢笔出现的时候，还有相应的硬笔书法兴起，到了电脑，连感觉都要在操作过程中被滤洗一遍，整齐的句式丧失了许多形式灵活的自由。

二

文化的普及从识字开始，也是一个多世纪以来，各政治党派共同致力的目标。晚清一代人呼吁开启民智，创办新式学校，民国年间从办女学到男女混合学校的兴起，大量出现的各种职业的平民夜读学校，都是这一理念的社会实践。《夫妻识字》则是四十年代解放区，伴随着政治革命同时进行的文化普及运动。一直到新中国成立以后，长时段的义务教育，直接的效果是能够阅读书写的人多了。其间也有相对极端的主张，例如汉字拼音化运动，并且诞生了注音字母与汉语拼音。这受到了自下而上的反对，汉字的文化意味与联想功能是反对者的主要理由。折中的结果是汉字的简化与确立汉语拼音的辅助识字功能，以及将自右而左的竖写格式，改为自左而右的横写。

其中的得失一时很难说清楚，但是这个大的趋势怕是无法转变了。一个简单的事实是，造成不同政治区域文字书写与阅读的障碍，大陆的多数民众看不懂繁体字，海外的华人也看不懂简体字，统一的文化中国理念，首先是在文字的书写与阅读上发生了变化。"老三届"一代人大概还会写繁体字，我只能认而不会写，更年轻的人则连看也看不懂。我读书的大学里，有一个威望极高的教授，以坚持学理著称，并且为此蒙冤多年，他在黑板上书写繁体字，崇拜他的同学以此为例，证明他不肯随俗的固执。《读书》的前主编沈昌文先生，曾在凤凰卫视的对谈节目中，以不用数码字为例子，说明坚守人文立场的办刊宗旨。根据不同的阅读习惯，畅销的书通常要有两种字体的版本，相关的版权至少也要签订两种文件。可见，书写的政治和我们的日常生活休戚相关。在大陆，只有书法篆刻领域仍然使用繁体字，因为间架结构的均称，而成为艺术传承与创造的载体。至于词汇与语用的差异，经过多年的隔绝之后，更明显。"薪火相传"简略为"薪传"，在港台地区使用得非常频繁，而在大陆则很少有人用这个词。"吊诡"在《辞海》中的解释是"神奇"，而在港台一带的语用则更接近于"矛盾"或者"悖论"。改革开放以后，随着交往的增加，语言的融合也是一个大的趋势。1997年前夕，香港到处都是教普通话的短期训练班。而央视某一时期的某些主持人，竟也模仿港台人的国语腔。文学写作中的方言似乎是对这一潮流的明显反抗，而许多通俗电视剧从故事到对话都是对港台节目的仿制。甚至从一个人的字体，就可以判断出他的文化背景。台湾出生的人，连钢笔字都写得中规中矩，近似馆阁体的楷书；香港人的字通常都显得幼稚，可以看出基本没有写毛笔字的训练；大陆人的字多有才情，但是缺乏严格规范之后的书体。而日本人写的汉字最清楚，几乎就是横平竖直的印刷体。

"书"字的种种语义，在这个高科技的时代，形式发生了翻天覆地的大转换。仅就它相通于各种语言的基本语义而言，也在与世界接轨的文化传播过程中，魔术一般变化得面目全非。电子产品正在迅速地取代传统的纸张印刷装订，廉价的光盘占据了图书的市场，妥协与变通的结果是，不少书刊附有电子版的光盘。高密度的信息储存正在取代着传统的藏书方式，对于居室狭窄的现代都市人来说，无疑缓解了空间的压力。联网之后，查找资料也可以坐在家里，甚至借阅书籍也不用跑图书馆。电子邮件的应用，使通信的方式更加简单，"烽火连三月，家书抵万金"的时代是一去不复返了。方便是真方便了，但是人与自然的关系也变得更加疏远。写作过程中与工具接触时的感觉，则基本没有了。传统的文具，都是以自然物产为原料，根据最普通的物理性能加工而成，带有自然物质的独特气息。比如宣纸是以树枝等为原料，人工捣碎后用水过滤，反复筛洗之后压缩晾干。电脑录入成为一个新的行业，各种系统的软件与录入方式层出不穷，更新之快让人应接不暇。黑客们在数码的世界里神出鬼没，各种方式的出版物生产着文字的垃圾，每时每刻都制造着话语的灾难。

对于传统文化价值的颠覆，以这个时代最为酷烈。精神气韵近似于血崩一样，在巨变中大面积流失，我们正在失去安身立命的基础，找不到返回家园的路径。由于电脑的普及，儿童书写的能力越来越差，就像计算器的普及削弱了人的心算能力，"书"字最原始的语义与字体的引申义都开始消解。由书籍派生出的各种语义也像涟漪一样，逐渐扩散消逝在平面化的高科技水域中，成为文化史的背影，只能勾起我们过时的回忆。"文房四宝"的新含义应该是电脑、打印机、各种软件加光盘。写作变成了真正的打字，读书人是终端之终端，在话语生产的最后一道工序接受改装。书香门第应该叫数码家族，书卷气被电脑病所取代。书呆子也转变为机器人，离开了高科技的程序化设置便寸步难行。连谈情说爱都在网上进行，泡网吧代替了泡妞儿，情感活动的所有经验都可以在电脑中演练。主体的感觉日益萎缩，直接的后果是视力的普遍下降。许多年以前，我是一个打字员，每天面对着铅字字盘敲敲打打，最快的速度也就是一天一万五六千字。现在的录入员基本的标准是一分钟一百字以上。遇到以前的同事，言改用电脑之后，体力是节省了，但是眼睛却迅速地坏了。在人工强化的光线中，面对显示器上闪烁不定的光标阅读，或者看高仿真却毫无气味的图像，超自然的工艺效果使人的感觉麻木。怀想古人"映雪囊萤""红叶传书"，刘勰写在芭蕉叶上的文论巨著，是何等地富于诗情！

三

今生看的第一本书，应该是连环画，可以追溯到幼儿园的时代。内容却无论如何都回忆不起来了，但肯定不是著名的童话。上学之前，家里似乎没有什么适合儿童看的书籍。父亲用两个包装箱摞起来的书架上，摆满了字书。我从来没有注意过，连翻着看一看的好奇也没有。反复翻看的是一些小画片儿，大约是贺年卡一类的东西，都是母亲的学生寄给她的。上学以后，除了课本之外，也没有什么图书。小朋友之间传看的是连环画，母亲同事送的节日礼物通常也是小人书，比如《西游记》《钢铁是怎样炼成的》。上到二年级的时候，母亲为我们订了儿童杂志，有《小朋友》和《少年文艺》。每次杂志来了以后，吸引我的不是上面的文字，而是彩色的图画，在白纸上临摹是我喜欢的事情。父亲在工余和家务闲暇的时候，沏上一杯茶，点上一支烟，坐在饭桌边看书，是经常的状态。他看的书主要是古体诗词，到了忘情的时候，便顾自吟哦。少数的字书中有一本《末代皇帝》，里面有古装的照片，我曾经翻阅过，直到上大学以后，我才从一个同学的手中借来全部看完。

上到三四年级，有了基本的阅读能力，便在学校的图书室借书看，比如《小布头奇遇记》《大林和小林》，都是那个时代的孩子熟悉的童话。学雷锋的时候，班里来了解放军辅导员，他推荐我们看《把一切献给党》和《红岩》等革命传奇。印象中最深的一部书是《晋阳秋》，大量的风土民情得以区别单纯的故事。向院子里的大孩子借书看，也是获取图书的渠道。通常是《红旗飘飘》一类革命历史教育读物，留下比较深刻印象的是陆地的《美丽的南方》，在一片刺鼻的烽烟中，美丽的亚热带景物与浪漫的故事，给我留下了深刻的印象。当然，这是属于儿童不宜的范围。有一次，算术考试的前夜，老师来家访，我正在看艾芜的《百炼成钢》，他拿起书迅速地翻阅着，到某个章节停下来，皱着眉头说："这样的书，不适合你看。"第二天的考试，我错了一道题，他便以我头天晚上看小说为例，当众批评我的骄傲。

对于家里图书的发现，还是来自一个邻家顽劣少年的鲁莽行为。那时候，父亲已经调到很远的地方工作，一年只回来几次。在一个黑漆漆的夜晚，母亲到学校去开会。他一头闯进来，在父亲的书架上翻找，抽出了两本书。我还没有反应过来，他已经走了。母亲回来以后，我说起这件事，她立即查看了书架，很生气地说，那是文学名著《聊斋志异》。后来是否去要回来，我已经没有印象了。这本书在父亲的书架上消失了，也可能是"文革"初期，"破四旧"的时候处理了。母亲曾经让我帮着她，推了一整车书刊到废品站卖掉，其中有全套的《中国林业》。也可能是搬家的时候，为了轻装而割爱了。

尽管上学对于我来说，并不是一件愉快的事情，课上的阅读索然无味，但在"文革"中停课期间，由于无所事事，精神的饥渴格外强烈，简直就是闲饥难忍。老是想看点什么，近似于有字必读。各单位的大字报内容丰富，成人世界的隐秘生活，犹如被打开的黑箱，使平日里偶然听到的断断续续的交头接耳，突然豁然明朗，文字的暴力带来的恐怖笼罩着少年时代的所有岁月。逃避的唯一方法，是寻找其他的文字。向院子里大孩子借语文课本，从初一到高三，很快就看完了。后来在乡下的时候，偶然写一点通讯报道，下放的大学生看了说，你的语文水平相当于一个高中生，这和那个时期的阅读范围有直接的关系。这是一种很经济的学习方式，免于各种残酷无聊的政治活动和考试，只关注于知识本身。看父亲的藏书则是最便捷的途径，一大摞的《红旗》杂志，我都一本一本地翻着看了一遍，掠过政论性的文字，搜索里面的史实，成为和小伙伴聊天时的谈资，这是那个时代不至于犯错误的唯一话题。《鲁迅全集》是反复看的，因为里面有各种照片，吸引着我对于过往时代的好奇；文字能看懂的则很少，只有《鸭的喜剧》等几篇可以读进去。看他的小说，得到的是说不清楚的感受，意思则完全不懂。直到复课以后，这种阅读才终止。一开始是中午睡觉的时候看，母亲发现后强行阻止，原因是很多人当"右派"和政治上犯错误，都是看了鲁迅的书。而在当时，鲁迅作为革命家、思想家的地位上升到空前的高度，除了"红宝书"以外，《鲁迅语录》是民间得以发行的唯一图书。历史就是这样的荒诞不经，对于没有话语权的人来说，祸从口出、动辄得咎的命运是不可避免的。

四

家搬到山里以后，家属居住在校区里。图书馆开放了，里面的图书可以借阅。而且远离了政治中心的"文革"狂潮，读书人的本性很快便死灰复燃。大人们以读书为主要的消遣，小伙伴儿在一起经常是交流读过的书。有的是家里藏的，有的是从图书馆借来的，大都是一些残破的旧书，散发着陈腐的霉气。大量的是外国小说，比如托尔斯泰的主要著作、高尔基的主要著作，还有莎士比亚和普希金的作品，以及《亚瑟王之死》等西方文学名著。实在应该感谢"文革"前的采购人员，他们的文化视野开阔，以一个专业学校而能有这样多的文学名著馆藏，实在令人叹服。此外，也应该感谢当年执掌权力的人，在文化虚无主义的政治风暴中，他们居然能够保留下这么多的好书。而且是经历过焚毁图书的事件，烟气弥漫、纸灰飘散的现场我至今记忆犹新。曾经惋惜地对母亲说，早知道都烧了，还不如拣一些回来。教师中，有当众烧毁专业书籍以示革命的壮举，父亲很不以为然。加上长途搬迁必需的淘汰，这些书能够保留下来，真是一个奇迹。记得看了巴尔扎克的《邦斯舅舅》之后，妹妹摇着头说，这本书有一股腐烂的味儿，看着恶心，直想吐。我知道，她说的不是陈年旧书散发的霉味儿，而是作者描写的人物、环境与故事传达出的特定生活氛围。可见一个伟大的文学家艺术表现的功力，仅仅以文字就连气味儿的效果也能传达出来。看过一本不著名的小说，是苏联的《小北斗村》，里面有一个女孩子家境不好，渴望早些自立，这吻合我当时的心境。说给其他女伴听，受到普遍善意的嘲笑，我却不为所动，坦然承认就是想自立。这是我后来毅然下乡的主要动机。旧书就是这样影响着我的人生抉择，帮助我在困难的境遇中寻找路标。

翻阅父亲的藏书，仍然是我阅读的主要方式。可能是因为搬家以后书减少了，也可能是因为从新码放了，我又发现了一些以前没有注意到的书。有洪谦、汪子嵩编写的《西方哲学史》，阿扎耶夫的《远离莫斯科的地方》，还有《中国历代农民起义史话》和《明末三大思想家》等，作者我都已经忘记了。有一套五十年代的中学课本，赫然从书堆中冒出来。中文分成《文学》与《语文》两种，《语文》讲语法修辞，《文学》几乎是一部文学简史，从《诗经》《楚辞》，一直到明清小说。还有一套泰东书局出版的《古文观止》，已经水迹斑斑、纸张发黄变脆。实在应该感谢母亲的胆识和沉着，在严酷的政治处境中，在窘迫的经济条件下，历尽艰难困苦，居然敢把这么多的"封、资、修"的黑货保留下来。只身远行的时候，简单的行装中，便放了那套中学课本和《西方哲学史》。在乡下的年月，工余的主要时间，都用在了阅读上。只是频繁的政治学习、混乱的集体宿舍，都使我的阅读只能断断续续。后来，一个离了婚的女工拉我做伴儿，两个人住在菜园的小土房里，尽管低矮却相对比较清净，读书的环境好了许多。整个社会都处于失衡的状态，周围每一天都发生着残酷的事情，我却能钻进书本麻木不仁，可见自私懦弱的本能。此外，性别的因素，也占了便宜。负责思想工作的干部，明令制止读旧书。《三国演义》和《水浒传》都是从其他的知青那里借来的，并没有因此引来什么麻烦。在野地里看机井的时候，还看见了一本 1950 年《中国妇女》的合订本，不知道是哪个看水的人丢在窝棚里的。里面介绍了包括第一个女将军李贞在内的不少杰出妇女，开启和影响了我的人生观。还在一个大学生的手里借到了"九评"，那是包装在牛皮纸中的一摞小册子，其中引用的古体诗词与激情澎湃的论述风格给我留下了深刻的印象。许多年之后，我到日本访学，一些汉学家认为，中国现代汉语的最高成就是"九评"，这使我大为惊愕，立即回想起当年阅读的体验。不管怎么说，能够找来看的书有限，大量的时间是空虚的。离开那里的深层动机，也是因为没有书看。我是一个平凡的人，痛苦也是在很具体的形而下层面。

读大学之前的五年，是在阅读中匆忙度过的。单位的图书馆有四架文史类的书，学习也是周围普遍的风气。只是思想的禁锢也更严密，以各种不同的方式出现。递进借书窗口的单子上明明写的是《红楼梦》，送出来的却是《工作着是美丽的》。或者干脆明言，这本书不好，里面尽是桃色的内容。此外工作紧张，家务繁重，时间对于我来说特别宝贵。母亲好客，家里经常坐着人，除了她的朋友之外，连邻居家的客人也接待，空间的问题也很严重。只好找了一间空房子，那是装煤装劈柴的，把里面收拾干净，每天干完家务活以后，躲在里面看书。因为经常借书，和图书馆的阿姨混熟了，便可以随意进入书库找书。工间休息的时候，钻进书库，翻找各种旧杂志与书籍，是经常干的事。尘土呛得人咳嗽，油墨的味道刺激着嗅觉，不停地打着喷嚏。而意外的发现带来的惊讶，足以抵消所有的不适合和由此引起的闲话。我在那里找到了传闻中的许多书，比如《汤姆·索亚历险记》，比如斯坦尼斯拉夫斯基《演员的自我修养》，还有一个西班牙的作家写斗牛士的小说《碧血黄沙》。父亲看了一眼封面说，这个译者是我中学的音乐教师。这使我感到惊诧，一个中学的音乐教师就可以翻译外国小说，当时正值"反复辟回潮"，院子里的不少孩子因为学习英语而受到批判，我立即对于过往时代的文化氛围生出神往。我还在里面发现了一大堆"文革"前出版的各种杂志，比如《文学遗产》和《外国文艺》。前一种登的文章，观点雷同，都是把某一个作家的作品纳入某一种理论，或者现实主义或者浪漫主义，很容易就看烦了，只注意里面提到的古典作家。当时没有想到今生会以文学研究为业，但当日阅读的感受却延续至今，每当提笔写作的时候，都要提醒自己，相信读者的智慧，尊重读者的感觉，不要犯贴标签的简单化毛病。在《外国文艺》中,看到了对于海明威的介绍,并且配有漫画,有一幅画里的海明威勾起一只脚,单腿独立着伏在桌子上,边款的题字是"我这样写作";另一幅画中的海明威非常舒服地靠在沙发上看手稿,边款的题字是"我这样修改",其中的幽默使我会心微笑。在一本旧杂志中,我读到了文人整理的扬州平话脚本《火烧博望坡》,取材于《三国演义》,讲述的是诸葛亮初出茅庐指挥的第一场战役,使刘备帐中的诸员大将心服口服。本事在《三国演义》中只占半回,仅有几千字。而经过评书艺人的发挥,洋洋洒洒有几万字,而且一曲三折高潮迭起,看得人惊心动魄……

当时并不能想象高考制度的改革,以为这辈子上不了大学了。工资很低,购买图书的财力有限,能够这样随意地阅读也是人生佳境。有些耳闻中的书,是托了熟人从邻近的城市辗转带来,罗曼·罗兰的《约翰·克利斯朵夫》,就是这样看到的。"文革"后期,出了一些内部参考书,沾了单位的光看了不少。《第三帝国的兴亡》是其中的一本,它影响了我看历史的角度。这种无目的的阅读,可以称为读书享乐主义。求学的际遇中,不少同学都讲起类似的阅读经历。有一个女同学的母亲在北图工作,离婚后带着她生活。"文革"的时候,她只有十一岁,受不了学校的政治迫害,整天跟着母亲。当时北图的一项工作,是从各处抄家得来的大量图书中挑选有价值的,运到雍和宫集中。有一段时间,她几乎是整天躺在真正的书堆上,顺手拿一本书随意翻看,如果好看就看下去,觉得不好看就扔开。《红楼梦》看到第八十一回的时候,立即感觉乏味,便不再看了。而我认识的一些专业人员,是在很多年之后,躲在与世隔绝的深山古寺里,静下心来,才分辨出后四十回与前八十回语言风格的差异。我从小养成的习惯,是一本书哪怕马虎一点,也一定要翻完,吸引我的更多的是故事。比较起来,她的阅读方式更加享乐,也更合乎审美的规律。她对于语言天然的敏感,加上与文本相同的文化背景,分别细微的语言差异,仅靠感觉就行了。她顺乎自然地搞起了语言学,专门研究现代汉语,可谓"顺天命,尽人事"。

五

上了大学以后,翻旧书成为专业性的工作。各门课程的参考书几乎都是"文革"以前出版的,频繁地跑图书馆是日常生活的一个部分。而且速度要特别的快,一下课,就要冲锋一样跑过去。因为馆藏的图书数量有限,重要的文献只有几份,去晚了就被别人借走了。秦兆阳先生化名何直的著名文章《现实主义——广阔的道路》,就是在发疯一样的奔跑之后借到的。阅读的激动除了文章本身的激情之外,与奔跑引起的血管扩张和捷足先登的得意,都有些关系。解决这个困难的方法是,同学之间互相传阅。借书的时候,分别目录,仅有的借书证要计划着充分利用,回到宿舍之后,再互通有无。这使大家都受益,友谊和学业一起增长。即使这样,许多的书也借不到,只好到其他图书馆找。作为一个人生地不熟的外地人,跟着同学去图书馆,托同学借书都是经常的事情。二十多年过去了,同学相逢,说起学生时代的生活,借书的细节也是可资回忆的往事。一直到写作《萧红传》,有的材料都是托在东北的同学帮忙借来的。

读到研究生以后,这一项工作更加繁重。有的老先生对于资料的熟悉简直令人咋舌,哪一本书可以在哪一个图书馆里找到,心里有一份详细的指南,再偷懒的学生也别想蒙事。有的教师甚至在出国的时候,还为学生的课题查资料,被称为"妈妈教授",因此也引起同事的非议,以为这样对于培养学生的科研能力并不好。一位学长告诫我,搞当代文学应该收集所有重要的文学期刊。这使我陷入窘境,首先经济条件达不到,其次是连安身之地都没有,往哪放那么多的杂志呢?一个学兄发牢骚,这个年头连饭都吃不饱,还做什么学问?对于这一代学人来说,当时是没有藏书条件的,资料的积累主要是靠社会公器。许多学人想方设法到北京的原因,是查资料也就是翻旧书的条件好。朋辈中也有藏书家,多数来自馈赠,靠的是和作者与编辑之间的私谊。当年,为了写一篇汪曾祺先生的论文,在会议主办方提供的篇目之外,又知道他四十年代经常在《文艺复兴》上发小说,便到北大的图书馆找。所存的杂志并不全,只查到了一篇。后来开会的时候,遇见这位老先生,问起早年发表的著作,承蒙信任,慨然挂号寄来了四十年代出版的第一个集子,而且一再嘱咐,是孤本务必收好。那是一个装帧简陋的小册子,封面已经破损洇着水迹。我仔细看过之后,用挂号寄回。此外,帮助师长和同学借资料,也是当年经常的事情,频繁地和旧书打交道,是学术工作的必然。

  毕业后二十多年,经济条件逐渐改善,购买大型的图书也不是什么不可想象的事情,但翻旧书的积习难改。有的时候是为了研究的专题需要,或者写书,或者编书。写作《萧红传》的时候,我几乎跑遍了北京的各大图书馆,求助海内外的不少朋友,许多资料是朋友托朋友借到的,有的是同学请学生帮忙,还有家人的鼎力相助,麻烦过的人连我自己都数不清,而且无法言谢。查资料的工作是辛苦的,多数情况下劳而无功,但是最终的获取带来的欣喜,足以抵消种种繁难。无意中的发现则像是搂草打兔子,意外的喜悦超过中奖。在日本访学的时候,为朋友查找日据时期的东北期刊,接待我的朋友找出一本大书,翻了几下就说没有。这让我很惊讶,凑过去仔细一看,那本书是所有在日本的中文现代期刊与书籍的目录,不由得佩服日本人资料工作的精细、研究基础的扎实。也是跟着那位朋友,参观一个私人捐赠的文库,里面除了图书之外,还有各种文字的资料。无意中看到一本小折子，上面是娟秀的小楷字，题目是《摔琴》。他打开来说，这是清代宫中宫女们演戏用的剧本，是她们自己抄写的。这让我更加惊讶，宫廷中的女人不仅仅只是钩心斗角，也有自己日常的丰富生活。联想到清宫戏的泛滥，而这么重要的文化资源，居然没有人采用。

  对于旧书的爱好近于着魔，成为我的世界重要的部分。邻人南迁，处理藏书，让我去挑选。我在一堆旧书里翻翻找找，将没有看过的留下。剩下的要卖废品，觉得很可惜，就连一些自己有的书也留了下来，计划着送给需要的人，也算物尽其用。这使狭小的陋室更加拥挤，每逢有人要来造访，都使我很为难，因为家里连个下脚的地方都没有。旧书越堆越多，侵蚀着有限的空间，逐渐有埋葬我的趋势。只好将一部分用纸箱子装起来，需要的时候反而找不到。静夜沉思，觉得自己也像一本越来越旧的书，随着岁月一页一页地剥落。生命的年轮无声地膨胀，掏空了心脉。离开这个世界的时候，也要化作一阵青烟，融入茫茫尘世的雾霭。就像所有的旧书一样，重新成为纸浆，加工成新的纸张。只是用于何种文体的写作和印刷则无法推测，希望转世的形态也与"书"字原有的意义与形式相关，至少还能保留一点自然的气息。

蹲车站

我与车站相遇的机会特别多,但它留给我的印象却是复杂的。它的混乱与嘈杂带给我的紧张与不安,它集中的人群既分又合的临时性关系,陌生人短暂的交往带来的奇遇,都使我且惊且喜。

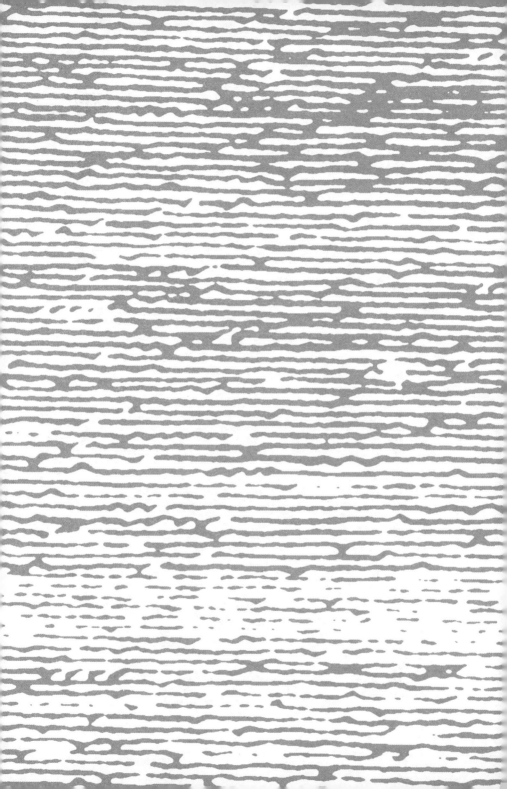

一

人生如旅，常在路上。

路漫漫其修远，伟大的人物自然会上下求索，而对于普通人来说，更多的是艰难的跋涉和无奈的等待。有道可行，大约是文明之始的主要特征，无论哪一个种族和哪一种文化都是如此。路是和历史相缠绕的总体象征，一个是空间的，一个是时间的。它又和人类的精神互为象征，古代国家政权稳固的前提是道路的畅通，意味着统治意志的顺利传达。而人类种种精神的活动，也多以道路为最基本的喻体。在中国尤其明显，所谓"广开言路"，所谓"朝闻道，夕死可矣"，包括"政通人和"的理想，都发源于道路的引申意义，一直发展为世界人生的哲学思辨。无论是儒家的政治伦理之道，还是道家的宇宙生命之道，语义的联想都是以道路为象喻的基点扩散开去，形成一整套价值体系。就是一些最为形而下的技艺，也贯之以"道"，比如"生财有道"等。一直到新文学的拓荒者们，都以道路来比喻文化的革新。鲁迅的名言，"世上本没有路，走的人多了，也便成了路"，是最典型的语用例子。出于这样的原因，导致了汉语很多形容词的多义，比如形容诗文的艰涩不顺口，经常用的词是"佶屈聱牙"。近日闲读曹操的《苦寒行》，内有"羊肠坂诘屈，车轮为之摧"，始知"诘屈"即崎岖，可见最原始的语义是指道路的崎岖，随着语言文化的发展变化，这个意思几乎被人们忘记了。

蹲车站

交通的发达，无论体现在什么样的工具上，都离不开道路。关于它的分类也就形成了一整套的相关语词：陆路、水路、空中航路，等等。陆路又分两大类，就是铁路和公路。公路又可以分为不同的等级，最先进的自然是高速公路。其他如山路、村路和栈道等，不胜枚举。在我的故乡浙南山地水陆相接处，最原始的交通设施叫碇步，是把方石一步一块地安放在溪水中，供行人往来。据交通部门统计，全县有一千多处碇步。而在干旱的北方，这种设施由于少而简陋，连一个专有的名词也没有，通常是以"过河的石头"，一言以蔽之。最有意思的是在中国文字影响下的日语中，有一个特别的字，以"山"为偏旁，右边是"上"与"下"两个字叠在一起，乍一看以为是一个"卡"字，意思是指山路的尽头，由此可见，日本人对于道路的分类比中国人还要细致。随着科技的发展，由"路"发源的词语范围进一步扩大，所有与信息相关的技术都有这一中心词，比如电话线路、信息高速公路，等等。

人类的陆路交通大致经历了由步行到畜力再到机械，最后发展为飞行器的过程。车由畜力而蒸汽，再到电气和磁力，使人的旅行方式不断地由慢到快，由简陋到舒适。服务于旅行的"三产"，自古就很配套。于是有了各种各样的车站，有了专门为行者设置的客店，还有了专门服务于商业活动的货栈，而兵站更是国防的重要设施。"站"以人静止的动作"立"而区别于"行走"，也有了停的意思，转而用作名词，可见语言功能的灵活。它既形象地表达了时间与空间的一个停顿，又意味着行路主体一种放松的状态。"文革"中批判吃老本思想的形象说法，是"船到码头车到站"。"文革"后精英知识分子对于民族落后现状的焦虑，集中在车站等待的旅客形象中。知青文学中的名篇，有以车站开始的故事。近年兴起的小品和电视剧，多以车站为特定空间，只是正剧和悲剧转变成了喜剧。

最古老的车站大约是驿站，字面已经标注出是以畜力为主的交通方式。中国的驿站专门服务于官方的邮路，著名作家汪曾祺的故乡高邮，就是因为秦代的驿站设在高台上得名。为了便于往来的官员休息，驿站设有食宿的机构，由此而与政治史发生深刻的联系，马嵬坡由于与杨贵妃之死的历史之谜连接，而成为最著名的驿站，盛唐在那里终结，像巨大的惊叹号永载史册。国外的驿站，则一开始就是官民同处。邮递政府与民间信件的马车，也捎带着过往的旅客。普希金的短篇名著《驿站长》，是一个经典的感伤叙事。在美国的西部片中，枪手们活动的场景多是偏僻小镇的驿站，淑女们的历险与得救经常发生在马车上，有时还会有戴瓜皮帽梳小辫的神秘中国侠客，在沉默中突然扔出一把小刀，解救困厄中的男女主人公。欧洲的骑士片中，穿紧身裤和宽松丝绸衬衫的年轻帅哥们，经常挥舞着长剑，潇洒地在马车和驿站中杀进杀出，勇敢机智地保护萍水相逢的小姐。从金庸的小说到近些年的港台武侠片，客栈都是频繁出现的场景，张曼玉和林青霞联袂主演的《新龙门客栈》就是最成功的一部。只是这些客栈已经不再具有官方的色彩，产权属于个体户，就像大车店是北方遗留至今的民间客栈，主要服务于畜力交通；但由于往来客人的流动，使它们都具有混乱带来的神秘性。

近代交通的发达是以机械车辆代替畜力车辆为标志，对于车站的分类通常是在"站"字前面加上具体的交通工具名词。比如，火车站、汽车站、电车站。八十年代的北京，最早的出租车也有专门的车站。而早期现代城市长春，称呼有轨电车为磨电，车站也就自然称为磨电站。汽车站又分出长途汽车站，它区别于市内只有一个路牌的汽车站，最显著的标志是要有一栋建筑和一个较大的停车场。建筑中通常分为售票区与候车区，此外小卖部也是很普遍的。对于一个现代人来说，坐汽车和火车旅行是一件稀松平常的事情；但对一个多世纪以前的中国人来说，则是不可想象的奇特经历。最早留洋的学子，详细记载过坐火车的新鲜感觉。而洋务运动中的改革派倡议修铁路，首先面临的是从民间到士大夫阶层的顽强抵制。曾到过长江中游的一座小城，那里至今不通火车。京广铁路原设计要从这里通过，当时的乡绅联络了在京的所有本乡大臣上书朝廷，言修铁路会破坏风水，朝廷只好修改原来的图纸。对于经济发展意识普及的当代中国人来说，修路是基本前提，就连普通的农民也明白"要想富先修路"的道理。由此带来的全民性变化是，人的流动性加强了，旅行的几率增加了，人所拥有的时间与空间形式也大大地改变了。

　　车站对于越来越多的人来说，已经是一个无法规避的场所，也是一个最典型的公共空间。它的象征意义，或者说文化符码的价值也日益彰显。现代文明统治下的人类，对于交通工具的依赖越来越严重。而现代的交通设施也改变着人类的日常生活，许多的传奇都与各种车站有关。托尔斯泰笔下的安娜·卡列尼娜，就是在火车站邂逅了渥伦斯基，由恋爱而婚变至情断而自舍。对于资本主义现代文明素不以为然的托翁，原是要写一个堕落的女人，最后却深深地同情自己的主人公，让她以卧轨的方式自舍。故事以车站始而以车站终，这其中隐喻的文化意义似乎没有被很好地揭示。而且托翁晚年离家出走，逝于一个小车站的候车室里，这多少是一种宿命。张爱玲也是一个现代文明的怀疑者，她笔下的电车轨道，像游动的鳗鱼一样伸缩行止，铃铛则像一串小点连成的虚线，偶然的封锁把切割好的情感空间打破，路人的真情在一瞬间释放出来，又随着封锁的结束而很快地结束。汪曾祺的第一本小说集名为《邂逅集》，就是因为多数作品取材于行旅中不期然而遇的人物与故事。其中也包含着漂泊人生中命运无常的哲学感悟，包含着对人与世界关系偶然性的理解。

二

在漫长的旅途中,车站像一个个逗号,分割出生命的时段。

在不同的时段中,不同的生命会有不同的喟叹。从古到今,从中国到世界,与旅行和车站相关的记录可谓多矣!中国士人的自我磨砺,是从读万卷书行万里路开始。在当时的道路交通状况下,要做到这一点是很需要些毅力的。旅行家的考察著述极尽艰难险阻,从中诞生出徐霞客这样的伟大人物,也在情理之中。

对于文学家来说,漫游是必不可少的增长见识的重要途径。采风是古代士子们的精神传统,对于帝王的政治决策起着重要的作用。古代士人标榜的人生理想,是少年游侠、中年游宦、老年游仙,都要不停地走动。加上政权的频繁交替与迁移,学而优则仕的读书人生逢离乱的不在少数,无论是安定时为官还是动荡中游幕,都要不断地搬家。这就出现了一个有趣的现象,中国古代的不少诗文都写在路上,而且不少是写在驿站或客店。比之田园诗来,可以称作游子的文化。屈原被放逐到汨罗江边,遂有《离骚》。在陈老莲的笔下,他褒衣博带,戴高冕,佩一把长剑,在阴云笼罩之下踽踽独行,这符合他当时的身份与处境。诸葛亮躬耕南阳,属于择地入赘,他的《出师表》更是写于蜀地,作为一国之相,他通常是坐在车子里。北朝民歌的《木兰辞》,"关山度若飞"一句,则点名了木兰以马代步的武将生涯。作"史家之绝唱"的司马迁,是考察过他笔下人物的故乡与重要事件的地点,他写作《史记》是从旅行开始,行万里路确是他治史的重要方法。这就很接近成熟于二十世纪初的文化人类学,它所确立的基本工作方法田野调查,也是从实地考察开始。《史记》的原始记录大概不少是写在客栈里,或者是临时借住的民居中。

李白漫游天下,放歌无数,最终客死在途中,原籍竟也被人遗忘,致使当代考据官司不断,"蜀道之难,难于上青天"的名句更是千古流传。杜甫的行旅则是随着政治的需要异地而居,社会民生的疾苦与个人身世的感叹交织在一起,遂有沉郁顿错的独特风格。他著名的"三吏三别",都是亲历安史之乱的史诗性作品。与李白"两岸猿声啼不住,轻舟已过万重山"充满惊喜的单纯夸张相比,杜甫的"即从巫峡穿巴峡,便下襄阳向洛阳"就显得平实得多。尽管两个人使用的交通工具是一样的,李白是经常为了细节忘记主题,杜甫则是时时心怀家国之忧。家国原也离不开山水,主题与细节也就难分轩轾。关于李杜诗歌水平的争论延续到当代,多以为是现实主义与浪漫主义的差异,其实更根本的是两者世界观的区别。李白的寄情山水时时有出世游仙的冲动,而杜甫的离乱感兴则完全是入世的社会政治抱负的体现。他们的人生之路原本不同,也就难以说清穷通的差别。李白虽然也有政治抱负,但是绝不肯为了政治的利害而放弃精神的自由。而杜甫则是在极不自由的精神状态中,永远把政治抱负作为人生的目标。所以,前者"一生好入名山游",时时震惊陶醉于大自然的奇异景物;后者在途中总是感叹身世的飘零,"飘飘何所似,天地一沙鸥"。这个区别进一步体现在诗体上,李白多样且自由,杜甫则诗体相对少变化而严谨。

漫游不仅是空间的移动,也是时间的不断闪回。诗人们在路上神遇古代先哲,便在历史的空间中完成着自我精神的确立。咏史诗即是一典型的体裁,其中以杜牧的最著名,他对于历史事件与人物的评价颇多个人色彩,常作翻案文章。比如"江东子弟多才俊,卷土重来未可知",很不以项羽的乌江自刎为然。这就与前人司马迁对项羽悲剧英雄的评价,和后世李清照"至今思项羽,不肯过江东"的赞美大相径庭,隐含的政治抱负不言而喻。而与此同时,他的山水诗也是一绝。世人皆知的"停车坐爱枫林晚,霜叶红于二月花",可以和他的咏史诗相参照,对于自然的发现也是他审美观的一部分。但是比起李白来就要拘谨得多,坐在车子里看风景毕竟气象要小一些,但更富于人间的烟火气。

车马都是权势与财富的象征,故孟尝君的门客冯谖有"食无鱼、出无车"的牢骚。而隐者的交通工具,多是以牛为主。老子的坐骑是青牛,连鲁迅的《出关》都沿用了这一传说。最悲惨的是有政治抱负而不能实现的人们,他们既不能出世也无处可遁,他们的人生走的是绝路。比如南宋的爱国名将岳飞,仰天长啸:"三十功名尘与土,八千里路云和月。"至死都怀抱收拾旧河山的宏伟志愿,但是却无谓地死于奸臣的阴谋中。比较折中的是政治抱负虽然不能实现,却还可以勉强安身的人们。最有代表性的是陆放翁,"看尽人间兴废事,不曾富贵不曾穷"。这样通达的人生感悟,对于生于乱世的读书人来说,是一种本真的境界。陆游一生怀抱山河完整的政治理想,到死还"但悲不见九州同",个人的坎坷也使他失望于朝政,故有寄兴驿外梅花的寂寥与自珍。他是不得已而隐,并不以诗文为正业:"此生合是诗人未?细雨骑驴入剑门。"这使他的自我形象更具有民间的特征,驴至今仍然是民间代步的重要工具。有一条著名的歇后语"骑驴看唱本走着瞧",在民间流传甚广。二十世纪六七十年代,在北方的农村,还经常可以看到人骑着驴赶集上店。如果是小媳妇儿就格外地好看,她们通常穿着一身红,脚上一双绣花鞋,手里挎着红包袱,脸上擦着粉,手上戴着金戒指,随着驴步的节奏一走一踮。"山重水复疑无路,柳暗花明又一村",这种哲理性的诗意,道尽了艰难生存中的意外喜悦,感情的基础是平民化的。

总的来说,游子的文化越到晚近越平民化、世俗化。从宇宙生命的玄想和政治人生的理念,降落到普通人的生存状态中,甚至也脱离了古代文人采风的传统。对于家国兴亡和民生疾苦的感怀记叙,让位给个体的独特感受。面对山水历史的豪情壮志,也转变为对于

蹲车站

渺小人生的情感体验。诗到李商隐变得朦胧,"长亭更短亭"式的离别隐去了主人公,本事变得不易读解,究竟是个人情感的隐秘抒情,还是借助男女之情转喻政治怀抱,学界至今争论不休,难有定论。而温庭筠"鸡声茅店月,人迹板桥霜"的凄凉,更是征铎声中个体艰辛的感触。盛唐时期开拓疆土、建功立业的士人们,略带伤感的悲壮送别,诸如"秦时明月汉时关,万里长征人未还"的豪迈气概,诸如"劝君更进一杯酒,西出阳关无故人"的客舍情境,也被世俗男欢女爱的离情别绪——"两情若是久长时,又岂在朝朝暮暮"所取代。而"今宵酒醒何处?杨柳岸,晓风残月",则连行旅方式与地点都变得更加暧昧。从元代的戏剧到明清话本,书生们总是潦倒在客店中,遇到风尘女子的知遇,获得功名后的薄幸是一个套路。而更理想一点的,是在客居中遇到红颜知己的深闺小姐,最后金榜题名洞房花烛。可见读书人的天地越来越小,气质也越来越弱。至于散曲就更加悲苦,"枯藤老树昏鸦,小桥流水人家,古道西风瘦马。夕阳西下,断肠人在天涯"。在外族残酷的统治下,读书人的社会地位江河日下,心理负担也更加沉重。

　　就是在集体疏离了政治社会的现代文人中,行旅艰难离别相思之痛也基本延续了这样的情感基调。鲁迅的《故乡》,抒发了去乡时的黯淡心情。他对于兄弟的思念,"最是令人凄绝处,孤檠长夜雨来时",更是历来客舍情景的延续。朱自清的《背影》,与父亲在车站分手的情节感动了很多人。而在萧红一类流亡的左翼作家们的笔下,除了继承杜甫离乱的诗情之外,连家的概念都破碎了,逃亡是他们共同的人生道路,对于故乡的行旅之思既真切又渺茫。张爱玲的一生都在逃亡中度过,最终客死异乡。但是她对行旅生涯并不抱怨,也是由于与家人感情和精神的疏远。而对于男女情爱的创世理想,则很难说实现了多少,看她的传记,让人回肠百转的情节是千里寻夫,追到温州的旅馆中，与另一个女人共同应对负心了的胡兰成。这真是千古绝唱，就是在古代的传奇中，也很难看到这样尴尬的场面，政治的动荡、种族的危亡，都使这些乱世鸳鸯无法求得岁月静好，一代才女连封建社会的孟姜女们都不如，她们沉浮于文化失范的时代，逃亡与迁徙成了人生的常态，而客舍的情境也被彻底地改写。

三

　　道路总是从偏僻的地方向繁华的地方集中，政治文化的中心由此行成，西谚所谓"条条大路通罗马"。从边缘通往中心的道路上，由于各种特殊的机缘而具有了历史与文化的特殊意义。比如，北京南面的保定，是清代直隶总督府所在地。政治地理位置的特殊，使它成为一座文化名城。莲池书院历史悠久，清代著名的史学家章学诚曾在这里讲学。京广铁路的开通，更使它成为一个现代的军事重镇。李鸿章统帅的淮军驻扎在这里，营房至今尚在。近代的洋务运动也以这里为基地，著名的保定军官学校培养了一万多名学生。它附近的白洋淀是当代文学史上著名流派荷花淀派的摇篮，也是早期朦胧诗白洋淀派的发源地。又比如，瓦尔泰是俄罗斯一个只有三万人口的小镇，因为它位于从彼得堡到莫斯科的途中，是一处重要的驿站。所有俄罗斯的重要人物都要从这里经过，不少人还在这里住过，因此成为一座文化名城。许多文学名著中的人物的原型生活在这里。这使它吸引了不少世界各国的游客，成为重要的旅游城市。

　　道路也有从中心向边缘的辐射，这多数是由于文化的传播。比如所有先哲的故乡，都成为信徒们朝圣的对象。佛教创始人释迦牟尼从出生、悟道，到圆寂的每一个地方，都有道路通过，吸引着无数信徒的脚步。无论以什么方式行走都是精神的洗礼，道路的尽头都意味着心灵的归宿。俄国人的这种情结似乎格外深,所有的城市都以一个重要的政治人物命名,从彼得大帝到列宁。政治风云变来变去,城市的名字也改来改去,对于后人治史造成很大困难。而中国似乎略好,只以政治人物命名街道。许多城市都有中山路,北京的张自忠路、佟麟阁路、赵登禹路,都源自抗日名将的名字。而中国古代更多的是地以人传,比如河南的羑里相传是文王演八卦的地方,河北易县的云水洞相传是孙子著兵法的地方,等等。这样的纪念方式,对于没有历史知识的人来说是困难的,但是并不影响过日子,知道不知道也没有什么关系。最简洁的是日本人,他们对于历史事件和著名人物的纪念特别精细,走在通衢大道上,会出现一个小角落,石头上刻明是某文化最初的发掘地;闹市中突然屹立起一根柱子,上面记载着某次地震或火灾的死亡人数。而且他们热衷于地点考据,文学名著中的地点几乎多有验证。东京大学里有一片小水域名为三四郎池,取自夏目漱石的同名小说中的一个同名人物。东京名园六艺园中有一条窄得只可独步而过的小土路,名字叫作"蜘蛛丝",也是得自夏目漱石小说中的一个人物,他经常在这里徘徊沉思约会朋友。所有文化名人生活过的地方,几乎都有不同形式的纪念建筑。虽多数只能算是小品,但比起俄罗斯的城市中到处林立着的人物雕塑来,要亲切得多。伟大的人物也都融入自然的风景中,这让生者和死者都舒适。

历史文化的变迁,也使一些荒凉的地方变得热闹,成为重要的城市。在艚运为主的古代,随着大运河的开通,北京近郊的通州是重要的码头,它所养育的作家至今以文学的方式展示运河的历史文化风情,他们的文学期刊也以运河命名。素有北方的"小莫斯科"之称的哈尔滨,原来只是一个小渔村,中东铁路的开通使它成为交通枢纽,"十月革命"中逃亡而来的白俄又投入了雄厚的资本,使它成为五方杂处的国际化大都市。在京广铁路开通之前,石家庄叫石门,是一个只有十几户人家的小村,由于南北两条铁路干线交叉穿过而成为交通枢纽,才发展成一个颇具规模的城市。五十年代支边的热潮中,东北和新疆等边远地区迅速地繁荣起来,大批移民带着自己的口音和生活习惯改变了它们的面貌。六十年代的能源危机,使许多沉寂千年的荒原因为有石油而喧闹起来,著名的大庆油田原来有一个非常浪漫的名字"萨尔图",蒙语的意思是有月亮的地方,大片的湿地吸引着游牧的人群。七十年代的上山下乡运动,也使一些小地方成为知青们的集散地而著名,比如蚌埠就是因为大批在安徽插队的上海知青的路过往来,而成为一个屡屡被作家提及的城市。香港更是由于冷战的特定国际政治气候,以其自由港的特殊地理位置,迅速发展为亚洲金融的中心与世界级的大都市,暴富的新贵已经不再像半个多世纪以前那样羡慕上海人,"脱亚入欧"之后的繁华使他们睥睨内陆的老亲戚。在八十年代的改革开放潮头上,珠海、深圳等特区城市,也几乎是平地而起,靠着国家对特区的政策倾斜。甚至一度有人认为,中国的文化中心会因此南移。时下的开发大西北,也必然使一些中小城镇逐渐兴起而声名远播。持续了二十多年的出国潮与留学热,更是把国人行旅的范围扩展到全球,逃亡资本刺激起来的各国唐人街,改变了域外民族对于老华侨的印象。朋友的朋友到北极旅游,在一个最偏僻的小村子里发现了一个小饭馆,它的老板也是中国人。

　　文化地理的概念,就是在这沧海桑田般的历史变迁中演化。而无数负荷着时代的平凡人生,便也在历史的潮流中漂浮。对于道路与车站的感受和记忆,永远是人生体验的一部分,世界经常以这样的方式滋养我们的心灵。

四

我之出生,已经是现代文明席卷全球的二十世纪中叶。

父母对于文化的向往,使我一出生就脱离了土地,也脱离了乡土。各种各样的原因,使频繁的迁徙成为生活的重要部分,以至于好动成性,对于旅行有着天生的向往。而且不论目的地,只要这个过程。少年时代最向往的职业是列车员,原因是可以坐车到处走,成年之后才知道,一个列车员一生中所走的路线也是固定的。这好动的天性,在童年是期待生活的变化,而成年之后则是出生乡野的人对于大自然本能的亲近。只要一坐上车逃离城市和人群,多么平淡的原野景色都可以使我心旷神怡。外子嘲笑我,一要出门就兴奋得不行。半生中几乎坐过所有的交通工具,从马车、三轮车、拖拉机、火车、有轨电车、无轨电车、各种汽车、各种船只到飞机,甚至还坐过小火车,据说那条铁路是詹天佑设计的。只有宇宙飞船没坐过,大概也永远不会坐上。这使我与车站相遇的机会特别多,但它留给我的印象却是复杂的。它的混乱与嘈杂带给我的紧张与不安,它集中的人群既分又合的临时性关系,陌生人短暂的交往带来的奇遇,都使我且惊且喜。但等待的无聊与孤独的恐惧,又使我对它产生畏惧。十二岁时开始,最经常使用的代步工具是自行车。因为不必等待,也就无须依赖车站。只是走不太远,最多三四十里。而且近年来出于安全的原因,连自行车也不再骑,三两站地之间宁可步行,也不愿等候和挤公交车。

关于车站最早的记忆大约是在五岁的时候,母亲带了我们一干人长途跋涉,从浙南的深山中辗转到上海。买的是通票,转乘到北上的火车要重新签票。母亲让我们看着行李,一个人去办理各种手续。我们在火车站前的广场上等待,看着无数的人行色匆匆,在周围挤来挤去,有的甚至从我们的行李上迈过去。各种车辆不停地鸣响喇叭,广播中不断地通知找人，形形色色的叫卖声混合在一起，大人的喊叫、孩子的哭声，汇合成一片嘈杂。天色逐渐暗下来，刹那间又亮起来，无数的灯火在闪亮，洒到马路上像水一样湿漉漉地流淌，世界变得虚幻。成年之后才能找到一个准确的比喻，那就是舞台。母亲仍然没有回来，我恐惧极了，不由大声地哭泣。时隔多年，那个傍晚的印象始终没有磨灭。

幼年生活的小镇就在京广铁路的边上，还有一条大公路由北向南通过。听着汽车的喇叭和火车的汽笛声长大，出门旅行坐车成了家常便饭。印象里最深的一件事，是经常和弟弟到火车站接父亲。寒假来临之际，通常是北风呼啸暮云低垂。冻得受不了的时候，就钻进挂着棉门帘的候车室，那里生着一个铁炉子，弥漫着煤烟的气息。那是一间约有二百平方米的大房子，墙壁已经被烟火熏得黑黄。周围有一圈看不出颜色的长椅，迎面墙上开有售票的窗口，上面挂着一个大电表，发黄的表盘隐隐有水迹。门边的破桌子上，有一个大铁壶，为了保温包着油迹斑斑的棉套，旁边有一摞茶碗。不时有人走过去，拿起茶碗从铁壶里倒茶水喝。当时只有十多岁的我，完全没有经济头脑，以为是车站免费供应茶水，便也走过去倒了一碗，端回来和弟弟你一口我一口地喝下去。送回茶碗的时候，看见一个大人，递了几个钢镚儿给坐在旁边的一个大女孩，才突然明白茶水是出售的。这使我很尴尬，因为兜里一个钢镚儿也没有。我刚要解释，那个大女孩连忙说，没有关系你尽管喝就是了。她的脸上有一种安详的神情，恍惚记起是同一学校高年级的同学。一碗茶只卖三两分钱，她一天的所得肯定很少。经营这样微薄的商业，想必也是由于家境贫寒。她的安详与宽容，则使我终生难忘。

"文革"的时候，文攻武卫搞得人心惶惶，所有的人都想方设法逃离危难之地。母亲带着我们兄弟姐妹四人，背着铺盖卷去找父亲。先乘火车到永定门，转车到天津，乘长途汽车到一个郊区城镇，再步行八里才能够到达父亲的学校。因为是仓皇出逃，来不及计算车次，也因为车票紧张，在永定门火车站度过了一个夜晚。候车室里人来人往，所有的椅子上都挤满了人。母亲只好把塑料布铺在地上，打开被子让我们休息。来来往往的人不都是旅客，有修拉锁的，有出售小商品的，还有不少乞丐。其中有一些是孩子，他们虽然衣着邋遢，但是都面色红润，据说住在附近，乞讨是一种从小习惯的游戏。还有一个走来走去的小伙子，大约是一位画家，他把厚白纸夹在薄木板上，用铅笔在上面画各种旅客的形状。不时有人请他画像，他便索要一元钱，说是用于买纸。母亲带着我们轮流去吃饭，那是在车站旁边的饭店里。水蒸气和泔水的味道扑面而来，所有的桌子边都坐满了人，还有人不断地涌进来。我们终于找到了一个空座位，母亲去买饭菜，我们便看守着座位。看见她从人堆里端着饭菜挤过来，我赶忙迎上去。等我接过母亲手里的饭菜回过身的时候，座位上已经坐了一位中年军人。我立即喊起来，这是我们的凳子，他连忙站起来道歉，说不知道是你们的。闻声赶过来的母亲，立即批评我说，叔叔坐就坐了，一个凳子抢什么！他站在桌子边吃简单的饭菜，我看见他吃了一盘圆白菜炒粉条，还有两个馒头。母亲也买了这道菜，只需八分钱。同时站立在这张桌子旁边吃饭的，还有一个戴眼镜的中年人，他用南方口音极重的普通话发着牢骚，连个熘肝尖都没有，叫什么饭馆？他吃的是炒肉片和大米饭。

这一次的等车，使我最深切地领略了蹲车站的滋味。"蹲"字形象生动地传达出无处安身的窘迫，连一个属于自己的座位都没有。那个年代即使有钱也很难住上旅店，不仅是人满为患，而且政治形势紧张，住店需要单位的证明，政治身份不明朗的人，就没有住店的资格。同时也明白了候车室里那些并不等车的人，都是一些无家可归的人。知青一代的中国人,大概都有过蹲车站的经历。无处安身的处境象征着无所归属的精神,传统的客舍情境在这个时代彻底地消解了。在道路以目的严酷岁月,容不得你感动,所有私人的情感都是要肃清的,就连孤独与凄凉的感触也不敢流露。尽管远行是几代人都无法摆脱的命运,但是可以抒发的只有一种空洞的豪情,连边塞诗人们的悲凉慷慨都没有。这就使"文革"结束之后,读到食指的名诗《这是四点零八分的北京》时,有一种心底的坚冰被融化之后的悸动。这也是感伤主义的思潮一度弥漫的社会心理原因,民族集体记忆中的情感创痛终于爆发为不可遏止的文学潮流。

十五岁下乡,独自一人离家远行。开始的时候,母亲还托了同行的熟人照应。后来就干脆独往独来,特别是有了一点钱之后,就更加随心所欲地去玩儿。蹲车站成了习以为常的事情,不仅是在车站,就是在火车上,也经常是蹲在两截车厢相接的地方。比起在车上的行旅,在车站的等待是非常漫长的,克服焦虑的最好办法,就是到车站外面去逛街。七十年代的内地城市是黯淡的,连商贾都很少。昏黄的路灯下面,通常会有一排宣传栏,里面贴着各种政治宣传的文件。最通常的是宣判犯人的布告,也有各种大报。唯一可以看一看的,是一些政治漫画,内容虽然粗俗,毕竟还有一点颜色。有一次,我半夜到达一个县城的小站,等待早晨的长途车回家。在候车室里待得无聊,就走到街上看橱窗。突然觉得背后有脚步声,立即警觉起来,回过头看见一个少年向我走来。他穿蓝制服和灯芯绒的系带棉鞋,挂戴着宽口罩,灰白的瘦脸上留着小唇髭,一看就是北京的知青。我联想到一些传闻,特别是拍婆子的各种故事。在我们少年的时代,除了雷锋、刘文学一类正统的宣传之外,民间的叙述通常是一些与性有关的恐怖故事,诸如夜间的女厕所里,茅坑下面突然伸出一只手。在知青的夜生活中,讲述这类故事,是枯燥生活里打发时间的主要方式。如今想来,这些故事应该起源于幽闭之中的性幻想,或者是贞操观念压抑下的性恐惧。我紧张起来,他走上来说,你是北京人吧?刚才我在候车室里就看见你了,在哪儿插队?我忙说不是,扭头跑进候车室,朝着高大的铸铁炉子,挤进围坐在一起的老人堆里,心跳了好一阵。一只布满皱纹的手伸过来,手心里攥着一把葵花籽。一个年迈的声音说,闺女嗑一点瓜子吧。那是一个穿着黑色土布棉袄的老汉,昏暗中看不清他的脸。这苍老的声音是一种神启,伴随着我的脚步,在没有客舍的时代,灵魂得以安居。

  成年以后,旅行条件改善了很多,但蹲车站的感觉仍然没有改变。就是住在豪华的大宾馆中,身体也会感到不适。特别是在域外的旅行,尽管多数情况下条件不错,但焦虑和紧张却加剧着疲惫。坐在全封闭的新干线里,反而不如坐在国内的普通火车里舒服。在立体的火车站中,自我的渺小感格外强烈,一如少年时代的蹲火车,在蝼蚁一样的人群中寻找熟人,在数不清的牌子中辨认指定的通道,并不比拥挤着上车更轻松。这使我经常想起一句老话,没有受不了的苦,只有享不了的福。而且在一个数码时代,几乎所有的活动都要预约,包括住旅馆。人能够选择的范围越来越小,我们已经被现代文明驱赶得无处安身,客舍的概念也更加混乱与神秘。一位同学曾抱怨难得安定的命运,因为早已经认命,也就安于在动荡中求安定。对于频繁出行的人来说,家反而有点像客栈。好在有一个座位也不再是什么难事,即使坐在拥挤混乱的硬座车厢里,也会安然如故,发现很多有意思的人和事。多数情况下会遇到乐于攀谈的人,他们会毫无顾忌地讲述自己的各种事情和看法。这近似于采风,对于社会人生的了解补充了贫乏的书斋生活。有时还会遇到某个行业的专家,乐得当一个谦虚的听众,得到的知识胜于读几所大学。最无聊的时候,还可以临时组成娱乐小群体,打扑克是最通常的消遣方式,忘记了种种的烦恼。一夜之间打得头昏脑涨，到站的时候也会有"关山度若飞"的感觉。

　　终于有了一个自己的家之后，应该说彻底摆脱了蹲车站的窘迫。但大城市的生存对于我来说是陌生的，每天几乎都可以听到各种凶杀和抢劫的信息。居委会的治安通告中，劝告居民家中不要放大额的现钱，据说有的地方干脆限制在五百元以下。同学的家中失盗，自己家的自行车连续丢失了七八辆。连家都越来越不安全的时代，蹲车站的惊恐也就不算什么了。在节奏越来越快的现代社会，在越来越枯燥的都市生存中，旅行无疑是值得高兴的事情，能和朋友一起旅行，则更是乐上加乐。如果所去的地方有人文地理的价值，则犹如用皮肤感觉历史，枯燥的生命因此而获得血肉。跑来跑去看车次，买车票，住鸡毛小店，吃廉价的饭菜，选择导游，路遇劫匪，钱包失窃，应对各种意外的情况，翻出各自囊中的余钱，计划着回程的川资，都在繁忙中难得一聚的倾心交谈里，化作惊险的小插曲。在北大读书的时候，有一次和同学一起到市内看电影，一场看了两个片子，出来的时候已是深夜，到白石桥错过了332路的末班车。几个人站在车站牌下不知所措，商量之后决定打的回去。各自把身上的钱凑在一起还不到五元，无论如何是不够付车费的。最后决定上车以后和司机说明情况，到学校以后拿了钱送回来。我们站在路边不停地挥手，所有的车都从我们的身边飞驰而过。眼见车辆越来越少，道路越来越静，只好决定步行回去。正在这个时候，有一辆从相反方向开来的出租车，转了一个弯突然停下。年轻的司机打开门说，你们上哪儿？告知地点，并说明要到达之后取了钱才能付费。他不假思索地说，上车吧。这真有"山重水复疑无路，柳暗花明又一村"的感觉。车开动起来，他又告诉我们，刚才就看见了我们，因为车上有客人所以没停，把客人送到以后，又专程来接我们，这使我们更加感动。车到学校门口的时候，大家商量着谁留下谁回去取钱。那位司机一挥手说，算了，看你们也不像教授。这又是一个意外的惊喜,立即对荒凉凶险的大都市生出几分亲近。

走过坎坷的旅途,灵魂栖息在平凡人间的善意中。

"竹杖芒鞋轻胜马,谁怕?一蓑烟雨任平生!"

说闲话

愉快的闲话,对于繁忙的现代人来说,是一种享受。恶意的闲话,则是洞察世情的机缘。看透了这一点,也就安于在闲话中沉浮。有时间和精力的时候,就听一听说一说,没有时间和精力的时候就不听也不说。或者『姑妄言之,姑妄听之』。

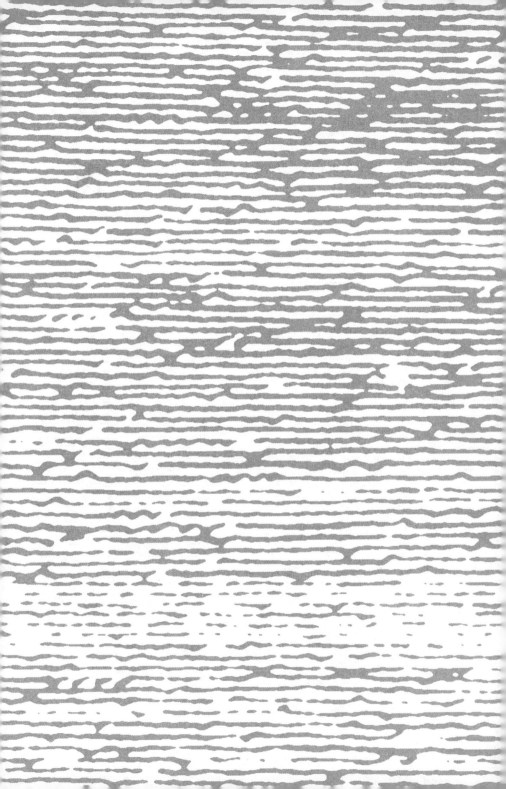

一

"闲话"大约是一个中性词,只有发展到极端的时候才成为贬义,比如语义潜在关联着的"长舌妇",近年来又衍生出"长舌男"的说法。而考察最原始的语义,则相当的郑重。《辞海》中关于"闲"字的解释,首先是木栏之类的遮拦物,也包括马厩,引申为范围,是道德、法度一类的文化规范,近一步发展为限制与约束;而且通女人文雅貌的"娴",通熟练的"娴",还表示大的样子。而第二层的语义则接近我们现在的用法,空闲、安静、平常、不打紧、与正事无关,与自己也无关,甚至还有一层空虚的意思。没事可干的人叫闲人,没有工作的文雅说法是赋闲,参与别人的事情叫管闲事,为无关紧要的事情生气为生闲气……在这个层面上,闲话的意思是没什么用的话。其实,这个世界上从来就没有没用的话。除了具体的内容之外,许多寒暄的废话都有特定的交际功能。比如,没话找话是出于礼貌的仪式,明知故问要么是出于朋友之间善意的诙谐玩笑,要么是不怀好意的诱供刺探。至于背后说别人的坏话,则是闲话不闲的重要成分,已经接近流言;而且逐渐由背后发展到当面,甚至公开发表,引起纠纷。鲁迅迎战《现代评论》中陈西滢的《闲话》,题目就叫《并非闲话》,是关于北师大学潮的话题。可见闲与不闲之间,是没有绝对边界的,不少以闲话为题的文章,大都带有自谦的性质,也包括不负责的遁词。学人所谓的闲话,还有一层文体自由通脱的含义,以区别雄辩的策论、郑重的高头讲章等。"闲"字的第一层意思和第二层意思的语用简直南辕北辙。其中必定有一个漫长曲折的演变过程，使无比神圣的规范与法度变为无足轻重的口腔运动。"门"字里面一个"木"，应该是大门里面的木栏，就是马厩也要建在大门以内的跨院中。范围的意思，便首先限制在家之中的文化意味上，而形容女人文雅的"娴"，最早的语义也必然是指涉待在后院中的女人。"闺"是内院的门，故称妻子为"闺内"。在田地里耕作和在市井中奔波的女人，是谈不上娴的。由此才可以引申为道德法度等规范，宗法制社会的家本身就是君主社会的范型与基础，所以称封建社会是家天下。由院内推广到庙堂，才有道德和法度的内容，形成制约与限制。而"娴"以"女"字为偏旁，可见最初的意思也是与女性的活动及程度有关系，比如持家有序，或者谙熟妇道等，才可能通娴熟的意思。进一步繁衍为"大"这个汉语中含义丰富的词，使形而下的琐细事物升华为形而上的哲学范畴。如果是在这一层互相关联的语义场中，闲话几近于政策法规，俨然不可逾越，也就是最正经最有用的话。语用的变化或许是由于政治史的变迁，"白头宫女在，闲坐说玄宗"；或者是典章制度的废弛，曾经重要的规范因为时过境迁而变得无足轻重，曾经忙碌的人变得空闲、安静，形而上的意义消失了，才变得平常、无关紧要。至于空虚的意思则是无所事事导致的主体失落，闲饥难忍是最形象的表述，精神的状态转变成生理的现象。在这个意义上，闲话的意思才相通于现代的语用，没大用的话，接近废话。读小学的时候，一个老师劝告学生不要喧哗，打了个比方，蛤蟆不停地叫，谁也不当回事，而公鸡一叫天就亮了。这是告诫大家不要说没用的闲话，最好是一鸣惊人。这近似于说书人的套话，"闲言少叙，书归正传"。其实蛤蟆的聒噪也不是没有意义的，"稻花香里说丰年，听取蛙声一片"。

二

说闲话是有条件的。

首先要有时间,庄子所谓"大言炎炎,小言詹詹",就是厌恶说话啰唆。这和他"齐物"的思想不甚一致,犹如对公鸡与蛤蟆的叫声分出了等级。喋喋不休的闲言碎语,需要说话和听话的双方都有闲暇。旧式家族中妇姑勃豀大都起于无关紧要的闲话,和闲得无聊有关,不断地寻找话题,打发枯燥的时光。所以封建时代所有的治家格言,首先体现在时间的严格规定,"清晨即起,洒扫庭除"。不仅中国,其他的文化中也是这样,虔诚的基督徒晨起晚睡和三顿饭之前都要祷告,严格的穆斯林祷告的次数还要多。各大宗教持续不断地改革,大概首先体现在时间形式的变化。但丁《神曲》中的地狱,有专门为爱说闲话的人设的刑罚。而西方近代以来的哲学、美学和文学,对于机械文明的批判和反抗,也有意无意地体现在对于反宇宙的工业时间的愤怒。繁忙的现代人,几乎没有说闲话的时间,所谓情感价值失落,灵魂没有地方安放,都和时间的紧张有直接的关系。"曳尾涂中"的逍遥,只适用于基本的生存有保障的人。或者有钱又有闲,闲暇是生命质量的一个纬度,故与财富并列。古诗云:"偷得浮生半日闲",可见闲暇之宝贵。鲁迅笑对论敌的攻击,以自嘲的态度将杂文集命名为《三闲集》,也是时间的经济学。就是在高科技信息畅通的当下,电子邮件大为普及,而信却越写越短,可见人是越来越忙碌了,说闲话已经成了精神的奢侈。时间的观念比任何时候都强,卓别林电影中的流浪汉,一再被淘汰出局,就是因为身体无法适应机械化工业时间的强迫。而时下大都市中的白领一族,精神的疲劳也是由于时间的紧张,高科技并没有把人从时间的束缚中解放出来。而由此带来的各种风俗礼仪制度的变化,带给文化的震动也是空前的。广东一带传统的工夫茶已经从民众的生活中消失了，只保留在文人雅聚的场合。说闲话的机会明显地减少了，曾经有人统计过东京地区的居民每年和邻居说话的时间，平均每人十七分钟。

说闲话需要好兴致，所谓"酒逢知己千杯少，话不投机半句多"。八九十年代之交的时候，都市里流行文化衫，其中的一种最普及，上面印着"别理我，烦着呢！"对于连饭都吃不饱的人来说，哪有心思闲聊天？说闲话需要好身体，累得连话都说不出来的人，显然没有闲扯的余力。即使是窥探别人的隐私，设置一下陷阱，也需要充沛的精力。机心是很费神的，而神又依赖体力，王熙凤用心的劳苦和言语的泼辣，也算得上人尖子，最终还是"机关算尽太聪明，反误了卿卿性命"。说闲话还需要对手，惠施之于庄子的宝贵，就在于彼此听得懂对方的话，用现在流行的口号就是"理解万岁！"可是人的弱点是自私，常常要求别人的理解，而不想去理解别人。对于自己的一点烦恼絮絮叨叨，而对于别人的痛苦则麻木不仁。自己撒谎而要求别人诚实，也是普遍的心理。或者是以己之心度人之腹，心理关联域的差别，常常使对话错位。捷克荒诞派剧作家哈维尔有一个独幕剧，环境设置在一间牢房里，其中的主要演员不停地说话，其他的人则毫无反应，原因是语言不通。这是最彻底的隔绝，牢房是一个总体的象征，人被语言的牢笼囚禁着。不说话也许是最省心的做法，西谚云"沉默是金"，北京人所谓"左耳朵进，右耳朵出"，既节省了体力，又免于是非。但是这样的好事似乎不多，沉默也被看做一种态度，通常被认为不以为然或者傲气。年轻的时候流行批评和自我批评，在生活会上提意见是经常的节目，受到最多的批评是不敞开思想。这让我觉得很荒诞，因为我压根儿就没有思想，让我如何敞开。就是在"文革"结束之后，以真诚的名义进行情感的交换，经常受到的指责也是不说心里话。这也让我觉得很荒诞，因为我的心里经常是没有话，所以也就没的可说。

遇见不屈不挠的对手，不撬开别人的嘴誓不罢休。遇见好说闲话的人，连敷衍都无法敷衍。特别是在历次政治运动中形成的逼供信传统，使语言的暴力首先以连续的追问开始，"打破砂锅璺（问）到底"，不达诛心的目的誓不罢休。

三

　　语言是我们的生存之屋。人的思维以语言的形式认识世界，也以语言的形式参与世界。没有语言的生活是恐怖的，就像没有白昼一样。说话是生理与心理的双重需要，一个健全的人总是有和人交流的愿望。没有人说话，或者说话没人听，都是很不幸的事情。"文革"中住牛棚的人、独身生活的人、漂泊海外又语言不通的人，都会有很深的苦恼。而自己的思想不被理解，也是寂寞的根源。人与人之间要交流，又不能彻底地沟通，这就形成了一个悖论，误会便经常发生。古代"何不食肉糜"的传说，民间"饱汉不知饿汉饥"的说法，都是典型的例子。至于不同文化背景价值观念的差异，更是语言无法克服的障碍。如果接受这样的宿命，不去寻求彻底的沟通，只在一个浅层次上交流一些信息，是折中的办法。在时间和精力都容许的情况下，说闲话则是最好的办法。意义并不重要，情感得到了慰藉。

　　说闲话也是避祸的一个办法。特别是在道路以目的时代，政治黑暗言论不自由，只有说些无关紧要的话，可以免于杀身之祸。鲁迅当年告诫二萧，不可对谁都坦诚，遇见不了解的人，实在需要说话的时候，就说些没用的闲话。那是在法西斯阴云密布的三十年代，在遍布包打听的上海洋场。至于魏晋士人的佯狂，就不仅是说闲话了，简直就是说疯话，嵇康终于还是被司马氏杀了头，可见政治黑暗残酷到了何等程度。"文革"期间，连闲话都说不得，由于汉语的联想功能，闲话可以被微言大义地曲解无限上纲。比如领子和袖子，就曾经被联想为领袖而导致说话人的牢狱之灾。在精神的高度压抑之下，流传的各种民间故事，其内容的荒诞不经，诸如女人下蛋之类的传说，几乎是后人无法想象的。"文革"结束之后，社会性的长期失语爆发为语言的狂欢，席卷全国，说闲话聊大天成为时尚。八十年代流行的说法是"十亿人民九亿侃，还有一亿儿童在发展"，以至于产生"清谈误国"的警示，充满了危机的意识。

有闲话可说，总比无话可说要好。至少证明人与人之间还有沟通的愿望，即使是在一个浅层次上，也是彼此友好的表现。能够找到一些共同的话题，则是一种幸运。在一个众声喧哗的时代，有耐心倾听的人越来越少。多数的情况是独语，是无法交流的尴尬。特别是在熟悉的人群中，语言的有限和心灵的障碍，加上世俗的利害关系，都使交流变得困难重重。反而是陌生人之间，可能肆意闲谈。因为没有长久的固定关系，不必太为自己说的话负责任，也不必承诺感情，口腔的运动不会引起麻烦。这也只是就多数情况而言，遇见好事的人，盯上你就死缠烂打，不达目的绝不罢休，麻烦依然无法避免。

语言本身经常是没有绝对价值的。同样的话要看谁说，福柯所谓话语权力，北京人所谓话分儿，都是一个意思。对于没有权力的人来说，说话和沉默都无法免灾。好说好笑可以被说成性格开朗，也可以被看做华而不实。特别是在中国文化中，关于说话的禁忌特别多，老子所谓"善者不辩"，"巧舌如簧"和"三寸不烂之舌"，都是对能言善辩者充满厌恶的形容。"能说会道"和"花言巧语"在民间也都是贬义，旧戏曲中的媒婆是典型。其中包括了对于语言根深蒂固的怀疑，钱锺书先生在《围城》中说，不识字的人要上人的当，识字的人要上印刷品的当。话语的陷阱无处不在，民间的说法就是"连死人也能说活了"。受骗上当不只是语义的虚假，还包括逻辑的力量——拿话把人绕进去,故鲁迅有"弄文罹文网,抗世违世情"的诗句。

四

我属于特别爱听闲话的人,为此带来的欢乐和麻烦都不少。

幼年时代是和外婆说话,只可能是闲话。外婆是个传统而又开明的老人,终日劳作缄默的时候居多。我的问题幼稚而多,频繁的追问让她无言以对,便报之以沉默。童年的弟弟也是一个喜欢沉默的人,他几乎很少说话,因此外婆特别喜欢他。家住排子房的大院里,左邻右舍房前屋后,都有无数的声音传过来,不想听也不行。特别是在夏夜的晚间乘凉,大人们的话题无奇不有,大到历史人物的掌故,小到民间的传说,都让我听得出神。至于婆媳吵闹、母女不和的家长里短,更是源源不断地流进我的耳朵。

上学以后,听闲话的机会就更多了。女同学的悄悄话充满了各种知识,经常听得我颠三倒四。这些话多数是转述,比如有人坐飞机回来之后,讲述飞机上的设备,每个人发一个纸口袋,晕的时候往里吐。比如怎样分辨人的民族,如果小脚趾甲是两瓣的肯定就是汉族,如果是一瓣的那就是少数民族。她们的叙述通常都很生动,充满了各种精彩的细节。有一个女同学讲述她家邻居吵架,起因是一个男孩儿经常找一个女孩儿,引起女孩儿的母亲不满,便找到男孩儿的家长吵闹,大约说了"癞蛤蟆别想吃天鹅肉"之类的话。激起男孩儿母亲的愤怒,反击道:"我们家的蜜蜂才不去采你们家的臭花呢!"上了大学之后,我才明白这样的修辞叫比兴,是从《诗经》就开始的古老话语方式。就是在"文革"期间,政治气氛特别紧张的时候,也不耽误我听闲话。有一次和一个女教师一起拔草,她的耳垂上有明显的小眼儿,她说是刚生出来的时候,家里人用绿豆碾出来的,因为婴儿的肉特别嫩容易穿孔，而且孩子小，也容易摆弄。她的脚也是缠过的，当初的疼痛让她终生难忘，好在不久就由于社会文化的变革废除了这项制度，她得以摆脱身体疼痛的苦难。这在那个由批斗会和思想汇报构成的时代，无异于一剂清凉油。还有一个女同学说，日本军队住过她姥姥家，临走的时候，把一大盆鸡蛋黄给了她姥姥。她的话让我疑惑，这个情节似乎应该放在八路军的故事里更妥当。

在太行山区，我上过几天所谓的中学。每天起早，步行八里地去上学。一路的山川景致，让人心旷神怡。特别是春秋两季，慢慢升起的太阳，带着变化无穷的霞光，照得草叶上的露水晶莹斑驳。穿过高大参天的松树林，看着各种不知名的鸟飞起落下，唧唧啾啾的鸣叫声充满整个早晨。经常可以看见小喜鹊蹦到大喜鹊的背上，叫声格外零碎。趟过浅浅的小河，走上大公路，就可以遇见当地农村的女同学。一路说着闲话，脚下就变得轻松。十个同学中有九个是爱说的，她们谈论的范围相当地广泛，唯独不涉及阶级出身一类政治的话题，这也是我特别喜欢听她们说话的原因。途中要路过一道横卧在路边的山冈，名字叫作九凤山。一个同学告诉我，这座山是由九只凤凰变的，因为它们帮助了皇上，被恶鸟咬死而落到了这里。还曾经到一个同学家住的村庄中去玩儿，途经一处黑石的山梁，石头的形状像一群睡卧的羊。她指点着说，这是一群鬼变的，夜里走路，到这里的时候鸡一叫天亮了，就变成了羊。鬼是羊变的，这让我觉得鬼也没有什么可怕的，至少比人可亲。一个同学的姑姑在一座城市里工作，而且有相当的地位。她曾经到过姑姑家，看见姑姑整箱的漂亮衣服羡慕不已，"要是能给我几件多好呀！"她陶醉地说。还有一个同学说，她们村的一个闺女和一个军人处对象，把写给她的信念给一起的女伴儿听，那个小伙子管着那闺女叫姐，同学说话的神情满怀憧憬，好像信是写给她的。

在乡下的时候，看书是被禁止的，说闲话更是打发精神寂寞的主要方式。地里干活时的闲谈和宿舍里的聊天涉及的话题差异明显,俨然两个不同的世界。大姑娘小媳妇儿老娘们儿在一起说说笑笑,充满了民间的风俗。认干妈要钻裤裆,就是把干妈的裤裆剪开一个口,套在头上钻出来。许多年以后,接触到功能主义人类学的理论,才明白这是一个象征性的分娩仪式。在一份材料中看到,现代著名女作家石评梅认一位女革命家的母亲为干妈,当初就举行了这样一个仪式。在日本访学的时候,有一个汉学家说北大一位著名教授的夫人是他的干妈。我问他钻裤裆了吗?他摇了摇头,我立即说没有钻裤裆不能算是正式的。就是在野地里,也都是小声说话,因为内容多数涉及两性关系。比如,某一对青年的新婚之夜,去听房回来的人,讲述其中的细节;生产队中所有人的风流韵事,诸如未婚先孕、恋爱风波,等等。有一个女工和丈夫闹矛盾,在地里和别人诉说。她是当地首屈一指的大美人,高挑个、娃娃脸、浓眉大眼。她的丈夫是拖拉机驾驶员,也是让人羡慕的职业,春耕和冬耕的时候经常彻夜不归,对于她的夜晚便疑虑重重。有一天借故提前回家,推门进屋发现她睡得死死的,在她的脸上亲了口,她也没有反应,于是醋意大发,闹了起来。质问她为什么睡觉不关门?如果别的男人进来了怎么办?亲你你也不睁眼,要是亲你的不是我不就出事了!宿舍里的闲谈则几乎都和城市文化有关,接受毛主席的检阅、重点中学的各种设施、父亲的职业与兄弟姐妹们的学历、某部名著的故事情节,还有别人情感生活的伤痛隐情,也都是在黑暗中悄悄地讲述。有一个女孩子对我说,家里有七八个姐妹,上边的几个哥哥姐姐都上了大学,父亲原想他们毕业以后,有了工资再供底下的弟弟妹妹上学,结果一搞"文革",学习再好书也念不成了!用当时的话来说,要想听见人们的真话,只有揭开房顶。即便在流通的官方政治术语中,"揭盖子"也是一个专有的名词,前面的定语是"阶级斗争"。这样的两个世界,分割着白天与黑夜,我在不停地切换中坠入混沌。有些话题是贯穿昼夜的,比如家族的观念。一个城市来的女孩对我说,叔叔伯伯是自己家人,姥姥和舅舅、姨不是自己家人,所以说,"外甥是狗,吃了就走。"比较起来,白天的世界更轻松,就像和农村同学的闲谈一样,让我觉得亲切。无论是白天的世界,还是夜晚的世界,都是语言的潜流,涌动在一个时代主流话语的岩层下,昭示着被压抑了的集体欲望。

不仅仅是欲望,还包括民间的信仰,也在悄悄地流传。我当工人的时候,有一个当地的同事,而且是党员。有一天,开大会听报告的时候,她神情诡秘地凑过来小声说:"我跟你说个事,千万别跟别人说。俺村里有一个大车把式,赶着车刚一出村,路当间儿就蹦出一个穿红袄的小人儿来,吓得他赶紧拽着牲口把车赶了回来。"当时正在反复辟回潮,政治空气非常紧张,她千叮咛万嘱咐别说出去,这个秘密我为她保守了三十年。还有一个故事也是听她说的,有一个村庄发生了塌方,一个人被埋在了下边,所有的人都推测他必死无疑,决定不再搭救。他的媳妇儿跑去又哭又闹,坚持活要见人死要见尸。众人拗不过她,只好把他挖出来,果然悠悠地还有一口气。他养好身体之后,为了报答媳妇儿的救命之恩,到正月的庙会上两肋插刀,一步一磕头经过一条长街。所谓两肋插刀,是用棉花捻成的条,束在裤腰带上。经常有人问我,像你这么糊里糊涂的人,怎么能写东西?其实很简单,多数细节是听来的。爱听闲话的坏毛病,成就了我的专业。

五

当年至高无上的政治法度如今也都成了闲话。比如出身成分、上山下乡、五七干校,等等,对于后人来说,没有注释就无法破解,只保留在过来人的记忆中。"文革"结束了,许多语言的禁忌都消解了,但是一些话语方式并没有完结,比如诱供诛心。话题和内容发生了变化,而形式则一如既往。一般的看法是"文革"的后遗症,其实"文革"也是建立在人性的共同弱点上,而且是出自人类语言暴力的本性。只是这些弱点是受到提倡和鼓励的,是装潢在正义的逻辑中。

因为说闲话引起的麻烦,贯穿了我的一生,至今还时时困扰着我。小学三年级的时候,和一个女同学的关系比较好,原因是她老找我说小话。这引起老师的注意,托同学的母亲转告我的母亲,说我和她的关系不正常,整天凑在一起,不知道尽说什么,而那个同学在班里不起好作用。这使母亲大为紧张,审问我究竟和她说些什么?这让我摸不着头脑,不知有什么值得大惊小怪的。我只是喜欢听她说话而已,还有就是留恋两个人在一起说话时的亲密气氛。至于她说过的话,十有八九都忘了,并没有和老师作对的企图,更没有政治因素。这是第一次领教说闲话的危害,至于无意间的一句话,被别人打小汇报则是家常便饭。而传过来的闲话,更是频频不断,免不了生闲气。我走过很多地方,都难以免除这样的麻烦。除了现代的舆论系统之外,几乎所有的地方都有民间的舆论发布中心,通常以闲言碎语的方式实行精神绞杀,由此诞生了一种具有专业性质的角色,走东家串西家,传递各种闲话,近似于"永不消失的电波",成为精神生活的一种方式。小则为了达到某种现实的目的,大则满足一点权势的欲望。除了时间,不需要其他本钱,也不需要设备,可谓无本万利,近似于当下的信息公司。"文革"的时候,三天两头地搞运动,在人人自危的恐惧中,大家还经常需要收敛着点。改革开放之后,语言的禁忌彻底地消解了,加上电信技术的大普及,闲话说得更加放肆。好在时间紧张起来,电话费也不便宜,说闲话的条件受到了限制,加上听闲话的人少了,靠闲话盈利往往蚀本,所以相对来说闲话也在贬值。

不管世界怎么变化,都有精力充沛而又时间富裕的人,爱说闲话的人都不会绝迹。他们或她们证明自身价值的方式，就体现在不仅是干涉别人的行为，还要干涉别人的心灵。男男女女的豆腐西施们，是永远不会绝种的。这些人通常是惹不起也躲不起，盯上你就死缠烂打。最可笑的是，煞费苦心地琢磨别人，却徒然地暴露了自己。小的时候，不知道人情的险恶，还努力辩白。成人以后，知道最好的办法是沉默。并且常常生出顽皮，明明什么事都没有，偏要打探清楚，便忍住笑声，连连点头称是。比如，你说你没有钱，他或她必不相信，于是就告之有几百万。比如你说没有什么艳遇，他或她必不相信，于是就告之情人无数。你说你没有靠山，他或她必不相信，于是就告之某要人是你的至亲。我常常为自己的促狭感到惭愧，但不这样又怎么办呢？分辨起来太累，以牙还牙又太损，翻小账就更没有意思了。对于不怀好意的明知故问，实在纠缠不清，又感动于对方的劳累，顺着他或她的话头撒个谎，成全一下劳苦之心。只见得满脸的慈爱风卷残云，立即凶相毕露，将包袱抖了出来。终于抓到了把柄，可以四处游说一番，掀起一个舆论的高潮，直到自己的老底被别人戳穿，后院起火自顾不暇。由此带来的诽谤曾经使我失魂落魄，及至遍体鳞伤，我也觉得很值，至少可以把他或她打发掉，不再到我这儿来搬弄是非，落个耳根清净，也由此检验一下友谊的质量。

　　语言是一个很可怕的东西，中国的古语云"众口铄金"，俄罗斯的谚语说"上帝的惩罚就放在众人的舌头上"。年少的时候，经常陷落在无端的话语灾难中。读了鲁迅的《琐记》之后，才知道他在少年时代也饱受闲言碎语的侵害。于是明白，这不是一个人的不幸，而是国民性的问题。及至成年之后，读了不少外国的小说，发现闲言碎语在其他国度也很盛行，比如毛姆的《寻欢作乐》，几乎所有的故事都是建立在第一人称的叙事中，情节的发展借助各种转述，闲言碎语是最基本的方式。于是明白，这是人类共通的本性，是语言能力必要的宣泄渠道。而且语言背后的意识形态，决定着闲话的指涉对象。同样一件事，可以有不同版本的阐释，用东北人的话说，就是花说柳说。比如关于普希金之死，二十多年以前，都归于他妻子的浅薄虚荣和放荡。前些年披露的说法，是由于当时普希金的声誉正在超过沙皇，沙皇很紧张，就找了一个流氓，利用普希金的荣誉感，引诱他上谣言的圈套，以决斗致死。一个绝代的伟大诗人死于闲话，可见语言的杀伤力有多大！人的处境是不同程度的封闭，了解外部的世界需要借助各种媒体，闲话是其中的一种，而且是最古老也最永恒的一种。"我不相信"也许是免予上当受骗的最好办法，用老百姓的话来说，就是不定怎么回事呢！带来的副作用是闭目塞听，仍然免不了触犯各种无形的禁忌。不合群也是容易犯众怒的原因，被围攻和绞杀都是不可避免的。折中的办法是当听众，而且要听取不同的声音。古人所谓"兼听则明，偏听则暗"。这固然是可以避免受骗上当、少犯错误的办法，只是时间搭不起。

　　未知的世界是广大的，而语言的障碍是不可消除的。周围的叽叽喳喳构成的神秘感，正是未知世界的组成部分。愉快的闲话，对于繁忙的现代人来说，是一种享受；恶意的闲话，则是洞察世情的机缘。看透了这一点，也就安于在闲话中沉浮。有时间和精力的时候，就听一听说一说，没有时间和精力的时候，就不听也不说。或者"姑妄言之，姑妄听之"，民间的说法是"左耳朵进，右耳朵出"，这也是面对语言悖论的智慧。

辨名物

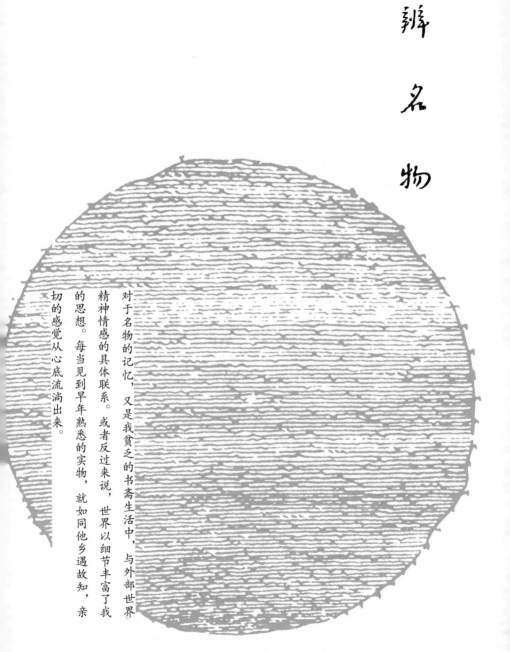

对于名物的记忆,又是我贫乏的书斋生活中,与外部世界精神情感的具体联系。或者反过来说,世界以细节丰富了我的思想。每当见到早年熟悉的实物,就如同他乡遇故知,亲切的感觉从心底流淌出来。

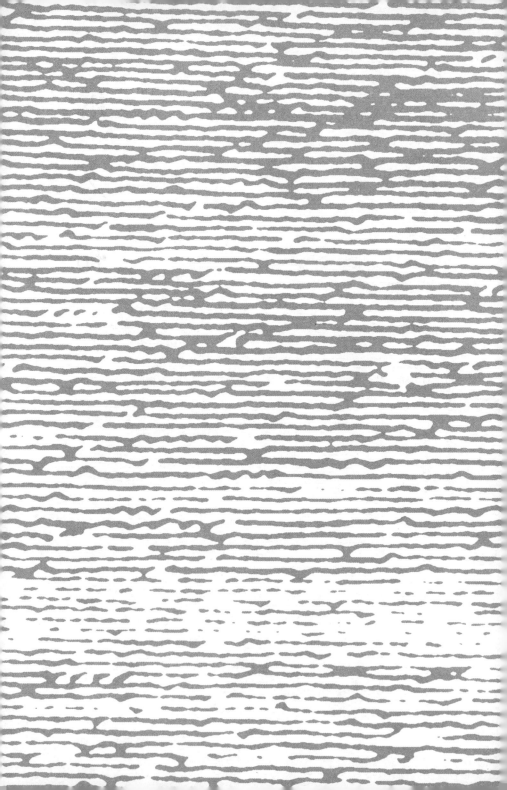

一

　　名实之辨，是人类思维最为古老常新的课题。在中国可以追溯到先秦，公孙龙"白马非马"的命题，是对概念系统所指称对象的逻辑分类。亚里士多德开创的西方逻辑学，也要讨论相似的命题。一直到现代语言学的开山鼻祖索绪尔，关于语言作为符号能指与所指的分解，也贯穿着名与实的思辨。给事物命名，大约是语言最初的起源，也是人类区别于动物界的主要标志。在任何一个时代，在任何一个人的生命过程中，大到一个国家，小到普通百姓，都离不开对于名与实的分辨。从意识形态的宣传到社会的实际状况，从思想的自我确立到生存的真实处境，都会有名与实的矛盾，遂成为一个永久性的哲学问题。究其本源则是语言最初的命名活动，说白了也就是名与物的基本关系。这就难怪，从结构到解构的法国当代哲学家福柯，有一本重要的著作被翻译成《词与物》。词与物的关系，实在是人和世界最基本的关系。

　　名与实的关系也是知识的谱系。人对于世界的好奇，首先体现在对于各种知识的渴求，分辨名物是最原始的方法，看图识字是最简单也是最经典的方式。这是什么？那是什么？是所有语言教学的开端，单词量往往是衡量一个人外语水平的硬件。一个人精神世界的大小，几乎取决于他或她知识的多少，也几乎是指能够分辨的名物有多少。认字是人的一生中难以穷尽的工作，命名也是一个民族文化永恒的任务。一位清代的学者认为，汉语文字发展的一般规律是通假，也就是以此指代彼指，同一个能指可以根据语义的联想容纳其他事物。这是有见地的说法，一直到现代都是如此。比如对于化学元素的翻译，就是以形声为基本原则，给予最准确的命名；所有的名词都是单音节，文字则都是以"金、石、气"为偏旁标注出物理属性，拼上最简单的汉字以注声。这就使各行业的人士，在接受知识的同时，也掌握了一整套相应的语言概念体系。

以语言文学为职业的人，在词的汪洋大海中，去分辨各种相应的物，其工作犹如大海捞针。鲁迅当年翻译《死魂灵》时，对萧军发牢骚，大意是说现在不是在做人而是做机器，大量关于俄罗斯器物的词都要一个一个地查，苦不堪言。他是由日文转译，同时还要参考德语辞典。这样一位大思想家、大文学家，年过五十之后，还要辨别名物，可见这项工作须臾不可回避。张爱玲说，中国是一个文字国，皇帝遇见不顺心的事就要改年号。这就使中国人辨名物的工作特别繁重，别的不说，只以对于人的命名就无穷烦琐，学前有乳名，长大有学名或大号，读书人还要有字，有斋号，笔名可以随意起。关于名字的讲究也格外多，要避长者讳，避尊者讳，还要避皇上的名讳。当权者的喜好，也会引起名物关系的变化，更不要说对一个人命运的影响。李贺因为要避父讳，而不能参加进士考试；武则天干脆给自己创造了一个"曌"字。古书上的文字因此语义混乱，小到一个再普通不过的物件，大到一个地方，名字都会不停地改换。黄瓜因为是从域外引进的，故原名叫胡瓜，只因为隋炀帝特别痛恨胡文化，排斥所有"胡"的字样，遂改名为黄瓜。估计他很喜欢吃这种蔬菜，经常看见，故强行改名。当时有"胡"字的物件是很多的，如果一件一件地改起来，怕也是改不过来。野鸡原名雉，因为要避吕后的名讳而改。而普通的老百姓则通常没有正式的名字，在姓氏的后面加上排行顺序了事，张三、李四和王五,是对普通人的泛指。上海作家陈村著名的小说《一天》中的主人公就叫作张三。已故作家王小波小说中的主要人物,则叫王二。女人出嫁之后,在娘家的小名便被废除,在夫家和娘家的姓后面加一个"氏"字了之。而对于最底层的人来说则连姓氏也没有,于是便有了鲁迅笔下的赵老太爷,对于阿Q的愤怒责问,你也配姓赵?

二

一生经历的尴尬中,有一多半来自名与物的分离。

少小的时代,许多的话都是听不懂的。首先是政治的话语听不懂,阶级与贫富的观念至今很模糊。小学过队日的时候,听刘文学的故事不知所云。雷锋的故事只理解了做好事,其他的女同学听得痛哭失声,我也不明就里。其次是性的话语听不懂,不要说各种隐语,就是专有的名词也不知道,因为没有生理课。艺术的话语就更不明白,上小学的时候,老师说西方现代派的美术,是西方资产阶级没落思想的表现,让一头牛的尾巴沾上色彩在纸上来回地甩,就称为一种美术流派。听得我如坠云里雾中,因为我从来没有看过西方现代派美术的作品。各个社会阶层的价值观念影响下的人情世故,更是迷津一样找不到门径。由此形成的道德话语,也是常使我困惑的内容。只有老老实实地当听众,一开口即是祸,至今如此。当成年后看到卡夫卡的小说《城堡》,感觉上的共鸣格外强烈,米兰·昆德拉对他的阐释,更是说出了我无法表达的体验,这个世界本身就像迷宫一样。我们置身于各种意义的空间,当时空发生变动的时候,就尤其无所适从。

这多少有些不可知论的色彩,但是人的认知冲动对于世界的好奇,又是与生俱来的本性。对于名与物的关系,是每个人自小的知识趣味。幼时生活在乡间,对于世界最早的兴趣是周围的动植物。从生活到游戏，大自然都直接融入我们的生命。昆虫草木，都是我们性之所至的对象。加上父母工作的学校是林业专业，大人们的闲谈中充满了动植物的知识，这使我从小就对自然界的名物发生兴趣。母亲学校里的动植物实验室和花房，都是我经常光顾的地方。从小到大逛公园的时候，看各种标签是下意识的习惯。看见一种不知名的树木花草与昆虫，就要设法问清楚。专业人士通常告诉我的是学名，譬如各种树木的名称、各种水果的分类。而普通人告诉我的则是俗名，比如蝉，俗名常常写作"知了"，实际的发音是"鸡了儿"，"了儿"读去声。蝗虫就是蚂蚱，蚂蟥叫蚂鳖，蜻蜓叫蚂楞。俗名通常都非常形象，"脆柳"是因为木质非常脆，树枝一掰就断。"死不了"是一种生命力极强的草花，开着五颜六色的花朵，文雅的叫法大概是太阳花。俗名也包含着丰富的民间文化信息，"龙须柳"因树枝弯曲着伸向天空而得名。"死人花"是一种开白色碎花的野草，在坟地周围大片生长。有一种黄色花蕊的绿色小花，叫作"打盆打碗哐"，传说碰了它就会打碎盆碗。

除此之外，还有以儿童特殊的想象力对于事物的命名。螳螂叫"刀楞"，因为它的两只前脚形状像刀，动作也像人举手挥刀。"地雷花"是因为种子像一个小地雷的形状，俗称是野茉莉。汪曾祺有一篇小说题名《晚饭花》，就是来自他的故乡对这种花的称谓，因为它总是在傍晚时分开，在北方则是早晨也开花，学名至今我也搞不清楚。还有一种"指甲花"，因为花朵可以用来染指甲而得名，学名好像应该是凤仙花。"酸不溜"是一种有黑斑细毛的深绿色野菜，吃在嘴里有酸味儿。"地梨"是一种野草，有指甲大小的块茎像木梨且能吃而得名。大丽菊又叫西番莲，大约是从西域引进的，而孩子们叫它"白薯花"，原因是它的块茎像白薯。"屎壳郎"是一种大甲虫，因为经常滚粪球而得名。"花大姐"是七星瓢虫，因为甲壳上的色彩鲜艳得名。"臭大姐"是一种扁平的飞虫，灰褐色，落在树上好像一块树皮，因为有异味儿而得名,学名好像是蜻。至于各种各样的蜻蜓,更是名目繁多,都与它们的形态特征有关。

经常的搬迁,使辨名物的工作特别频繁。在太行山冀西山地,经常可以看见橘红色的五瓣野花,叶与花的形状美丽如百合,根像一个小独头蒜。学名叫作石蒜,俗名则叫"野葱",可以食用。核桃树也是在那里看见的,粗枝大叶的谜底得到实物印证,而果实由青到干的整个过程,也是在那里知道的。东北有一种野生的小浆果,类似草莓一样生长在草丛里。分为两种,一种小而红像樱桃,不能食用,只是拿在手里捏揉着玩儿;另一种大小像鹌鹑蛋,薄而光的微黄表皮上透出细小的筋脉和微小的种子。孩子们吃完里面的浆肉,把完整的果皮含在嘴里,用舌头和嘴唇来回吐吹成泡泡。俗名叫"菇蔫儿"(gū niǎng er),"蔫"写作"娘"字上面加草字头,连字典中也没有这个字,学名就更不知道了;近年北京也有推着车的人叫卖,估计都是人工种植的。商品经济的发达,使各地的物产在全国流通。广州的杨桃、四川的脐橘以及各地的蔬菜,在北京的市场上都可以看到。就连国外的很多水果品种,比如榴莲、木瓜、山竹、火龙果等,也已经很普通。在满足味觉好奇的同时,也很容易地辨别了名物。日本有一种高大的杉树,树干粗大,叶子宽阔。深秋的时候呈黄褐色,夹在通红的枫树和金黄的银杏之间,形成一个色彩的自然过渡。问过日本友人,言叫"黎明之杉",这是在四川发现的一个树种,引种到美国,最早只培育出了一百株,有七株传到日本,经过多年的培植,现在是很普遍的行道树。

在遭遇新事物的同时,更多的时候是变化了形态的旧事物。这近似于古人所谓"淮南为橘、淮北为枳"的寓言。文化寓意其实是浅显的,而自然的造化要丰富得多。母亲的学校原来的果园主要种梨、葡萄和桃,很容易就能够分辨出其中不同的品种。搬到太行山区以后,果园里主要种植的是苹果，很快就熟悉了它的各种品系，从形态到品质都有了感性认识。到了北京之后，又看见了传闻中的蛇果，据说它的含糖量是一般苹果的五倍。直到有一次逛超市，又发现了白色的日本富士水晶苹果，形状近似于土豆。还有梨和苹果杂交的苹果梨，品质粗糙且酸度很高；东北的苹果梨则大不一样，个大、脆甜，以延边出产的最好。东北有一种花皮大豆角，当地人也叫油豆，比关里的豆角宽大肥厚，暗绿色的表皮上布满像毛细血管一样的紫红色花纹，炖熟了之后绵软可口，真美味也。北京很少有卖的，偶尔在菜市场上遇到，都是半蔫且破相的，价格是一般豆角的三倍以上，估计是长途贩运来的。似乎也有本地种植的，有一种特大的豆角，形状颇似油豆，但里面的种子瘪小，品质也不绵软，可能是气候和土壤条件都不行。每当东北亲友来，必请带一兜花皮大豆角，家人为此转市场精选上品，能够分辨出使用化肥还是农家肥种植的些微差异。青少年时代，我看见过的土豆大都很小，只有用做种子的土豆很大，那都是从口外运来的，因为土壤和气候的差别，土豆年年都要退化，不能用本地产的做种。到了东北以后，土豆竟能大如白薯，当地人称为"土豆块子"。学校的食堂有一道菜土豆泥，经常是一大勺盛进碗里，回来一看是个没有捣烂的大土豆。开放市场之后，北京卖的土豆也都很大，估计不是从张家口就是从东北运来的。这两年又有一种薄皮的小土豆，据说是在暖棚里种植的。东京的垂柳枝叶细小，我以为和中国的不一样，便被朋友嗤笑，言南方的垂柳也是这个样子，东京的纬度相近于上海。日本的乌鸦大而黑，背部有蓝色的光泽，而且不怕人，在城市里到处飞翔，和中国的寒鸦大不一样。柿子则接近中国的高桩柿，里面有种子，甜脆且不涩，和太行山区的大盘柿正好相反。这合乎日本人的口味，菜市场打折的柿子，都是发软的。北京的菜市场中，近年有一种新的菜，因形状像怒放的菊花而称为"菊花菜"，朋友从上海回来，带回相同品种的菜，只是小得像含苞待放的雏菊，言上海人称为"塌棵菜"，这个名字也很形象，估计是贴着地皮生长。

与形态一起变化的是事物的用途。榆树在关里是野生的，在关外则用做绿篱。苏铁在中国北方是盆栽的珍贵树种，在日本的长崎则是乔木，高可达一丈有余。茶花在中国的南方是野生的大乔木，在北方是盆栽的，在日本的东京地区则用做绿篱。碗口大的各色花朵，从树墙上露出来，立即使人联想起和服的美丽图案。无花果在北方也是盆栽的，在我的家乡山里则是野生的小乔木。童年去杨柳青，途中有一段路，两侧种植着大片的向日葵，阳光下开成一片金灿灿的海洋。而在我居住的小镇，只在屋前房后种上几棵。成年后，看到凡·高的名画《向日葵》，立即联想到童年的印象。而近年北京的花市上，也有向日葵出售，但比我见过的要小得多，近似于把分蘖的花擗了下来。种植向日葵是为了得到种子，只能留一朵花头，这种用于观赏的向日葵，估计是新品种。

与形态一起变化的必然是观念的转变。见到新的物质，一些天经地义的概念被颠覆。比如，中国的河多数都是从西往东流，故有"何时复西归"的感喟，极言时间的不可逆转，有"门前流水尚能西"的信念。俄罗斯的瓦尔泰有两个距离不太远的湖，是伏尔加等俄罗斯重要河流的发源地。春天的时候，一个湖的水位上升，流入另一个湖中；秋天的时候，另一个湖的水位上升，又倒着流回来。中国人所谓"江河倒流"的比喻，在那里是自然的景观。煤球是黑的，这是中国人的常识，"颠倒黑白"更是用来斥责胡说八道。年轻的时候，曾听说地质队在野外作业的时候，烧一种专制的白煤球，一直想看一看，都没有如愿。大约在十年前，春节到东北探亲，在年夜饭桌上吃火锅，发现锅的下面冒着像酒精炉一样的蓝火苗，再仔细一看，烧的是白色燃料，形状扁圆，直径约五公分，厚一公分。问过家人，说是酒精块，立即联想到白煤球的传闻。春华秋实也是古老的概念,从南到北,桃树都是一年开一次花,去年夏天到河南安阳万宝沟,出于小气候的原因,那里的桃树一年开两次花。

三

　　就是名本身,也是经常需要辨别的。长春人称下水道叫"马乎路",管车叫"骨碌马",都是来自日语的音译。有一种口大底小的铅桶叫"微得罗",则是来自俄语的音译。就连汉语,不同地区的语用习惯也影响到语义的差别,而且和历史文化的遗存有关。在俄罗斯旅行,到处可以看到克里姆林宫,只是规模不一样。懂俄文的朋友说,"克里姆林宫"在俄语里是城堡的意思。而印度的古代建筑,几乎都叫红堡,原因是都采用当地产的红色岩石建筑而成。内蒙古的喇嘛庙叫召庙,"召"在蒙语中即是庙的意思。西藏不止一处有布达拉宫,"布达拉"是梵文音译,梵文的原意是佛教圣地。在冀西的山地,"听"和"闻"不分,当地的孩子经常说:"快听听嘿,这是什么味儿?"这显然是保留下来的古汉语的语用,"闻"通"听"在现代汉语中是规范的,而"听"通"闻"则只有古汉语和少数方言区使用。在普通话的书面语中,"勾当"是贬义词,而在冀西的方言中,则是一个中性词。老乡见面的时候,经常的问候是:"干嘛儿勾当去?"并列词组的位置颠倒也是语言的特点,东北人把"刚才"颠倒着说成"才刚",原以为是方言,后来在《红楼梦》里看到这样的语用,恍然大悟是古汉语的口语习惯。语音的变化也是需要分辨的,东北的一些地区,"理"说成"嘞"(lē),两个人打架的时候,经常说"我不嘞你",书面语则写作"理"。语流的音变,更是口语和方言中很普遍的现象,北京地区民间把"我们"用鼻音联读成一个音节(mǔ men)。"二巴憨子"则是"二百斤的汉子"的口语音变,"丫挺的"是"丫头养的"口语音变。

人之初,学说话的时候,首先接受最多的是名,也就是语言概念。名与物的脱节是基本的文化情境,运用语言更是一个人的成长中需要不断学习的过程。儿子三岁时候,看着碗里的饭说吃不饱,我说妈喂喂,他说妈喂喂也吃不饱,突然明白,他是想说吃不了。接受文化知识,首先是从名开始。"文革"前出版的《新华字典》图文并茂,植物与器物都有一些小实物图案。而人的阅历有限,一生可能去的地方、可能看见的实物都必然小于名的概念。用索绪尔的话说,就是所指大于能指。而雅克·拉康则颠倒过来,认为能指大于所指,他是就语言的文化规范意义而言。对于名与物的关系来说,无疑索绪尔是对的,所指永远大于能指。特别是以历史文化为业的人,要在名的密林中发现草一样的物,可谓艰苦卓绝。在抽象的名与具体的物之间,寻找是终生的事业。汪曾祺老先生曾考证出,古代诗歌中的"葵",就是当下的木耳菜;而"大淖"则是蒙语中"湖"的意思。多年以前,耳闻有人拟写一本书,名为《红楼探绿》,专门研究《红楼梦》里的植物。也曾有人根据《红楼梦》中的植物,推断本事发生的地点。

少小时读《木兰辞》,有"木兰当户织"的句子,吴伯箫的散文《记一辆纺车》收在"文革"前的中学语文课本中,电影中也时有以纺车为道具的镜头,到了冀西的农家才真正看见了纺车和纺线的过程。在字典中看见过饸饹,并说明是用饸饹床压制而成的一种食物,多用荞麦面和高粱面为材料,看见饸饹床的同时也看见了制作的方法,只是材料是用白薯面和榆皮面。吃的小磨香油,也是在那里看见了生产队的磨油机器,但已经是以电为动力,与其他香油的区别大概是磨具的差别。初到东北,看到美丽的白桦树,剥落的白色树皮不用问就知道是什么。看到落叶松细密的枝杈与铺在地上的暗黄色针叶,也很容易推测出其名字。很多年以前,在盘山看到一群小学生拾满地的坚果,

辨名物

言是带回城市里当种子，再细问则知道这就是橡籽，仰头望遮天蔽日的高大树冠，与书本中描写的橡树基本相同。在印度加尔各答一座殖民时期穹隆式白色建筑群中，看见一棵参天大树，下面落满了红色的小坚果，立即想起"相思红豆"的诗文。古代小说中，经常有给孩子过生日吃汤饼的情节，望文生义以为是煮饼，类似于现在的卤煮火烧之类的食物。在日本的超市，看见一种宽面条，名字里的汉字中国没有，是"餺"和"飩"，专习宋代文学的同学指点着说，这就是古代的汤饼，始知汤饼是一种面条。在京都博物馆看见一大截枯树，标签上注明是沉香，突然了悟，张爱玲烧了一炉又一炉的沉香屑，就是用这种木料做成的香。日本的菜市上，还有一种叫牛蒡的菜，是约长一米的根茎，由大拇指粗逐渐变细，立即想起在苏联小说中看到过这个名字，但是一直不知道是什么，而标签上注明的产地却是中国，估计是菜农专门为了出口而种植的。有一年去广东的鼎湖山，在一座古刹周围生长着许多巨大的小叶树，同行的朋友说，这就是菩提树。佛教文化中无比神圣的植物，原来就是椴树，东北人叫作"椴蒿子"。印度有一种毛织品，多用做披肩，但质地没有羊毛披肩的柔软，一位饱学的长者说，这就是《红楼梦》里所说的氆氇。那一年去云南，当地朋友送了一方红铜浮雕的木板，一头牛的肚子下面还有一头小牛，尾巴上吊了一只直立的小老虎。因为儿子属牛，便挂在他的床头。一直以为只是民间装饰用的工艺品，不知道它还有实用价值，后来看了历史博物馆的滇文化展览，才突然明白是一种小几的侧面造型，牛背是几面，尾巴上的虎是为了和牛头的重量平衡。

　　至于在书本中不期然而遇的知识，则更是每天都要经历的欣喜。在一本书法史的著作中，竟然看见张飞的字，那是简约浑圆的篆字，这与屠夫出身草莽英雄的演义相去太远。而各种书本上记载的著名艺术品，更是听说了立即设法找来看。在国内外逛各种博物馆，最吸引我的是各种图画。在有大鸥吻的陕西历史博物馆的地下室,看见了多幅墓葬中的壁画,里面有打猎的场面,有一种辅助的动物狸,近似于近世猎犬的功用,始知在唐代,狸是被驯养的动物。去年夏天,在中国社会科学院考古所的安阳工作站,看到一件镇所之宝,据说全世界只有三件,是白陶的豆,古朴的造型与浅浮雕的花草图案都美丽无比,才知道陶制品有白色的一类,以前只知道有黑陶、灰陶和彩陶。在香港看罗丹的雕塑展览,特别高兴的是看见了他的情人卡弥尔的雕塑,推想着这个伟大女人的细腻心灵被罗丹的粗糙灵魂毁灭的悲剧。香港中文大学有一座张大千的展览馆,收藏着他一生各个时期的画作,既有早期的仕女,又有晚期的抽象风格,补充了我对于这位国画大师的了解。日本箱根的森林博物馆,从山坡蔓延到山谷,著名现代画家毕加索的展览馆建在这里,里面展出很多大幅的原作,比起印在画册中的效果强烈得多。联想到在长崎核爆展览馆中看见的一些实物,比如一个被热核融化了的玻璃瓶,冷却之后变形弯曲的瓶颈,更深刻地理解了毕加索的艺术对于二十世纪人类灾难的感受,变形的风格是主体思维的外化,绝不仅仅是形式的革命。在一个大厅里,我还意外地看到了华裔著名画家赵无极的画,一大幅挂在一面墙上,是完全靠色彩挥洒成的抽象风格。

在俄罗斯的短暂停留中,各种艺术品更是让人眼花缭乱。俄国人对于艺术的热爱,恐怕是举世无双的。冬宫里仅法国展览馆就有七八个展厅,每个展厅都相当于北京美术馆一个展厅的规模。伦勃朗的画有二十六幅,塞尚的《女肖像》挂在显眼的位置。日本人热衷于建议你去看政治事件的遗迹,印度人热衷于让你看电影厂一类现代文化的设施,只有俄国人把艺术作为首选向你推荐。冬宫的讲解员骄傲地说,这些都是叶卡捷琳娜收集的,她是一个从德国嫁过来的公主。有一个讲解员还不无愤怒地说,犹太富商韩默用一些过时的机器换走了我们好多珍贵的艺术品。德国人占领俄罗斯期间，还修了专门的铁路，为了抢劫诺夫哥罗德的一座巨大的青铜雕塑。这座雕塑上有二百多个俄罗斯历史上的伟大人物，从政治家到艺术家、科学家，形态各异地分布在钟形的主体建筑周围，顶端是彼得大帝。唯独没有伊凡雷帝，因为他曾经两次来过这里，屠杀反抗的民众，血流成河。幸亏德国很快战败了，被拆开的雕塑来不及运走。俄罗斯生活方面的文化细节，更使我时时经历着发现的兴奋。著名的伏特加，其实只有四十多度，比起中国的白酒来要低得多。土耳其浴室，只是一些建造在湖水岸边的小木屋。酗酒和粗暴的洗浴习惯，在高尔基等作家的笔下，都是野蛮风俗的体现。在回忆萧红的文字中，经常有人提到她善做红菜汤，是用牛肉片和洋白菜、土豆加洋葱炖成的；南方则叫罗宋汤，都认为是俄国菜。到了俄罗斯之后，才知道真正的红菜汤，是用甜菜煮成浓汁，近似于果茶，而且没有肉。想来也是白俄根据中国的物产改换材料，迁就中国人的饮食习惯，特别是喜欢把各种物质混合起来烹饪的传统。还有不少的小说中，都提到俄国农民对于胶鞋的喜好，婚礼的时候，即使不下雨也要穿着胶鞋出席。在莫斯科郊外的作家村，果然遇见一位外省来的作家，穿着胶鞋从自己家的院子里走出来迎接我们。

四

因为从小对于名物关系的特殊兴趣，报考大学的时候，我的第一志愿是考古，所填的学校也是因为有着很强的考古专业。但是阴差阳错被录取到了中文系，于是宿命一样地搞起了文学。由此带来的后果是，兴趣经常不务正业地开小差。直到听说二十世纪九十年代的商业大潮中有不少考古专业的高才生，为了生存在深圳监制假古董，多年的遗憾才释然。闺中密友中，有考古世家出身且为名师的高徒，我非常看重和她的友谊，因为补充和矫正了我对于历史文化知识的欠缺。在和她的交往中，看见了不少器物，使空洞的名词变得饱满。北大的女研究生楼，几乎集中了各个专业的学生，晚间的闲谈和节假日的聚会，都使各行各业的知识源源不断地涌流过来。本系的同学遍布语言、文学与文化的各个历史时段，更是人才济济，交往中得到的知识与对于活跃思维的助益，都是语言难于表述的。毕业以后二十多年间，相见的各路高人不胜枚举，每到疑惑时，便电话咨询或当面讨教。尽管条件如此优越，对于名物分辨的结论仍然不时地发生变化。

杜诗中有《观公孙大娘弟子舞剑器行》，以讹传讹，以为是挥舞长剑舞蹈，治古代文化的学人著文，言剑器是舞蹈的名称，女人着戎装徒手而舞。青铜器上的饕餮铭文，最初有学者解说是反映了奴隶主阶级的狰狞，后来又见到海外学者的文字，推断是远古的宗教巫术。有一次到安阳，遇到一些殷文化的专家，当面讨教，言是殷人的图腾，这使以往相悖的说法豁然贯通。在那里的墓葬中，还看见了象骨的遗骸，解说员言河南之简称豫，"豫"字象形的原意即是人牵象的意思，河南在上古时代的气候与生态都近似于昆明，故是多象之地。历史的定论，在一个重实证的时代不停地瓦解，名与物的考证也在不断地进行。中国的四大发明中，东汉蔡伦造纸之说流传深远，而在故宫博物院的新中国成立以后重大考古发现的展览中，有一片西汉时期的地图残片，画在一小片纸上。项羽火烧阿房宫的说法，经司马迁的《史记》印证而无人质疑，而陕西近年的考古发掘证明，阿房宫没有被焚烧的遗迹。

国学大师章太炎，当年极力贬损实物考证之学，如果地下有知该做何感想？可见权威也有妄的时候，不能迷信。少小读《楚辞·山鬼》，注释云是一传说中的女性神仙，且配了披长发、衣兽皮、佩草花、骑豹子的图像。上到中文系毕业，也没有其他疑义。忽一日，看见有关苏雪林的文字，她治古代文学多年，且在海外专门研修过文化人类学。她认为"山鬼"是一美少年，这让我大吃一惊，以为自己学业荒疏多年，记混了性别。赶忙翻出《神话词典》，找到词条对照，证明记忆无误的同时，又有新发现，有一说即是巫山女神。我的故乡是瓷都，宋代的青瓷不少品种出产在这里。南方亲友来访，或家人南行归来，青瓷是必不可少的赠品。青瓷又分哥窑与弟窑，哥窑有开片，且有铁线银丝般的效果；弟窑则分为两种不同的颜色，一种是梅子青，另一种是粉青。何为粉青，遍查辞书也没有结论。因为曾见过一只粉青盘，通体青色上着一块粉红釉的桃花，便怀疑是两种颜色的合称，而青瓷以单纯釉色著称，似乎也不可能另加其他釉色。有一次承故乡人的盛情，回到龙泉，在参观瓷厂的时候，终于对上了号。所谓梅子青，是翠浓的青梅之色，带着梅子的质感；所谓粉青则是略微发陈的淡绿色，近似于北方人说的豆青。曾进一展销会，见一只钧瓷的瓶子，小口长颈大腹，呈典型的鸡血红釉色。厂家声称是玉壶，这又让我吃了一惊。王昌龄"一片冰心在玉壶"的诗句，前后文昭示的都是素色，何来通红如血？以为自己又犯了望文生义的错误，怀疑玉不是指瓶子的质料和色彩，而是一种特殊的形制。急忙打电话请教行家，详细告知器皿的形状，问可是诗文中的玉壶？他详细讲解了出土器物的完形过程，最后判断大概不是。

  关于门神的解释也多有歧义。以往多数民间的说法，是指唐太宗的两员大将秦琼和敬德。一年夏天在万宝山，看见佛龛外面雕刻精美的彩色门神像，导游小姐说是中国最早的门神。那两个穿铠甲的人物姿态妩媚，像京剧中的武生，并不仅是威严。而那里的佛龛，则是建造在唐以前。秋天到安阳，朋友极力鼓动去汉像馆，并说自己第一次进去的时候，一下就惊得晕了过去。跟着众人走进去，迎面一对残破的巨兽，果然浑朴雄强，而且动态近于挣扎与飞跃之间，确实诡奇凶悍。解说员也说，这是最早的门神，其中之一叫辟邪，是放在墓道尽头、墓门外面的神兽，始知避邪不是动词而是名词。关于龙的解释，也多有变迁。小的时候，只知道是帝王的象征，有着至高无上的尊贵。成年之后，多说是上古的部落图腾。进一步考察形态，认为其是各种动物——扬子颚、鹿角、马蹄、鹰爪，等等拼凑起来的；之后的推测，则认为是古代各部落归顺之后，将各自的图腾合并而成。这几乎成为定论，直到近日，刘宗迪在《读书》（2005年4月）著文《飞龙在天》，认为龙的信仰来自星象的观念，特别是农业民族龙星记时的风俗，而形象则是更多地来自蚕一类的昆虫。由于天文学上岁差的缘故，渐渐与农时相错。加上有了制度化的历法和历书，流传于民间，不需要以观星象来料理农事，所以才变得神秘邈远。这大概是关于龙的起源中，文化意义最明确一种说法。由此推想，所谓跳龙应该是挣扎着吐丝的蚕，而中华第一龙则可能是柞蚕，形体有异于桑蚕。如是看来，龙便是虫，虫便是龙。

  在古典文学与文化研究的领域，标新立异之说也越来越多。譬如，台湾有学者认为，《诗经》出自一个人的手笔，并不是诗歌的总集。而扬之水的《〈诗经〉名物新证》，则是直接引用了多年来考古发掘的大量资料，重新阐释了《诗经》里面的十九首诗。其范围涉及甚广，从农事、建筑、服饰到车马仪仗、各种器具、婚嫁礼俗，赫赫然一派文化史的风光，历史具象在诗歌展示的生动世俗画面中。让人信服而又拍案惊奇，可见名物的考证工作对于文学研究的重要意义。联想到同一代人中治思想史的专家，基本已经放弃了"为往圣继绝学"的宏大抱负，眼光转向对于民间思想的研究，连方术一类旁门左道，历来都不能登大雅之堂，现在也成为学人关注的对象，并由此展开对于民族精神与性格的阐释与认同，而这项工作，就更依赖于器物的考证。

名与物的关系，直接与思想挂钩，这是从细节进入历史的方法，也是在历史的腹地发掘思想的土壤，具有知识考古的意义。

五

维特根斯坦曾说过，世界不是事物的总和，而是事实的总和。换一句话说，人所能辨别的名物，就是他真正拥有的世界版图，而生命之流在时空中的演变，则是人与各种名物相遇又分离的过程。即使是博闻强识之人，遗忘也是不可避免的，更何况外部世界日新月异的迅速变化。至少，我是像狗熊掰棒子一样，掰了新的就丢了旧的。年轻的时候，知识接受得快忘记得也快，而现在则是连接受都很慢。特别是对现代文明的种种器物与文化知识，我已经没有赶上时代的愿望。大量的文体娱乐明星我都不认识，乒乓球停留在庄则栋的时代，排球停留在郎平的时代，更不用说电脑的品牌、手机的型号、汽车的商标和时装的名字。加上故人一个个西辞，知识的减法大大地高于加法。

辨名物的知识趣味，到了这个岁数自觉收敛。主要是集中在专业知识的领域，因为以文学批评为业，对于感兴趣的作家们提到的名物，都要千方百计地搞清楚，看一看。写《萧红传》的时候，在她的一篇散文中读到，少时在家乡，母亲们换货币的情况，其中提到三种货币，江帖、羌帖和小帖。当时东北和关里行政分离，货币也分离，加上殖民文化导致的自由贸易，各国银行都发行自己的货币，那里流通着若干种货币。请教东北的老人，知道江帖是黑龙江省发行的货币，羌帖是俄国银行发行的卢布，而小帖至今也不知道是谁发行的，好在这对萧红的研究影响不大。在张爱玲的文章中，读到蹦蹦戏中女人的比喻，不知道这是个什么剧种，后来在一本杂书中发现是早期评剧的称谓，因为起源在唐山一代，北京人称之为落亭蹦蹦戏，旦角儿多朴野，没有昆曲与京戏的文雅。到西安，念念不忘的是看霍去病墓前的卧虎，因为贾平凹有一篇重要的创作谈《卧虎说》。去庐山，一定要到锦绣谷，因为王安忆有一篇小说《锦绣谷之恋》。曾对朋友戏言，世界对我来说，只剩下了历史。这样功利的辨名物方式显然是枯燥的，但我已经积习难改，美其名曰节约生命。

对于名物的专业性分辨，也是挑战自我认知限度的方式。为了研究汪曾祺先生，我几乎精读了他所有的文字，研究了他的画儿与书法，遇到的困难极多。这是一位饱学的文人作家，尽管他努力平民化，但在他的文字中经常遇到一些陌生的名字，涉及从古到今的各种人物，遍及哲学、宗教、历史、文学、民俗、美术和书法等。我的知识面显然不能覆盖他的作品，只好请教各路豪杰。有的时候，一个名词要辗转问几个人，由朋友介绍其他的朋友。不惜重金购买专业辞书，也借助电脑查询。积累起来的知识，相当于读一个学位，虽然繁杂辛苦，但还是觉得很值。我辨别了许多新的事物，扩展了我的世界。

对于名物的记忆，又是我贫乏的书斋生活中，与外部世界精神情感的具体联系。或者反过来说，世界以细节丰富了我的思想。每当见到早年熟悉的实物，就如同他乡遇故知，亲切的感觉从心底流淌出来。每次回东北，同学赏饭，酸菜馅的水饺是必不可少的主食，大凉菜也是每餐必备，蒜茄子更是家常小菜的极品。小的时候喜欢穿一种圆口带带儿的布鞋，一半是因为习惯，南方的亲戚经常做了这种鞋寄来；另一半则是因为舒适跟脚，就是京剧《红灯记》中李铁梅穿的那种布鞋，去掉带子就是老头儿鞋，后来得知这叫木兰鞋，相传是花木兰穿的鞋。这很有可能，她要骑马打仗，鞋一定要跟脚，穿绣花的女鞋则会暴露性别。离开北京的许多年中，买不到这种鞋，只好以其他式样的布鞋代替。直到在北京的市场上又看见了木兰鞋，高兴极了，春秋两季都穿。经过多年的辗转，木兰鞋使我回到了童年的感觉。有一年回保定，在市场上也看见了这种鞋，早就听说保定的布鞋有名气，便不由分说买了好几双，带回北京送朋友，结果朋友发现都是北京生产的。家人也知道我的这个癖好，妹妹逛商场的时候会特意给我买上两双。

也是在保定，有一年，妹妹请全家吃饭，定在奇芳阁的府河人家。这家餐厅装修得别具一格，迎面是几只木船，有小水流从里面流出来漫过地面，就餐的人可以坐在船里大快朵颐。楼上装饰得像街市，排列着卖各种小吃的摊子，每一个雅间都是老保定的一条胡同名，墙沿上有砖雕的花草图案，据说都是实物，在大规模拆迁时廉价收购的。连厕所都别出心裁，男的门上写着"男大当婚"，女的门上写着"女大当嫁"，配上形制夸张的牛皮纸灯笼，让人觉得亦真亦幻。最让我感觉亲切的，是陈列着一大排民间的各种食具，简直就像是民俗博物馆。饸饹床摆在显眼的位置，立即使我想起少年时代，在老乡家看到的场面，饸饹床架在沸着水的锅上，一个壮汉站在锅台边上，像拉铡刀一样拉起上面的大木把，一个女人或者是老婆婆或者是大嫂或者是小媳妇儿或者是小女孩儿，把揉好的面团放进中间的圆洞里，壮汉将木把上的圆形木桩对准圆洞，像铡草一样将木把压下来，一大把又细又圆的饸饹，缓缓地从饸饹床下直接落入沸水中。那一天几乎没有吃什么，出出进进忙于欣赏各种民间的器物。

知识的趣味自辨名物始，以辨名物终。即使活到耄耋之年，也无法穷尽名与物的关系，就像无法穷尽世界的广大与丰富。于是明白，名与物的分离，是永远难以摆脱的尴尬处境。只有甘当一个看图识字的蒙童，在这是什么、那是什么的好奇中，保持精神的活力，继续着学术的耕耘。也就是保留下一个匆匆过客的印象，还报世界的无私赠予。

读注释

对照注释,在出身年代、代表著作及主要观点和学术流派的介绍中,对照着判断其人。由注释进入新的领域,在新的领域中发现更多的注释,再进入一个更新更大的领域,犹如泅渡般惊险,而且永远看不见岸。

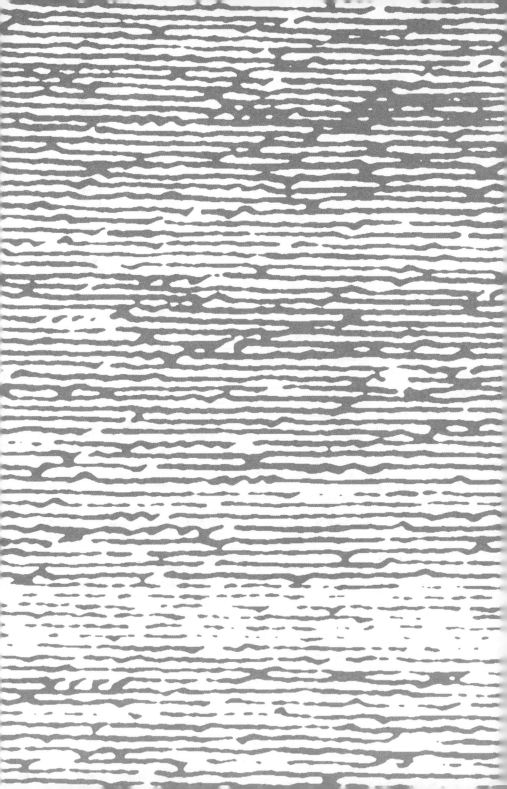

一

最早发现书籍中有注释，大约是在政治文本中。

小学五年级的时候，爆发了"文革"。语文课停止了，因为教材属于修正主义的范畴，自然是不能用的。上学除了游行开会之外，就是背"老三篇"，其中也没有注释。加上懵懵懂懂的年龄，整天糊里糊涂的，跟着老师和长辈后面鹦鹉学舌似的瞎起哄。回想起来，那真是一个鸿蒙初开的年纪，各种各样的语言分割出不同的话语空间，当地的方言、广播中的标准普通话、收音机中的相声和评书，文化以不同的词汇、语流、音调和节奏，冲击着我的耳鼓。口腔的惯性运动，是不需要理解的，何况是一个不许思想的年代，"理解的要执行，不理解的也要执行"。个人的精神空间是狭小的，思维与语言的能力还没有形成就被抑制在休眠状态。好在我也没有什么要表达的，仅仅能听明白已经很难。那个时代的语言如洪水滔滔不绝，其实也容不得你深究。比如，"三家村"怎么讲？三个人的名字，为何就称"村"？刚刚有些疑惑，来不及深究，又被声势浩大的新名词覆盖了，比如"变色龙""小爬虫"，等等。政治话语的无边泛滥，以我当时的语文水平，字面上的意思尚且搞不清，更不用说原始的语义与出处。张爱玲在美国，为了生计一度担任某科研机构的研究员，工作是搜集和解释大陆的新术语，提交书面报告。据说她的工作做得不好，引起有关方面的不满，这很正常，身历其境的人都很难全部了解所有的说法，要一个

读注释

去乡多年的人搞清楚，实在也是勉为其难。

对于语言的感觉是从声音开始，对于语言的接受也是从声音开始，意义的空间是由声音建筑起来的。有的时候，一整天脑子里只想着一个词，也是由于声音的独特，一般是联绵词、双声叠韵带给我莫名的兴奋。迷迷瞪瞪地犯着各种错误，该做的事情没有做，不是饭煮糊了，洗好的菜忘记了拿，就是算错了账，还会连锁引出其他麻烦。记得有一次，和一群同学走过影剧院，看到县评剧团的海报，上演的剧目是《好媳妇》，我顺嘴读了出来，"妇"字模仿着当地的口语习惯，加了儿化韵。一个女同学，立即诡秘地撇着嘴说，你真坏，好媳妇不说好媳妇，说好媳妇儿。语言的文化禁忌，就是这样无所不在地约束着我们最日常的生活。最省心的方式是当听众，而且要虔诚到不提问为好。八十年代的时候，经常接到问卷，"你为何搞文学"是最常见的问题。我从来不回复，不仅是时间的紧张，更是由于说不清楚。搞文学在我类似不可抗拒的宿命，小学五年级停课，后来又辍学多年，当工人八年整。文科只考数学，找些书做做题，还可以勉强对付，需要实验设备的物理化学，是无论如何也补不上的。我们这一代人在那个时候，能混着上个大学就高兴得不行，哪里还顾得上挑选专业。如果有扎实的中学基础，我很可能是学植物，当个园艺师是少年时代的理想之一。或者学农机，回下乡的农场修康拜因（"康拜因"是联合收割机的音译），也是内心深处的愿望。那半年，为了参加高考，做了数千道数学题，从正负数到解析几何，都是靠自学。尽管单位办了补习班，老师很优秀，也曾去听过一次，因为基础太差，听都听不懂，只好作罢。回家自己抠书本，反复地琢磨。不少公式都记不住，完全靠理解，坐在考场中，面对着数学卷子，临时推出定理，再开始证明。年岁大了以后，才能略微明白一些，搞文学完全是由于被汉语自身的神奇魅力所吸引。

在无学可上的日子里，百无聊赖之中，对于所有的文字都生出神秘的感觉，所有可看而又不犯禁的文字都找来看。《毛主席诗词》大约是那个时代文化含量最高的文本，许多句子中的词语都是陌生的，连望文生义都做不到。周围可以问的人很少，忙于革命的人关注的是革命的大道理，自然不会留意语词的细节；不许革命的人则三缄其口，借他几个胆也不敢说。好在可以看的书很有限，反复看腻了正文，就看下边的小字，发现还有阿拉伯数字的序号，对应着正文中的词语。于是耐心地阅读，有的尚可明白，比如某个人名的来龙去脉；有的则越看越糊涂，比如，关于不周山，关于颛顼和共工，原有的问题解决了，新的疑难又出现了，何以要打仗？何以发怒即可撞倒大山？当时能够公开阅读的，还有一本反复筛选过的《鲁迅语录》，烟色木刻的封面，有鲁迅的头像，是革命群众组织内部发行的，得自母亲战友的馈赠。据说五十年代出版的《鲁迅全集》是删节修改过的，那么这本语录则是删节以后的删节，也可以说是精选之后的精选。其中也有一些注释，相对来说就比较详细，从中知道了"灵台"就是心灵，"矢"是箭，"神矢"是希腊神话中爱神丘比特手持的武器，有专门联系男女情感的神奇功效。因为注释的内容比起原著要丰富，所以引起的兴味也要浓厚，有偷吃禁果的惊喜。

尝到了甜头以后，胆子也逐渐大起来，或者说是走火入魔，除了政治的书籍之外，又四处搜集中学的语文课本。那里面通常有大量的注释，而且字印刷得比较大，解释得也详细。通常有字的注音、词的词性，有原始的语义，也有引申意义，特别是有在文章中的特定意义，等等。周围能够借到的课本都看了一遍，就开始翻阅父亲的藏书。因为被阅读的感觉激动着，一向看书都是囫囵吞枣，遇到没有注释或者有注释也看不懂的地方就跳过去，捡着能懂的文字读。后来发现，就是这些自以为读懂的部分，其实也是模棱两可似懂非懂。语言

读注释　　163

的魔力首先是以词汇魅惑着我,在日常的生活中是各种生动的方言口语,在书籍中则是成语典故的丰富。即便在思想禁锢的年月,语言也以它丰富的形态滋润着我的灵魂。学工学农是最好的机会,听到了不少方言土语,增长了不少民间的语文知识。政治术语的方言反串,也可以带来特殊的语言效果。努力甘当听众,是积累语文知识的一大诀窍。要好的女同学,私下的悄悄话也包括对于词汇的解释。有一个女孩儿告诉我,她外婆经常讲的一个词是"齷齪",意思是两个人有矛盾,而在字典中,标准的解释是脏。她的外婆是宁波人,这样的用语显然是方言。关于身体的词汇,也只能限于私下谈论,一个女孩儿说,我们村子里有一家人,三个姑娘都没有结婚,裤腰的扣就系不上了。不是书本,找不到注释,我听过就忘了,很多年以后才回味出她话里的意思。语言其实是一个很可怕的东西,它把人牢固地绑缚在一定的话语体系中,而且可以无中生有。还是在少年时代,我就深刻地体验了这一点。有一次,院里一个惯于欺软怕硬的大女孩儿,挑衅着指责我,你那天说了"裸体"。她那个时候已经是高中生了,经常穿着褪色的旧军装出出进进,以改变自己的政治身份,而在此之前,我连这个词听都没有听说过,更不知道它的确切含义,便迅速地否认。若干年之后,我在字典中看到了"裸"字的解释,方才明白当年她恶毒的心术。

二

在乡下的岁月,是相对平静的。经历了革命中心混乱的狂热之后,沉入了广大的寂寞。精神的饥渴体现为对于所有印刷品的好奇,报纸是不断重复的,每年的春节社论都大同小异,实在没有耐心读完,用当时的批评术语就是"看报看题,看书看皮"。读书是受到限制的,引起批判的事情也不乏先例。但是积习难改,还是阅读自己感兴趣的书,类似于"冒死吃河豚"。从家带来的中学课本《文学》是五十年代编的,从《诗经》开始到《老残游记》,就是一本简要的中国古代文学史。比起六十年代编写的教材来,古代文化的内容更丰富,而且配了不少插图,有屈原、李白等著名诗人的画像,有苏轼的字,还有《山鬼》的插图。从五十年代、六十年代到七十年代,语文课本的编写走过一个逐渐简化的路程,也是一个古典文化的精神逐渐流失的过程。前几年,关于中学语文教学的争论热闹了好长时间,大都是从人文精神和个性培养的角度开题,或者是从学生负担过重立论,这都很有道理。去开家长会的时候,老师明确地问,学生家长中有没有人大代表?能不能上交一个提案,中学生的课程负担过重。再看课本,丰富是丰富得多了,小学就有"六书"的知识,除了正式课本还有辅助教材,而且图文并茂色彩绚丽,印刷装订都很精致。可是对于语文基础的教育,简直烦琐得近于臃肿。小学四年级就要学生分析文法,用"过渡句连接"之类的套路,硬性地规范学生作文的思路。而且不是从汉语自身的规律出发,而是用英语的文法难为小孩子,简直是《马氏文通》的逻辑,学生怎么可能学出兴趣。中国古代文章学讲究的是"气盛言宜""文气贯通""一气呵成",这样的分析方法类似于舍本求末。有一个搞训诂学的同学愤怒地说:"连《马氏文通》都不如!"实际上,近几十年中,语言学界人文主义语言学声势浩大,回归汉语自身的思维表达方式是一个大的趋势,何以在中学的语文教材中竟体现不出来?

当年的中学课本,以瑰丽的传统文化一下打开了我的眼界,犹如进入了一个新的神奇宇宙。而且,其中的注释简单明了,反复阅读几次就可以感受诗文的精神情感。另一个让我惊喜的发现,是一些政治文献中的诗句,以原始的面目呈现出来。比如,"九评"中的一篇文章里，有"上穷碧落下黄泉，两处茫茫皆不见"，是用来讽刺"苏修"的政治谎言。在白居易的《长恨歌》中发现了同样的文字，在注释中了解到各个语词的独特意思，连在一起的特殊语义，是表达唐玄宗对于杨贵妃的怀念之情，也表达了他们之间在宇宙时空中不可替代的爱恋。这本书一读下来，感觉就大不一样了，乃至于无意中形成阅读的定式，在所有政治文本的缝隙中，凭着直觉本能地汲取历史文化的信息。在此后的历次运动中，比如从"评法批儒"到"批林批孔"，还有其间由于钦定推崇，《红楼梦》得到大普及，都是通过读注释的方式积累起知识。说来也可怜，在一个禁锢空前的年代，也只有以这种方式，才能曲折地进入传统文化的精神空间。在当时的文化氛围中，即便是注释也经常是语义模糊，甚至躲躲闪闪的。比如焦大怒骂"扒灰的扒灰"，在当年出的版本中就没有注释。曾经问过专习语文的人，得到的是支支吾吾的躲闪和诡秘的微笑。"文革"前的大学教材注释极多，几乎是正文的数倍，注释的文字也相当繁难。在乡下的时候，曾经向一个历史系的大学生借过一本教材，隐约记得是历史文献的选读，密密麻麻的注释让人眼晕。以我当时的语文水平，要从识字开始，一晚上也看不完一页。加上繁重的劳动，终于没有耐性读下去。成年以后，读到许多集注，其中版本学和训诂学的知识让我惊叹学海的辽阔和深邃，更为自己语文基础的薄弱而惭愧。有的注释也培养了我的自信，在一本巴尔扎克的小说中，傅雷先生加了一条注释，大意是巴尔扎克的文法粗疏，经常受到语言学家的诟病，于是他便在自己的小说中开玩笑，嘲讽那些挑剔的人。伟大如巴尔扎克，尚且会受到文法方面的指责，我也不必为浅陋而自暴自弃。上大学的时候，一位著名的作家来讲演，她除了讲自己人生与创作的甘苦之外，还特别地鼓励我们说，你们年轻没有负担，不要怕写不好，努力写就是了。在一片讥讽声中，她的话巩固着我的自信。二十多年过去了，仍然能够回忆起她当年的音容笑貌。至于注释的注释，更让我受益匪浅。高亨先生作《周易大传今注》，是经典中的经典。好的学术专著，对于某一家思想的阐释，也常常是从语词的注释开始。

除了厌烦批判文字之外，当年对于注释者的学识倒是心悦诚服的。随着年龄增长的阅读经历，深入了解了那一代学人所处的残酷历史情境，不由不对他们负荷沉重的人生境遇生出同情，对于他们的精神苦痛有了感受。"为天地立心，为生民立命，为往圣继绝学，为万世开太平。"何等的学术胸襟，却只能以注释的方式消磨生命。钱锺书先生有诗云："碧海掣鲸闲此手，只教疏凿别清浑。"看他的学术著作，渊博得让人佩服得不行，却不知道并不是他由衷的选择。对于钱先生来说，创作是碧海掣鲸的大业，而注释则要低一等，是匠人干的事。不得已的怅恨，包含了多少人生的无奈！

何以对于传统文化有着本能的亲近？这也是一个说不清的问题。不光是我，儿子小的时候，给他买的外国经典童话，他几乎连看都不看。而给他讲古文的时候，他却突然来了精神，一再纠缠着说，妈妈你再说点儿吧！小学没有毕业的时候，对于古典小说已经有了浓厚的兴趣，《三国演义》《水浒传》《隋唐演义》和金庸的武侠小说，都是他经常要看的书目。据说人的语言能力和遗传基因一样，是两个至今没有被完全破译的信息传递系统。人的语言机制是靠左脑控制的，而对它的研究还很有限，不能全部破译它的奥秘。也许是由于这种神秘的遗传基因溶解在我们的血液里，呼唤着我们对传统文化的认同，对于声音所象征的语言以及表达方式有着本能的亲近，这是心灵最本真的感悟方式，也是生命非理性的无意识冲动。我们处于生物遗传与语言机制遗传的双重链条中，生命由此具体而生动，这就是最基本的幸福。

三

　　明确地意识到读注释的重要，是由于父亲的劝告。那一年，他远道归来，与家人团聚过春节。看见我整天不加选择地看小说，魔怔得近于癫狂。就好言劝告，你既然爱读书，为何不把《鲁迅全集》看一遍？而且要把每一条注释都仔细地读一读。听从了他的劝告，我用了大约一年的业余时间，把家里的《鲁迅全集》看了一遍，确实是每一条注释都不放过，有的时候还要翻回去重读。那是五十年代人民文学出版社出版的精装本，共计十卷。读起来最费劲的是他早期的文章，因为用的是文言文。许多文字就是读注释也看不明白，比如《文化偏至论》和《摩罗诗力说》。但是从中得到了很多外国文化与文学的知识，而且主要是借助注释。他与同时代人的论争，贯穿着一条中国现代文化思想史；他旁征博引的杂文笔法，大面积地关联着中外文化的知识系谱；他的艺术作品以独特的语言魅力，传达出凝练深沉的情感；他的文字有一种诗的节奏，带来特殊的阅读效果，特别是在夜深人静的时候，隐约的虫鸣和飘忽的风声，衬托着他的孤寂与无法形容的忧愤。不能想象那个矮小的身躯，何以能够释放出这样大的心理能量。对我影响最深的一篇文章是《魏晋风度及文章与药及酒之关系》，由文化史至心灵史的切入角度，启发了我看待历史与文学的方法，至今仍然受益。

　　当然，这些都是后来归纳出来的，当时只是激动与兴奋，灵魂获得沉静的定力。说不清楚缘由，至少是在官方阐释之下，对于鲁迅的重现发现，也是与那个时代历史言说方式的诀别，在新的精神土壤中思想得以生长。消息传了出去，有一个老革命，也是个老"右派"，用浓重的方言问我，你老看鲁迅，有使嘛（什么）心得？我想了半天说，他很深刻。"他子嘛（怎么）深刻呢？"我无言以对。他说看过《世故三昧》吗？我这一辈子，就是没有学会世故。如果我年轻的时候看了这篇文章，就不至于当"右派"。他的话让我诧异，对于鲁迅的解读还有这样的角度，大约是牢骚，隐约听说他当"右派"主要是对粮食统购统销政策提了意见。此后的漫长岁月中，遭遇过不少话语的施暴，资源不少也是来自鲁迅的语录，"执着如恶鬼，纠缠如毒蛇"，几乎成为一种文化性格。上大学的时候，有一个老师私下对我说，我最不喜欢鲁迅的刁钻刻薄。八十年代中的时候，不少中青年作家对于鲁迅多有微词，可是细读他们的文章就会发现，连基本的句式都是鲁迅式的。可见鲁迅对于中国文化思想，乃至中国人精神性格影响的深远。我很少参与这样的争论，种种的说法都证明着他的博大，可以从不同的角度获取话语的资源。而我对他的理解来自早年的苦读，是每一条注释都不放过的全面搜索，我看见的是一个和所有人的理解都不一样的鲁迅。当年阅读的兴奋，不亚于发现新大陆，经常在通信中和朋友谈自己的感受。朋友的朋友发现了这些信，便断言她不可能有这样的思想，周围一定有人影响着她。影响当然是不可避免的，但是理解要从阅读开始。接受什么？排斥什么？其实都是基于个人的性情。同样是言必称鲁迅，有的宽厚坦荡，有的狭隘自私。极端服从权威和极端地反权威，都是同样的性格类型，出自非此即彼的思维模式。

八十年代，一毕业找到工作，得到第一个月的工资，立即通过出版社的朋友，利用节日促销活动的机会，打折买了一套新版的《鲁迅全集》。这是"文革"后出的第一个版本，和"文革"中出的大不一样，注释多了许多，不少犯忌的人物重新出场，注释的语言也平和了许多，大致以中性的立场叙事。回想父亲家中的那套，应该算是比较好的，不大为贤者讳，也不大以批判代替史实。一直想比较一下两个版本，终因为时间精力的限制没有实现。最近听说人文社又要出一个新版本，立即和朋友联系，早早订下精装的一套，准备着退休之后好好细读，比较里面的注释，一定会在不同的话语方式中，发现一些有趣的内容。

四

读注释读出了甜头，在以后的阅读中，无论什么书，都要先把注释读清楚。家里有一套四十年代泰东书局出版的《古文观止》，仿宋体竖排三十二开，仿木版印刷。正文用大字，注释用小字。首先是注音，然后是解释。于是明白，注释注释，就是注音加解释。那本书中注音的方法是老式的，用反切法。而且是在两个字后加切字，当时怎么也看不懂。反复地琢磨，对照上下文的意思，终于有一天茅塞顿开，明白所谓的反切，就是第一个字的声母拼上第二个字的韵母和声调。于是缓慢地读到了《五柳先生传》《桃花源记》《滕王阁序》等许多美文。除了文章本身的意思之外，还有大量历史文化的知识。包括这种注音方法，都影响着现代许多学者的艺术思维，这就是汉语文字的神奇之处。著名的语言学家王力先生，在四十年代写了不少随笔，结集出版后题名《龙虫并雕斋琐语》，署名王了一。大约是把学术当成雕龙大业，而把写随笔当成雕虫小技，笔名"了一"则是"力"字的反切。据说西南联大的教授因为生活清苦，大都要从事第二职业，闻一多就是以治印维持生计。同学中有好收藏的，在他的藏品中有一枚没有刻过的石料，边上有闻一多的署名，得自"文革"期间，估计是真的。王力先生化名发表随笔，大约也是迫于经济的压力，文章本身其实没有多少犯忌的成分。当时西南联大的不少教授用的笔名，都是名字的反切。古文字学家唐兰，笔名唐立厂（ān），"立厂"就是"兰"字的反切。

上了大学之后，读注释更是经常性的工作。古汉语的课本中，有一半以上的文字都是注释。如果事前不把所有的注释读清楚，几乎无法听课。在老师辅导的有限课堂时间里,一个人要应付八十多个学生的问题,是绝不好意思围在前面耗费大家共同的时间。多数情况下,还是要自己仔细看。特别让人佩服的是"文革"前的高中生,也就是老三届的同学,他们大都出身重点中学,不仅基础扎实,而且学习习惯好,辨微疏的能力特别强,任何一个细小的语义差异,都要反复地深究。有一个同学,入学前当过中学语文教师,好似活字典,任何一个字的读音和语义,都可以随口而出,大家称她"一字师"。读注释开始的严格语言训练,规范了我的思维,同时也锻炼了我写作与表达的能力。而读专著时对于脚注的一贯重视,则使我朦朦胧胧地接近了学术研究的一般规律与方法,也接近了文本以外的广大意义空间。到了自己也开始做论文的时候,便自然而然地要考虑组织思想的文体逻辑。同学在一起,经常讨论的问题,除了方法与观点之外,也包括文章的做法。有一次,一个同学对我说,注释很重要,有些不能进入正文的思想,可以放进脚注里。那个时代的学术,带有拨乱反正的性质,不仅是结论,而且是通往结论的过程。随处都有雷区,思想的禁锢以语言的贫乏呈现出来,兼顾几端的结果常常是顾此失彼。尽管如此,同道中人仍然努力朝着学术的方向,在泥沼中跋涉。自己也开始写注释了,这多少有些惶惑。仗着年轻,记忆力好,读书基本不做笔记,需要引证的时候,就在一个大致的范围中找。而且师友多数认真负责,从论文的题目到最后的定稿,从答辩到发表时的责任编辑,层层把关,还不至于出太大的差错。

五

生过孩子之后,家务与工作的压力是巨大的,很少参加朋友的聚会。以文会友变成了以文章会朋友,也就是在朋友的文章中,得知他们在做什么事，在注释中得知他们看了哪些书。以前朋友见面，都是互相询问你最近在看什么书？现在偶尔相逢，都是说看了你的什么文章。大家都忙得一塌糊涂，极好的朋友一年一年见不着面，能够在电话里听一听声音已经很满足。如果是一个高产的朋友，连他的书都看不过来。朋友见面大多是在会议上，匆匆忙忙地打个招呼，说不上三句话又匆匆忙忙地离去。最可悲的是在追悼会上，借着送别亡灵的场合，体味一下现世的友情。据说五十年代出生的人，平均寿命是五十二岁，这很可怕。而我的一些早逝的同龄朋友，连这个平均数都达不到。人生的短促与生命的脆弱，比任何时候都更强烈地震慑着我。生命正在接近临界点，可是想做的事还没做多少。怎样节约有限的时间，删繁就简地处理生活，便是势所必然。报纸只看学术版，与专业无关的信息迅速浏览。能够不说的话尽量不说，能够不做的事尽量不做。可见可不见的人基本不见，可有可无的东西基本不要。我知道这很功利，但是别无选择。

最近的二十多年，是一个信息爆炸的年代。和青少年时代的单调封闭形成强烈的反差，学术不再需要披挂政治的外衣。但是要阅读的东西也大大地超过了从前，特别是以当代文学为业，对作品的研究不可能脱离作者的文化背景，古今中外种族地域，每一个人都有自己的知识系谱。就是蜻蜓点水式，也需要花费大量的时间。而且脑子越来越迟钝，记忆力明显下降，随之下降的是对自己的信任。再也不敢像青年时代那样潇洒阅读，年近五十的时候开始记日记，做笔记更是经常的事情，很多时候是记在日记本上。不仅是一些需要引用的资料，就是注释中提到的那些书籍，凡是有兴趣的也都随手记在纸条上，计划着逛书店的时候一起购买。读注释是比任何时代都更加频繁的工作需要，而且是一个收效最快的方法，比聚会、咨询都要省力。

我们面对的是一个话语生产的庞大体系，知识的扩张带来思想的迁徙，理解能力遇到了空前的挑战，无所适从的尴尬比任何时候都更强烈。不少的学问是以翻译为基础的名词解释，而晚近的不少作者译名繁复，不仅大陆、港、台三地用语不同，而且仅就大陆而言，也多不一致。只有对照注释，在出身年代、代表著作及主要观点和学术流派的介绍中，对照着判断其人。由注释进入新的领域，在新的领域中发现更多的注释，再进入一个更新更大的领域，犹如泅渡般惊险，而且永远看不见岸。这就难怪，本雅明曾经计划写一本完全由引文构成的伟大著作。而读大学的时候，不少同学害怕变成两只脚的书柜，更有甚者以不引文不注释为体现思想性格的方式。有一个海外的汉学家抱怨，他训练大陆去的学生写脚注，有的学生竟连这一点都做不好。读研究生的时候，有一个上届的学长，毕业论文的引文注释有一百条以上，受到了其他同学的嘲笑。这其间隔着一条宽阔的知识海峡，也存在着学理的差异。

　　建立学术规范是九十年代大陆青年学人的自觉，这其中也包括对于注释的重视，不仅有引文而且有解释。资料的翔实既体现了治学的严谨，也包括了对于相关领域其他作者的尊重与感谢，这是一种诚实。精神的生长也由此获得稳固的大陆，思想不再是无根之树，泅渡者也可以踩着礁石喘一口气。由此带来的文体变化，是所有文章前面的摘要中不可缺少的关键词，忙于和世界接轨的结果是形式的过分整齐划一。尽管如此，我还是深深地感谢注释，尽管我也属于脚注经常写不好的人。《萧红传》出版之后，有一位年轻的读者，写信纠正了我书中的一些错误，其中包括我在注释中语义模糊的地方，并且准确地说明造成错误的原因出在版本方面。这使我很感动，她是一个业余的萧红爱好者，而资料工作却超过我的准备。还有一位年轻的编辑指出了我书中一处古诗方面的疏漏，想在再版的时候加一条注释表示感谢，她却无论如何也不答应。这些细节都激励着我，在学术的工作中尽量克服浮躁和懒惰。

世界是广大的，个体的生命是渺小的。借助书籍我们漫游无垠的宇宙时空，注释就是通往世界的门径。只有在这个意义上，才能确认维克多·雨果的名言："世界上最宽广的是海洋，比海洋更宽广的是天空，比天空更宽广的是人的心灵。"

种纸田

时下京城文人戏称写作是码字,对于用电脑的人来说,这很形象贴切。只是工艺化的色彩太重了,不如说种纸田更生动。至少还可以联想到泥土的气息,联想到植物的形态与色彩,使写作的工作更富于自然的诗情,即使劳累也是生命的自由释放,是感觉的任意伸展。

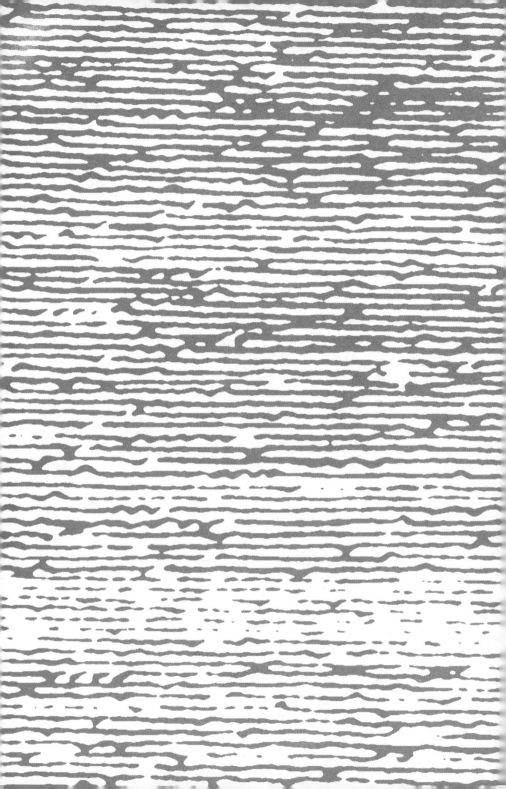

一

　　从发表第一篇文章算起来,已经有二十五年了。翻检旧作十分惭愧,业绩平平无可称道。唯一值得安慰的是还算勤奋,竟也有了几百万字。一开始是用钢笔在稿纸上爬格子,一天抄一万字就累得腰酸背痛。后来改用电脑,体力节省了很多,速度却不见增长。大约是可以遐想的时间大大地减少了,用于阅读的时间也明显地增多。时下京城文人戏称写作是码字,对于用电脑的人来说,这很形象贴切。只是工艺化的色彩太重了,不如说种纸田更生动。至少还可以联想到泥土的气息,联想到植物的形态与色彩,使写作的工作更富于自然的诗情,即使劳累也是生命的自由释放,是感觉的任意伸展。而且"田"字也是格子,大约起源于田畴的形式。爬格子和躬耕的形体特征也颇为相似,突出了劳作的意义。种纸田的说法加入了经济的成分,种田是为了得到粮食,写作卖文也不必以为耻。这就大大地缓解了写作者的精神负担,不必背"灵魂工程师"的包袱。由此引发的责难,是放弃人文精神的坚守。人文精神并不是写作者的专利,工人、农民与其他行业的人也都有对于社会公正的诉求,只是表达的方式不一样。多认几个字,就以为有权力指手画脚充当教师爷,实在也是一种谵妄症,多少有些自恋的倾向。先贤曰,"人之患在好为人师"。自己的灵魂尚且没有地方安放,如何去塑造别人?开辟一小块自己的园地,种植自己喜欢的植物,换来一些收入,使自己活得好一点,与己有利与人无害,何乐而不为?

"田"字下面一个"力"是为"男",古代在田里出力是男人干的活。其实在缠足的制度废除之后,无论南北,女人早就开始下田劳作了。"妇女顶起半边天"不仅是意识形态的宣传,也使女人走出家庭成为普遍的社会文化制度。知青一代的中国妇女都有务农的经历,从身体开始的改造影响了精神和情感的方式。而种纸田的说法则模糊了性别、象征的意义和经济的效益,使女人缓解了男权文化偏见造成的精神压力。在上古时代,文字是帝王家的专利,写作只限于极少数男人。即便是主张有教无类的孔夫子,也没有把女人算进去,大约女子和小人一样,都不入类。在"女子无才便是德"的封建社会,文化是男人的特权。只有少数贵族妇女有机会受到教育,能够用文字表达自己,也是依赖父家的环境和封闭的深闺中富足优雅的生活条件。或者是青楼瓦舍中的特殊培养,目的是带来更高的商业利润。即便是在"五四"以后,不少封建家庭也把毕业文凭看做奢侈的嫁妆,不肯为女儿投资教育,因为出嫁以后也不许外出工作,抛头露面是违背妇道的,女儿不能从事"售货员"一类的职业,只能当"结婚员"。尽管文化的压力如此之大,还是有不少的女性具备了阅读和书写的能力。著名如蔡文姬、李清照自然不必说了,仅施淑仪所辑《清代闺阁诗人徵略》就收录了六七百家。而湖南民间流传至今的女书,连文字都自成系统,在深重的压迫中,女性以独创的符号顽强地挣扎,维系彼此之间的联系。这样的写作没有任何商业的色彩,完全只是情感交流和信息沟通的方式。

近代女学的兴起,使女人也被归了类,享有了受教育的权利。报刊业的兴起,又为女性的写作提供了发表的园地。这使女作家大批地涌现,卖文为生是不少女人最后的生路,张爱玲和苏青都是其中的佼佼者。就连左翼作家萧红,也是靠稿费为生,依赖她所批判的商业社会的出版制度。越到晚近,写作越是稀松平常的事情,女性的写作也不例外。女作家一茬一茬地起来,让人目不暇接,跻身其中则有过江之鲫的拥挤。而由此带来的好处,是心理的宽松。和所有靠技能生存的女人一样,比如裁缝比如厨师比如工人比如会计比如医生,写作也是一种生产方式,更接近于个体户。和其他行业相比,特殊的地方主要是对空间的要求,伍尔芙所谓"自己的房间",具有双重的意义,既是物理的也是心理的,这是写作者格外依赖的条件。退一步说,没有自己的房子,有一张自己的桌子,哪怕是临时的拥有,是最低的要求。而心理的空间则更为重要,在各种话语的系统之外,寻找自己的言说方式,好比时装设计师创造新的服装样式。表达自己的思想和感情,则好比农妇在自家小园中种植自己喜欢的蔬菜。种纸田的说法,和其他行业的最大区别在于,心理关联着广大的自然生态系统。尽管出版业都集中在城市,但每个作家对于劳作的联想不一样。张爱玲称自己是"自食其力的小市民",这符合她都市文化的成长背景。有一个著名的知青作家,说写作是打零工,则源于他漫长的民间生活的经历,以及体制之外的生存处境。我喜欢种纸田的说法,也是由于来自乡镇,从少年到青年,有过农耕的经历,属于草根阶级。对于从事过繁重体力劳动的人来说,以种纸田换回衣食用度,毕竟要轻松些。尽管也辛苦,但比起出卖体力的打工妹来,要容易得多,应该知足!

二

我的祖父是一个农人,在我出世之前他已经驾鹤西辞,连一张照片也没有留下来。在父系亲友的讲述中,我得知他长得身高马大,大字不识一斗,精通所有乡村里的活计,除了农林大事之外,还会做麦芽糖,是一个全把式。我的老家在山地,祖父长年在山上劳作,靠了勤谨的苦干，白手起家创出了一份家业，并且使三个儿子都受了教育，摆脱了文盲的命运。自幼在北方的我，不了解南方山地的全部农事，只能大致地想象祖父穿了蓑衣戴了斗笠，在雨中的密林里，挥舞着锄头弯腰刨地的形象。为什么是耕种而不是收获？为什么是雨天而不是旱季？连自己也说不清楚。

　　出身山地的父亲和母亲，在青年时代遭逢战乱，乡村经济的崩溃与家道的败落，都使他们自幼就要干各种农活，至今仍然影响着他们的生活习惯和为人处世的方式。因为在林业部门工作多年，父亲经常随身带着一把大剪子，看见树木就习惯性地修剪枝杈。只要他在家，院里屋里都井然有序。他把门前的一小片空地，密密麻麻地种满了花草树木，而且多数具有经济价值。菊花薄荷是家里四季的饮品，香椿树的嫩芽是待客的美味。两棵石榴树每年都要结近百个碗口大的石榴，饱满的果实把果皮撑裂，熟透以后落在地上的闷响在深夜格外沉实。只有牡丹和玫瑰一类花卉是完全为了观赏，从春到秋花开不断，这大概是父亲与祖父最大的差别，或者是母亲的爱好起了作用。鸟鸣穿过浓荫与花香，恬淡宁谧的气氛令人沉静。母亲历来爱好花草，在"文革"后期政治风暴的间隙中，她早晨出去散步的时候，顺便采来各种野花插在瓶子里，通常是普通的玻璃瓶。她种的花草都是寻常品种，不少是长在残破的盆盆罐罐里。偶尔有人送她一枝唐菖蒲，她就会像孩子一样快乐。乡村生活留给她的另一个习惯是对于传统节日的重视，每到端午节的时候都要动手包粽子，春节的合家团圆更是生活中最大的事情。他们节衣缩食，供着孩子们读书，应该说是祖父的家风。

　　我上大学之前的二十三年，也是在乡镇中度过的。学农是少年时代最美好的记忆，每年的夏收和秋收，都要到附近的生产队劳动。从捡麦穗开始，到拔麦子打场，从拔稻秧到割稻子，干过的农活实在不少。当时觉得很劳累，在长期熬人的脑力劳动之后，回想当年的种种农事经历，反而生出了不少怀恋。特别是在都市里奔波得筋疲力尽，被各种被动阅读逼得烦躁不堪，还有数不清的信息搅扰得身心交瘁的时候，就巴不得到一个什么地方干一年农活。下乡虽然是别无选择的选择，但是乡村的自然风光留给我的美好印象，也是从事写作的灵感源泉。当年对于城市有过朦胧的向往，偶尔进城找当工人的同学，看见她们顶着星星赶班车到郊外上班，在工厂里紧张单调地工作一天，披着月光回家，实在是劳累。便觉出生活在乡下的好处，躺在麦秸垛上看星星，在荒草萋萋的密林中游荡，三两友人围炉夜话，加上新鲜的果品菜蔬、四季的风声雨声、飞花流莺的自然景致，都有一种大的自在。考上大学，才算真的进入了城市，更加感觉自己是一个乡下人，而且是一个不可救药的乡下人。最初的写作冲动，来自对自然的怀念。几十年过去了，大自然仍然是呵护着我心灵的母亲。唯其如此，写作对于我来说，才是一件很愉快的事情。夏天，在保定，走在水泥的甬路上，一股清香飘来，寻着香气走过去，见是几个女工在林荫下锄草，泥土和草的汁液混合在一起，散发出让人沉醉的芬芳。这使我回想起少年时代的农耕生涯，回想起和自然亲密相伴的往昔，一个下午都过得很惬意。

我的祖父在山上种地，我在纸上种地。

三

我对于土地的情感源自血液，对于文字的痴迷则是这血液中的遗传因子。

童年的生活中，几乎都是以大自然为背景，土地和土地上的一切都使我好奇。最早接触的文字中有不少与农事有关，比如《悯农诗》编进了小学的课本，但在这之前，母亲就以它来教育我们节约粮食。

对于语文课的兴趣,从小就超过算数,汉语的神奇魅力一开始就吸引着我,对于写作有着天然的向往。不是以此谋生的人生理想,也没有成名成家的野心,初生牛犊不怕虎,加上懵懂无知,连当时遍布整个社会的文化工作危险论我也毫无感觉。短促的中学生活,在有限的语文课上,老师表扬同学的作文,我嘴上不说心中却不以为然。在乡下的时候,曾经写了一些诗,送给一个女友,大约是模仿普希金的风格,非常夸张的抒情方式。她看了以后说,这样的话现在已经没人说了。

知青写作在当时是受到鼓励的,不少人在笔记本中抄诗。有一个复员军人一再遗憾地对我说,咱们农场为什么就不能出诗人和作家?其实也有不少人写作,我曾经看过一个北京知青的诗,他问我如何,我没有感觉。许多年之后,我才知道他模仿的是五六十年代工人出身的诗人风格。我那个时候,正迷恋古诗,有时脱口而出,便被人嘲笑为拽文。在山里的时候,周围也不乏业余写作的人,或者是诗或者是剧本。无论是内容还是文采,都让我很难感动,姑且不论思想,语言的干巴就让人受不了,特别是空洞的煽情,尽管我自己也写不出什么。这大概就是所谓无法认同。也有热心的人激励我写作,有的是出于生路考虑,通过写作改变政治处境;也有的是内容方面的指点,提示可以写的题材与主题。不能说我完全不为所动,也试着写过,"过时"是得到的基本评价。我并不是说我如何思想超前,而是因为笨,流行的那一套话语体系,想进也进不去。而且,阅读的兴趣压倒了写作的兴趣,能和人交流一下感受,就觉得十分满足,比如济慈的诗,比如《约翰·克利斯朵夫》。

名和利的观念虽然淡薄,但是也并不是完全没有。看过斯通写的《马背上的水手——杰克·伦敦传》,里面说他靠稿费收入成为百万富翁。这让我觉得很惊讶,心里也有些微的羡慕。杰克·伦敦的《海狼》中有一个人物,是一个美丽优雅的女人。粗暴的船长海狼挑衅着问,你们这样的资产阶级女人，是靠父亲供养，还是靠丈夫供养？那个女人自信地反驳说，我是一个记者，每年靠写作可以赚到三千美金！对此，我不仅是羡慕，简直就是向往。杰克·伦敦是一个左翼作家，对于金钱也抱这样坦荡的态度，这使我觉得不可思议。当年的意识形态是"斗私批修"，"钱"是脏得不能出口的字。"文革"后期，出版了鲁迅的日记，里面不少文字记载着和朋友之间的金钱交往，尽管很雅，"钱"字多数用"泉"字代替。这和当时宣传的不食烟火的伟人形象不大吻合，而且他和兄弟失和也是由于金钱。正值反复辟回潮，强大的宣传攻势中著名的口号是"宁要社会主义的草，不要资本主义的苗"。靠写作赚钱，在当时近于天方夜谭。当时的很多著名作家，一本书可以印十几万到几十万册，并没有带来些微的经济效益。最多也就是吃几顿饭，免费到处走一走。由此反省自己，除了时间空间和个人趣味之外，当年的懒于动笔，是否也和潜意识当中缺乏物质刺激有关。父亲年轻的时候也做过文学的梦，闲谈中说起，曾经发过一些文章，并且得到过稿费，在贫寒的学生时代得以自助，在供给制的时期曾经接济祖父。这些只言片语，大约也起了暗示的作用。

终于考上了梦寐以求的大学，而且是一所重点大学。执掌中文系的老师是著名的诗人，同学中不乏颇有名气的业余诗人和作家。虽然一入学，系里就强调培养目标是文学研究人才，不鼓励创作，但同学中创作的风气仍然很盛。自由结社是普遍的现象，班级的墙报也很活跃。加上思想解放的气氛，每一个人都在以不同的方式表现自己。在这样的风气影响之下，我的写作欲望被激发了出来。一开始是必须交的课堂作业，老师的批语是语言太差，于是便在文字上用了心思。为了不拂同学的好意，为墙报写了一篇散文，大约五千字。主编以为太长，不宜刊用。正好同寝室的同学有一本《散文》，我便悄悄地记下地址，抱着试一试的想法寄了出去。一走出邮局，我就把这件事忘了。

种纸田　183

接到杂志社通知拟用的来函，先把自己吓了一跳。还有一篇评论，也发在当年的《读书》上。两篇稿子都是编辑在自然来稿中挑出来的，而且迅速寄来了稿费，隐约记得各是五十元左右。这是我第一次拿到稿费，为了纪念，我买了一个订书器，一直用到现在。这篇散文得了那一年省里的创作奖，奖金二百元。两年以后又得了刊物的二等奖，奖金也是二百元。这对于一个穷学生来说，是一笔不小的收入，足以改善一下生活，请朋友去打牙祭，添一身像样点的行头，买几本早已看好的书。而且，这篇散文不断地被收入选集，不时带来一点零星的收入，前前后后大约赚了五六百元，还不包括因为没有看到启示而未索要的稿费。我写的是我生活多年的冀西山地一处美丽的地方，对大自然的思念是最基本的创作冲动，这思念包括了土地和土地上的一切，其中也有劳作的幸福感受。如今回想以来，是心灵对于大自然的感悟，帮助我确立了自我，跳出了各种意识形态的话语陷阱。

我也开始赚稿费了，这使我在惊喜中备感惶惑。文学在当时正热，文学观念正崇高，"歌德与缺德"的讨论是普遍的话题。为什么写作？是所有的写作者必须面对的问题。那个时代正是历史的紊乱时期，一方面是整个社会疯狂地向钱看，另一方面又是年轻人找回浪漫的普遍心灵诉求。来自两个方面的压力，都使写作者腹背受敌。世俗的人看到的是经济的效益，高尚的文学信徒则拷问你的写作动机。还有人民性与党性，思想解放与性别问题，官方与反官方的立场，贵族的骄傲与平民的尊严，忧国忧民与表现自我，集体主义与个人奋斗，"人是自私的"和爱国主义，反庸俗与不食人间烟火，人道主义与马克思主义，与人为善与阿Q精神，还有人品与文品，等等。非此即彼的争论，让人随时都处于两种观点的夹击之中。一开始我还跃跃欲试，很想参与参与。很快就发现无法插嘴，应对不了花样翻新的话题，这大约也还是由于笨，由于心灵的固执，不能改变与世界最基本的联系，无法进入任何一种狭隘的话语体系。尽管如此,还是受了时代思潮的影响,内心深处把文学看得很神圣,退回来的稿子基本不再投。加上好奇心重,定力不够,容易受外界事物的干扰,没有自己的房间,刚从小地方出来,不会拒绝别人,写作不算勤奋。有一位老师告诫我,目标的选择很重要。有一个大同学提醒我,光有质量不行,数量要跟上。还有的同学鼓励我,你就专门写散文吧,不少作家一生都专门写散文呢!我当年的兴趣广泛,除了本专业的课,还听历史系和哲学系的课。看书也很杂,还有一个读北大的梦,觉得生命很长,并不想过早地把自己束缚在一个专业和一种文体上。如今想来,业绩平平,大约和这种散漫的性格有关系。

就是上了研究生以后,普遍的风气也是鄙薄粗制滥造地乱发文章。有的老师干脆说,学生不好好念书,急急忙忙地发文章,这种风气不好。有一个老师对我说,你一年写一篇文章就行了。同学中盛传系里一位女教师,一生只写了两篇研究杜甫的文章,成为经典文献,所有研究杜甫的后人都要看。在这样的学术氛围中,写作有点鬼祟,同学之间开玩笑称之为"写票子"。但是,当代文学的老师大为不同,热心地鼓励同学写文章,而且不少老师都主编着刊物,热情地向同学组稿,客观上也催逼着你不得偷懒。经常是提起笔来,还不知道要写什么,逼急了胡言乱语扯出一篇。我的才情都是被挤出来的,思想则是被压出来的。加上经济情况不好,奔波于三地,钱都支援了铁路建设,稿费的意识便明确起来。一些别人不肯写的文章,我也接过来。好在基本上都可以发表,只是周期长了些,经常有断炊之虞。因为阮囊羞涩向朋友借贷,躲避各种聚会,都是经常的事情。为了十五元钱,骑车从海淀到南城,口干舌燥地讲一晚上课,再疲惫不堪地骑回来。当年身体的耐力,在今天是不可想象的。靠了老师们的提携,终于撞开了文坛的大门,稿费挣得比以前容易得多,招来的麻烦也不少。有人问我是不是成了万元户,还有人推算我有三万元,其实那时我连三千块钱也没见过。

　　结婚生子,建设一个最简陋的家,几乎就用去了多一半的积蓄,剩下的留作孩子的医疗费。加上来来往往的频繁应酬,经济的拮据几乎捉襟见肘。为了买一张便宜的双人床,我和外子骑自行车跑了半个北京城。除了写作一无所能,只得靠一支笔生产自救。加上对于人生已经充满了失败的感觉,状态反而松弛下来。有了一间陋室,强于住集体宿舍。生存的压力驱赶着我,熬夜写作是家常便饭。当年有一个作家公然说,写作是为了换稿费补贴家用,所有的人都认为他是玩世不恭。他可能真是幽默,在我则是百分之百的真实。中国学术的古老传统是述而不著,我则是著而不述。很少参加讨论会,也不参与争论,连谣言都懒得辩白。干完单位里的工作和繁杂的家务,所有的剩余时间和精力几乎都用在了读书和写作上。

　　当百万富翁显然是没有希望,但靠了一支笔也达到了小康的水平。

四

　　世界变化得实在太快!

　　生活的水准和物价都在迅速地增长,只有文章越来越不值钱。稿费已经变得微不足道,只有少数人靠写作暴富,也只是进入中产而已。由此带来的变化是,嫉妒变成了鄙夷,精神的压力小了,经济的压力却大了。整个九十年代,我都为了生存疲于奔命,在万丈红尘中挣扎。编书讲课写文章开专栏,手不能停。好在有了一处封闭的单元居室,可以在饭桌上写作。草草干晚家务活,在来客的间隙中,哄得孩子安眠,赶紧突击文章,多半是为了还稿债。经济稍微宽松一点,赶忙做学术,付出的辛苦和得到的收入简直不成正比。唯一值得安慰的是,这工作让我觉得踏实，最接近耕种的感觉。尽管庄稼的质量不一定算好，但是可以属于绿色食品。这样的生活经常使我想起祖父，想起关于他的种种传说。他是一个天才般的农人，我只是一个在田头地尾种瓜点豆的普通农妇。

更大的变化是传媒发达以后，信息像潮水一样铺天盖地地涌过来。技术方面是轻松方便了，需要了解的域外学术理论思潮却排山倒海，理解和接受能力受到空前的挑战。从牙缝里挤出买书的钱，迫使全家人都跟着我过简单清贫的生活。好在家人都要求不高，经济尚能维持。更大的压力来自学术，师长们委婉的遗憾透着深深的失望，经常使我有无颜见江东父老的愧疚。有年轻人著文责问我，为什么不建立自己的文论体系？我无言以对，关于文学我越来越觉得说不清楚，遑论建立体系。只能选择自己喜欢的对象，一个题目一个题目耐心地做。就像农人，一镐一镐地刨土，开垦出自己的田地。尽管文学已经失去了往日的辉煌，但是做着文学梦的人却越来越多，文学的现象日新月异，需要看的东西无穷无尽，冲击着你的阅读限度。生命的活力在无声地消逝，身体和精力都已经大不如前。几十年的苦读与冥想，刚觉得明白了一点，人也很快地老了。让人振奋的是，联合国规定的老年人界限是六十六岁，这近似于在心理上减负。我还处于壮年，还可以做一些力所能及的事情，写一点自己想写的文章。

写作对于我来说，已经不仅是谋生的手段，而是富于创造性的劳动。就像一个习惯了耕种的农人，对于土地庄稼直至牲畜的感情，已经超出了实用的目的，简直就是非理性的。写作是我对大自然永恒迷恋的转换形式，我以这样的形式巩固着我和这个世界的基本联系。每当处境不好的时候，每当心绪烦乱的时候，疯狂写作便是拯救自我的最好方式。特别是在改用电脑之后，程序化的动作有助于情绪的平静。在这个越来越躁动的世界，年过半百了，自我的焦虑还无法消解，唯有写作可以使我获得灵魂的安宁。

  我感谢广袤的土地,给了我不竭的诗情。我将更加努力地耕作,直至生命的终点。我将快活地死去,化入平凡的泥土。

串亲戚

串亲戚,串亲戚,对于我来说实在是独特的采风方式。了解了自己来路的同时,也了解了文化习俗,进入了血缘筋脉纠缠着的感性历史。

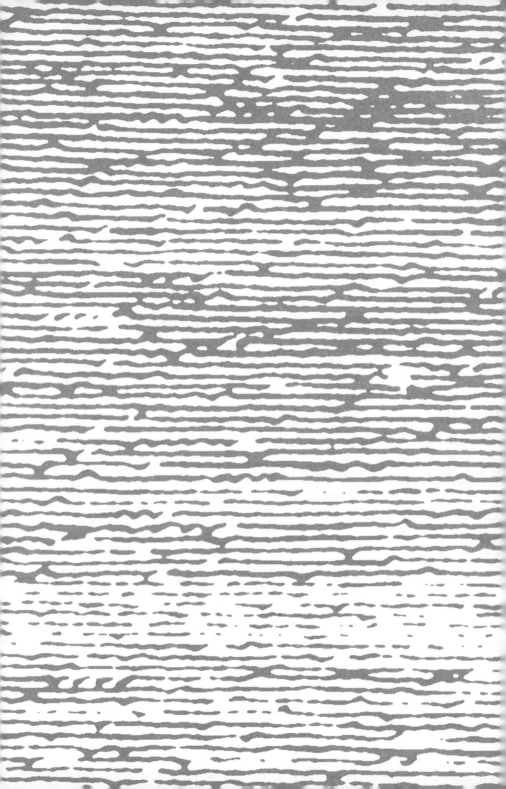

一

　　少小随家北迁，远离家山，亲戚的观念本不十分清晰。最早记忆中的亲戚都是母系一族，外婆、舅妈、姨妈、姨夫、表姐和表兄弟们，只有舅舅和表哥是从照片上认识的。和他们的关系，几乎就像是家人，并不以内外区别。父系一族的亲戚，则只能在照片中辨认，对于伯父伯母、堂兄妹们的形象都是平面的，夹在影集里。这很近似于西方人所谓的"母亲的种族、父亲的时间"。尽管家族的世系是以父亲的姓氏为标志排列，而种族的记忆则是以母亲的血缘为纽带。即便是母系家族中的亲戚，有不少我也没见过，传说中美丽异常的大姨妈连一张照片也没有，她的女儿们多数未曾谋面。父系的亲属见过的则更少，堂兄弟、堂姐妹，加上姑表亲，有多少都说不清。尽管父母经常谈论起他们，关于他们的家事也间接地多少知道一些，但是连信也没有通过。直到高考之前，在中学任教的大伯父寄来了复习资料，其中有模拟考试的卷子，才建立起直接的联系。我得以考上大学，大伯父寄来的资料起了决定性的作用。

　　家里来往的多是母亲的同事，其中以老乡居多。每当看见邻居家来了亲戚，心里便生出艳羡。要是自己家也有亲戚来来往往该多好呀！母亲经常说的话是远亲不如近邻，可邻居们从饮食、衣着、口音到生活习惯都挑剔我们。当地的同学拿我们当异类观赏，就像改革开放之初中国人看外国人一样。小朋友们闲聊时谈起回老家的见闻、亲戚之间的恩恩怨怨，透着结结实实的情感满足。孤独的处境强化了乡土的概念，漂泊的经历也有无根的怅惘。母亲接长不短地南行探亲，亲戚不时寄来土特产品，都在心理上暗示着我们异乡为客的特殊身份。母亲好客，不仅自己家的客人热情款待，连邻居家的客人也多有接待。热热闹闹之中，尤其透着情感的荒凉。年少的时候，缠着父亲回老家。父亲不肯答应的原因是用度太大，好钢要用在刀刃上。成年之后才明白父亲无法言说的隐痛，他在政治上遭了难，大约不愿见亲戚故旧。

　　我们老家的亲戚实在好！他们从来不在乎我们的处境。幼年，在姨妈家的生活，是我最早开启的空间感觉中唯一的记忆。宁静单纯的生活，奠定了我对于人生最基本的向往。母亲回家探亲的时候，亲友们总是热情款待。妹妹在舅舅家住了十年，受到格外的宠爱。"文革"中因为父亲的工资被扣发，有一年多母亲没有给他们寄钱。他们谁也没有一句怨言，以至于几十年间，妹妹都不知道有这一码事。他们三天两头有信来，照片也寄得很勤。包裹更是一个接一个源源不断地寄来，多是老家的土特产品。家里从来不买茶叶，长年喝的是农民自己加工的土茶，不放香料，但是味道特别浓酽，喝多了，会有茶醉。母亲有时会买些茉莉花，掺在里面，自制成花茶。一直到考上研究生，我还是到母亲家里化缘，讨老家寄来的茶喝。不知道是气候和水土的缘故，还是精神心理的缘故，我总是口干舌燥，加上熬夜写作，大碗喝浓茶是每日的必需。后来，经济情况好转，买茶喝的时候多了。外子是北方人，只认花茶。我原本不懂，也就不挑剔，跟着喝起来。只是每次都放很多的茶叶，浓得近于苦了才过瘾。因为忙，闲不下来，没有品茗的雅兴，再好的茶叶，沏得浓浓的也变了味，说得上是暴殄天物。自知没有喝清茶的福气，有了好茶叶，赶紧转送懂行的亲友。工夫茶兴了起来，浓酽自然可口，香味儿也醇厚，只是少了土茶的苦味儿与清香，反倒不过瘾。亲友送了老家的云雾茶，是无化肥、无农药的绿色产品。虽然加工过，选料也比土茶精细，但是保持了原味，浓浓地泡出来，喝着特别有劲儿。老家经常寄来的，还有香菇和笋干，香菇是有名的土产，各地都有卖的；笋干则比较稀罕，连北京的商场都很少见。市场里以前只有发开的毛笋块，饭店里的炒二冬多数以之冒充冬笋。近些年，超市里也有鲜笋卖，但品种单一，只限于大毛笋和普通的春笋。把笋制成干，是为了储存。由于部位的差别，品位也有高下，最普通的笋干是把春笋里面的肉切成条晒干，大约是因为不入流，南货店里都不经营，却是百姓的度荒佳肴。用水发开，和猪肉一起炖，好吃得无法言说。嫩笋皮剥下来晒干，就是笋衣，煮熟切丝配了肉丝炒是至味儿。笋尖最难得，因为物以稀为贵，一个笋只有一个尖，晒干了只有拇指粗、两寸长。炖熟了，看着粗粗拉拉，嚼起来却松嫩可口。还有咸笋干，是把鲜笋腌咸以后晒干，北京的市场有时会有卖。形状偏于细长，大约是用羊鞭笋腌的。托了亲戚的福，从小到大，长年都可以吃到各种笋的制品。每次回母亲家，不用张口，母亲就会炖一锅笋干和排骨。手头的存货略多，立即分赠好友。有的朋友吃过大为赞赏，问这是什么东西？这么好吃！有的则不屑一顾，看上去像树皮、木棍儿一样的东西，连做了吃的兴致也没有。在东北念书的时候，千里迢迢带给同学一包笋干，她看也不看就扔到了一边，估计心里鄙夷着我的寒酸。而对于我来说，维系着乡土情感的莫过于这些土产了，它们是浓浓的乡情，是亲戚最感性的体现。

  少小时，因为难得来一个亲戚，一有人来，就高兴得如同过节。

  "文革"前，大姨妈家的大表哥到北京出差，绕道专程来探望。本来就人来疯的我，自然兴奋得不行。他带来整篓的橘子，这在那个时代是非常稀罕的。还有一副扑克牌，深蓝色图案，大张，对于儿童来说，算得上奢侈。他和父母彻夜长谈，我高兴地在床上跳来跳去。父母上班以后，他就独自听收音机，问我调台的方法。这在我的记忆中，是家里第一次来亲戚。第二年,"文革"就爆发了。有一天,一个穿家做军装,背着背包,挎着小红语录包的大男孩儿突然来到家里。母亲生病躺在床上,听见南方口音的问话,就支撑着坐起来。他叫母亲姨妈,母亲呼唤他的名字,这才知道,他是小姨妈家的大表哥,是走了几千里地大串联来的。由南面进北京,必经我家旁边的国道。他住了一两天,就突然不见了,同时消失的还有自行车。过了几天,他骑着车回来了,说是在北京接受了毛主席的检阅。他从山地来,本不会骑自行车。一来一回之间,居然已经骑得非常熟练。全家人这才松了一口气。

还有一个阿姨,从老家到北京的一所大学读书,也专程来看我们。她短发、圆脸,上嘴唇的右边上方有一颗黑痣。不知为什么,老家的亲戚生黑痣的很多。那是在冬天,她穿着红红绿绿的毛衣毛裤,显得有些臃肿。第二年的夏天,母亲带了我们姐弟几个去看她。一大早出发,先乘长途车进城,再坐公共汽车,再转长途到西郊,然后是步行。我们在坑坑洼洼的乡间小路上走走停停。右边是田野,一会儿是水田,一会儿是旱地,野草稀疏,虫声密集。右边的庄稼地高出路面近多半米,用碎砖头垒起小堤坝,蔬菜和庄稼间作,玉米几乎都一边高,整整齐齐列成方阵,大白萝卜拧着拱出地面,在浓绿的叶子中闪着亮光。不远处有农舍,灰砖灰瓦,结实稳重中有着堡垒一样的威严。我一路走,一路玩,采野花,捉蚂蚱,还在小堤坝上跳上跳下,东张西望,不时停下来看远山景色。很快就累了,走一会儿,就要蹲下来歇一会儿,直到母亲在远处召唤,我才站起来赶上去。那一个下午,我们几乎没有遇见几个行人。笼罩着田野的霞光由明变暗,山越来越近的时候,我们终于到达了那所学校。母亲是去过那里的,很快就在宿舍中找到了那位阿姨。她带领我们参观了图书馆,最上一层的后门直对着灰绿的山崖。我们在她的宿舍里住了几天,吃食堂的西红柿炖茄子。

因为上火，舌头尖起了泡，被酸汤一刺激，疼得无法忍受。她为我专门买了咸菜，可以就着吃馒头和窝头。这是我记忆中第一次串亲戚，虽然到现在我也搞不清楚，那位阿姨属于哪一系的亲戚。

二

亲戚最早指父母兄弟等，后来发展为所有的亲属。逐渐分出了内外，所谓"亲指族内，戚言族外"。"戚"最原始的语义是兵器，然后才指涉族外的亲属，连带起来看，似乎是亲近的兵器，一开始就有政治联姻的意味，遇到危难的时候，可以搭一把手，无论国与家都有这样的时刻。"戚"的这个语义变化，排除了血缘的关系。这和封建社会政治权力的结构大有关系，外戚专指帝王的母族和妻族，在家天下的时代，外戚干政是帝王家深刻的教训，导致了集体无意识中本能的恐惧，"亲近的兵器"也会演变成刀光剑影的凶器，要时时提防才是。汉代的戚里、宋代的戚畹，多是京城中外戚集聚的地方，既有优待的成分，大概也有监控的目的。就像政治的联姻，既有共同的利害，又有各自利益的冲突。在家与国高度一体的中国古代社会，所有的男人在家里都是小型的帝王，母系与妻系的亲属自然也就是外戚。故内与外的差别，就是平民百姓也在所难免。江苏人通常管横行霸道的人叫八舅大爷，隐含着母系亲属的特权地位，也同样包含了对于外戚，也就是娘家人的敬畏与恐惧。只有无意识领域中，仍然保留着原始的心理。北京人骂人时，姥姥和舅舅一起骂，这是母系氏族社会的遗存，姥姥和舅舅都是母系社会中最有权威的人。东北人形容一个人做客时没有规矩礼貌，就说像是到了舅舅家似的，意味着母系亲属是亲近得可以不拘礼节的。

"亲"最早的语用只限于父母，这是最直接的血缘关系。生发开去，才有了以血缘之树扩散性的繁多亲属关系。这是全人类共同的现象，属于黑格尔所谓神的伦理范畴，也就是个人无法选择的自然血缘的范畴。对于错综复杂的血缘关系，不同的民族有不同的亲疏规范，这就属于黑格尔所谓人的伦理范畴了。这种差异直接表现在语言中，结构文化人类学家列维·施特劳斯由此入手，研究文明内在结构的差异。英语中兄弟、姐妹、伯伯、叔叔都没有专门的称谓，可见拉丁语系的民族里亲戚的关系要简单得多。中国则是无穷的烦琐，表亲有姑表、姨表和舅表。相对简单一点的是堂亲，只以父系血缘的远近为标志，巩固着父权制的文化正统。而且即便在这个制度之内，也有着明确的区分，嫡出与庶出是基本的分类。而在血缘之外的关系中，称谓则繁多得近于琐细，亲家、连襟、妯娌、姑嫂等的关系，都是专有的名词，一般是在基本的词语之前加定语，亲家母、大姑姐、小叔子……除此之外，还有一些尊称，比如，称岳父为老泰山。在婚姻关系中，辨别不同身份的称谓也相当细致。一夫多妻的家庭自然就不用说了，有夫人、如夫人或妾及姨太太；就是在一夫一妻的家庭中，也有先来后到的差别，续弦与填房都强调着后来者的身份。这样等级森严的复杂关系，使中国人的亲戚观念尤其繁复。任何一个人，由于不同的血缘关系，都兼有亲与戚的双重身份。血缘之树交织成复杂的关系网络，人只是这个网络中的一个结。

"亲"的原始含义，带有人文的色彩，衔泥、跪乳与反哺，都是强调与自然之道一样和谐的亲情关系。因此，"亲"由名词发展为动词，意味着爱而发展出一系列的带有价值理想的词语，比如，亲亲、亲民，等等。它同时也表示亲的行为，亲一个人就是爱的表示，亲吻更是最常用的词语。进一步的发展，则转变为形容词，亲昵、亲近形容一种状态。由名词而动词，再到形容词，词性的不断转换中，又形成新的名词，亲旧、亲串、亲故，都是亲近的人，而亲信则是最信赖的人。

"戚"的本意有亲近的意思，也通于"亲"的动词性。两个"戚"字连用的时候，如《诗经·大雅·行苇》中的"戚戚兄弟，莫远具尔"，则是形容词的性质，表示相亲的样子。此外还有忧惧的样子、心动的样子，也都是形容词的词性。如此看来，区别于内的"亲"，标志外的"戚"，语用要复杂一些。前者只是单纯的"爱"与"爱"的状态，而"戚"既是亲近又有忧惧，"爱"得拘束谨慎，正好表现了外戚在封建正统文化中的微妙处境。

"串"的意思最简单，与亲戚相关的只有走动的意思。但是，它关联着"串通""串联"一类词语的语义，就使串亲戚的意义变得复杂而暧昧。首先，走动意味着联络感情，是亲戚之间巩固彼此关系的重要方式，是自我身份认同的需要。"我是谁？""我从何而来，向何而去？"这些是所有时代的人都要追问的问题，最直接的解决办法就是从亲族关系开始考察。其次，它也意味着实际的需求，互相帮衬是自然经济的农业社会中，家族制度的重要功能。如果不走动，疏远了感情，遇到困难的时候，就无法开口求援。刘姥姥进大观园，本是穷亲戚日子过不下去的无奈之举，倒成全了王熙凤在"呼啦啦大厦将倾"的危急时刻女儿得以获救的善缘。至于帝王家的亲戚走动，更是政治的行为。门当户对的婚配，是政治联姻的需要，这在世界范围内都一样。《红楼梦》中贾、史、王、薛四大家族的婚姻联盟，是宝黛爱情悲剧的社会根源。托尔斯泰《战争与和平》中的几个贵族家庭，由于拿破仑的入侵而变化，被法军一把火烧光了家产的罗斯托夫，只好娶并不漂亮却财产丰厚的玛丽亚为妻。此外，"一人得道，鸡犬升天"，首先得益的肯定是家族中的人。萧红的小说《家族以外的人》，表现阶级压迫主题的时候，是以家族内部为视角，在左翼文学中自有了独特的文化意味。至于草民百姓，串亲戚的行为也有着严格的礼数规定。特别是在合家团圆的春节，晚辈要给长辈磕头，长辈则要给晚辈压岁钱。如果子侄太多，压岁钱则是一笔大的开销。这就难怪，相识的人中不乏错开春节回老家的，因为辈分高、子侄多，压岁钱都给不起。就是平常日子串亲戚，礼物也是必须准备的，需要相当的经济实力。

"五四"新文化运动对于封建礼教的冲击，首先针对的是父权制的家族制度，文化的震动带来了亲戚观念的转化，"亲"与"戚"几乎不分。一个现代都市里的人，说到亲戚的时候，是无所谓母系与父系的。冰心关注的社会问题中，有一个就是外孙在外婆家受到的不平等待遇。鲁迅晚年，向朋友抱怨，一生被亲族所累。他所谓的亲族包括外戚，除了要供养母亲与妻子，帮衬兄弟子侄，还要长年给丈人家寄钱。兄弟失和也是由于金钱，由此带来他与弟媳关系的种种猜测，正是亲与戚之间，难以调和的情感瓜葛。张爱玲的世界里，这样的矛盾就更普遍了。离了婚的白流苏，钱被娘家兄弟盘算光了之后，就成了众人欺负的对象，一无所有的她，只好借助新的婚姻，来解决自己的衣食问题，所谓"嫁汉嫁汉、穿衣吃饭"。而曹七巧娘家的卑贱地位，更是她在婆家备受歧视的重要原因，每次娘家人来访，都要引起婆家人的猜忌，以为她盗取婆家的财物送给娘家人。父亲与母亲的离异，使张爱玲的心灵世界呈现分裂的状态，但是"五四"新文化的洗礼，与"健康的个人主义"的理想，使她在亲与戚之间，有了选择的可能。母亲与姑姑，都是她的人生榜样，是终生惦念的人，和父亲与家族中的其他亲属则历来关系紧张；与母系家族中的其他人也多感情疏远，《花凋》的本事据说取自她舅舅家的往事，发表之后引起她舅舅的不满。她念念不忘的中产阶级的荒凉，首先就是来自对亲戚之间宿怨的体验。产业革命对于传统家族制度的冲击，即便是在西方也是文化震动的结果，美国左翼作家德莱塞的《堡垒》细致地表现了这个过程。基督教所谓的核心家庭逐渐缩小，但是在移民中家族的凝聚力仍然很强大，通俗小说《教父》是表现意大利血统的美国移民，有人考证黑手党的组织形式起源于中国的帮会，是马可·波罗从中国带到意大利的。

连年的战乱与党派的斗争，也是家族关系松散的原因。被拉了壮丁、生死不明的大有人在，南征北战、音信全无的也不少。还有各种各样的逃亡与避难，隐名埋姓是基本的手段。朝气蓬勃的五十年代，"好儿女志在四方"，支边的人群由沿海向内地与边疆扩散，一个普通人就像蒲公英的种子被风吹得四处飘散，老乡的关系通常比亲戚更紧密。只有频繁的家书与包裹，是维系亲情的主要方式。这也应该归功于发达的现代邮政系统，比起古代的驰邮效率要高得多。写信，几乎是那个时代所有中国人日常生活的重要部分。在电话、网络和手机兴起之前，一般来说，年岁越大的人写信越勤。而"文革"当中对于阶级成分的强调，则是非常畸形的状态。一方面强化着人们的家族意识，查三代是政审的基本内容，社会关系复杂是宿命一样的判决，海外关系更是里通外国的直接嫌疑。另一方面又使亲情空前淡薄，"亲不亲，阶级分"，同志的关系高于一切，血缘则是无关紧要的，所谓出身不可以选择，道路是可以选择的，划清界限是自我救赎的主要方式。我很骄傲，我家居住的院子里，受到冲击的人家很多，却没有一个子女和父母划清界限。进一步的推广，则是对所谓老关系的追查，比如上下级、师生与故旧，都是被怀疑的清查对象。在我下乡的农场，极端的"左派"嘲笑受排斥的"黑五类"，白天高喊划清界限，夜里仍然同床共枕，可见那个时代的严酷。打派仗的时候，一家人分几派也是常见的现象，母子成仇，兄弟反目，亲戚之间互相揭发，区别于以往时代的财产纠纷，更多的是政治与派别的分歧。加上严密的户籍管理制度，临时户口的建立，还有经济的窘迫，使人们串亲戚的兴致普遍不高。到了"文革"后期，人们终于厌倦了频繁的政治运动，才又不乏胆怯地开始走动。特别是以各种各样的原因,被放到穷乡僻壤和深山老林里的人们,远离了主流意识形态的风暴中心,也逃脱了严密的街道户籍管理制度,串亲戚的兴致又高了起来。我家住在著名的旅游地,院子里几乎家家都有亲戚来访。不管彼此之间有过什么恩怨过结,对于客人都很礼貌,而且经常是一家的客也是别人家的客,应该算是古风犹存。有一个下乡时期的好友来访,看到众多善意的目光,便对我说,这儿的人对你都挺好的。还有一个原因,是窝在山里,客人们经常可以带来一些外界的信息。他们来自各地城乡,属于不同的行业,年龄也老少不等,信息量就特别大。关心政治的人,可以获取上层的小道消息;关心时尚的人,了解了流行的衣服款式;关心艺术的人,知道了新冒头的演员……这使闭塞枯寂的山居生活变得丰富有趣,来来往往之中,开阔了眼界,增加了见闻。当然也有酸酸的嫉妒,"富在深山有远亲,贫在闹市无人问"。

三

在这样的历史背景中,七八十年代之交的时候,人们最热心的话题是人情味儿。人情与人性,是煽情的重要内容。其中对于亲情的呼唤,更是"伤痕文学"最富于感染力的因素。应该说,这股感伤主义的思潮是有着相当深厚的生活基础的,是几十年间历史风云的变化中,人们被压抑了的自然情感的喷发。也是在这样的人文背景中,串亲戚成了人们日常生活重要的内容。但这有一个缓慢的发展过程,先是外交方面的解禁,海外的亲属开始回国探亲,并因此带给亲友程度不等的实惠,从有形的物质到无形的政治地位,都是令人艳羡的资本,以至于不少人绞尽脑汁,千方百计要挖出一点海外关系。然后,是随着平反昭雪的一股一股浪潮,复出的人们像出土文物一样,从历史的皱褶中爬了出来。社会地位的急剧变化，使亲疏关系重新组合。家家都有几个突然出现的亲戚，无论是亲还是戚，都增加着热烈的家族气氛。只是到了弘扬传统文化进入主流意识形态的八九十年代，家族意识空前地自觉，物质主义的浪潮中财产权的被尊重，亲与戚的分别才尤其显豁地表露出来。加上计划生育的国策，历来渴望人丁兴旺的传统观念被无情地遏制，影响到人们择偶的条件，兄弟多的人家反而有了优势。

也是在这个时候，我的家族历史逐渐被各种各样的方式叙述出来，填补了照片的空白。先是收到家乡政府有关部门的宣传材料，然后又有家族状况的油印资料，发了几篇文章之后，又接到来认宗的信。这使我万分地惶惑，经常要向父母询问亲戚的情况。突然发现，血脉的谱系如此广大，而且分布也很辽阔。表哥们的大小几乎拎不清，无法顺序排列，除了大致知道是姑表还是姨表之外，只好以他们的所居地点为定语，加以修饰与区别，江西表哥、深圳表哥……堂兄弟更是多得无法计数，同一个爷爷的，同一个太爷爷的。他们的子女，则像雨后春笋一样生长起来，更是让我分辨不清。这经常使我想起那句著名的唱词，"我家的表叔数不清"。结婚以后，又有了一批新的亲戚。虽然都没有血缘的关系，按照古老的分类，我属于他们"戚"的范畴。却也因了东北热情好客的独特风俗而来往密切，哥哥有长兄的风度，嫂子更是宽厚仁和，是北方"长嫂如母"的典型。这使我很高兴，在娘家是老大，按照大让小的原则，忍让成了习惯。只有到了婆婆家，可以倚小卖小地放纵一下。

东北的开发历史不过一百多年，移民们创造了自己独特的文化习俗。认屯亲是山东、河北一带早期移民联络感情的重要方式，维系相互关系的是乡土情感的纽带，区别于从南到北普遍的认干亲，也区别于基督教国家认教父教母的文化制度。在1949年前后的政治变动中，内地人不少陆续到达那里，其中包括东北工作团的干部、院系调整分配到那里的学人、东北招聘团招徕的各类人才，改变着原有的风气。不少当年去东北的人，一开始就是搭伴儿而行，还有的是亲戚之间彼此召唤，像拉秧似的连带着前后脚地到达。就像南下特区与出国潮一样，投亲靠友是重要的方式。血缘的网络彼此交织，因为拎不清楚而统统以亲戚来概括。老乡也不必借助血缘的名义，口音就是同乡的标志。哈尔滨有一所著名的外语学校，那里的生源主要是东北人和上海人，两伙人经常打架，练嘴的时候，东北人不是对手，惹急了一动手，吓得上海人抱头鼠窜。给我讲述这个玩笑的，是一个上海籍的老师，可见他对于青年时代由乡土关系引起的同学纠纷并不介意，他还轻描淡写地说了一句，上海除了生活方便一点也没有什么。一直到我读书的八十年代，学生中的同乡会还很普遍。东北的现代文明相当发达，五十年代以苏联为后方，大量尖端的学科设置在这里。许多内地的优秀学生，学成以后留下工作，加上其他著名高校分配来的学生，外地人越来越多。六十年代的大饥荒中，河北、山东的盲流也大批涌入，对于贫困地区的乡村妇女来说，能够嫁到东北是很幸运的事情，就像现在嫁到美国、日本一样。"文革"中的上山下乡运动，更是一次大规模的移民。各大城市的青年，带着自己的口音和文化，以不同的方式来到这里，有的扎下根，与早来的各地移民结亲，至今在几次南北通行的列车上，还可以遇到回上海探亲的老知青。有一个朋友，在黑龙江插队十年，每天的工分值两元多人民币，相当于城市里五级工的收入，他对回城就兴趣不大。即便是在北京的朋友圈子里，与东北有过关系的也不在少数，或者是插队，或者是在兵团，或者是当兵。移民文化的包容性，显示了格外的优越，亲与戚更加不分彼此。加上气候的严寒，东北的人情特别厚，即使离开多年也仍然惦念着，只要在东北待过，就自然地被看做老乡。串亲戚更是比别的地方要频繁，带来的副作用是家庭主妇的劳累。在日本，遇到不少东北去的女孩儿，她们说，小的时候，非常可怜自己的母亲。一到星期天，刚收拾好屋子，成群结队的客人就来了。近些年，由于生活节奏的加快和物质条件的改善，这样的风俗也有所改变，电话问候代替了走动，来了客人可以在饭馆里就餐，减轻了主妇忙于炊事的辛苦。

四

从改革开放以后，我家的亲戚们也开始了远征。先是小姨妈带了女儿来，辗转倒车五次到达，我从长春赶回家和她们相会，听她们诉说几十年间的种种坎坷与艰难，看着姨妈花白了的头发与明显弯曲的背影，心里的苦涩无法言说。堂弟从浙西到冀西，希望见上一面，因为在准备考研，没有回去，只好写信道歉。大伯父夫妇和女儿从老家来，我已经到了北京，借住在一个朋友的房子里，一个女同学专程送来电报，知道了和他们联系的办法，我和外子立即赶去，在闹市区一家拥挤杂乱的小客店中找到了他们。伯父比照片上已经老了很多，不介绍几乎就认不出来了。伯母也已经不年轻了，想象不出传说中的丰仪。和堂妹虽然初次见面，却彼此很放松，谈话也真率，很容易就亲近起来。不知道是血缘的关系，还是文化的熏陶，我很快就喜欢上了她。短短的几个小时，伯父讲述的关于祖父的事情，比父亲半生中讲述的还要多。一个家族的秘史，在话语的碎片中漂浮弥散。片断式的叙述，剪辑出祖父的形象，勤劳、聪敏、一心想为子孙创造富足家园的普通农人，却无法理解时代的急剧变化。是动荡时世淹没了他微小的人生？泯灭了他艰辛劳作中的所有梦想？

定居北京之后，南来北往的亲戚也骤然多起来。因为居室逼仄，找旅馆、借房子是经常的事情。有了房子之后，家里不时有人来住，最多的时候，地上、沙发上都成为临时的眠床，七长八短地睡满了人。有的是出差路过，有的是旅行结婚，还有的是观光。加上各个时期的熟人，采购做饭是经常的事情，有的时候，从星期一到星期日，每天都有客人。甚至，一顿中午饭要招待两拨客人。一看我在厨房忙碌，邻居们便笑问，你们家又要大吃大喝了。陪着逛街采购、送站、买车票、办事情、寻访故旧，也是经常的任务。亲戚们来自各地，从事不同的行业，年龄老少不等，他们的身世与经历，对于各种事物的看法，为我打开一扇扇瞭望社会的窗口，丰富着我笔耕的土壤。随着社会的急剧变化，大家都忙得不可开交，加上通讯事业的发展，亲戚到家里的时候逐渐减少，通常是电话联系之后，到他们下榻的旅馆看望，带回捎来的土产。

　　我一开始串的亲戚，都是最原始意义上的亲戚，也就是血缘最近的亲人。父母家是兄弟姐妹们聚会的主要场所。以外戚的身份串亲戚，最早也只限于公公家。兄弟姐妹们纷纷成了家，而且分散在各地，串亲戚的范围开始扩散，弟弟家、妹妹家，都是走动的对象。几乎每年春节探亲，都要到哥哥家去吃一顿饭。夫系的亲戚有在北京的，最初是随了公公去认门，这回的身份是外戚的外戚，不但没有血缘，而且关系也隔得更远了。那是一个开放的家庭，柜子里摆满了外国的工艺品。其中有一个裸体的"胖男孩儿"，他的"小鸡儿"分外锐利，是开瓶子的起子。因为忙于各种杂事，走动得并不勤。而且，耳闻中的许多婆婆家的亲戚，多年间竟然没有来往。父母公婆一代人的乡土情感，在我们这一代开始逐渐消解，血缘的纽带也变得松散。母亲曾经说，姨妈在，你们还可以享她的福，吃到笋干，将来就不会有人给你们寄了。不用等到将来，同一代的亲戚来，谁也想不到带笋干，通常是带贵重些的瓷器和香菇，进入时尚的消费潮流之后，笋干大概已经拿不出手了。

有机会南行探亲，已经到了九十年代初。我独自乘火车，在杭州转长途汽车，黎明时分，到达了丽水。敲开伯父家的门，他听说是我，立即高兴地招呼伯母。我在熹微的晨光中，打量着他们的房间。客厅兼着厨房、饭堂，还有一个两口锅的灶台。已经有了煤气罐儿，他们还保留了农家烧柴的习惯，不知是由于经济的考虑，还是由于对柴灶的偏好。浓厚的草木灰气息，把我带回童年的感觉。在俭朴的书房里，唯一的摆设是书架上的一尊弥勒佛像，一尺来高，肩上有四五个姿态各异的孩子，细白瓷着五色，甚为喜气，精美中透着信手拈来的自然。问过伯母，言出自景德镇。这样纯粹的民间风格造型，我从来没有见过。过了许多年，我才知道弥勒佛是未来佛，他形体的原型，是浙江奉化一带一个著名的布袋和尚。梳着总角的小孩子们，应该是祈求他保佑的信徒们的子孙了。中午的时候，哥哥嫂子们、弟弟、妹妹和侄子们都来了。还在中学读书的侄子，居然做出一桌子菜。吃饭期间，大家聊着家长里短。吃过饭，堂弟带领我在父亲当年工作的学校转了一圈，又到瓯江边上流连。这是我的母亲河，岸边停着木船和木排，炊烟从里面飘出来，一层稀薄的淡蓝笼罩着水面。赤膊的工人们站在水里工作，女人和孩子们在彼此招呼着喊叫。远山在暮色中有着油画的效果，幽深、宁静又沉稳。父母当年大概就是在这个码头上船，驶往外面的世界。瓯江也像脐带，把我们两代人从乡土的母体中输送出来。

住了一夜，二哥起早买来了车票，两个哥哥送我上路，伯父也送出很远。长途车在不乏险峻的山间公路上起伏而行，时而与瓯江并行，时而越江而过。邻座的旅客随意攀谈，你在什么单位工作？答曰作协。原来是做鞋子的呀！你到龙泉干什么？答曰开笔会。是做笔的会呀！颠簸了三四个小时，我到了被叫作袖珍市的小山城。乘三轮车按图索骥到达姨妈家的时候，已经是中午。过了一会儿，姨父回来了，说到长途车站去接我，居然没有接到，可见多年不见，我的相貌他已经辨认不出来了。姨妈家也有锅灶，但是设在大门旁的小屋里，大概就是江南的灶披间。花种在门厅顶上的平台中，品种寻常，却是小型的空中花园。客厅里挂着大幅的中堂，两边是对联。长木条案上，有翠绿的弟窑刻花大瓶，形状接近圆，另有一枝桃花弯曲着盘在瓶口。这样的形制，我几乎没有见过。表兄弟们都来了，带来他们的妻子和孩子，还带来了各种熏烤熟食。表妹穿着流行的皮制凉鞋，言谈举止属于现代都市一派。以后的几天，是轮流吃席。在姨妈家二表哥两居室的房间里，第一次吃到了山蛙。在姑表兄盖好不久的楼房里，吃了什么已经记不清了，只是闲聊中得知，他年轻时在沈阳，因为言论获罪，丢了工作，回到家乡。不由再一次感慨，乡土社会的包容性，亲戚的关系是他得以度过二十年艰苦生活的主要依凭。二伯父专程从乡下进城，已经等我好几天。大堂兄也来了，带来一篮新鲜的木耳，那是我第一次看见刚采摘下来的木耳，淡黑色发绿。他从乡下来，借住在一个同村的老乡家中。那个随同到来的中年人是干部模样，说自己的祖父曾经为我的祖父帮工，这让我觉得不可思议，乡情超越了阶级与时代。随着姨夫走在街市上，一个扛了柴耙的农人与我们擦肩而过，姨夫小声说，他是你的堂姐夫。我回过头去，他已经消逝在人流中。

　　表姐让儿子用摩托车驮着我到她家，那是一栋临街的大瓦房，隔着一条街就是河水，河床散漫着铺开，对面有房屋树木和远山，视野很开阔。和那里所有的旧式民居一样，房顶很大，看上去矮爬爬的，用灰色小布瓦盖顶，线条弯曲，和姨夫家直棱直角的水泥小楼相比，风格大不一样，说是六十年代建造的。房间很大，主体的部分是三间。一间是她儿子开的美发屋，生意尚好，现代的风尚早已浸润到这个连火车也不通的小山城。或许是善于维新的传统，抗战时期，大批的文化人到达这里，著名的如邵荃麟曾经在这一带活动。浙江省政府也搬来,还有浙江大学的一部分院系也迁到这里,曾经号称小重庆,影响了这里的风气。暮色中,光线幽暗,她打铁的高大丈夫、做熏烧的儿子,还在花季就停学开店的女儿,都很沉默。吃了她儿子自制的熏烧,听她诉说了亲戚之间的种种恩怨,不但母亲家族的历史被重新叙述了一遍,连自己家的历史也被叙述了出来。残酷的时代,苦难的人生,谁又比谁幸运多少呢?

表哥找了车,送我去老家。途经一个小镇,堂姐在那里等我。亲戚们陪我看了父亲读过书的小学校,四壁透风的木结构好像是一个大仓房。走过一座长长的廊桥,也是木结构的,据说建于明代,但是却保存完好。老家的小村庄建在一个孤零零的山头上,分布着青黄色石头建造的两层小楼,窗子很小,看上去像方形的碉堡。村民们很热情,一个农妇塞给我一把南瓜子,并且说,你父亲来的时候,我们也给他炒这样的瓜子。村子里,已经没有了近亲,但是我仍然被看做这个家族的女儿,是真正的亲。站在新修的祖父椅子坟前,我的脑袋里一片空白。有人说,二堂兄曾经来扫过墓。一个中年的男子取出一本家谱,上面记叙了我们家族的世系,匆忙中来不及细看,连编写刻印的年代也没有看清楚。家族离散的过程,在这里得到最具体的说明。想象父亲当年,背了简单的行装,也背了祖父望子成龙的重托和无限的深爱,沿着陡峭崎岖的山路,走出古老的传统,进入时代的烽烟,九死一生当中,有多少次回望过这个孤零零的小山村。家山,家山,没有比这个词更能准确地概括故乡了。回程路过一片平坦的山坳,四周是高高矮矮的山峰重叠错落。一个姑表姐嫁到这里,丈夫在附近的小镇上做事,碰巧也在家中。他们热情地把我让到家里,这回我是名副其实的外戚。表姐沏了茶,她的丈夫拿出一张我家的照片,指点着每一个人问长问短。这使我很惭愧,比起他们的牵挂来,我对于家乡亲戚的了解实在太少了。她家也在路边,对面是稀稀拉拉的庄稼和蒿草一类的长棵植物。房子是新造的,而且是木屋,没有刷油漆,散发着新木的清香。门外有廊道,立木支撑着宽大的屋檐。整个房屋的比例协调,线条流畅,美观无比,除了啧啧探舌,无法表达我对于它的激赏。这是我一路探亲,很少看到的民居样式。就是在附近的农舍中,也显得很突出。许多年以后,在韩国的电视剧中,我看到了形制相近的房屋,而且是那里很普遍的样式,说不清是谁受了谁的影响。

最后,是去邻县的舅舅家。这是我唯一的舅舅,其他几个舅舅少年时代就死于日军的细菌武器,外公也是因此毒火攻心,在悲伤与贫困中去世。我应该算是亲了,只是隔了一代。舅舅家也在高山平阳,但是山更拥挤,植被也更密集,几乎就是在森林里。村民们沉默着围在我们周围,偶尔有一两个孩子大声地喊叫。虽然我和他家的所有人都是初次见面,但在母亲那里却经常听到他们的消息,应该说并不算陌生。舅舅正忙于造房子,是在老宅中接出一个房间,地上散乱地扔着钢筋,看来是以新式的方法建造。一条清澈的溪水,绕着老屋流过。侧门外,架着一个小木台,深入到溪水中。取水、洗衣、洗菜,都可以站在上面就近解决。而且,很奇怪,房子是外公手里造下的,年代应该不近了,可式样却显得很现代。灰砖到顶,没有屋脊和房檐,整体也不是矩形,出来进去,结构颇为复杂。而且比一般的民居要高,有耸立的感觉。舅舅打开一轴字,让我辨认字体,说是一个被拉壮丁到台湾的族亲兄弟寄来的。新寡的嫂嫂清秀安详,打过招呼就去忙炊事。侄孙刚刚结婚不久,新房里摆着的沙发样式和我家的一样,不由再一次感叹,在商品经济推动下时尚的潮流传播速度之快。小夫妻掩饰不住恩爱,躲在人群外不停地说笑。一个当小学教师的侄孙女戴着眼镜,沉静得人淡如菊,看不出她还是个新嫁娘。最小的侄孙女,还是个少女,腼腆得一言不发。由舅舅带着去看望外婆,那是后山一处砍削成立面的土坡,外婆的灵柩就存放在一个掏出来的土穴中。在舅舅家吃了一顿饭，就急忙赶回姨妈家。记忆中有一碗牛肉烧芋头，大约是专门待客的。回程穿过一处森林，看见一伙儿男人，稀稀拉拉地行进，其中有一个还扛着一把旧式的木椅。问过表弟，知是送葬的。来不及细问，他们的身影就隐没在一片浓绿中。母亲当年就是从这片密不透风的浓绿中出发，走向北方宽广的土黄。而一生牵挂着她，也是她一生都割舍不断的，便是这浓得化不开的绿。

　　这一次南行探亲，说得上是我一生中的壮举。亲戚送来的笋干和茶叶多得带不了，姨妈打包寄到北京。而亲戚们的种种嘱托，我则无一能够承诺。他们各自的困苦使我烦恼，无力相助的遗憾贯穿探亲的路程，过高的期望也压得我难以喘息。这常常使我想起鲁迅《在酒楼上》的吕纬甫，他为了满足母亲的一点微小的愿望奔走，形容自己像一只苍蝇，被惊吓了一下，飞了一圈儿又回到原先的地方。我连他还不如，他曾经是反传统的热血青年，我则一生都在传统中挣扎犹疑，生命从来没有过张扬的时刻。亲戚的网络忽而松弛，忽而紧密，让我无所适从，紧着周到也免不了破绽百出。现代中国人的苦恼，并不是被传统压抑，而是传统消逝之后的茫然，是渴望皈依而无所皈依的尴尬与错乱。此后的许多年，只有亲戚们来，我却无法走动。工作、家务和经济的窘迫，使到远方串亲戚的愿望变得奢侈。直到新世纪的第一个五年，我才应家乡政府的盛情邀请再次南行。安静的小城变得喧闹，商业广告覆盖了主要的建筑。十几年前，住在姨妈家，每日清晨叮叮当当敲打宝剑的声音，被嘈杂的市声淹没了。亲戚们多数变化极大，反倒是几个老人容颜未改。仍然是为了父亲的嘱托，随了姨父去看望一个一生坎坷的堂伯父。他带阁楼的房子在昔日的老商业街，就是著名的西街。街面宽不盈丈，石板铺面，但是中间有一米宽是木板，估计下面是空的。是否有水流过，还是其他的功能则未及询问。堂伯父家的客厅里堆着锈迹斑斑的宝剑，他的儿子是有些名气的工匠。也是那一次，我脱离同行的大队人马，搭车到丽水，看望大伯父全家。大伯父年事已高，带了助听器才能和我说话，伯母病重坐在轮椅里。大堂兄下岗了，忙吃饭，电话联系不上，其他的兄弟姐妹也变化很大。匆匆忙忙吃了一顿饭，就连夜赶回龙泉，汇合同伴，乘车去杭州。

　　串亲戚，串亲戚，对于我来说实在是独特的采风方式。了解了自己来路的同时，也了解了文化习俗，进入了血缘筋脉纠缠着的感性历史。

会朋友

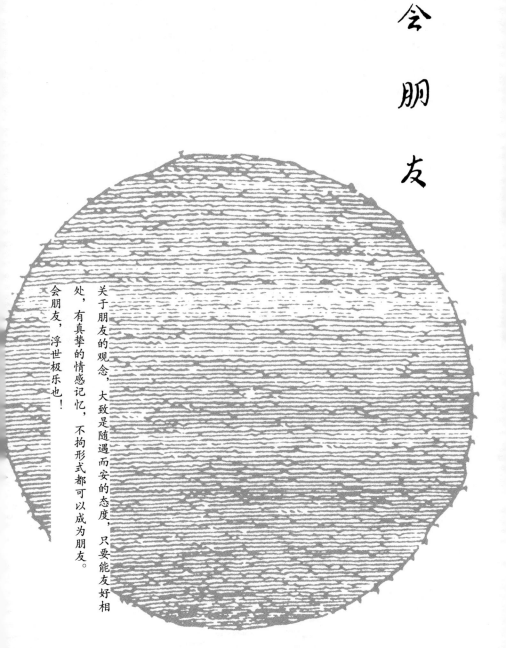

关于朋友的观念,大致是随遇而安的态度,只要能友好相处,有真挚的情感记忆,不拘形式都可以成为朋友。

会朋友,浮世极乐也!

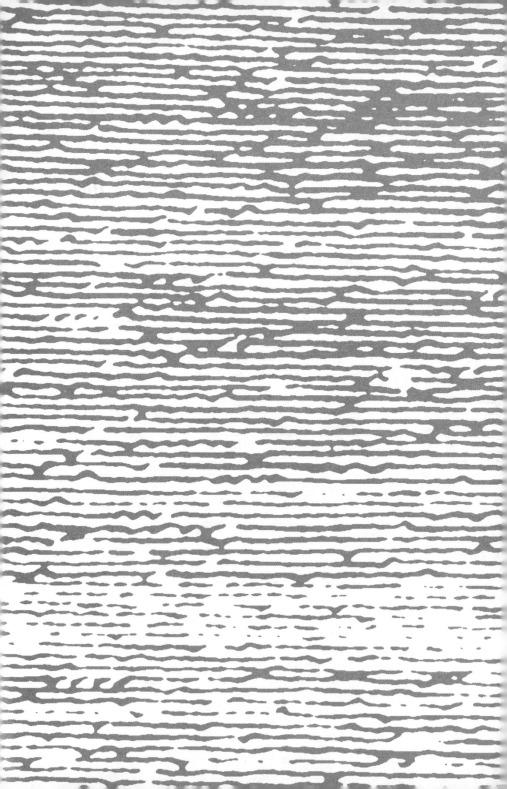

一

　　人生可以什么都没有，但是不能没有朋友。朋友是好书，百读不厌；朋友是美酒，千杯不醉；朋友是山水，风光无限。有书有酒有风光，加上衣食无忧，人生何求？

　　人到世界上走一遭，总要和人打交道。人是各式各样的，总有合得来与合不来的分别，所谓"物以类聚，人以群分"。朋友至少要合得来，有话说，基于彼此信赖的交往，可以给双方都带来情感的满足。至于精神上的契合，则是非常难得的至高境界。无论中外，这样的友谊都是人类自古以来的美好理想。要达到这样的水准，是非常不容易的。所以历史上关于友谊的佳话才会千古传唱，从文字时代到图像时代，以友谊为主题的作品源源不绝。中国古代著名的俞伯牙与钟子期的故事可以称为经典，高山流水成为经久不息的友谊隐喻。好莱坞电影中友情主题的影片源源不绝，成为一个大片类型，常常超越了党派、阶级、种族、文化与性别，以及国家、法律等文明社会的基本准则，被看做是自然人性合乎情感逻辑的必然。最典型的一部是《岩石》，大陆翻译为《石破天惊》，港台地区翻译为《勇闯夺命岛》。高级特工和多年囚犯之间，由于共同的使命偶然相遇，合作的关系发展为深厚的友情，直至冲破法律的界限，各自都以自己的方式帮助了对方。就是在纯文学中，这样的事例也不少。譬如，希腊作家萨马拉基斯的《漏洞》，以琐琐碎碎的细节，借助警匪故事的通俗套路，讲述的就是

会朋友　　213

人的自然情感超越了正与邪的对立关系,暗探违背职责,放过了被押送的犯人。

这是男人之间的友谊,总是关系着民族国家的宏大政治主题。在中国尤其显著,春秋战国时代的管仲与鲍叔牙是最形象的叙事。鲍叔牙向齐桓公推荐管仲为相,自己甘居其下,为的是齐国的最高政治利益。当齐国终于力量强大到能够会盟诸侯、一匡天下的时候,管仲慨然曰:"生我者父母,知我者鲍子也。"唯其如此,才发展为一种文化的精神,在中国是侠义的观念,在西方则是骑士的理想。桃园三结义故事的核心,以匡扶汉室为终极目的。刘备的名言,"兄弟如手足,妻子如衣服",表达了政治联盟高于家庭伦理的观念。大仲马的《三个火枪手》,也是以帮助皇室对付教会的政治伟业为共同的理想。这都是父系社会男权政治的时代,女人当然是没有资格参与的,祸水论便是以这样的历史为背景。海伦引起的特洛伊战争,杨贵妃导致的安史之乱,都是极端的例子。区别在于,希腊人觉得这样的战争很值,中国人觉得这是灾难。至于司汤达《意大利遗事》中,为了报复变心的情人而去破坏他所从事的秘密救国大业,更是祸水论的变种。女性在政治领域中的无知与盲目,导致了男人事业的失败。《水浒传》中好汉们的理想是"替天行道",从"及时雨"宋江开始到"病关索"杨雄,不少英雄都几乎栽在女人手里。只有在国运衰退的时候,才会出现巾帼英雄,和男人一起参与宏大的政治事业。近代以降,外来的坚船利炮夹带着欧风美雨登陆中国,充满侠气的巾帼英雄们应运而生,与男人一起投身救国图存的宏大目标。被鲁迅认为是"被众人的巴掌拍死"的秋瑾,是其中最伟大的一位。她和徐自华、吴芝瑛、唐群英等人的友谊,也是史无前例的,足以"惊天地、泣鬼神"。秋瑾遇难之后,她们把生命置之度外,不顾朝廷的禁令,毅然安葬烈士女友。

一般来说,女人之间的友谊总是平凡的,和饮食男女、娘儿们孩子之类琐事有关。近代以前,中外关于女性的友谊所述不多。在中国古代,似乎没有著名的记载,争风吃醋的故事倒不少。提得起来的是民间所谓"结金兰、不落家"的风俗,多则十个人少则两个人结成姐妹,相约不结婚生育,收继子来代替传统家庭的延续方式。这多是在中原礼教薄弱的两广地区,其中制度性的彼此约束,对于人身自由不无强制,而且违背人的正常情感需求,有同性恋的明显倾向。还有广东顺德的自梳女,终身不嫁,彼此之间互相辅助支撑。而西南少数民族中,女性同伴吹笙送婚,以及湘西流传下来的《哭嫁歌》,都是女人之间友谊的历史痕迹。因为是被遮蔽的对象,她们只能在民间流传,被男权的正史所忽略。而且,她们的友谊主要是以群体的方式存在。只有在女书发现之后,可以推测女人也可能会有基于相知的个体友情。在西方,关于女性之间友谊的叙事,也是近代以来的事情,而且以虚构居多。比如好莱坞的电影《魂断蓝桥》,一个女孩儿为了重病的女友去卖淫。还有希区柯克充满悬念的《蝴蝶梦》,女佣对于逝去的女主人念念不忘,看不得男主人与新婚妻子的恩爱,制造各种小计谋引诱女主人屡屡上当,直戳男主人的软肋,直到放火烧毁庄园老宅。有人以为她是同性恋导致的心理变态,有的则以放荡与纯真来划分两个女主角。女佣的恶行,可以归纳为老处女被压抑了的真实自我,放荡的本性使之认同风流成性的旧日女主人。同性之间的友谊,是作为畸形的事端来处理的,可见对于女性之间友谊的深刻怀疑。在中国的古代,由于家族制度的约束,传奇中的女性个体之间的友谊也只限于主仆之间,著名的如《西厢记》里的莺莺与红娘。林黛玉与紫鹃等人也大致属于这样的情况,只有和香菱的友谊除外,连接她们精神情感的是对于诗歌的共同兴趣。闺中密友大多沾亲带故,血缘的关系通常是维系女性之间友谊的纽带。

尽管如此,女人们还在不懈地去创造友谊的神话,西方女权主义者倡导的姐妹情谊是最为直接的意识形态宣言。由于思想资源的匮乏，西方主流商业文化影响着中国女性的思想和写作。《舞台姐妹》与《女篮五号》讲述的都是女性之间的友谊，贞操的观念与互助的理想则体现着文化与时代的特色。林白的《回廊之椅》，是对《蝴蝶梦》本土化的诗意改写，她的《猫的激情时代》则是对《魂断蓝桥》的借鉴。为女友出卖身体的情节也出现在铁凝的《大浴女》中，作为友谊的还报，则是在女友去世以后，为她寻找血缘之父。这使通俗的情节原型有了比较深刻的社会历史内涵，在政治迫害的历史场景中，暗示着血缘关系隐匿在政治权力的结构中，而文化之父要在其他文本中登场，精神之父则是完全隐匿与缺失的。所谓"女性的匮乏"首先表现在对于女性之间关系之想象力的匮乏。比虚构更生动的女性友谊经典，当属张爱玲和炎樱，两个人是同学，几乎形影不离。她们的友谊不仅是对于文学与绘画的共同兴趣，也是差异的性格之间的互相吸引。相同的只是边缘文化的共同处境：一个是没落的前朝贵族的汉家女儿，一个是背景复杂的混血儿；一个内向，一个开朗；一个文静，一个活泼；一个悲观，一个乐天；一个拘谨，一个百无禁忌；一个长于文字表达，一个妙语连珠。既是互补，也是启迪。炎樱对于张爱玲性格的影响是深刻的，对于她的文学创作也有不可估量的催化作用，使她从文化传统与家族制度的压抑中解放出来，内心的纠葛自由地绽放出灿烂神奇的文字。

第三种友谊是男人和女人之间的友谊，从来都是被质疑的。托尔斯泰的名言曰："男人和女人之间只有爱情，不会有友谊。"这在男权社会的政治场域中，可以成为铁律。但是，当女人也投身社会政治的舞台，也参与和男人一样的宏大主题，这个铁律是否会被销蚀？至今也还是一个值得商榷的问题。在男女社交不公开的时代，这显然是不可能的。在西方略好，伍尔芙的《达洛维夫人》中的女主人，在客厅里接待有社会主义前卫思想的男客人，以之表示自己叛逆的思想倾向，可以勉强算一例。中国在男女授受不亲的道德规范下，两性之间只有在表亲的范围里才能来往，最终的结局也是爱情的悲剧或喜剧，很难说是纯粹的友谊。就是具有反叛性格的人们，也无法避免这样的结局，梁祝的悲剧传奇是一个具有代表性的个案。只有到西风东渐的近现代，男女社交的解禁，两性之间的关系方式才变得多样。在现代文人中，这样的佳话不少。罗淑死后，巴金为她设法出版著作。沈从文在丁玲被俘之后，送她的老母亲回乡；但是，中年以后，两个人交恶，可见，政治的力量比情感的力量要强大。而且，友谊发展为爱情，也还是不可避免的结局。即便是革命也无法改变这样的情感逻辑，或者说革命本身就是浪漫的事业，使人们从琐碎的日常生活中解脱出来，摆脱了文化制度的束缚，为爱情提供了丰富的契机。从高尔基的《母亲》到中国二十世纪三十年代的革命文学，"革命加恋爱"都是基本的叙事套路，应该说是有相当真实的生活基础。无论是革命者的回忆录，还是私下的自述，给人留下印象最深刻的部分，都是革命为他们和她们提供了新的恋爱场景和机缘。这是任何主义都解决不了的问题，源自人类的本性。其他，诸如学生爱上老师，下级爱上领导，演员爱上导演，作者爱上编辑，老板爱上雇员……都是现代文明特殊条件下的机遇。友谊和爱情的边界更加模糊，可以遵守的只是一些基本的规则。当然，由于友谊而发展成爱情，结为夫妇之后仍然保持友谊甚至发展友谊的情况，也是为数不少的，多数基于共同的思想。著名的如鲁迅与许广平，由师生而朋友，由夫妻而战友。鲁迅对她说，为了你和孩子，我要为中国老百姓多做一些事情，可见爱情与事业的密不可分。他写给许广平的诗中，有"此中甘苦两心知"的句子，也体现了他们之间共同面对残酷处境，超越于情爱之上，"相濡以沫"的友谊关系。

二

西方的圣贤如何论述友谊，我所知甚少。苏格拉底说，我爱我师，我更爱真理。可见师生关系，也是建立在爱的基础上，遑论朋友。而且，不是不可以超越的。这和中国儒家的伦理观念不大一样，师父，师父，就是以师为父，在"君君臣臣父父子子"的伦理秩序中，敬的成分显然多于爱的成分。父子是无法撇清关系的，师生也不能离弃，当然也有师徒绝交的时候，所谓"谢本师"，这样的例子毕竟不多。至于朋友之间的绝交，最著名的要算是嵇康，他的名文《与山巨源绝交书》流传至今，而且使"绝交书"自成一种文体，私密的关系公开化，有点像国际关系中的外交照会。这有些小题大做，但是究其原因，有着与政治历史的紧密纠葛，其实倒是大题小做了。因为，中国人关于择友历来都是有严格规范的，所谓"良禽择佳木而栖"的比喻，主要是指涉士人与君主之间的关系，本意是"良材择贤主而事"，与老百姓无关，更与女人无关。语用的发展逐渐超出了这个领域，这就造成了很大的麻烦。自比"良禽"问题还不大，要找"佳木"何其难哉？"良禽"的自我感觉都很好，被认定是"佳木"的人则要遭殃，"良禽"太多，"佳木"就要枝折花毁。自比"佳木"，则不免孤独，没有"良禽"来栖，自然寂寞。被误认为是"佳木"，也是灾难性的命运，不问别人的感受，一句"我要交你"，便死缠烂打，何以承受得了？被误认为是"良禽"则更加不幸，罗网恢恢，无处逃遁。

孔夫子的择友之道，五个字便可概括："毋友不如己。"这听上去有点势利，补充的条款是，"三人行，必有我师焉"。这样看来，如己不如己，都是相对的，这个话等于没说。"择其善者而从之，择其不善者而改之"，是要人善于甄别他人的优缺点，为我吸取或排斥，这有借鉴的意思。但这不限于朋友，对谁都适用。"己所不欲，勿施于人",是要像珍重自己一样去体谅别人,更是超出了交友的范围,普适于社会生活的整个领域。至于"朋友数,斯疏矣",则是经验之谈,带有技巧的性质,通俗的说法是"君子之交淡如水,小人之交甘若醴"。这就比"良禽"与"佳木"的比喻要平和一些,具有可实践性。随着近代人文思想的兴起,平等是所有人的理想,但封建文化的幽灵借尸还魂,权力欲望的积习则转换到新的话语方式中借题发挥,在政治霸权、话语霸权之外,又发展出情感的霸权。普遍强化主体性的结果,是男男女女都要君临天下,把自己的一套强加于人。一时间,唯独缺少了平民百姓。以友谊的名义施行新的奴役关系,一句"咱们是朋友了",就可以任意地盘剥与役使,稍有不周就恶语相向。加上政治权术的普及,个个都想把别人玩乎于股掌之上,"顺我者昌,逆我者亡","交叉小径的花园"遍布世间。

"朋友"最早的语义其实要丰富得多。《周易·复》中"朋来无咎",显然是名词,与"友"的语义相通;《周礼·地官·大司徒》"五曰联朋友",后人注,"同师曰朋,同志曰友"。如是看来,所有的同学都可以称之为朋友,这很好。在教育普及的年代,一个人从小到大,要遇到多少同学?在这个意义上,每个人都可以朋友遍天下。在明代,士大夫称儒学生员为朋友,这个语用和同学几近相等。要成为同志则比较困难,所谓"同声相应,同气相求",也是出自《易经》,后文是"水流湿,火就燥"。革命带来的最大变化,是称谓的语用变化。孙中山提醒同仁,"革命尚未成功,同志仍需努力",就是以政治理想作为同志的标准。在以后的继续革命中,"为了一个共同的目标走到一起来了",也是同志的唯一标准。以这个标准衡量,马克思与恩格斯持续四十多年的友谊是一个范例。马克思坦言,自己的思想每一步都是踩在恩格斯的脚印上。而恩格斯放弃自己的兴趣,为了支持马克思的事业,到父亲经营的公司从事"鬼商业"。他做出了巨大的牺牲,却非常地满足，始终认为能够和马克思并肩战斗四十年，是一生中最大的幸福。列宁说，他们的友谊超过了古人关于友谊的一切最动人的传说。

鲁迅和瞿秋白的关系，也接近这样的友谊。瞿秋白生前，在白色恐怖中，曾经隐居于鲁迅在租界的家中。被俘之后，鲁迅为营救他奔走，他死后，又整理出版他的文集。鲁迅给瞿秋白题写的对联是"人生得一知己足矣，斯世当以同怀视之"，可见，与志同道合的其他朋友还是有着明显的区别的。"知己"的意思显然超越了党派的政治理想，还有更丰富的内容。瞿秋白就义之前写了《多余的话》，在他同一党派的同志中多以之为变节，鲁迅对此未置一词，可见有深刻的理解做底子。鲁迅一生不肯参加任何党派，一再感慨革命党内部的党争，并且对冯雪峰说，革命胜利之后，能让我穿着红马甲扫街就满足了。两个人对于政治革命，有着殊途同归的认识。"同志"这个称谓沿用至今，只是范围缩小了，在商界、学界等都另有专门的称谓系统。在政治革命以外，还有其他的志向，比如，专业领域中的相关兴趣。同志的意思便可以因了内容的差别，而有不同的成分，"友"的概念原本是很宽泛的。这样的例子中外都有，中国魏晋时期的"竹林七贤"，以相近的人生态度为媒介。陈寅恪书写的《王观堂先生挽词并序》，悲悲切切的陈词不多，但是对于王国维精神情感的理解却有金石之声："凡一种文化值衰落之时，为此文化所化之人，必感苦痛，其表现此文化之程量愈宏，则其所受之苦痛愈甚；迨既达极深之度，殆非出于自杀无以求一己之心安而义尽也。……盖今日之赤县神州值数千年未有之巨劫奇变；劫尽变穷，则此文化精神所凝聚之人，安得不与之共命而同尽，此观堂先生所以不得不死，遂为天下后世所极哀而深惜者也。"在所有关于王国维死因的臆测中，陈寅恪的解释可谓知友之见，表达了与死者深刻的精神默契。这样的友谊，也足以流传千古。俄国二十世纪初,聚集在外地小城中的巴赫金小组的成员,包括著名的女钢琴演奏家尤金娜在内的所有学者和艺术家,都以终生的互相关照与精神的彼此支撑,度过了艰难困苦的岁月。他们共同的兴趣不在政治,而在哲学、文化与艺术等领域。中国著名艺术家中,这样感人的关系也很多,比如,齐白石与徐悲鸿,从彼此欣赏到互相扶持,他们半生中的来往成就了一段佳话。"胡风集团"的多数成员,也在残酷的政治迫害中,顽强地坚守了毕生的友谊。

"友"的词性中有形容词的意思,指"兄弟相爱"的状态,就其起源来说,倒是以个体为单位的情感关系,也就不必涉及志向问题,只要在一起彼此融洽就足矣。这一层意思深得我心,人各有志,道不同不相为谋,用不着凑在一起互相迫害,只要能友好相处就可以。其实,倒是志向相同的人更容易互相较劲、产生敌对,从政治领域到专业领域,这样的事例比比皆是,事业还没有干成,就先开始争功。民间的说法是,同行是冤家。这是人性的弱点,正如希腊著名作家卡赞扎基斯在小说《基督最后的诱惑》中所说,哪里有人们闹翻了又和好了,上帝就在哪里。"友"的语用还有动词的词性,最初专指兄弟之间的关系,要"友于兄弟"。由此生发开去,"友于"又指代兄弟。鲁迅送给瞿秋白的对联中"同怀"一词,明白表示他以血亲的兄弟对待对方。鲁迅遗嘱的第一条就是,"不要因为丧事,收受任何一文钱——但老朋友的,不在此例"。这有点向朋友托妻付子的意思,可见他对于朋友的信任。鲁迅一生中,朋友很多,交恶的也不少,维持了终身友谊的当属许寿裳。鲁迅和周作人兄弟失和形同参商,和许寿裳却友爱终身。在他们的情感世界中,"友"的引申意义超过了原初的含义。鲁迅和许寿裳是同乡、同学与同志,涵盖了关于朋友的所有语义。

所谓的"五伦",是儒家开创的基本伦理规范,可以上溯到商朝的始祖。《孟子·滕文公上》:"使契为司徒,教以人伦:父子有亲,君臣有义，夫妇有别，长幼有序，朋友有信。"把朋友置于"五伦"之首，大约是近代的事情。皇帝没有了，君臣之义自然瓦解，除了少数遗老和遗少，绝大多数的人都轻松了不少。"五四"以后，变革之声遍及城乡，用张爱玲的话来说，就是大家突然觉得周围的一切都不大对劲儿。激进的去政治革命，温和的则闹家庭革命。父与子的关系，作为男权社会的核心问题，在这个时代尤其紧张，被概括为"弑父"并不为过。"六亲不认"是革命的政治伦理压倒一切的要求，革命者为了政治杀死血缘之父是被赞赏的行为，下不去手的人和血缘之父的关系也是隔膜乃至疏远的。至于老舍一类前朝旧民、家境寒苦的人则另有隐衷："三岁失怙，可谓无父。志学之年，帝王不存，可谓无君。"幽默中饱含了多少辛酸与无奈！"无父无君，特别孝爱老母，布尔乔亚之仁，未能一扫空也。"父子之伦至少自中古就扩展到了母亲，老舍将孝道与布尔乔亚之仁，都奉献给毕生操劳的母亲，这是对于传统的积极变通。随着男女平权的思潮兴起，模糊了夫妇之别的界限，大批女性走出家庭求职自立，改变了"男主外、女主内"的传统家庭格局。投身革命的女性，夫妇之间的关系也要服从政治的伦理，组织分配代替了"父母之命"与"媒妁之言"，离异的原因大多是政治的需要。夫妇有别的古训，转化为政治利益的分别。最彻底的是"文革"中"夫妇不同床"，关系形同虚设，以表示思想的纯洁。"妇女顶起半边天"的时代精神，使社会领域中男女的分工之别更加模糊。至于为数不少的夫妻因为工作需要两地分居，更使夫妇之间的关系要想不柏拉图式也不行，恩爱的形式只能是纯粹的精神联系。

长幼之间的秩序也大大地转变，青年从"五四"以降，就被当成"新"的希望，无可逃逸地肩负着先锋与桥梁的使命。《新青年》同仁们的启蒙理想首先以青年为对象，鲁迅的名句"俯首甘为孺子牛"，以及他为并不熟悉的一个青年去补靴子的逸事，都可以看到那个时代长幼秩序的调整。鲁迅以进化论为武器，相信新的思想教育出来的人，没有封建的因袭，可以胜过自己一代。直到"四·一二"政变之后，看到同是青年，也会去屠杀、告密、出卖朋友，才怀疑起自己先前的主张。论者多以为，他由此一契机转向了阶级论，其实在两种理论之中还有一个贯穿始终的伦理问题。朋友之信也空前的脆弱，频繁的政治革命使楚河汉界大为模糊，泾渭分明的党派立场根据利益的需要不断地划分敌我，信的概念几近于消解。"堡垒是最容易从内部攻破的"，可以看做最经典的叙事。道理多得无法实行，朝令夕改无所适从。二十世纪八十年代的惶惑中，老一代是以嘲讽的态度质疑革命的铁律；年轻一代则是以调侃与谩骂的方式表达灵魂无所皈依的苦闷。代之而起的是"哥们儿"，以模拟的血亲关系巩固朋友的关系，铁哥们儿是最高的褒奖。但是，"兄弟阋于墙"，哥们儿也保不齐翻脸成仇、大打出手，世俗的利害比虚拟的血缘关系更强大。

在"五伦"都松弛的时代，新的"一伦"却空前的紧密，这就是同事。一个人和同事相处的时间，常常比和父母兄弟相处的时间还长，发展为朋友是很自然的。在革命以后的秩序中，所有的职业都是革命工作，没有高低贵贱不同，同事的关系也就是同志的关系。这样的逻辑，带来人人平等的革命伦理观，取代消解着其他的关系。但是，利益的冲突也以同事最多，比如加薪、提职、分房子和各种有形无形的利益，都使同事之间不免生出矛盾。温和的表现为关系微妙，激烈的则紧张异常。鲁迅的《兄弟》率先以同事之间的倾诉展开故事的叙述；其后，老舍的《离婚》则全景式地揭示了同事之间的复杂关系。当代文学中，从刘震云的《单位》到阎真的《沧浪之水》，都细致地讲述了体制化的时代，一个人父子相沿、正直的人生理想，是如何被一点儿一点儿整合到世俗社会的权力网络中。这有点儿近于"朋比为奸"的意味，势力范围取决于个人的从属，依然是人身的依附关系。同事关系不好,就可以判决一个人的品行,在中国,人缘不好是恶谥。由此带来单位以外朋友关系的强化,比如,同学、战友、下乡时一个集体户的,都是各种聚会的分类方式。这些其实都是广义的同事,怀旧的情感慰藉与现实的互相需求,使孤独的现代人获得心理的暂时安定。至于其他的现实需要,则不用细论。孔子所谓"君子和而不同,小人同而不和"的区分标准,早已经丧失了现实的基础,渺小的现代人在混乱的世界上生存,君子和小人的界限也是相当模糊的。在这个层面,朋友的意思更近于朋党的语义。

三

和儒家不同,老子的择友原则比较平易。如我不如我都没有关系,重要的是"友直友谅友多闻"。而且,以他"齐物"的思想,原本就不存在如与不如的问题。他在《道德经》中说:"大道废,有仁义;智慧出,有大伪;六亲不和,有孝慈;国家昏乱,有忠臣。"颠覆的是儒家伦理的基本内容。他所谓的大道,是宇宙自然生命浑朴和谐的本真状态。英国的哲学家罗素,也表达过类似的理想,他质疑人类的文明进程,曾经说,一个现代人的苦恼并不比一个原始人少。两个世纪以来,西方从左翼文学开始到嬉皮士、雅皮士等各种先锋思潮,共同的目标是解构以中产阶级为代表的主流价值观念,各种原始主义的倾向都是以不同的方式反抗和批判现代文明。友谊的叙事,更多地出现在文化工业的通俗传奇中。差异性也是基本的原则,这和老庄的思想颇为接近,体现着价值观的变化。

老子的择友之道看似简单,其实更不容易。要去伪存真,要宽容,要博学多闻,何其难哉!这三点能够具备其一,已属不易。而庄子则更进一步,干脆放弃同声同气的追求,以他的旷达与超脱,视现世的荣华富贵为敝屣，自然也是难于找到同志的，"以天下为沉浊，不可与庄语"，只好"独与天地精神往来"了。不仅如此，对于来世，他好像也没有期求。就是像他这样彻悟人生的人，也有解不开的情结，他可以为妻子的去世"鼓盆而歌"，却无法容忍情感的虚伪。著名的庄子试妻的大劈棺故事，是一个深刻的反讽。这一则故事最早的出处据说是《今古奇观》，可靠性颇为可疑。他不像孔子，有成群的弟子记录言行。所谓的轶事更像后人不怀好意的杜撰，目的是对超凡脱俗的神仙理想的嘲讽，但是却反映了中国男子集体无意识中，建立在贞操观念之上，对于情感价值虚无的人生恐惧。这种恐惧一直延续到《红楼梦》，《好了歌》中有："世人都晓神仙好，只有娇妻忘不了。君生日日说恩情，君死又随人去了。"明代是一个充分世俗化的时代，被神仙方术改造了的老庄，自然不会被通俗的市民文化接受，生出调侃的顽皮之心倒在情理之中。排除演义，究其根本，庄子夫妇其实是恩爱的。"鼓盆而歌"的真实心理动机，是缓解内心的悲痛。庄妻美貌，深得他的喜爱，而且能和他安于清贫的生活，品行自然不在话下。但是，思想的契合有多深，则很难说。一个"独与天地精神往来"的人，自然不可能在美貌贤惠的妻子那里得到智慧的满足。他只能和其他人交流，能够听得懂他的话已属不易，要认同他的思想则更难。他与惠施的关系，成为友谊的另一种模式。惠施当得起"三多"，但是在人生的志向上与庄子泾渭分明。一个要曳尾涂中，一个志在庙堂，且把庄子当做竞争的对手，故被他嘲笑为以腐鼠为佳肴。他们的学术理念也不一样，惠施追求确定性近于逻辑学，庄子则看重变化而多艺术家的想象，寓言是他基本的表述方式。他们的性格也差异明显，惠施喜欢在树下高谈阔论，累了就据琴而卧，庄子对此大不以为然。但是这些都不妨碍他们的交往，或者在一起讨论学术，或者在田野上散步，历史上著名的辩论——"子非鱼，安知鱼之乐？""子非我，安知我不知鱼之乐？"就是发生在他们游玩于濠水桥上的时候。他们的共同之处，是对于知识的追求，还有旗鼓相当的思维能力，惠施才能成为庄子唯一的契友。惠施死后，庄子以"郢匠挥斤"的寓言，表达失去谈话对手的深刻悲哀，其状也是情何以堪！

　　类似的例子，还有李白和杜甫。一位诗仙，一位诗圣；一位学仙，一位尊儒，平生只见过三次。天宝三年初次相逢于洛阳，两个人就一见如故，据杜甫回忆，"醉眠秋共被，携手日同行"，可见亲密的程度。次年，他们又同游山东，赋诗作歌，情同手足。第三次相聚也是这一年在山东，地点和时间至今尚无定论。此后的漫长岁月里，杜甫写作了十多首怀念李白的诗篇，从对他诗歌的赞赏到对他精神的理解，情真意切思绪绵绵。而李白关于杜甫的诗歌，则仅三首，夸张的词语显示了他独特的情感表达方式，"思君若汶水，浩荡寄南征"。而《戏赠杜甫》中，则有些调侃的成分，"借问别来太瘦生，总为从前作诗苦"，还不如写给村夫王伦的诗歌真切自然。论者多以为他们的友谊是不平等的，杜甫对于李白的思念显然比李白对杜甫的感情要真挚深切。殊不知友谊不是做买卖，是不能用等价交换的原则来衡量的，特别是在艺术创作的领域中。以李白的飘逸和任性，又深深地卷入了皇室的政治旋涡，自然无暇回顾友情。由对一个人的思念而产生不竭的艺术灵感，写出不朽的诗篇，这也是友情的力量，因此杜甫相遇李白是平生的幸事。至于彼此之间情感表达方式的差异，也是思想和性格的差异。杜甫的理想在庙堂与江湖之间，而"一生好入名山游"的李白，精神常常驰骋于山水天地之间，入世不得意便去游仙，是不会为世间的情感所羁绊的，哪怕是与杜甫之间的亲密关系。要李白像杜甫那样回味友情，他就不成其为李白了。如果友情是以丧失自我、泯灭艺术为代价，只能说是舍本求末。

四

我在交友方面比较被动，而且向来缺乏说不的勇气，几乎没有什么标准与原则。只在忍无可忍的情况下，才愤然脱身。"己所不欲，勿施于人"是在成年以后才能悟到的。至于等价的交换，更是遭遇了许多的麻烦之后才明白。少年时代，免不了"为赋新词强说愁"，喜欢在给朋友的信封上写上夸张的诗句。直至青年时代，还经常受到指摘，诸如我对你这么好，你老不想着我，真没有良心！曾经有一个领导强令我与人合作著文，并当面挖苦，祝"友谊常在"，那是在由煽情到滥情的八十年代中。连交朋友都施以行政命令，可见权力欲望的无微不至。唯其如此，我对于良禽佳木们素来敬而远之，因为有自知之明。至于等价交换的友情，则尽可能地逃避，"欠人情"的滋味实在不好受。上大学的时候，一个同学辱骂另一个同学，交你这个朋友还不如养一条狗！令我立即生出反感，从此以后敬而远之。"三多"的原则确实好，使我获得不少朋友，但也是凭了本能与机缘，并未刻意为之。对于情感的敲诈与精神的绞杀，向来缺乏防范。只有吃了苦头之后才退避三舍，惹不起则躲得起。连躲也躲不起的时候，就只好听之任之了。"独与天地精神往来"的境界，我是达不到的。但是，苍天之下、荒野之上、旅途之中，静夜深思的时候，也偶尔会行缩骨法，超脱世俗的荣辱得失，获得短暂的精神自由。但是，这样的时候并不多，大量的时间要纠缠在现世的利害之中。所以关于朋友的观念，大致是随遇而安的态度，只要能友好相处，有真挚的情感记忆，不拘形式都可以成为朋友。

尽管被动，也珍藏了不少美好的记忆。童年的时候，小朋友都是成群结队的，没有单独的友谊。通常是有几个固定的孩子头，领着大家玩儿各种游戏。男孩子通常是领着捉迷藏，或者是砍镖仗，还有远足的时候。大姐姐们通常是带着大家玩儿捞金鱼的游戏，还会组织唱歌跳舞。也有三两个人临时搭伙的游戏，比如跳绳、跳皮筋、跳房子，游戏一结束，友谊也就终止。最早开始的两个人之间的友谊，大约是在上小学的时候，经常有女同学单独向我诉说各种家庭与个人的隐秘，我是最好的听众，从来不发表意见。因为懵懂，无从插嘴。即使是小孩子们没有潜台词的单纯诉说，我也听不大懂，更多的是惊讶。但是我还是很愿意听，因为她们展示了我单调生活之外的世界。上到中学的时候，同学的话语变得复杂起来，常常有说服的倾向，人情世故的内容多了。也是由于懵懂，不会应对，我无形中大概伤害了不少人的感情。家庭的变故与青春期的躁动，都使我的性格大变，不再满足当一个听众，很想参与别人的谈话，自然惹出过不少的麻烦。而且，懵懂的快乐很快地结束了，我变得多思，经常有诉说的冲动。好在当时的社会风云变幻，每天都会有新闻，我惹起的麻烦很快就被别人的麻烦淹没了。加上搬迁带来的新鲜，往事是很容易忘却的。记得重返故地的时候，住在一个童年密友的家里，向她谈起凄凉的感受，她大不以为然，说我并没有因为你搬走就怎么样了。我为她的坦诚与厚道而感动，许多年过去了，我仍然记得她说话时的神情，那是夹杂着烦恼的抱怨。

　　动荡时事，使遭遇友谊的机会增多了。许多以前没有机会接触的人，在突然的政治变故中成了近邻。而且是在从少年向青年过渡的十四五岁的年龄，单纯而且没有世俗的利害观念。有一个著名的女作家曾经说，人在十四五岁的时候，最容易交上好朋友。而且，我们这一代在十四五岁的时候，三天两头地停课，时间也很富裕。好朋友，可以一天见好几次，你来我往的时候特别多。山居的时候，没有融入当地的生活，院子里的女孩儿搭伴出行是经常的事情。家长们下乡之后，孩子们自己管理自己，在一起的时间就更多了。有一个北京女孩儿,童年的时候,我只远远地看见过她瘦弱颀长的身影,这个时期成了极其亲密的朋友,有一点零食也要分着吃。有一天,她把我叫到自己家,插上门、拉好窗帘,拿出一本《红色娘子军》的大型画册说,咱俩儿看,不让别人看。有人敲门的时候,她不开,还打手势,要我别出声。那本画册里有剧照、总谱和舞台调度图,使我大开眼界。她回北京的时候,留下了详细的地址,我们通信到七十年代末。每次到北京,几乎都在她家食宿,所谓情同手足不算夸张。年轻的时候特别好动,会朋友是最好的理由。一个幼年开始的朋友,毕业以后,分配到一条山沟的卫生所,我骑自行车一路打听找到她的住所,听她讲述乡村生活的各种细节。阅读社会这本大书,是从朋友们为我翻开的各种书页开始的。

生存的艰难,使人情特别浓厚,因为如果不互相帮衬几乎就活不下来,而且,常常会有意外发现。有一年出差到北京,半夜三更找不到旅馆,只好凭了记忆找到一个邻居大姐姐家。她已经结婚,在睡梦中被我们惊醒,鸠占鹊巢,她和丈夫只好到婆婆家寄宿。她新婚的小屋中,挂了一幅纸做的平面花篮,十几朵粉色牡丹花精细雅致,堆落成立体的均衡图案,一派喜气洋洋。这是在大商场里也买不到的精美艺术品,出自她公公之手,一个早年的糊棚高手。这个手艺大概已经失传了,为小儿子的喜事做最后的展示,也可以称为这个行当的《广陵散》了。为自己的冒失不安的同时,也产生出能一睹绝技的幸运。这样的幸运贯穿半生,会朋友的时候,经常会有意外发现的惊喜。早年的朋友多数是同学,不问志向,但求融洽。在一个乡村女友家,看见过一架木头做的织布机,她还演示了织布的方法。在那个道路以目的时代,会朋友几乎是唯一的乐趣。在一个东北的男同学家,看见过一只宣德炉,真伪至今难断,但至少形制是真的。在一个女友家,看到一本杂志,里面有图文并茂的紫禁城建筑说明。在另一个女友家,看到了民间艺术的多种细节。平生唯一一次进入画家的画室,也是一个女友的家,从绘画到陶瓷,看得我眼花缭乱。张伯驹的真迹也是在一个朋友家看到的,一幅小的挂轴,被满屋线条简洁流畅的明式家具衬托着。会朋友也是文化生活,朋友的世界千姿百态,各有各的美妙之处。

上了大学以后的朋友,大约可以称为同志了。因为都以文学为业,志趣相近者多。特别是女同学,同吃同住,整天耳鬓厮磨,和姐妹也差不多。即使有摩擦,也是亲近引起的恩怨。只是竞争的因素增多了,只有时间的流逝,可以淘洗出难忘的真情。当年一个人只身到东北,糊里糊涂地惹下不少麻烦,但也交下了不少朋友。有的毕业以后联系不断,有的多年不通音信,一见面还是亲热如常。无论平常如何争执,遇到困难的时候,总是这些朋友诚心惦念。读到研究生的时候,因为空间相对宽松,专业又各不相同,各自为战的学习方式,使同学之间的关系相对松散。一开始有些失重,渐渐觉出了个体自由的好处。同室居住的女友,古典文学基础深厚,一有问题请教,立即脱口而出。获益匪浅的同时,也养成了依赖,变得懒惰,不愿意自己查阅工具书。男女同学之间,讨论问题、借阅图书也是经常的事情。至于女研究生之间的各种来往,更是知识积累的情感快车。随时的请教,使学习的生活充满了各种趣味。时至今日,向各专业的同学请教,仍然是治学与写作时最便捷的途径。只是随着生活节奏的加快,工作的压力越来越大,大家都忙得不可开交,见上一面竟成难事。外地来的朋友,觉得见一面不容易;到外地的时候,当地的朋友也心同此理,还可以挤出时间见一见,聊上一两个钟头。反倒是同居一个城市的朋友,一年一年地见不到面。有一个好友,在外地的时候,每年探亲都可以在一起吃一顿饭,调到北京的近十年中,只见过三两回面。想不"斯疏矣"也不行,会朋友成了一种奢侈。偶尔见面,不是开会,就是在银屏上。

最要命的是，朋友们一个一个地离世，打击接连不断地降临，竟连送行的时间也没有，只好以文字祭奠。因此，对于生者的惦念也就格外地强烈，一改青年时代的懒散，对于朋友的音信特别敏感。好在信息联络的方式发达了，打电话是通常的办法，听一听对方的声音已经很满足。电子邮件的普及，也是一大方便，坐在电脑跟前，就可以看到朋友的信和照片，不用跑邮局，既省时间也省钱，岂不快哉！这回是真正的"天涯若比邻"了。

回想起来，半生中的朋友多是一些有意思的人。上大学的时候，有一个同学说，你这个人就是喜欢猎奇，可谓一针见血。但并不准确，我其实倒没有主动去猎奇，都是不期而遇的奇缘。我相信世界上的所有事情都强求不得，包括友谊在内。几年以前，几个闺中密友聚餐。分手的时候，一个朋友说，今天真高兴，难得和朋友聚会。寥寥数语，令我怦然心动。

会朋友，浮世极乐也！

听音乐

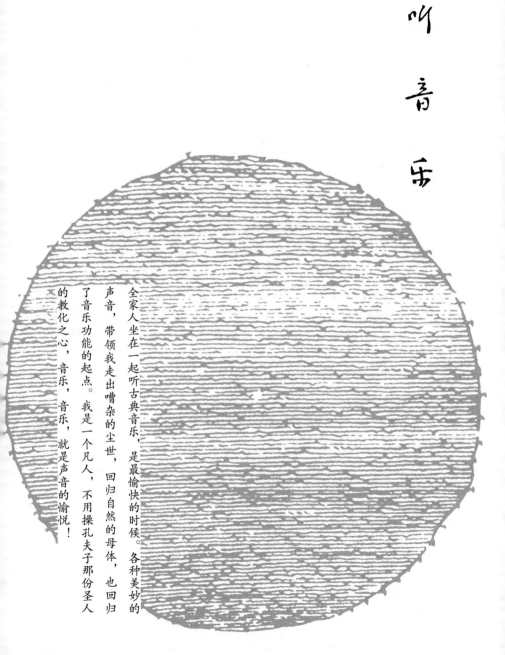

全家人坐在一起听古典音乐,是最愉快的时候。各种美妙的声音,带领我走出嘈杂的尘世,回归自然的母体,也回归了音乐功能的起点。我是一个凡人,不用操孔夫子那份圣人的教化之心,音乐,音乐,就是声音的愉悦!

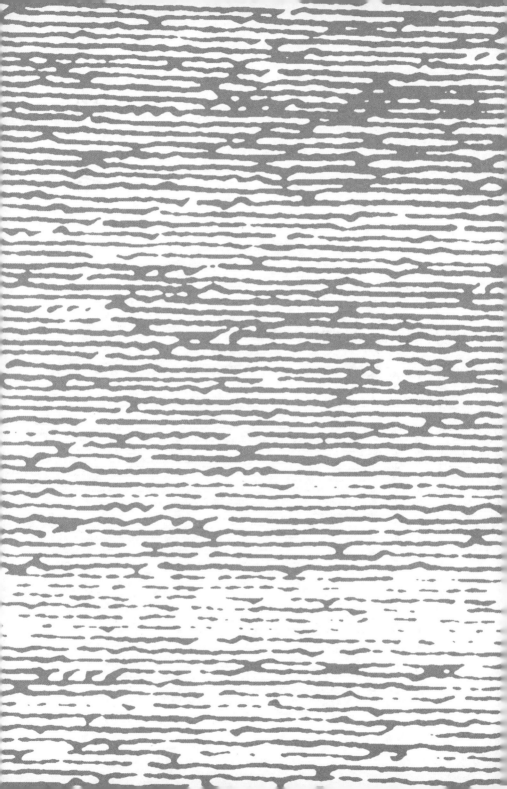

一

没有任何一门艺术，能像音乐这样，调动起生命的整体感受。

声音早于人类的存在，所谓天籁是自然界的现象之一。动物和人都是自然的一部分，发出的声音也理应属于天籁。人类自己又制造出了各种器物，超自然的工艺带来了超自然的声音，从火药到机械，都可以爆发出特殊的响动。而这种创造也多少是对自然界的模仿，古老的风箱是利用人力造风的效果，火药、热兵器是对电闪雷鸣以及地震等自然现象的仿真。这使这个世界变得更加嘈杂，人类需要辨别的声音也更加繁复。随着近代产业革命的洪流，工业化带来了全球性的机械轰鸣。对于这个时代出生的人来说，人工的机械音响也是自身以外的世界声音的组成部分，西方现代主义的音乐以大量的不和谐音，表现的就是这种人工音响组成的世界，表达对于现代文明的反抗。而各种声音仿真的技术，从立体声、杜比到高保真，都试图复原最真切的现场声音，近似于排除所有细菌的真空室。然而这又超出了声音存在的客观现实，反而显得不自然，在这个世界上，没有一种声音可能在没有其他声音干扰的状态下存在。这近似于一个迷了路的孩子，在人声鼎沸的广场大声地哭喊，以高分贝的声音呼唤母亲。现代科技在模仿自然的同时，也失去了自然。这真是一个无法克服的矛盾，欧洲近代的浪漫主义运动，核心的思想就是回归自然。它的先驱卢梭号召人们返璞归真，并且发明了简谱，使音乐的传播更加便捷。结果是最直接地应用到各种实用性音乐的普及,从政治到战争,其中也包括模仿人工音响的现代主义音乐的流传。

而音乐则是人类的心灵对各种天籁有选择的模仿,所以是文化的产物。首先是辨别音色,区分不同声音的音色差别;然后是在形式上发明一些音程,在音阶的变化中组成旋律,无论是欧洲的五线谱还是中国的工尺谱,都有一个逐渐形成的漫长过程;再后来则是变化出各种固定的调式等。在汉语中,"乐"有喜欢的意思,"仁者乐山,智者乐水";"乐"也有喜悦的意思,"乐而不淫,哀而不伤"。这就使音乐区别于一般的自然音响,也区别于其他实用性的人工音响。音乐,音乐,简单地说就是声音的愉悦。至于音乐的各种要素,则是诞生于人类丰富的文化活动中,比如祭祀时娱神的歌咏,比如劳动时协调动作的节奏,比如婚嫁等世俗生活中有规律的歌哭等。最早的诗歌总集《诗经》,以整齐的四言形式,便于记忆歌咏,"风""雅""颂"涵盖了民俗、历史与祭祀等典章制度,都容纳在一定的音乐形式中。能够制造乐音,是人类具有文化创造性的体现。而能够传播,则是人类特有的复制自身的能力。禽鸟求偶时的鸣叫、兽类厮杀时的哀号,都是出于本能,感情相似而不可重复。只有人能够借助声音将本能升华,并且创造出描述这种本能的形式,音乐因此成为人的宇宙性体现。反过来说,人是以音乐的形式,区别于动物表达本能的生理——声音行为。民间有悲伤时"女哭男唱"的说法,这是近似于动物的反应,同时也是文化性的表现。男人的唱一般借用现成的歌曲,有的女人哭的时候也是有腔有调的,而且要符合特定的文化身份,比如小寡妇上坟时的哭喊,合辙押韵且有旋律感。故在汉语中,歌与哭并列,形容真挚的情感表达。

文化性并不意味着音乐可以脱离自然,它仍然是依赖自然存在的事物。不同风格的形式,也明显地受到各种自然条件的限制。别的不说,仅就乐器而言,古代的磬是石制的,蒙鼓需要兽皮,都是取材于天然物质。而风格的特质，更是受到自然环境的制约。尽管许多的曲调失传，原始的音乐已经不可复制，但从保留下来的歌词看，风格的差异也是明显的。北朝民歌的粗犷开阔，与南朝民歌的细腻回旋，都体现着山川地理的基本差异。所有的高腔戏几乎都是源自北方和西南一带，起于南方的昆曲一经流传到北方，立即慷慨了不少，即使是进入宫廷以后，也保持了相当刚健朴野的民间成分。

  人作为自然界的一个物种，他或她发出的声音也间接地受到自然地理的影响。古代有"丝不如竹，竹不如肉"的说法，把人的嗓音和乐器相提并论，可见即便在人创造的文化中，声音与自然物也有着密切的关联。房龙认为，寒带高地的人声带质量不好，相反，地中海一带的人声带富于弹性适宜歌唱，所以欧洲最优秀的独唱歌手都出在南欧；但是寒带人的纪律性强，合唱的效果比南方的人要好。种族的形成发展是自然淘汰的结果，体质等生理条件和自然环境关系密切，食物的品种有赖于自然的物产。就连文化的传播，也受到地理条件的限制。在版图之内，不同风格的音乐当然可以流传；在版图之外，则只有邦交国家的艺术作为政治活动的附属品得以交流。在中古时代，西北荒凉的高地与沙漠使交通阻隔，西域一带的音乐是在丝绸之路开通以后，随着商贸活动传到中土。西洋的交响乐，也是在近代开海禁之后的殖民城市中首先出现，一开始是为侨居的外国人演奏，后来逐渐被中国人所接受，成为城市的艺术。我在乡下的时候，有一个附近的农村青年，他来农场的宣传队，目的是想看一看大提琴，画了图纸回去，准备自己也做一把。他的想法受到了知青的嘲笑，可见西方的音乐对于乡土社会来说是陌生的，对于乡村青年来说，也是高不可攀的。那个青年实在是一个勇敢者，他的追求显然还要面对整个乡土社会的排斥。八十年代初的时候，一个边远省份的广播电台在对农村的广播中播放了交响乐，结果有的地区的农民愤怒地把喇叭都砸了。只是改

听音乐

革开放之后,文化的传播变得广泛,富裕起来的农民才有能力学习西洋的乐器。二十年以前,就看见过北京郊县的农民买钢琴的报道,有一年到河南安阳,又亲眼观看了一群红脸村姑组成军乐队演奏。

至于音乐的题材更是受到不同自然环境的影响,这在许多标题音乐中体现得最明显,小施特劳斯的《维也纳森林的故事》《蓝色多瑙河》、冼星海的《黄河大合唱》都是典型的代表。在无标题音乐中,也大量地存在对自然的描述,对于具有同样文化背景的人来说,最直接的联想也是山川自然。自然对于音乐的影响,和生命的周期有关系。按照荣格的观点,无论文化如何发展,每一个心灵都是原始的心灵。也就是说,文化的发展过程要在一个人从小到大的过程中,重新演示一遍。这就使不少人文学科的专家,特别注重对于儿童行为与心理的研究,进而接近发生学的原理。音乐也是这样,即使是受过专业训练的人,也总是可以在最原始的风景中受到启发,产生创作的灵感。特别是当一种音乐形式已经成熟得近于僵死的时候,新生的一代人就要寻找新的表现方法,来容纳自己对于世界的独特感受,回归原始艺术是最便捷的途径。最突出的代表就是中国的谭盾,他把古老的埙一类民间乐器和敲打石头的声音引进交响乐,改变了配器的传统,描述出原始蛮荒与神秘的自然状态,表现出个体本能的向往,而且在有限的时间中容纳了无限的空间,产生时空同体并且无限伸展的效果。他的音乐素材几乎直接取自天籁,其中包括自然状态的人为音响,心灵的好奇融入自然的博大神秘中,这就回归到音乐最本真的状况,也就是它的起源之点。

二

和宇宙自然最紧密的联系,是音乐相通于其他艺术的枢纽。比如文学，欧阳修的《秋声赋》是一个例子，他是用语言文字描写自然界的声音。如果读者没有文化就无法和他产生共鸣，但不识字的人也可以听懂音乐，用简单的语言表达自己的理解。"文革"后期，有一对著名的男女歌手，他们的二重唱在收音机里播放，我知道的一位退休老人，抱着半导体兴奋地说，这个歌真喜兴！

音乐的这种人类性，使它一脱离自然的状态，被统治者所利用，这使音乐一开始就具有了阶级性。在中国，庙堂音乐是官方祭祀的重要部分，前些年出土的大型编钟与石磬，也只有在庙堂中才摆得开，需要许多人的配合才能演奏。上古"六艺"之一的"乐"，是所有贵族子弟必需的修养。孔子急遑遑要恢复的"周礼"，和"乐"并称，成为中国特有的礼乐文化，"人而不仁如礼何？人而不仁如乐何？"形容文化毁坏的极端说法是"礼崩乐坏"，至今如此。按照辜鸿铭的说法，礼是协调身体的动作，那么乐则是为了调节心灵。孔庙里供奉的弹奏乐器，大约就是孔子弹奏的瑟，应该是那个时代士人的音乐修养方式。他论乐的言论不在少数，薄薄一册《论语》，与音乐有关的记载多达七八处，称得上是一位音乐鉴赏家。著名的如"子在齐闻韶，三月不知肉味"；又如"子之武城，闻弦歌之声，夫子莞尔而笑曰'割鸡焉用牛刀？'"他认为《韶》乐尽美又尽善，《武》乐则尽美未尽善，还有"郑声淫"。美是指艺术性，善则是指伦理性的教化。韶乐出在齐地，与他的故乡鲁相去不远，容易亲和是必然的。此外更是由于符合他礼乐结合的教化理想，所谓"兴于诗，立于礼，成于乐"。这使这位老夫子也有走偏的时候，比如由《关雎》联想到"后妃之德，师挚之诚"，实在是牵强。但是，他对于音乐教化人的精神作用，确实是有领悟的。鲁人孺悲名声不甚好，欲见孔子。孔子称病推辞，使人弹瑟而歌让他听，大约是想让他在音乐中获得心灵的净化。而且，孔子对于民间文化的重视也包括音乐，他把礼建立在诗的基础上，由来

听音乐　239

自民间的乐来统一。"先进于礼乐，野人也；后进于礼乐，君子也。如用之，则吾从先进。"所以，他的教化不是空穴来风，更近于一种自下而上又自上而下的疏通，使文化得以和谐有序。

音乐伦理意义进一步的引申，则是君子和小人的类比。编钟石磬都是庙堂音乐的重器，以声音的庄严悠远而体现着宏大和谐的风格。所以屈原愤懑"黄钟毁弃，瓦釜雷鸣"，就是指君子遭贬，小人得道的世风。这近似于"弄璋之喜"与"弄瓦之喜"的差别，文化结构中的等级制度也因此形成。丝竹一类的乐器则要低一级，因为音量有限，风格上便小了一号，最多也就应用于后宫。杜牧的名句"商女不知亡国恨，隔江犹唱后庭花"，根据陈寅恪先生的考证，"后庭花"乃"玉树后庭花"，是一种曲牌，想必不是用钟磬伴奏，大概是丝竹一类轻型乐器伴奏的轻歌曼舞。丝竹多数情况下是属于民间的乐器，在世俗生活的领域中使用，特别是青楼瓦舍多有配备，所以"夜夜笙歌"又是纵欲无度的隐语。而孔庙中陈列的琴，则因为主人的显赫声望而高于其他弦乐器，可惜失传久已。至于游离在权力结构之外的隐者，则多是以琴为文化的象征。著名的俞伯牙与钟子期的友谊传奇，在中国流传甚广，而且衍生出"知音"这个形容灵犀相通的词。俞伯牙摔的琴是古琴，至今也还在文人圈子里流行。古琴七弦，亦称瑶琴，传说是伏羲所制。王世襄先生所藏古琴中，有唐代"大圣遗音"伏羲式琴，不知形制是否果真起自远古。还有一架明代的"清梵"仲尼式古琴，和孔庙中所陈列者形制相去甚远，后者弦多于十根，不知是否改良的结果。"清梵"曾经的主人是清代满族著名女诗人顾太清，可见闺阁之中，也是以这样的乐器自娱、清赏。这就难怪战国时，俞伯牙曲高和寡，只有樵夫钟子期能领略，他大概也是一个归隐的高人，故亡故之后，有相知者摔琴的壮举。这样的千古遗恨源源不绝，相传出自岳飞的词《小重山》中，也有"知音少，弦断有谁听"的句子，已经是在转喻家国之恨了。那一年到常熟，跟了朋友去一家名为"乡村回忆"的茶馆，喝着工夫茶，听一男孩子弹古琴。第一次见识了古琴的形制和弹奏的方法，同时也了解了一些相关的知识。作为古老而边缘的乐器，古琴连琴谱都是独立的，不用工尺谱，而是标注指法来连缀，可以想见难度，因此也很难普及成为大众的器乐，只能适应文人的精神修养，最多也就是少数人雅集。

不仅是孔子，也不限于中国，音乐的教化作用是所有宗教都要借助的。佛教有佛教的音乐，道教有道教的音乐，即便是最原始的萨满教，也有手鼓一类简单的乐器。西方也是如此，基督教的音乐历史悠久，而且带动着音乐各种形式的革命。从管风琴到钢琴，从简单的旋律到交响乐的成熟，并且诞生了巴赫这样伟大的作曲家。唱诗班的形式可以追溯到希腊悲剧中的合唱队，也影响着近代各种世俗音乐声部的配置。各种文化都是以音乐的方式，使人的心灵从世俗的烦恼中解脱出来，升华为一种精神信仰的境界。世俗生活的各种场景，也都有音乐在发挥效用，婚葬嫁娶都有相应的曲调，或者喜庆或者悲哀，适应着人们不同的情感要求。在政治领域中，音乐的这种功能也经常被发挥到顶点，各个国家都有自己的国歌，每一支军队都有自己的军歌，甚至每一个学校都有自己的校歌，它们都有确立精神、整体协调心理的功能。二战时期的日本，为了煽动民众投入扩张的战争，把宣传军国主义的歌词填在一些流行歌曲里，充当临时的军歌。"文革"中大量的进行曲，都是三四十年代左翼电影的插曲，用来鼓舞政治情绪，而且是配了高音喇叭来播放。一些域外来的人，诧异于中国怎么整天放军歌。到了后期，以简单的旋律反复地重复一个句子"……就是好！就是好！就是好！"这种声音暴力的效果适得其反，只能引起无言的抵触。意识形态的因素不用说了，就其音乐素材的来源，也完全脱离了民族与民间的文化。

相比之下,"文革"前的一些歌剧,不管主题和故事如何,由于音乐来自民间,便能够拥有广大的听众,可以在时间与空间中流传。五十年代到七十年代末,真是中国民歌的黄金时代。一群音乐家深入尚未被现代商业文化冲垮的民间社会,采集音乐素材整理民歌,被称为"西部歌王"的王洛宾是最杰出的代表。而来自乡土的一群民歌手,带着原汁原味的嗓音浮出地表。才旦卓玛等一大批少数民族歌手,是群体的展示。而且各个地区民歌手中都有卓越的代表,比如郭兰英对于山西民歌的创造性贡献。即便是用于政治宣传的大型制作,也因为音乐素材的丰富与优秀歌手的强大阵容,具有经久不息的艺术魅力。躬逢其盛的几代人,情感的教育中都留有明显的痕迹。即便是在穷乡僻壤,在文化的沙漠中,对于音乐的记忆也是困境中重要的精神支柱。尽管很多的时候,要掩饰、要偷偷摸摸地哼唱,因为在那个时代,所有抒情歌曲几乎都被纳入黄色歌曲的范围。这是开禁之后,通俗歌曲迅速占领市场的重要原因。一个八度就可以唱红全国,实在是多年单调亢奋之后,累积的疲劳需要休息。

紧接着是国门洞开,是外来文化的猛烈冲击,是迅速发展的现代化建设,是商业大潮的汹涌,是多媒体信息传播的迅速普及。年轻一代人生存环境的改变,加上无所顾忌的自由本性,对于长期阻隔的西方音乐有着本能的好奇。特别是西方现代主义的音乐作品,尤其激发着革命性的想象力。这也是音乐再一次回归本源的运动,生存的体验,是人们创造、接受音乐的基础。流行歌曲就是当代的都市民歌,有的还是民谣。"西北风"是民族集体无意识中的恋乡情结,摇滚是当代人情感的宣泄,以"黑鸭子"为代表的各种轻音乐,则是现代人的浪漫情感寄托于对自然的单纯想象。一直到"二人转"的流行,更是对于最本真的民族生命活力的认同。而古典戏剧的再度升温,则是对于民族传统情感形式的发现,新起的演员在艺术上的创造是现代人的重新阐释，而大量五六十年代的原声光碟的再版畅销，既是怀旧也是激赏，是对消逝了的巅峰时期的艺术充满遗憾的怀想……

在这样一种多样化的时代，音乐的功能也变得多样化了。教化的传统依然存在，只是与传统的礼越离越远。骆玉笙一曲京韵大鼓《重整河山待后生》，配上庞大的交响乐伴奏轰动全国，是爱国主义教育的最好方式。礼的崩溃对于文化来说是福是祸，一时难以说清楚，但是对乐的解放则是显著的。各种不同的音乐流派都可以获得听众，特别是在北京、上海和广州等国际化的大都市，世界各地的音乐都有狂热的崇拜者。世界三大男高音频频亮相，各国的交响乐团川流不息地演出。更不用说各种前卫的音乐，在年轻人中引起的强烈反响。其中大概以美国的音乐传播得最快，从德沃夏克的《自新大陆交响曲》到甲壳虫乐队，从乡村歌曲到美国黑人的蓝调，摇滚歌星杰克逊成为新一代人的文化偶像。这首先是因为美国是一个移民的国家，是种族博物馆也是音乐的博物馆。开放的心态使美国人可以欣赏各民族的艺术，接纳各民族流浪的艺术家，在现代的形式中容纳多样的人生情感。古典音乐的升华、现代音乐的宣泄、和谐与不和谐、乐音与噪音、大型的交响乐与各种小型的民间演奏，都可以找到自己的知音。音乐的抒情性得到了充分的发展，心灵的体验可以自由表现，各种形式的尝试也多被冠以各种前卫的称号。

三

我对于音乐的最早印象，混合在对世界一片懵懂的整体印象中，就像看法国新浪潮的电影，声音伴随着色彩、形象，在一定的时段中流逝，完全分不出镜头。故乡的风声、水声、野兽的号叫、禽鸟的鸣啭，水乳交融成混沌一片的音响世界。人工的机械声只有水碓捣米的声音，单调而肃穆。樵夫的野唱和牧童的呐喊，是天籁的一部分。姨夫的胡琴和姨妈的歌舞，是最初的启蒙。幼年对于乐音最强烈的感受，是童稚的男声朗读，引起的联想也是溪水等自然风景。

少年时代，学校的音乐教育对于我最大的恩惠，在于形式与技巧的启蒙，把音乐从混沌的世界印象中分离出来。知道有简谱，合唱有声部，人的音域有差别等，知道在胡琴笛子之外还有风琴和手风琴，知道中国有冼星海和聂耳这样伟大的作曲家。我参加了合唱队，一开始在高音部，后来觉得吃力，又向老师请求换到了中音部。我参加过小合唱，到县的广播站录过音。隐约记得还充当过一次领唱，是在学校的演出。一直上到大学，我都喜欢参加合唱，那种融化在集体中的感觉是克服孤独最艺术的方式。当年的儿童歌曲实在是没有什么意思，曲子一般，歌词内容贫乏，几乎没有一首可以记住。不少调皮的男孩子，自己填词改写，表达对于文化规范的反抗，很有一点后现代主义戏仿的艺术手法。比如把"小松树，快快长，快快长大盖楼房"，改成"……快快长大盖茅房"。中国的儿童歌曲本来就不发达，到了"文革"就更不用说了。个人的多少怨愤其实都算不了什么，只是对于孩子来说太残酷了。

母亲是喜欢音乐的，粗通二胡和笛子。略有余暇的时候，她就会自得其乐。从她那里，我知道了广东音乐的一些曲目，比如《步步高》等，知道了古曲《梅花三弄》。有了收音机以后，又听到了许多著名歌唱家的声音。母亲的同事中，不乏来自城市的，有的还受过专门的声乐训练。一位同学的母亲经常在家里引吭高歌，还有一位邻居的阿姨在学校的大合唱中领唱。她们唱的都是比较西化的歌曲，发音的方法明显和民歌不一样。那个时代是严酷的，但也有它浪漫的一面，各个单位的文体活动都很丰富。母亲学校里有一个军乐团，每到节庆的时候，就在游行的队伍前面吹吹打打地行进。国庆的夜晚，还要到天安门广场参加联欢。我曾经历过一个狂欢之夜，在礼花的间歇中，所有的人都纵情地歌舞说笑。即便是在乡下的时候，下放锻炼的大学生和知青中的文娱人才也很多，有的甚至能唱《赞歌》，那是著名歌唱家胡松华的经典曲目，如果用现在的话来说，大概也是声音的模仿秀。母亲学校的工会活动，经常是到北京看演出，这给我提供了在高级音响的环境中听音乐的机会。有一次是看战友文工团的演出，马玉涛等几位著名的歌唱家轮流出场，演唱的效果明显比收音机要好。还有一次盛典，困难时期过后，迎来了那一年的大丰收，许多艺术家来县里演出，就在母亲学校的大礼堂里。郭颂也来了，他唱了好几首东北民歌，其中有《乌苏里船歌》。当时他正值盛年，声音饱满、音色丰沛，歌声像河流一样回旋在整个礼堂中。音乐填充着童年狭小的心灵，使想象的天空变得宽阔。谈不上什么鉴赏力，但是特别地喜欢听民歌，尤其是少数民族的歌曲。

　　这种偏好持续了多半生，"文革"后期的许多革命歌曲都是在传统的民歌中填词，特别是江西民歌与陕北民歌大为盛行。不少电影的插曲也在地方民间音乐中寻找素材，各种植根于乡土文化的地方戏剧也很丰富。在一个思想禁锢的时代，这些音乐滋养了我干涸的心灵。歌词通常是记不住的，只有旋律从耳朵进去又从嘴里流出来。更不像话的时候，是连旋律也不记，只欣赏音色的特点，张越男的华丽与张印哲的洪亮通透，都是我记忆中宝贵的音乐财富。偶然听到了一张楼乾贵的唱片，全身通泰舒展，连续几天都是迷迷瞪瞪的，真有"三月不知肉味"的感觉。上了大学之后，我还经常唱那个时代的歌曲，便被朋友劝告以为太土，还专门找了一首托赛里的《小夜曲》，叫我学唱。至于随口编歌词的毛病，则一直被外子嘲笑至今。

　　我读书的大学在曾经的殖民城市长春，也是中国早期的现代化城市。同学中不少来自大城市，都有相当好的音乐修养，还有从歌舞团

听音乐　　245

转业的,文娱人才极多。一个系可以组成大型的乐队,上百人合唱《蓝色多瑙河》。每个系都有独唱的人才,都有组织合唱的指挥人才,至于弦乐四重奏、两个声部的小合唱和男声四重唱,只能算是小品。那个时候演唱的歌曲多数是外国的,最多的是俄罗斯的,学生会组织的音乐讲座也以外国音乐为主。同时流行音乐也在兴起,经常可以看见一些小伙子弹着吉他坐在阳台上低声吟唱,联欢会上还有同学弹电吉他,邓丽君的歌曲风靡校园,水房里歌手云集,浴池中都有人哼着曲子走舞步。那是艺术最时尚的年头,美学正热,上宋代文学课的老师拿着东山魁夷的绘画讲解,拎着录音机放演唱的古曲诗词,意在培养学生的艺术欣赏能力。在班级的联欢会上,有一个山西来的男同学嗓音宽厚,用山西方言唱《交城山》,迷倒了不少女同学。

  那个时代的音乐形象是丰富多彩的,带给我的冲击近似于目迷五色。我像一个饕餮之徒,不加选择地摄取。首先是一些传说中的名家名曲得以真正耳闻,比如《莫斯科郊外的晚上》,比如小提琴协奏曲《梁祝》和独奏曲《新疆之春》,大城市知青们经常挂在嘴上。比如贝多芬和莫扎特,所有对外国音乐有接触的人都要提到。比如爵士乐,我是在乡下野地的窝棚里,从一本不知道哪冒出来的《音乐词典》中看到这个名词,知道是美国的黑人音乐。那几年,听了不少著名音乐家的代表作品,最喜欢的是西亚风格的音乐。在所有的交响乐中,俄罗斯的里姆斯基·科萨科夫留给我的印象最深,孤零零的船随着波涛的起伏忽上忽下地颠簸。还有海菲斯的《流浪者之歌》,暮云低垂的草原上,一行人赶着马车逐渐消失在地平线。后来,看到张爱玲谈音乐的文章,说最受不了的就是小提琴,把人生可以依恋的东西都拉没了。海菲斯的演奏可以说是典型,人生原本也没有什么靠得住的东西。即便是在邓丽君的歌曲中,我最喜欢的也是一首怀念故乡小山村的歌。

  在陌生拥挤的大城市里,山野之人亲近自然的本性,只能借助音乐得以巩固。别人操着各种音乐的行话，头头是道地分析交响乐，听得我头昏脑涨。至于指挥的艺术就更不懂，后来在一个朋友家，用高级音响播放卡拉扬指挥的交响乐，听了以后才多少有些开窍，他的指挥风格极其严谨，和小泽征尔的风格确实不一样。张爱玲说交响乐是计划好了的阴谋，四下里埋伏好突然杀出来，浩浩荡荡地冲过，然后又什么都没有留下，可谓形象且深刻。交响乐的时间形式是封闭的，描述的空间因为过于饱满而拥塞。我才能够应对朋友善意的改造，坦然地承认自己对于民歌的推崇，以为国外的多数歌曲是国外的民歌，西洋发声法也是基于西洋民歌的发声法。

四

　　音乐的爆炸形成新的噪音，强制性地敲击着人的耳鼓，使空间更加拥挤，彻底倒了我的胃口。进入北大之后，第一个感觉便是宽敞和安静。学生的文娱水平自然不如从前的学校，但是各路名伶纷纷来免费献艺，有了选择的余地。女友中多有音乐爱好者和艺术鉴赏家，相约看演出是课余的常事。有一次，一个颇有名气的男高音来开独唱音乐会，我和好友去听，回来的路上，我问她感觉如何，她答曰像一头牛在吼。她从小吹箫，且性情平和，受不了高分贝的振动原在情理之中。从此以后，不再用这样的方法折磨她。只是在日本的时候，朋友请我们一起去听早稻田大学的男声大合唱，又一次经历了大震动。那是一个世界知名的合唱团，有着悠久的历史，不少学生因为参加他们的活动而连续留级也在所不惜。他们的节目分三组，有分声部的大合唱，有男扮女装演唱的诙谐曲，还有民间风格的抒情歌曲。这是我一生听到的最好的青年男声，在此之前，我只是在北京听过芬兰蝈蝈合唱团的无伴奏合唱，因为是用芬兰语演唱，歌词的意义是无从知晓的，只有美妙的声音留下难以忘怀的感受,于是明白歌词只是帮助发音的媒介,真正的艺术体现在声音中,但那是一群中年人。这次是她问我,你觉得怎么样?我尚未回答,她便说,他们的演唱真正体现着日本人的团队精神。我深以为然,觉得她把握了音乐的文化精神特质。

进入一个民族的精神世界,听音乐无疑是最好的方式。有一次,在加尔各答的大街上,一个衣衫褴褛的老人走过来说,你们是从中国来的吧?听到我们简单地回答之后,他立即热情地说,我为你们唱一支歌吧,是泰戈尔的诗:"在这个落叶的季节里,我为你们唱这支歌……"带给我们的感动无法形容。还有一次是在莫斯科,一个作家的大型聚会中,看一个乡村民间音乐团体的演出。所有的女演员都穿着碎花棉布的紧身大摆裙,随着节奏鲜明的音乐浑身抖动,脚下步伐细碎,快活地旋转呼叫。而且,他们使用的乐器中,有不少打击乐是农具和日常用品,连搓板都能敲打出明快的节奏。当时的感动是强烈的,俄罗斯正经历着空前的混乱,民生的状况很艰难,但是他们乐观而自信,这样的民族是不会被战胜的。这样的理解方式,对于欣赏音乐来说过于实用了。但是因为专业的关系,使我不得不经常从这个角度接近音乐。北京这个文化城市,也为我提供了各种机会。特别是成家之前,时间比较充裕,几乎所有的演出都要去看。从《编钟乐舞》到中国最早的现代流行音乐,从河北梆子到京剧,还有同学从家里带来的录音带。佐田雅志的歌曲就是这么听来的,他回肠九曲的歌喉唱尽了人生的悲凉。在人类文明的彼此融会中,我也因此接近了历史。也是在那位好友的家中,我问她日本的雅乐是什么,她立即打开音响,一种单调而尖锐的声音传出来,近似于中国的唢呐,但是比唢呐要柔和。曲调很简单,我听了一会儿就不听了。后来在京都博物馆,看见三个年轻人席地而坐演奏雅乐,一个吹笛子,另两个吹近似于笙的乐器。他们都穿着唐代宫廷里的官服,无翅的黑帽子和翠绿的袍子,曲子也是翠绿的。由此推断，雅乐也是从中国传过去的。回来讲给朋友听，她说那两个人吹的不是笙，而是筚篥。那么最早应该是从西域传到中国，再东渡日本的。

　　成家以后的日子，被琐碎的日常生活所绑缚，几乎没有到剧场听过音乐，最多是从电视里偶尔听一会儿。每每以"大音希声"来自嘲，其实连希声也做不到，附近的车站半夜卸货，巨大的响动持续了十几年；工地施工也是彻夜声光不断，再加上房屋装修此起彼伏的各种金属机械的噪音，耳朵几乎丧失了细致辨别声音的能力。只有邻近军营的号声带给人安稳的感觉，一日几次定时播放，使人从机械轰响的噪音荒原中获得秩序感。唯一可以娱乐身心的，是每日清晨的一阵鸟鸣，带给我遥远的回忆。外子是个音乐迷，听音乐的时候神情专注，要排除一切干扰。有一次听一个外国的歌剧演员唱《冰凉的小手》，因为我的打扰而愤怒，说这么经典而又精彩的艺术你居然不听。我无言以对，除了忙以外，我对于西洋歌剧确实外行，而且就是中国人的美声唱法，我也很难欣赏，总觉得有一点说不出来的不对劲儿。直到迪里拜尔的出现，才改变了这种偏见。自然美妙的声音淹没了技巧，整首歌浑然一体，加上音色的华美，听得我瞠目结舌说不出话来。

　　时间紧张的好处，是我必须有选择地接近音乐。家里置办了音响之后，使我可以足不出户就听到上乘的音乐。特别是光盘的普及，选择的余地就更大了。所有走红的音乐，我几乎都听过。八九十年代之交，有一种说法，京城的文化人业余就干三件事：读金庸、听罗大佑、看《读书》。最后一件事我已经持续了二十多年，金庸的书则从八十年代中就开始看，听罗大佑的歌曲确实是那个时候开始的。通俗歌曲能够创作到他的程度，实在让人佩服。他对于乡土和童年的怀念，对于现代人生存的尴尬的表达，以及音乐形式精美的简单，都激起我心灵深处的情感共鸣。他表达了失去家园的现代人，对越来越遥远的自然可望而不可即的向往。中国的音乐已经完成了自己艰难的蜕变，达到了很高的水准。崔健朴素的摇滚，唱出了当代人的迷惘；田震和大地纠缠在一起的歌喉，是对生存之本的巩固；李娜通往天国的声音，是灵魂寻找栖居地的渴望；至于三宝的音乐，更是自然之子回赠自然的浪漫想象，情感的形式是博大而又起伏舒展的……各种形式的音乐达到一定的水平，都可以诞生出优秀的作品。

　　尽管我听音乐的机会不多，条件也不能算好，但是我仍然是一个饕餮之徒。全家人坐在一起听古典音乐，是最愉快的时候。有了"随身听"以后，一个人躺在床上戴着耳机听音乐也是非常惬意的事情。各种美妙的声音，带领我走出嘈杂的尘世，回归自然的母体，也回归了音乐功能的起点。我是一个凡人，不用操孔夫子那份圣人的教化之心，音乐，音乐，就是声音的愉悦！

访古迹

寻访古迹就是寻访物化的生命,也是汇入宇宙生命之流的永生冲动。生命短暂,个体渺小,宇宙自然广大无边,古迹所承载着的众多生命犹如恒河的沙粒一样数不清,我是其中的一粒,在寻访中开辟出平凡人生的时间维度。

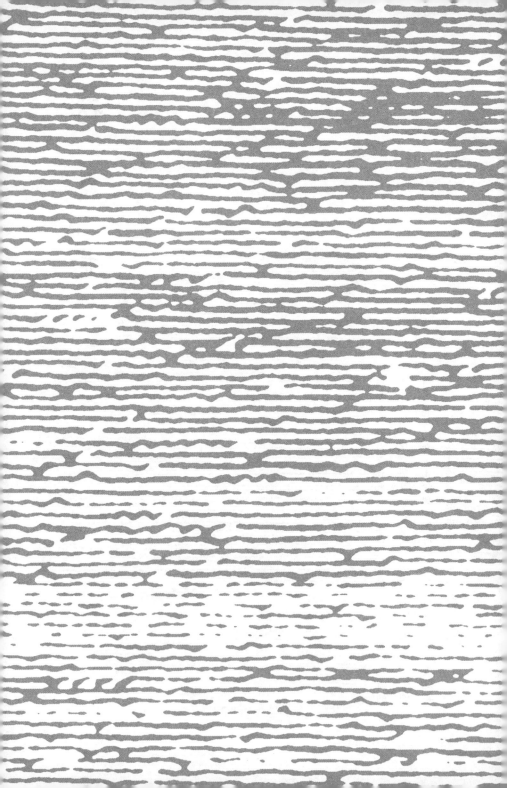

一

　　历史是时间的概念，但是要存在于空间的形式中。时间是可以无限延伸的，而浓缩着历史的空间则是有限的。它就在我们的周围，伴随着生命的循环，以各种不同的方式铸造着我们成长的意义空间。我们以不同的方式遭遇历史，有的人是创造者，有的人是看客，最不济也是时代的负荷者，而我只是一个好奇的探寻者。古迹最直接地承载着历史，它是时间在空间的遗留，是历史的化石，是启发我们想象的契机。

　　对于历史的兴趣最早始于环境的暗示，周围的建筑以及各种民间的传说，都把我的目光引向过往的时间。童年时代，我家居住的小镇，位于京广铁路的北面。母亲的学校里有不少铁皮的房屋，建在一米高的台基上，红色的屋檐伸出来，罩着宽敞的走廊，由绿色的方柱支撑着。只有一栋房子走进去以后，两侧都有房间，类似于筒子楼，但是顶棚比筒子楼高。还有一座二层的小楼，楼上也有回廊，漆成绿色。后面不远处是一座三间屋子，坐南朝北，一明两暗。此外，同一风格的建筑还有一座院落，圆月的门里是三面的排屋。第一种形状的房子多数是实验室，也有一部分是男生宿舍，动物实验室和植物实验室就设在其中的一栋，里面陈设着各种动植物的标本，许多水果泡在玻璃长筒瓶中。筒子楼式的楼房里有小卖部，小楼是总务处，小院是女生宿舍。这些房子使我觉得神秘，不仅式样和其他的房子不一样，而且

访古迹

锈迹斑斑，油漆剥落，有一种陈旧的凝重。这些房子是八国联军侵华时，意大利的兵营。小楼是司令部，三开间的房屋是司令官的官邸，小院是家属的住宅区，其他的房屋是士兵居住的地方。只是那栋筒子楼式的建筑不知是作何种用途，此刻，我推想可能是医院。是谁告诉了我这些掌故，我已经记不得了。

这是我与历史的最初相逢，也决定了此生从近到远追溯历史的方式。在我读书的小学南面，有一个废弃的小庙，仅剩一对驮着石碑的近似于乌龟的神兽，大家都叫它王八驮石碑，成年之后我才知道，这两个神兽的学名应该是传说中的赑屃，因为生命力强，也因为寿命长而具有吉祥长久的意义。在一片荒凉的景色中，青石的光泽与精致的雕刻显得很孤突，特别是在夏天的酷暑中，坐在上面，浸透肌肤的清凉，给人古怪的感觉，好像不是在这个世界上。南面不远的村庄，名字叫海子角。据说清朝的时候，从永定门向南四十里苦海，是皇帝围猎的地方。也是成年之后，我才知道"海子"是满语，海子角应该是围场边缘的意思。在母亲学校的对面，有一个村子叫饮马井，当地的人叫它易马井儿。在村庄的边缘，有一座小学校建在一座庙里，叫饮马井小学。它的名字来源于一口井，据说是皇帝打猎时饮马的地方。关于它还有一个传说，当年史可法进京赶考的时候，夜宿在这里，秉烛读书，困乏难当睡了过去，夜里做了一个梦，看见一条黄龙，醒来的时候，发现自己的身上盖了一件龙袍。当年，他就中了状元。从这个传说可以想见，清代的时候，这里是荒凉的，大约是京广铁路开通之后才有密集的人烟。而学校南面的那一对精制的神兽石碑，建造的年代大约也可以上溯到清代。因为在围场的边缘，很可能是皇家猎事中祭神或者礼佛的场所，形制的规整、材料与做工的考究也只有皇家才有这样的特权与财力。周围是遍布沼泽的平原，根本没有石头，大概是从房山一带运过来的。

因为离北京很近，清代的历史覆盖着我童年可以想象的时间边界。夏夜傍晚乘凉的大人，经常讲起慈禧的故事。母亲的同事中祖辈有黄带子，是皇族的近亲，而且是溥仪童年的陪读生。"六一"和"十一"的活动，通常是到北京参观，看故宫是不可缺少的内容。当时带给我的感觉是压抑的，在过于宏大的建筑群中，走来走去很是疲惫，那些褪色的珍宝也引起我不愉快的生理反应。每一次进城，几乎都要晕车。吸引我的是关于故宫的传说，记得有一次，老师放映幻灯，是关于鲁班的传说，其中有故宫角楼的图像，相传是在材料和时间都局促的情况下，由鲁班的神助建造起来。这使我在政治历史的缝隙中，第一次接近了文化史，纯粹民间的叙事开辟了拥塞的时间隧道。

二

这种被清史覆盖的感觉，延续到青年时代。"文革"中，家随母亲的学校搬迁到了易县的清西陵，那里也是清代皇家的陵寝。许多村庄被高大的围墙圈起来，而且都有一个皇气十足的名字。那些村庄的居民都是满族，以满人的发式区别于汉人。当年是随着皇太极从关外打到关里，因为是皇族的近亲，受到信任派来看守陵墓，也因此享受吃铁杆庄稼的恩惠。这里有自己的衙门，司法独立于地方行政机构。陵区的周围设有围栏，不许汉人进入。辛亥革命以后，他们的生计受到威胁，因为他们既不会务农，也不会经商，不知是以什么方式生存下来。1949年以后，地方农业部门主要的工作就是指导他们种地。好在开禁以后，荒地可以开垦，当年的人口也没有这么稠密。曾随了当地的同学到村子里去过，围墙有许多的缺口，里面的民居是破败的，但是可以看出当初规划时的严整，基本都是瓦房。而没有围墙的汉族农舍，通常是用青石板盖屋顶。有一个朋友在铁路上工作，她告诉我，修路工人在山里施工，碰到一些老人，问他们，现在是哪朝皇上坐龙廷呢？他们的政治记忆还停留在辛亥革命以前。问他们怎么生活，答曰种山坡地，养鸡生蛋，一年下一次山，换一点盐。

大量宏伟的皇家建筑，使以往耳闻的传说，似乎都具有了某种确凿的可信性。比如，雍正篡位的故事，以及头被仇家砍去，只得安一个金头。走在埋葬雍正的泰陵甬道上，阴暗的树影和凄凄的荒草，似乎走在通往过去朝代的秘密通道，神秘传说中的人物似乎随时可能擦身而过。二十多年以后，遇到一个在国家档案馆工作的校友，问起他此说的真伪。答曰肯定是假的，因为清代的遗诏是用满文书写，无法把"十四子"添加笔画改为"于四子"。当然，也有一些传闻是可证实的。比如，光绪陵的被盗，在开放以后，我不止一次地去过，看见棺材上被利器凿开的大洞。几大陵墓我都去过，有的时候是骑自行车走公路，有的时候则是徒步翻山路。而且通过朋友，在文物保管所看见了清代十个皇帝的照片，是以当年的画像为底本。他们的脸形相近，都是上宽下窄的长脸，细长的眼睛，鼻子的中梁鼓起。这引起我辨别汉化之后的人种的兴趣，以前只能分辨中外和西北的各大少数民族。县城西边的山坡上，立着一座宝塔，被称为荆轲塔。孤零零的城门，砖已经风化，但是还可以分辨出"易州"两个馆阁体的大字，也都是清代遗留下来的文物。

我读书的吉林大学在长春，那是伪满洲的"国都"。关于末代皇后与皇妃的掌故，是当地同学闲时的重要谈资。最后一个皇妃在长春图书馆工作，我去看报时遇见过。她听我说话带北京口音，便亲切地攀谈在北京的往事，谈到高兴的时候，突然不说话了，神色突变扭头而去。当时我不知道她就是溥仪的皇妃，可能她以为我知道。那是一座庙宇一样的建筑，有绿色的琉璃瓦，估计当年也是皇家的宗教设施。安顿下来以后，又随当地的同学去看伪皇宫。溥仪当年的皇宫有两处，一处是临时的,只有一栋不北不南的西式小楼,院落也小得像宫殿的角落,走进去有一种幽暗的感觉。遥想当年,溥仪生活在这样逼仄的地方,又受到日本特务的监视与胁迫,和囚禁也没有什么差别,精神肯定是压抑的。他的皇后婉容精神崩溃,史家多以为是由于婚外恋情生子,陷入日本人的圈套。幽闭在这样的环境里,即使没有以上各种原因,精神也是很难健康正常。另一处建筑是中体西用的式样,五六层的高楼,算得上宏伟,楼顶装饰着绿色的琉璃瓦,大厅有红色的大柱子,建在台基上,几层阶梯顺序铺下来,通往很大的广场。只是门前的两个狮子大煞风景,是用水泥堆起来的,形状也不同于关里的石狮子,尾巴翘得很高。后来在日本,看见不少狮子的雕刻,才突然明白,那两只狮子的形状是日本式的,连颜色都是仿照着日本的石头。这座皇宫,溥仪一天也没有住过,刚建好就光复了,他在准备逃亡时被苏联红军俘虏。和所有当年伪满洲国的建筑一样,1949年以后改作民用,长春地质学院设在里面。沿着皇宫的大道,政府几大部的建筑排列在两侧,风格都是西式的,或者是日本人改良过的西式。吉林大学的图书馆,就是当年伪满洲的总理府,建筑的表面贴着深褐色基调的变色瓷砖。从北京气魄宏大的各种皇家建筑,到长春狭小的伪皇宫,一个王朝由盛到衰的过程,首先体现在空间的形式上,时间的流程席卷着历史的碎片,冲破记忆的堤坝。近于自我巩固的新皇宫更像是一个荒诞的玩笑,断断续续的呓语完结在一个夸张的停顿中。

据说,清代的时候,长春名叫四间房,可见当年的蛮荒。中东铁路开通以后,因为是交通要道才逐渐繁华起来。伪满洲选择城址的时候,翻阅了地质资料,确定它的地下是一大板块,历史上没有地震的记录,才定为"都城"。长春是比照着柏林规划的,在一片荒原上建成一座现代化的城市。即便是在现在看来,街道也是宽阔的。而且正南正北,南北称街,东西为路,大的十字路口都有街心花园。1932年就开通了管道煤气，下水道系统一直使用到现在。这样的历史使它成为一个世界知名的城市，吸引着不少外国游客和汉学家。我认识的两个日本学者，一个文弱，和中国人没有什么差别，另一个魁梧，像姿三四郎。他们去看伪皇宫，门票是两种，中国人收十元，外国人收二十元。他们买的是十元的票，进门的时候，第一个人顺利地过去了；第二个人则被挡住，让他去补票，他那日本武士型的身材和气度，无法掩饰种族和文化的差异。

　　被清代历史覆盖的感觉，到了北京以后才稍微淡薄了一点。因为是七朝古都，历史文化的遗迹又极多，浓缩在时间中的空间相对开阔了不少。但是与清代相关的古迹仍然是随处可遇，甚至构成直接的生活环境。北大的校园内外不少建筑构件是"万园之园"的圆明园遗物，地名保留着清代的旧称。它的北面是圆明园的大片废墟，西面是颐和园。市区中则更多，许多的地名都来自皇家的建筑，就是一些寻常小胡同的名字，也都和清代的历史相关，如"禄米仓"是皇家向官员发放粮食的地方，"蓝旗营"是八旗之一的驻地。加上清宫戏的盛行不衰，民间谱牒学的兴起，对于八旗子弟的耻笑与对于辉煌往昔的强调，都以不同的方式强迫着我们接受清史。

三

　　反抗各种方式的清史覆盖，进入更久远的时间，是我从少年时代开始接近历史的无意识冲动。先是以读书的方式，知道了大概的历史纪年。《新华字典》的后面，有历代年表。弟弟借回来的古典小说，更使抽象的时间变得生动丰满。《东周列国志》是我看的第一本历史演义，成群的人物填充着历史年表中简单的汉字和数码，阔大的场景撑开了时间的体积。成年之后，我才能用一个名词来概括对历史的这种感觉，那就是时间的拓扑。父亲的藏书中，有一套五十年代的中学课本，其中有两本历史书，一本是《中国历史》，一本是《世界历史》。在乡下的两年多里，我在工余时间通读了这套课本，也包括两本历史。那是在一种半地下的状态中进行的，当时除了各种政治书报，所有的书都属于禁止之列。我之所以没有因此引出事端，一半是由于性别，政治上不太容易被注意，再则要感谢乡下人的厚道。如果在大城市里，大概就要招来麻烦。

除了书本以外，不停地搬迁，也会遭遇时间在空间的遗存，帮助我超越清朝的疆界。我下乡的农场，在石家庄的南面，坐长途汽车来回都要经过著名的赵州桥。又一次与鲁班的传说相遇，可惜因为找不到合适的同伴，每次上路负荷又太重，终没有去看过。即便是在清西陵的时候，历史的遗迹也很多。它的南面就是著名的紫荆关，宋代是和燕门关齐名的三大重要关隘之一，是山西进河北的要塞。县城的南面，有燕下都的遗址，燕太子丹送荆轲刺秦王，就是在这附近。"风萧萧兮易水寒"中的易水，至今还从城南流淌而过。当地同学经常讲起的传说，也以民间的方式超越着清史，比如关于各种鬼的信仰。在北京，这种不期然而遇的情况就更多。七八十年代的时候，到东北读书，路过北京去看一位阿姨，她领我看利玛窦的墓地，那是一片肃穆的西式墓地，就在她工作的学校里，四周围着铁栏杆。八十年代中期，我曾经在东单洋溢胡同住过将近两年的时间。走出大院的门口向东走，接近胡同口的地方就是于谦祠。我曾经冒昧地走进去看，那里已经是一个大杂院。一个小伙子走出来，不乏幽默地问，你买门票了吗？大约来参观的人不少，打扰得居民不得安宁。一个搞考古的老北京朋友来访，说这条胡同早先叫羊尾巴胡同，是元大都的瓮城。我在沙滩上班的时候，为了躲避大街的混乱与嘈杂，总是穿过胡同。经常会有意外发现，比如文天祥祠就是在一条陌生的胡同中遇到的。因为离家近，经常到首都图书馆借书查阅资料,那里是原来国子监的旧址,还可以看出古代官学辟雍的形制。这条绿荫覆盖的成贤街,是我多年上班必走的道路,在躲避车马的同时,也可以感受到历史文化的气息。

久而久之,习惯成自然。无意的相逢,转变成有意的寻访。山居的时候,偶然进一次城,会尽可能地看一看古迹。有一年到保定看朋友,她的单位就在保定师专院里。回廊俭朴,灰色的平房已经显得陈旧,但是比起当年新建的红砖房来,还是显得结实安稳。这里就是当年著名的红二师,是保定学生运动的策源地,诞生过不少卓越的革命家。另一个朋友带我去看保定老街,那是在豪华大路背后的一条古旧街道,街面狭窄坎坷,两面危楼林立,但是从楼房的形制还可以想象出往昔的繁华。她指着那些建筑对我说,电影《野火春风斗古城》就是在这里拍的。她还带我去逛了莲池公园,说这里古代是一个书院。几座石碑立在假山前面,回廊的墙上镶嵌着名人的书法石刻。后来的阅读生涯中,又发现清代著名的史学家章学诚曾经在这里讲学。又经过了许多年,父母的家搬到了保定,每次回去的时候,路过保持完好的城墙,都会感到与这个城市特殊的缘分。

那时候,我每年至少有一次到北京出差。公园开放得很少,能够看的也就是鲁迅故居。有一次在菜市口,看见一条胡同牌子写着"南半截胡同",立即联想到鲁迅初到北京时的居所。便问熟人,这里以前是不是有一个绍兴会馆,答曰胡同口的大院儿早先是一个会馆,是哪个省的就说不好了。我兴冲冲地走进去,终于在一个偏僻的角落,发现了一排旧式的房子,和《鲁迅全集》中补树书屋的照片基本相同。而且仍然很幽静,一棵大槐树上垂下细丝,缀着不少"吊死鬼",那是一种寄生在槐树上的小青肉虫。可以想见鲁迅当年心情苦闷,以抄碑帖打发孤独岁月的情景。几个同声相应的友人撺掇他写小说,《狂人日记》《阿Q正传》《野草》,大约都是在这里写成的。经人介绍,一位老先生给了我一张鲁迅博物馆的门票,又参观了位于阜成门附近的鲁迅故居。兄弟失和以后,鲁迅向朋友借了钱,自己设计督造了这处小院。房子不少,但是开间不大,给人以阴暗拥挤的感觉。他的许多杂文写于这里,内在的紧张与激愤,在国难家仇之外,与居室的狭窄怕也有些关系。至于荣宝斋等文化名胜,几乎每次进北京都要逛一逛,定居以后,杂事缠身,反倒去的时候少了。几年前,和家人去了一趟,所有的建筑修饰一新,那种古旧带来的沧桑感已经没有了。于是自我安慰,不去也罢。历史也以这样的方式消逝,对于生于斯长于斯的人来说,是很残酷的,有一个作家比之为强行剥夺记忆。

赖在北京的理由之一,也是这种访古迹的癖好。在北大读书的时候,亲友来访,最通常的招待方式是就近游览,北大校园本身既是风景区,也是文化名胜。未名湖边的钟亭,小岛上的石舫,都是常去的地方。一个燕京大学出身的老师,来北大办事连带着怀旧,站在湖边指着通往小岛的石桥说,当年燕京大学以湖为界,北面是男生宿舍,南面是女生宿舍。男女同学约会,送客只能到桥边,故男生戏称这座小石桥是断肠桥。到清华看电影的时候,和同学一起去看水木清华的石碑,也是当年的一大雅事。学生会组织的活动也经常是到郊外野餐,附近的圆明园是最常去的地方,西郊的名胜几乎走遍,樱桃沟、鹫峰的玫瑰谷,还有通往香山沿路的卧佛寺、碧云寺。满足好奇的同时,也同样会有意外发现。在植物园中,遇见了刚刚发现的"曹寅故居"。在圆明园的遗址中,居然发现了"三·一八"惨案的烈士纪念碑,还放着一个纸做的花圈,褪了色的纸花使人联想起鲁迅关于青年血色的诗情。

四

毕业以后的岁月,由于工作的关系,相遇古迹的机会多了许多。

而且经常是由懂行的朋友陪伴，开着车跑，比独自寻访方便了许多。各种学术会议通常也有参观古迹的节目，暗自下定决心，跑遍中国的所有省份，遍访古迹。生了孩子以后才知道，这个愿望是多么的奢侈。繁忙的工作和大量的家务，连看电视的时间都很少，何况是外出旅游。孩子小的时候，还可以抱着他东跑西颠，他一上学，只能参加北京的活动，出远门则定在寒暑假。等他上了中学，就连北京的会议也只能参加半天，因为中午要做饭。有一个长辈学者半开玩笑地说，来得晚还走得早，这通常是很重要的人物才会这样。我只能报以苦笑，在工作和家务的夹缝中，学术活动自然被挤压得支离破碎。

北京毕竟是北京，节假日的时候，带领孩子出去玩儿，选择一些有历史文化含量的地方，兼顾对于古迹的爱好，是自我调剂的方式。除了各大公园以外，观象台是必须要看的。外地的亲友来，陪着他们游览也是经常的任务。故宫、颐和园和长城是必去之处，各种临时性的展览也随时而定。为了节省时间与精力，便要运筹参观的内容。外地人来看重要的项目，和家人则看零散的项目。故宫去了近十次，颐和园也去过多次。近些年来，传媒的发达，电视节目的文化含量越来越高，坐在家里看专题节目，也是一种补偿。《考古中国》《北京探索》，都是必看的节目，在有限的生命中获取尽可能多的历史文化知识。

尽管如此，我还是跑了不少地方，留下了很多珍贵的记忆。有一年抱着孩子去东北，路过长春，把他放在婆婆家，一路风尘到牡丹江，参加一个文学史的会议。见识了地下森林和静泊湖的大瀑布，东京城已经看不到什么遗迹，而唐代渤海国都城废弃的旧址却依然保存完好。东道主的先生们内行地指点着各种当年城市的设施，一片荒地因此而具有了文化的生命。从开阔的基础可以想象到旧日的繁华，以渤海国所处的地理位置，想必当年也是五方杂处的大都市。在唐代，东北肯定不像人们习惯想象的那么荒凉。被时间湮没的历史，让人感到文明的脆弱。古罗马的庞贝城是毁灭于火山爆发的自然灾难，而这里则是完全由于政治历史的变迁。它甚至没有进入中国历史纪年的序列，如果望文生义，还会以为是渤海沿岸的某个地方。

应该感谢我所在的单位，每年几乎都有几次外出的机会，而且都是学术活动，每次活动都有东道主的热情接待，可以参观不少文化古迹。对于历史增加了不少感性的认识，获得了书本以外的大量文化知识。特别是西北之行，可以彻底地穿越清史，在汉唐文化的氛围中，感受到一种博大的人文精神。有一年去山西，在著名的晋祠，看到了唐太宗李世民的行书碑文，自楷书创立之后，所有的碑文都是用正楷字体，可见这个皇帝在文化上也是富于独创的。在晋祠还看了水母庙，是一个民间传说的人物，因为善良和勤劳而受到仙人的帮助，因此获得神性，并最终解救村民于水祸。她坐在水缸盖儿上，穿着最普通的大襟衣服，头发梳了一半，自然地垂在胸前，一把木梳别在头上。她面容祥和略带焦虑，造型和神态都很逼真。这是那一次山西之行的重要收获，见识到山西民间的文化艺术大量的留存。路经一个寺庙，在一个很小的偏厦中，看见一个普通民女的塑像，因为她尽心服侍好了一个邻人，而受到乡民的崇拜，至今香火不断。就是通常的宗教雕塑，也多有民间的风格。也是在那所寺庙中，还看到了一尊自在观音，她的一条腿垂下来，一条腿内折着平放，和以往看见过的站立造像大不一样，姿态松弛幽雅，像一个乡村的俏媳妇。一直到乔家大院，尽管也是建在清代，但是民间的特点使它具有了特殊的文化品格，封建时代的家族制度转换在晋商文化中，直接体现在院落的规划上。男人们都出去经商了，一年大概也回来不了几次。封闭的大院中隔离着的小院，不知当年生活在里面的女人们，如何度过漫长寂寞的岁月。张艺谋的电影《大红灯笼高高挂》选择这里作为场景，实在是太合适了。

任何文化的传承都需要一定的制度保障，但是在任何制度中都有被牺牲的无辜者，女人是最通常的祭品。这是一个悖论，无法解决，注定了悲剧的不断上演。那一年到西安，走在宽阔结实的城墙上，第一次看见了瓮城，立即明白了它的防御作用。在碑林，看见了历代名人的书法石刻，精神顿时为之清朗。两个年轻的工匠，正在拓一座碑刻上的字，这是我第一次看见制造拓片的工艺，站在旁边看了好长时间。在茂陵附近，各种看似随意的石雕，体现着简约自由的宏大精神，和我从童年到少年所见的清代雕塑大不一样。据说，李唐王族是鲜卑人和汉人的混血，或许是没有被中原文化驯化的野性，使他们保持了精神的大气，创造出恢宏的文化。也许克服文化悖论的最好方法，就是从民族到文化的交融。

十几年前，第一次去河南，在禹县参观了钧窑的窑址，在半山腰灰土蒙蒙的窑边略显简陋的展室中，浏览各种珍贵的瓷器，立刻感受到窑变的神奇。以前也去过瓷器的产地，装饰豪华的展览馆美则美矣，但是没有现场的真切感觉。后来又参观了其他著名古瓷的发源地，可惜连窑址都找不到，多数已经是改用电炉烧，无从想象当年的盛况。宋代是中国文化发展到登峰造极而开始衰落的时期，政治黑暗、民族精神萎靡，而钧瓷是宋代的五大名窑之一，可见恢宏的文化精神还保存在民间的艺术形式中，正是由于民间社会的存在，在一次一次的毁灭之后，民族的精神还保持了顽强的再生能力。有一年曾两次去河南，更是所得多多。在安阳参观了殷墟博物馆，看见出土的宫殿里的下水道材料，是烧成的硬陶的管子，接近于水缸的质料，而形制则和当下用的下水道差不多，以三通连接拐角，可见当年的营造水平是不低的。又看见了传说中的女将军妇好的墓葬，她是商朝君主武丁的宠妃，自己拥有三千精兵良将，能够统帅军队征战，说明殷商时期妇女的地位还是比较高的。在南阳的汉画馆，少年时代在历史教科书中看见过的图片，得以原物呈现，高兴得如他乡遇故知。参观诸葛草庐也是一大乐事，二十多年前，和友人在湖北襄阳游览过诸葛草庐，在一片幽暗的松树林中，重檐广厦近于庙宇，与其说是草庐，不如说是祠堂更贴切。而南阳的草庐也显得太大，与一个躬耕者的身份不尽相当，但是确实有草顶的房屋，有放农具的棚子，有夜观天象的高塔，所用木材也多是弯弯曲曲的带皮木料。关于诸葛亮的故居所在地，两个地方的人争执不下，别的不说，仅就屋宇的设置与营造的方式，南阳似乎更接近一些。即使是仿古，也仿得像那么一回事。而且，殷代的宫殿都是整齐的草顶，所谓草庐的原意大概不是后人想象的茅屋概念，由于气候和物产，决定了建筑的材料与形式。诸葛亮的丈人家是当地的大户，兄弟又都出仕入史，草庐不是经济条件的象征，更多是文化意义的体现。因为没有贵族的血统，故以草庐区别于汉代宫廷瓦覆顶的宫殿，是平民血统的转喻。相比之下，彼得大帝的小木屋，则基本保持了当年俄罗斯民间建筑的特点。三次在中原大地漫游，去了少林寺、汉墓道、万宝沟等不少地方，看见的各种文物让人咂舌不已，整个河南简直就是一个自然文物博物馆。而且累积着久远的历史时间，几乎和中国有文字开始的历史一样漫长。

　　前几年到绍兴，参观禹王陵，大殿里的高大塑像和古书中秦始皇的画像几乎没有什么差别。和鲁迅《理水》中赤足麻履、褐衣粗服、皮糙肉厚、胡子拉碴的形象大不一样，估计是后人根据封建时代帝王的服装与赫赫威仪塑造的。鲁迅作《故事新编》，在古代的神话空间中完成自我精神的确立，另一重意思大概也是要冲破封建话语系统的覆盖，还历史人物以本真的文化形象，在外来暴力的血腥杀戮中，确立民族的伟大精神。这也是三十年代释古学派的基本学术理路。那一次的游览，最大的收获是发现旁边的一个村庄，所有的人都姓夏，祖祖辈辈看守禹陵，由此推断所有姓夏的人，大概都是禹的后代，至少是夏代的遗民后裔。

再向前追溯就是各种原始文化的发掘地，虽然在历史博物馆和各种图片与文字中，经常看见相关的资料，但是始终没有机会实地踏查一番。仰韶文化、河姆渡文化，都没有去看过，就连北京猿人的洞穴也没有涉足。那一年到沈阳，朋友领着到新乐文化发掘地的博物馆，第一次看到了原始人群居的半地下遗址，其规模也是相当可观的。一个朋友在辽宁工作多年，曾经从辽河源头开始考察，对于辽宁的历史文化熟稔于心，找好了车要带我们去看红山文化的遗址，儿子突然发烧得重症，只好打道跑回北京。我得以在有限的空间中，上溯到的最早历史时间到此为止。十几年过去了，再也没有机会去，于是明白，人与古迹相逢也要靠缘分。

五

在反抗被清代历史覆盖的同时，我也反抗着政治史的覆盖。对于边缘文化的寻找，也是寻访古迹的主要兴趣。边缘文化的存在，使历史的空间变得更加富于色彩。中原以外的民族文化、少数民族的文化与女性的历史痕迹，使时间的形式更加多样。它们像历史豪华殿堂的后院，保留了历史话语洪流之下的沙砾，往昔的灿烂沉淀在各种风物中。

第一次到少数民族地区，是二十多年前两度湘行。在湘西，奇崛的山势、碧绿的河水，都像地球皮肤上的皱褶，散发着宁静的幽香。用巨石垒成的城堡印证着沧桑历史，吊脚楼怯生生地拥挤着靠在河岸的崖石下，小木船在各种机动铁船的空隙中徐行，背着背篓穿着民族服装的苗族和土家族老人，走在自然和历史交叉的甬路上。雾气时浓时淡，松松紧紧地包裹着山川景物，时间与空间都陷入一片混沌。苗族的鼓舞、狰狞的傩具、精美的石雕、休战的铜柱、各种银器的头饰、毛谷斯舞的图片，还有出土的各种上古时代的器物，都昭示着一个神奇的世界。回到长沙，看见了马王堆出土的帛画与器物，实现了多年的夙愿。灵魂的世界在那个时代的人们心目中是瑰丽的，由于这样的神秘信仰，他们的想象力也就格外的奇诡。那一年去三峡，延续起了十几年以前对于荆楚文化的寻访。船沿长江一路上行，过中国文学史上大名鼎鼎的巫山——云雨之说的源头，导游小姐介绍各种相关的传说。看着形态独异的高耸山势，遥想巫山女神的传说，她的另一种解释就是《楚辞》中的山鬼。神与鬼原本有阴阳之分，而在这里则混为一体，所有的骚人墨客都以女神敬仰之，无意中便沟通了天、地、人的界限。山鬼的说法更为民间化，名称何来则无法想见。北方民间女性的鬼，都是屈死的人；屈原笔下的山鬼，更像是一个怨妇。而与《诗经》中纯粹的怨妇又不大一样，和美人香草的语用颇多接近，更像是一种自喻。行程中的一站是白帝城，是传说中刘备临终托孤的地方。所谓的城只是崖石上一座孤零零的小庙，里面陈列着当事人的蜡像。当年诸葛亮七擒孟获，也是中原文明对巴蜀文化的一种恩威并用的征服。

  进川以后，又听说昭君故里也在附近，因为时间仓促，没有安排参观的项目。五六年前，带儿子去内蒙古，朋友带着我们去看昭君墓，传说中的青冢在呼和浩特的郊外，一个巨大的正方锥形土堆青草纷披。旁边的屋子里，模仿着当年蒙古包中的摆设，陈列着各种器物。王昭君是中国历史上四大美人之一，关于她的野史很多，民间的传说也很多。多是感叹她远嫁的不幸，连带着骂一骂帝王的忠奸不辨，加上怀才不遇的牢骚。一个川妹子（昭君是湖北秭归人，秭归紧靠四川，故算作是准川妹子）由选美而进入宫廷，又因为外交的需要而远嫁异域，完全没有自主的权利。无论后人如何想象评说，又有谁能知道她自己的感受呢？据说那个青冢是后人附会出来的，连王昭君是否走到过那里都很难说。可见民间的叙事具有多么强大的生命力，它的伦理诗学超越了历史理性，更近于纯粹对美的崇拜，正如沈从文所言，美丽总是哀愁的。也是那一年去内蒙古，驱车去召和草原。路过大青山，停车信步走上小山坡，林木稀疏，野花星星点点，散布在裸露着岩石的草地上。朋友指点着说，这就是古代的阴山。这让我大吃一惊，北朝民歌《敕勒川》中的阴山，植被竟稀疏得这样瘦瘠，而且人烟也很稀少。哪里看得见"天苍苍，野茫茫，风吹草低见牛羊"的繁荣景象。一直到召和草原，都看不见可以称得上茂密的牧草。盛夏的时节，更近似初春时的景色，"草色遥看近却无"。不知道是出于气候的原因，还是由于过度地放牧，民歌中的阴山已经面目全非。只有"天似穹隆，笼罩四野"这一点，在经历了千百年的沧桑变化之后，仍然一如既往。在一个蒙古包里吃午饭的时候，一对蒙古族姐妹花引吭高歌，声音清纯辽远，仍然可以感受到马背上的民族气象回远、雄浑无边的精神情感世界。文化的沿革、自然地理地貌的变迁，使这个世界更具有了形而上的意义，贯通于宇宙时空的无限。伴随着深深感动的是衷心的祝愿，其中的一个女孩子已经考上了内蒙古艺术学院，但愿她在艺术的探索过程中，永远保持这个世界的精神，记录那消逝了的文明。

更幸运的一次，是四年前进藏的机会。一路都有行家导游，同伴中又有西藏通。山川风物、人文地理、民俗风情，使每一天都处于极度的兴奋中。最吸引我的是关于文成公主的各种传说，从西宁开始，一路上都不期然而遇。彩色的酥油花、小昭寺的地址，甚至一些工艺技术，都相传是她带进藏的。她像一个半人半巫的神，灵魂依然飘荡在这块神秘的土地上。布达拉宫中有一个殿，装修成洞穴的样子，而小昭寺的营造法式则很接近中原的风格。可见在她进藏之前，吐蕃人的文化还是没有完全脱离原始的状态。一个深宫中的女子，不可能精通各种技艺，显然是随她进藏的工匠带来的技术，如是说来，她更是一个文化传播的使者。这使我想起几年以前在常熟,跟了朋友去看柳如是的墓,半人高的荒草匍匐在地上。雕刻精致的墓碑有一人来高,孤零零地立在钱家的墓园之外。这个深明大义的风尘女子,受到族人的迫害,悲愤自舍的结局,不知应做何解释才好。在民族危亡的时刻,她走进政治史的末路,最后死于同胞的迫害。陈寅恪先生"著书唯剩颂红妆",著《柳如是别传》,其中的郁闷也是别有寄托。另一个联想是秋瑾,她既是辛亥革命的参加者,也是现代文化的传播者,从办女报到办女学,一直到殉难,生命完结在政治的诡谲风云中。那一年到绍兴,和三两友人趁空寻访她的踪迹。先到了故居,那是一栋江南典型的民居,从大门到影壁、客厅居室,以及后院的厨房,一应俱全。她的童年大约是在这里度过的,读书写字、做女红,兼习炊事,完全是在一个封闭的空间中。成年以后脱离夫家,赴扶桑求学,从事革命活动以后,回到绍兴办学,筹划武装起义,也是住在这里。这个奇女子,承受着个人生活的危机与民族存亡的危机,将女性的命运与国家的命运高度自觉地融会在一起,追求三重意义的解放,使她坦然走向死亡。她其实是可以逃走的,住宅的后面就是可以行船的水道。但是,她依然选择了从容赴死。在古轩亭口,熙熙攘攘的人流行色匆匆。古旧的牌楼在高大的楼房夹持之下,显得有些矮小而孤陋。有谁还会记得她当年的种种奋斗?鲁迅说,她是被众人的巴掌拍死的,无限的惋惜也唯有只言片语。对于生命价值的彻悟,对于精神完美的渴求,都是她决断生死的根缘。

历史是生命的涡流,洪水过后的遗存是众多生命的踪迹。古迹是生命的断层,它使冷冰冰的历史获得血肉。寻访古迹就是寻访物化的生命,也是汇入宇宙生命之流的永生冲动。生命短暂,个体渺小,宇宙自然广大无边,古迹所承载着的众多生命犹如恒河的沙砾一样数不清,我是其中的一粒,在寻访中开辟出平凡人生的时间维度。

遭梦魇

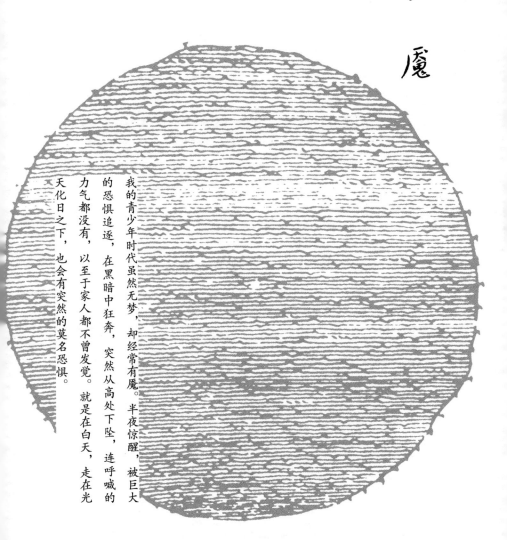

我的青少年时代虽然无梦,却经常有魇。半夜惊醒,被巨大的恐惧追逐,在黑暗中狂奔,突然从高处下坠,连呼喊的力气都没有,以至于家人都不曾发觉。就是在白天,走在光天化日之下,也会有突然的莫名恐惧。

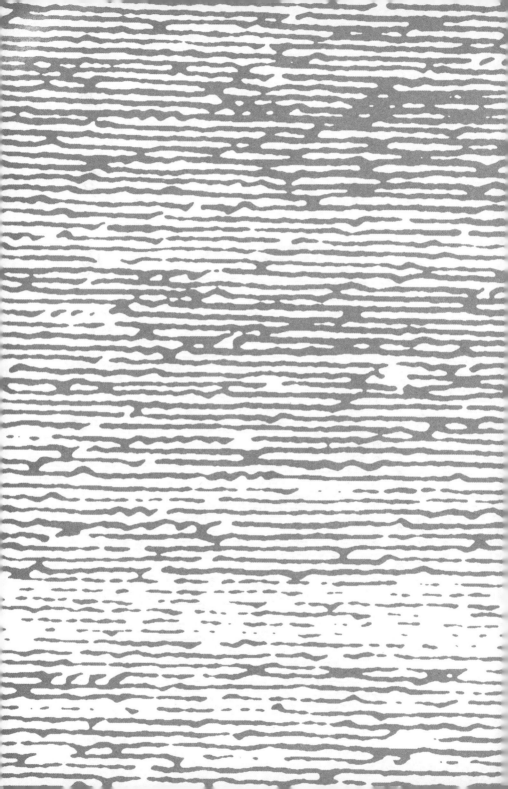

一

　　古语云："至人无梦。"据说是道家的观点。

　　我不是至人，但也很少做梦。蒙昧初开的童年，我每日里被外部世界的现象刺激着，充满了兴奋与好奇。加上活泼好动，每天都玩得筋疲力尽。就是课间的十分钟，也要在运动中度过。跳皮筋、跳房子，和同学撅在一起倒立在墙山上，还有冬天在太阳照射下的墙角挤旮旯儿，都是当年的游戏。我的小脑不发达，几乎没有一天不摔跟头，好在韧带的组织和血液的再生能力都很好，从来没有崴过脚，划破的皮肤不用抹药就自然愈合了。折腾一天，脑袋一靠枕头，五分钟之内，立即入睡。一觉醒来，已经是天光大亮。二十六岁之前，我没有体会过失眠的滋味。即便是住集体宿舍的时候，别人吵翻了天，我也仍然能够呼呼酣睡。

　　我不做梦的另一个原因，大约是因为懵懂。对于周围的事情经常浑然不觉，别人跟我说的时候，我只是当故事听，无法分辨真假是非。因为开智很晚，不晓世情，对于话语的圈套向来缺乏警觉。尽管屡屡上当，仍然不会接受教训，可谓本性难移。加上母亲在家里一贯营造单纯的童话氛围，使大脑皮层储存的信息非常有限。简单的人大约是容易遗忘的，自然也不会有梦的映像。或者说，主体性不强，对于人生没有太高的理想，凡事都处于无可无不可的状态，压抑机制自然也就不起作用。还有一个原因，大约是人自保的本能，对于丑恶与残暴的回避，面对复杂的现实，我始终报以简单的态度。这很像鲁迅所谓的傻子，比起聪明人来自然就少梦。别人吹牛撒谎，我觉得与我无甚关系，也就姑妄听之，你伟大你的，我渺小我的。别人百般造势利诱，因为不明白他或她的动机，自然也就无动于衷。懒惰也是一个原因，诗人以为不可言说的事情便不说，我则是说不清的事情也不说。当然，别人偷牛我拔橛子的事情也没少干，因为那个年代是非多如牛毛，物质的空间与精神的空间都很狭小，罗圈架转着圈儿地打，自然也就容易释怀了。伦理学家说，人的本能是避苦趋乐，懒惰的本性决定着我来往的多是单纯的人，可以活得简单、轻松一点。顺乎性情地活着，自然也就无梦可做。此外，梦是需要材料的，一个经历贫乏的人自然做不出需要内容的梦。这就像以虚构为本质的小说，是把现实的材料重新组织的结果，没有材料也就结构不出故事。"一无所有"的人，是不会做梦的。此外，"狠斗私字一闪念"的时代气氛，大约也是无梦可做的原因。

成年之后，翻看研究中国梦书的著作，便惊异于古人何来如此多梦？《周礼》有"六梦"之分，《梦列》有"十梦"之分。《周公解梦书》分章编次，子目有"天事章第一""地理章第二""杂事章第三"，至"言语章第十七"止。"梦见草木繁盛者，宅旺；梦见花发者，身大贵；梦见木林茂盛，富贵；梦见树木死亡，大丧；梦见树木忽然枯死，主母病，凶。"这些大约都是可以归于"草木章"的梦。不仅中国，北美的奥基伯威人对于坏梦、脏梦、噩梦、好梦和幸福的梦，都有专门的词语，可见分类之细。

"至人无梦"，傻人也无梦。

二

梦是什么？

民间的说法是，日有所思，夜有所梦。这和弗洛伊德将梦作为有价值的心理活动，是被压抑到潜意识中的欲望在睡眠中的映像的理论颇为相似。而中国古代关于梦的理论则要复杂得多，《楚辞·招魂》中，就有古代梦神的传说，上帝手下有"掌梦"之神，一个叫作引魂，一个叫作通梦。"梦者象也，精气动也；魂魄离身，神来往也；阴阳感成，吉凶验也。"这就是所谓梦是"魂行"的观念，也就是灵魂离身外游，是由于神灵或鬼神的通引，体现着鬼神的意志，所以可以预示吉凶。这和弗氏开创的现代释梦理论，有着本质的不同，更具天人感应的特点。只有第一句"梦者象也"具有普遍的意义，一般来说梦是有映像的。但更多的时候，梦是没有映像的，比如突然的惊恐，说梦话，别人听得明明白白，而当事人则全无知觉。在汉语中有一个专门的字"魇"，即是指这样的梦境。我的青少年时代虽然无梦，却经常有魇。半夜惊醒，被巨大的恐惧追逐，在黑暗中狂奔，突然从高处下坠，连呼喊的力气都没有，以至于家人都不曾发觉。即便是在白天，走在光天化日之下，也会有突然的莫名恐惧。成年之后，现代释梦理论大为盛行，我早年的"魇"却无人能够破解。那是"大革命"的时代，频繁的运动与无时不在的话语暴力，以及从早到晚的高音喇叭，还有抄家、武斗、敌意的目光、偷听、诱供、窥伺、围攻、诬陷和大大小小的阴谋，遍布成长的所有角落。由于傻，稀里糊涂地活了下来。我的童年没有梦只有魇，白天和夜晚共同的魇。好在这魇大约也不是我一个人的，大家都处于高度的紧张中，自然也没有说梦的兴致。

至于睡眠的高质量，童年是由于劳累，青年时代是出于对现实的逃避。许多年以前，在香港的一个夜晚，一群朋友做心理测试的游戏，有一项是如果一个人到荒岛上，你将怎么办？我的回答是"睡觉"。测试者以为，我对待生命的态度最潇洒。当时，我已经结婚生子，被繁杂的家务与人事纠纷折磨得筋疲力尽,充足的睡眠已属奢侈。精神也变得脆弱,心理的承受力大为减弱。那是八十年代的中期,身体的苦役和精神的折磨轮番交替。别人是"噩梦醒来是早晨",我则早晨醒来仍然是噩梦。我的梦仍然没有映像,属于魇的范畴。根据弗洛伊德对于睡眠的心理分析:"我不愿意和外界有所交涉,也不愿意对外界发生兴趣。我去睡眠以脱离外界而躲避那些外界的刺激。我若对外界厌倦,也可以去睡眠。"可见睡眠不仅是身体的需要,也是心理的需要,而且是弱者的心理需要。每当被人恶意恭维为"女强人"的时候,我便暗自苦笑,所有的挣扎只是出于求生的本能。对于情感的敲诈与精神的绞杀,都有源自本能的逃避。我没有时间出行,也没有荒岛可去,只能逃进睡眠。精神只有在梦乡中才能获得充分的自由,灵魂可以在无人之境驰骋。而且,在那个时代,睡眠是何等地难得!城市的各种噪音,延续到深夜。天不亮就有人来砸门,半夜还有聊天的。至于找到家里发难,当街就开始吵闹,堵着门口骂街,大都是以前的"哥们儿"或"朋友"。曾听一位著名的作家抱怨,每天只能睡四个小时的觉。他后来去了美国,大约也有到荒岛充足睡眠的动机。

原始初民由于对灵魂的信仰,由梦建立起的文化习俗是有趣的,比科学理性的解释要丰富得多。圭亚那的印第安人认为梦中出现映像,是那个人暂时离开肉体的灵魂。因此,出现在梦里的那个人,要对自己在别人梦中的行为负责。古代匈奴人的习俗,在梦中承诺的事醒来以后不得背信。这样的观念流传到后世,在诗文中当然是美好的。"庄周梦蝶与蝶梦庄周",具有世界观与人生观的意义。屈原"昔余梦登天兮,魂中道而无杭",司马相如"忽寝寐而梦想兮,魄若君之在旁",白居易《长恨歌》中"闻道汉家天子使,九华帐里梦魂惊",都是精妙的想象。但是,出现在政治的领域中,就残酷得可怕了。中外历史上,这样的记载为数不少。晋人慕容儁夜梦石季龙"啮其臂",

就命令掘坟鞭尸，把尸体扔进漳水。宋明帝刘彧仅仅因为梦见太守刘愭造反，便以此定罪把他处死。曾经有一个罗马教皇命令杀死一名百姓，因为他梦见这名百姓要谋杀他。这样荒唐的政治构陷，只有出自能够做梦的人类。依照梦是睡眠中的神经活动的一般原理，动物也应该能做梦，但是它们缺乏对于灵魂的信仰，也没有解梦的能力，不会将莫须有的罪名蒙上鬼神的面纱。看到这些血迹斑斑的文字，不由毛骨悚然，便暗自庆幸降生在科学昌明的现代。如果赶上梦魂观念盛行的古代，即使能够逃进自己的睡眠，也难逃脱别人的梦魇。何况据以治罪的梦，是不需要证据的。如果大家都没有梦，也就没有了以梦的名义的杀戮。

史书上还有梦鬼的记载，专门吞噬人的梦，名曰"食梦兽"。没有人知道它的样子，确实是鬼。"好食人梦，而口不闲，常伺人凌晨说梦，善恶依之。故君子慎说梦也。"这样的"食梦兽"大约能够附体，从来没有绝迹过，而且无术可防，"唯有慎说梦"。连我这样既不是君子又没有梦的人，也难于避免"善恶依之"的遭遇。从小到大，特别是以写作为业以来，尤其甚也。遍布各处的"食梦兽"，防不胜防，而且像鬼神附体一样穷追猛赶。大到文字，小到一句话，都是引来攻击的口实。虽然不是君子，也要"慎说梦"。但是即使终日不说话，却不能不写作。更可怕的是连一个眼神和表情都无法逃脱，也类似于"庄周梦蝶与蝶梦庄周"式的我非我。只是更加恐怖，"食梦兽"在凌晨出现，而现代"食梦兽"则昼夜出行，无处不在。加上现代高科技的传媒速度，无孔不入地吞食人的精神。天罗地网一样的流言，前后左右四面八方的话语夹击，也足以置人于死地。而且人鬼难辨，无从防范。

三

　　中国人所谓的梦,大都是好梦,坏的梦要加一个定语"噩"。"巫山云雨"与"一枕黄粱",是著名的例子,一个是美色,一个是荣华富贵。只是一个比一个短,前者可占半个夜晚,后者则只是做一顿饭的工夫。不论内容,单就形式来说,一个是夜晚的梦,一个是白天的梦。夜晚的梦是想象力的自由释放,也是文化规范的彻底瓦解;白天的梦则是自我在虚妄中的社会实现,是文化规范有效的约束。夜晚的梦接近于美,白天的梦则趋于妄,故有"痴人说梦"的成语流传至今。一个展示的是梦的美妙,另一个则是揭穿梦的虚妄。由此形成了中国文学相反相成的两个传统,一个是以黑夜为背景的梦,从《楚辞》、志怪小说到唐宋传奇小说、明清传奇中著名的"临川四梦",以各种不同方式虚构的戏曲,以及"五四"以后所有受到域外浪漫主义文学影响的创作,都属于这一夜晚梦境的传统;另一个则是以白天为背景的梦,从《诗经》开始、志人小说、散曲、话本到《儒林外史》,以及鲁迅开创的现代讽刺文学,都可以追寻到这个传统的蛛丝马迹。第一个传统看似浪漫,其实倒是现实的,它把想象力限制在梦的范围,一再提示你这是假的,故民间有"听书落泪,替古人担忧"的说法。《红楼梦》更是一开始就以各种形式,反复地强调"假语村言""太虚幻境",命运的观念更是以套曲和判词的方式预设好,暗示出故事的结局。而且对于形式的唯美追求,也是间离效果,诗歌的语言音韵、说书的扣子、戏剧的程式唱腔与彩衣及至脸谱,尤其是川剧的变脸,都提示着接受者,这不是真实的世界。而第二个传统倒有些浪漫的因素,一方面它努力让你相信这是真实的历史与现实,比如《诗经》中的"雅"和"颂"、《世说新语》中有名有姓的魏晋士人、话本中的市井小民,基本上不超出一般人的想象力;另一方面则讲述着某种奇缘与命运的转机，比如，坦腹东床而当选乘龙快婿，本分老实而独占花魁，简而言之便是梦想成真。就连《红楼梦》这样"树倒猢狲散"的悲剧结构，在高鹗拙劣的续书中，也要将中兴的理想借贾兰中举实现，残酷的现实转化在荣华富贵的世俗梦想中。可见两种梦境是互相重叠与渗透的，很难以主义截然划分。不像洋人，梦就是梦。十九世纪俄国车尔尼雪夫斯基的《怎么办》，用几个梦组织出自己的社会人生理想。捷克作家米兰·昆德拉的作品被称为梦幻现实主义，也是将对于现实的苦难感受概括在超越常理的故事想象中。

一般来说，中国人的梦以美梦居多，所以大团圆的结局普遍存在。如果要追溯到伦理道德的根据，佛教影响下的善恶因果是一个基本的套子，前世姻缘也是普遍的思路。惨烈如《窦娥冤》这样的悲剧，也要以六月雪来应验天道的正义，仍然是梦想成真的翻版。这都验证着弗洛伊德"白日梦"的理论。比较起来，第二个传统更贴近现实些。鲁迅的伟大之处，也在于他将"白日梦"移置在夜晚的情境中，揭示传统文化的残酷。他的小说中，很少出现太阳，只有月亮经常被用作道具。狂人是在夜间读史的时候，发现字里行间写满了"吃人"的字迹，而且发现自己也是吃人者之一。阿Q是在夜晚的鼠窃中一度中兴，行刑则是在白昼时举行。其他如《祝福》《药》《白光》《长明灯》《明天》，绝大多数故事的叙述都是以夜晚的情境，打碎白日的梦想。"夜晚"和"白天"的两个文学传统，被鲁迅融合在一起，开辟出新的境界——梦想如魇。

"白日梦"具有一定现实的可能性，特别是在人生的层面上，它近于理想。封建社会是洞房花烛、金榜题名，商业社会则是奋斗成功、发家致富，附加在上面的共同梦想则是贵人相助、好心好报等。梦的内容指涉着阶层范围，很像社会语言学所谓语用有阶级性。八十年代电视连续剧的人生故事通常是三段式："文革"受迫害——艰苦的劳动中发奋读书——"文革"后考上大学。九十年代的经济大潮中,成功的商业人士浮出水面,他们的传奇经历是市民阶级的梦想。随着在全球化时代成长起来的新一代登上人生舞台,各种与高科技接轨的人生梦想喷发而出,自我设计的理念直接以梦想的方式涌现。特别是在现代传媒大幅度覆盖的今天,不少电视台有类似"梦想成真"的栏目。凤凰卫视干脆推出"戈辉梦工厂","梦"成为"工厂"的定语,这是带有幽默的比喻,通常是介绍一些新兴行当中的成功人士,比如文体明星,比如媒体英雄,比如闪客,比如虚拟世界的富翁。商业社会中的现代人连梦也愈来愈缺乏个性,可以成批量地生产。可话说回来,即便是封建社会的"白日梦",也跳不出升官发财、封妻荫子的大套路,也没有个性可言。

不管是哪一种梦,都不得不承认,人是生活在两个世界——外部的物质世界与心灵的精神世界之中,梦就是借助物质世界的材料构筑的精神世界。从这个意义上来说,我的青年时代也还是有梦的。比如想自立,毅然下乡的动机和今天的打工妹相似,出于同样的思想水准。而衣食无忧之后,则是想上大学,这对于只读过五年小学的人来说,也近于"痴人说梦"。朋友直率地说,现在的大学不是给你这样的人办的。恢复高考之后,头年落榜,好心的人就劝告,别把脑子累坏了。我用了半年的时间,从正负数开始补习数学,做了好几千道题,有一道平面几何题是在梦中解出来的。这很近似清人李钟伦所谓"梦中创见之思者,精专所极,积思而梦",也近似弗洛伊德所谓梦的工作,是关于梦最科学的解释之一。

不仅是我这样的小人物的卑微愿望,许多伟大人物也多有类似的经历。唐玄宗酷爱音乐,据传著名的《霓裳羽衣曲》等乐曲,是他在梦中得到"天乐"启发,醒来创作而成。法国化学家凯库勒为了搞清苯的分子结构心力交瘁,梦中清楚看到:"一个个原子站在我的眼前,像蛇一样不断地绕圈子……忽然有一条蛇咬住自己的尾巴团团转……"他由此悟出苯的"环状结构"。法国音乐家塔季尼梦见"他把灵魂卖给了魔鬼后,就抓住一把小提琴,以炉火纯青的技巧演奏了一首极其美妙的奏鸣曲"。醒来立即把记住的部分写下来,美妙的《魔鬼之歌》由此诞生。爱迪生的许多发明,据说也是先在梦里有了模型。班廷发现胰岛素,利维发现从神经向肌肉传导刺激的机制,也都是在梦中获得了实验的模型。剑桥大学的哈森教授分发大量问卷调查,有70%作出贡献的学者回答,梦境对于他们的创造起到了启示的作用。这样看来,没有比侵犯别人的空间、搅扰别人的睡眠更野蛮的事情了。汪曾祺曾经写过一篇小说《锁梦》,就是嘲讽对于想象力的扼杀。

四

对于梦想成真的描述是遍及人类的现象,而关于噩梦在中外的叙事中则大为不同。

深受"天人感应"思想影响的汉人,认为人做噩梦是由于妖孽作怪。刘向所谓:"妖孽者,天之所以警告天子,诸侯也;噩梦者,所以警告士大夫也。"这都是关于"人上人"的噩梦。《新集周公解梦》中认为,人做噩梦是触犯了一些禁忌,禁忌的范围多达二十条,这是道教的观点。所谓禁忌大多也是文化的禁忌,烦琐至极,一个普通人是很难不触犯禁忌做噩梦的。就是在百无禁忌的无神论时代,文化的禁忌也无处不在。政策法规的制定、文化习俗的沉积、人事关系的大网、意识形态的话语体系,都可能使无知的人触犯各种规则。民间的说法略为宽容,"不知者不罪"。我是吃够了种种禁忌的苦头,有限的几个有情境的梦几乎都是噩梦。一个人远远地看见一座红房子,千折百回就是进不去。终于进去以后,发现一无所有,只有一个面熟的女人躺在临窗的木床上。窗外丘陵连绵,半人半兽的生灵在搬运庄稼的秸秆。这个梦还有一些情节,可以追溯到一个素昧平生的同时代人的自杀。醒来讲给知情者听,梦中的女人身材装束几乎相同于死者。不知是鬼神引导,还是自杀者的灵魂托梦,好在我没有和她交谈,不必兑现对她的许诺。而且,她已经弃绝生命,即使我爽约也不会受到惩罚。但是,这个梦纠缠着我,最终成为不能面世的小说的结构。

我对于西方人的梦中图像了解有限,但是根据弗氏关于"艺术是梦的替代"的理论,可以在西方的各种艺术类型中发现噩梦的原型。比如,梦中的情人多是白马王子,渡人的是女神和仙女;而恶人的原型则是魔鬼、老巫婆和其他恶人,转换在嫉妒的王后、恶毒的后母等形象中。梦中的故事转化在神话、传说、童话、民间故事等各种文体中,正义战胜邪恶是基本的套路。其中"有情人终成眷属"的一类,则是梦想成真的翻版。这样的梦幻结构,一直保留在近代以来的艺术样式里,芭蕾舞与电影是典型。《天鹅湖》是民间故事《灰姑娘》的翻版,王子在好莱坞的电影中不断变化形象,有时是军人、特工,有时是尖端科技的博士,近来出现了不少媒体人作家、记者等,救美的功能却一直保留了下来,这是最简单的套用,发展出好莱坞大片中的灾难片类型。而柴可夫斯基的《胡桃夹子》则要复杂得多,小女孩儿在噩梦中被邪恶的精灵胁迫,救助她的是由玩具兵转型的白马王子式的青年。可怜的现代人,连可以想象的现实英雄也没有。用来夹胡桃的工具兼有玩具的功能,救助的梦想只能寄托在寻常的器物中,这更近似中国的门神,或者是镇宅之宝的理念。梦魇中的情景,是所有现实恐惧的替代,现代主义文学就是以这样的噩梦为心理的基础。外国的卡夫卡、写作《百年孤独》的马尔克斯,中国的残雪、陈染都是典型的代表。古典时期的噩梦来自成长的恐惧,而现代主义的噩梦则是对现实的孤独感受。年轻的时候,很不愿意看现代主义的作品,因为精神不胜折磨。年过不惑之后,却连续做起没有由头的噩梦来。在其中的一个梦境里,我和人群走散,在冰川中独行,看不见来时的巨轮,也找不到通往外界的道路。浑身冰冷,四肢麻木……醒来不知身在何处,梦和现实之间没有边界,于是懂得现代艺术的伟大之处——绝处不能逢生的基本处境。我终于会做梦了,尽管是噩梦。

治疗噩梦的方法,从古至今延绵不绝。最古老也是最有趣的,要算被称为"大傩"的"难欧疫"的节日仪式。"难"亦作"傩","欧"通"殴","疫"通指厉鬼。这种仪式至今还保留在西南的一些少数民族地区,以戏曲的形式表达驱除各种厉鬼的心愿,制造噩梦的鬼是其中之一。仪式在夜晚的宫廷大院举行,文武大员排列两阶。先由一百二十名被称为"侲子"的黄门官家子弟,穿黑衣,包红头巾,手持拨浪鼓,由蒙熊皮、画四个金黄大眼、黑衣红裤、执戈扬盾的开路神(也是先导神)方相氏带领,另有十二个头上有角、身上有毛的神兽,代表十二个疫鬼。仪式开始的时候,先由方相氏带领十二个疫鬼在庭院当中舞蹈,表示要驱逐十二种疫鬼。仪式的主持"黄门令"发布命令:"侲子们准备好,大家来驱逐疫鬼!"侲子们齐声合唱,内容都是以专门的神吃专门的疫鬼,结尾是:"你们不赶快跑,我们就把你们当粮食吃掉!"众人欢呼,手执火炬,把疫鬼送出宫廷内门。唱词中有"伯奇食梦",吃噩梦的神当为伯奇。

这个上古时代流传下来的禳除仪式,还保留了初民的古朴,阶级意识不甚强,驱赶的是危害所有人的疫鬼。而彻底家天下的帝王禳除噩梦的方式则要复杂得多,相传秦始皇梦见像人一样的海神,听信占梦官关于海神是恶神的解释,命人准备好捕巨鱼的工具,自己持连弩,自琅琊出发辗转寻找作为海神化身的大鱼蛟龙,到芝罘才射死一条大鱼。秦二世梦见白虎咬他的马,占梦官以为是泾水神作怪,便斋戒之后,在泾水沉下四匹白马。但是,这样个人化的仪式并没有免除他们灭亡的命运。汉代开始有了门神的防范措施，而且经历了由兽到人的转变，"敬德、秦琼"都是唐初大将。走出梦魂信仰的读书人，以现实的行为解释噩梦的根源、禳除噩梦的方法，也是"修道、修政、修身"。在这一思想影响之下，不少帝王做了噩梦之后，认为是自己的过失触犯了鬼神，就要进行祭祀祖坟、修饰神祠等活动，来禳除噩梦。有的还要大赦天下，减免赋税。可见封建帝王也还有敬畏，不能一意孤行。如果帝王多做噩梦，百姓的处境就可以好一些。对于平民百姓来说，消除噩梦的方法则要平常一些。贴印在纸上的门神是主要的办法，其中保留了鬼神的原始信仰。耳闻八十年代中期，有木刻家私下刻印门神，在边远乡村出售发了大财。就像有雕塑家私下制作维纳斯的雕像，在沿海城市兜售，所获也不菲。道教、佛教都有专门治疗噩梦的咒语，这和现代心理医生的功能似乎有些相近。弗氏开创的精神分析疗法，通常只是寻找一个最基本的心理病原，以为疏导出来即可康复，未免太简单了点。傈僳族的禳除方法比较有可操作性，寨子里有人做噩梦，便归之于梦鬼"密加尼"，只需杀猪一口、公鸡母鸡各一只，送到东方即可。这有贿赂的意思，但不知道最终是谁享用。据说《山海经》中有一种鸟，似乌鸦但三首六尾而且善笑，吃了它的肉就不会有梦魇。这比较科学，也许有滋补神经的功能；而且彻底，不仅治了噩梦，连魇也根除了。另有一种梦鸟，名字叫"狂"，头上有冠毛五色，很像传说中的凤凰，如何祈梦、禳梦则无从查考。许多年以前，有几个年轻人持枪打死了落在玉渊潭的天鹅，引起舆论大哗，论者多以为是"文革"坏了人性。没有关于枪杀者动机的报道，是否有类似梦鸟的神秘信仰？民谚曰"癞蛤蟆想吃天鹅肉"，天鹅肉大约也有特殊的滋补疗治功效。

我的梦魇，是靠胡乱吃药好的。这是现代科技的梦鸟，只是形象不美。还有沉默，这类似唐代名医孙思邈的办法，做了噩梦不要对人说。此外，躲避各路"食梦兽"，也是切实可行的方法。

五

不论是白日的梦，还是夜晚的梦，大都是来自现实的欲求与文化的暗示。

相传黄帝梦大风吹下之尘垢皆去，又梦见有人手执千钧之弩，驱赶成千上万的羊群。他醒来以后感叹着说："风为号令，是执政者。'垢'去掉'土'，是'后'字。天下岂有姓风名后的人？能执千斤之弩，意味着有奇异的力量。驱赶成千上万的羊群，是指能够很好治理人民的人。天下哪里有姓力名牧的人？"手下根据他对梦的占卜，四下寻找叫这两个名字的人，在海边找到风后，立即任命为相，在大湖边找到力牧，提拔为将。黄帝因此著《占梦经》十一卷。清人姚振宗以为，占梦人必然"通神""通鬼"，才能解出梦象中的鬼神之意。而《诗经·小雅·无羊》："众维鱼矣，实维丰年。"意思是大家都做鱼的梦，就是预兆丰年，因为"鱼"音谐"余"，这是百姓的梦。母亲"梦兰而生"秦穆公，是统治者自我神话的梦。而大诗人李白"梦笔生花"的传说，则是文人的梦，而且必是以笔写作的文人，不能是口头创作的文人。陆游的著名诗句"铁马冰河入梦来"，是爱国志士的梦。至于深受武则天宠爱的上官婉儿，其母怀她时梦见神提了一杆大秤说"持此秤量天下"，则是官迷的梦，或者说是野心家的梦。故古人熊伯龙曰："士不梦负履担簦，农不梦治经读史，贾不梦樵采捕鱼。"

我的想象力素来不发达，多半生都在为生存挣扎，这也是无太多梦的原因。童话之类的东西与我的生活相去甚远，《安徒生童话》是写给养尊处优的人看的，还没有听里巷间的闲话有意思。《丑小鸭》的意思我明白，但是阶级意识还没有形成，卑贱和高贵的分类对我没有意义。《格林童话》略好，有一些告诫人避免受骗上当的道理，类似《伊索寓言》的世故。最有意思的是《一千零一夜》，神秘的场景与人物填补着我贫乏的生活，具有戏剧性的展示。我并不以为是虚构的，我以为确实有这样的一个世界，它很遥远也很神奇；而且它说教的成分不多，叙事的行为近似绝路逢生的智慧，没有美梦的虚无缥缈，也没有噩梦的隐晦丑恶，在色彩斑斓的重重危机中有惊无险，生命在死亡之地由讲故事而处之泰然。这样美妙的境界实在是太高了！我显然没有这样的天分，但写作的动力却是来自这精神之光的照射，记录梦境一样的现实，寻找梦境一样的历史，解读作品中的梦幻想象。我与所有的主义都相去甚远，只有世界与心灵的交感。这个世界是由宇宙自然、山川景物、历史人文与文本图像共同构成的。西方有一种说法，世界上有三件事情最难，一是为人父母，二是管理一个政权，三是释梦。可怜见的，以我的愚钝却兼负两难：为人母与释梦。文学批评就是释梦的工作，好在没有管理政权的野心，不然就难上加难！

梦魂信仰流行的时候，通常以编造帝王的身世来制造舆论。"凤凰来仪，嘉禾入献，秦得若雉，鲁获如麏"等"天降祥瑞"的记载，是中原汉文化的普遍说法。而苍狼、白鹿的神秘崇拜，则是北方游牧民族的信仰。这些都产生于梦魂信仰形成之前，历史人物的神话化则是梦的迷信发达普及之后。据《周公解梦书》记载，尧梦见身上生白毛六十日得到天子之位，舜梦见长眉毛发白六十日得天子之位，文王梦见日月照身六十日成为西伯，武王梦见登上大树八十日成事。越到后世，附会出来的种种帝王身世的梦象越集中，通常是梦天、梦日、梦龙，早期的白毛、长眉、登树已经不足以显示其尊贵。就连司马迁这样以史德著称，又对刘汉王朝心怀仇恨的大历史学家，也要接受刘家天授神权的传说。刘邦的母亲睡在大湖旁边，梦中遇到神。当时雷电交加,刘邦的父亲去找,看见蛟龙卧在她的身上。刘邦的母亲由此受孕,生下了刘邦。孝景王皇后怀汉武帝时,曾经"梦日入怀"。由"蛟龙卧其上"到"梦日入怀",有一个语义的微妙转变,隐含着女贞的观念。汉武帝接受董仲舒的建议"独尊儒术",道教也在这个时期形成,都排斥原始的梦魂信仰。相传太公所见的另一重意思,等于说刘邦是非婚生的。司马迁的用意不知何在?

对于梦魂的信仰,产生了一个专门的职业占梦家。古代是通鬼神的王者自己占梦,脱离洪荒之后,政教逐渐分离,世俗的权威要向鬼神请教,这使通鬼神的神职人员大行其道。占梦的专家在古代是巫咸,到了殷人由高官代替。西周时则有专职的占梦官,总管为太卜,领导着一个庞大的专门机构。即便是后世,占梦的制度废弃了,占梦家的活动也并未完结,很有因占梦准确而获得高官厚禄的人。著名的如三国曹魏时期的周宣,所占之梦十中八九,使魏文帝曹丕大为诚服,赐封为中郎。占梦家的走运,大约是在梦书尚未系统编辑之前,文化也没有相对普及的时候。梦象常常是无达诂的,太师三次梦见祭祀的草把子,周宣三次占梦的结果却不一样,第一次说是你将要得到食物,第二次说你要从车上摔下来折断脚,第三次又说你家要失火。或许是由于省略了梦中的其他信息,只把主要的草把子记录了下来。民间则是求问老者,所谓老而有灵,靠经验解释梦中之象。《诗经·小雅·正月》有"召彼故老,讯之占梦"。在西南少数民族中,至今仍有专职的占梦人,拥有各种专门的称谓。这些人是掌握着话语权力的人,他们代鬼神立言,以独特的方式支配或者影响着世俗事务。然而,失算的几率大约也很大,故秦少游有诗戏之:"世传梦凶常得吉,神物戏人良有旨!"

即便是梦魂信仰的主流时代完结,占梦家宋元之后已经坠入下九流,但占梦的习俗仍然流传下来。梦书流传与文化的普及,使占梦不再属于少数人的专利;此外,文化的变迁,使原本明确的映像变得隐晦。占梦者的工作不是通鬼神,而更多的是熟悉掌握以往的文化习俗与语言文字。占梦的方法也变得明确而复杂。比如,梦见壁虎,忧寡妇人也,就让人摸不着头脑;细考始知壁虎古称守宫,因为老是贴着墙壁,如寡居之人独守空房。又如,梦柳当有远行,因柳为使者,古风送别时要折柳相赠;进一步追溯源头,则是由于古代以柳木做车,亦称车为柳。还有更加不可思议的,一个商人梦见车辕折断,便担心自己的衣服要丢了,因为"辕"字去掉"衣"字,故知要丢失衣物。这样曲折的解梦方法,没有文化的人是无法掌握的。而且随着器物的材料与技术的变革,古老的风俗正在迅速地消逝,梦象中很少会出现已经消失的东西,而且,意义也发生了根本的转变。"文革"中很多人梦见红太阳,倒是契合俗语:"梦见人君者,梦见日。"这近似孔子所谓:"甚矣吾衰也!久矣吾不复梦见周公。"也属于"日有所思,夜有所梦"的一般规律。

但是从中也可以看到,中国的释梦文化是建立在一整套象征隐喻体系中,仅就拆字的方法,就比弗洛伊德的释梦理论要复杂得多。但是,后者晚年的著作《摩西与一神教》,对于人的心理的探寻也颇为近似中国以文化习俗为背景的解梦路数。他曾经明确地说过,把隐意变成显像的"梦的工作",采用了"原始的表达方式"或"表现方式",退化到"梦者童年"时期表达思想的方式。"在这个童年的背后,我们可以窥见种族进化的童年——一个人进化的图景,而个体的发展不过是种族生命一个简略的重复而已。"如是说来,作为白日梦的文学,只是不断周而复始地重复种族成长的图景。美梦是现实压抑的结果,噩梦则是文化暗示的结果。文学中多以美梦为修辞手段,梦的虚幻性质与短暂,都适应了中国人关于人生无常与美好事物转瞬即逝的思想。沈从文所谓"美丽总是令人忧愁的",就是建立在这样的感悟之上。而对于丧失了封闭的地理空间与心理空间的现代中国人来说,文化的情景就要可悲得多，频繁的文化震动，使每一代人都生活在不同的历史情境中，不断变化的世界驱赶着不可预计的人生，先人的经验变得无法实践。我们退化的路线已经被阻隔，可以窥见的只是破碎的图景，最多也就是符号性的文本。比如，丁忧，古制是要守孝三年。一个现代人，一天不干活就没有饭吃，用不了三年，就要全家饿死。张爱玲为自己的小说集《传奇》设计的封面大有深意，一个蒙面人在窗口窥视家居的旧日生活。她的创作一方面展示着遗老家庭的腐朽与没落，另一方面又揭示着新兴商业社会中产阶级的荒凉，大有"上穷碧落下黄泉，两处茫茫皆不见"的境界。而压抑不住的是对于传统生活的好奇，是尴尬的文化处境中自我身份的焦虑——隐藏起真面目的现代人没有文化的归宿。其他如萧红《呼兰河传》中诗性的乡愁，如汪曾祺小说旧日场景中的风俗画，如"寻根文学"中的乡土回顾，莫不是源自这样的尴尬处境。一如苏童的诗句，"回归的路已经迷失"，无论怎样强化自己的文化身份，都不能"简略地重复""种族的生命"。只有越来越稀薄的语言，像游丝一样粘连着远古的精神。

　　古老的梦书破译不了现代人的梦魇。

行夜路

走夜路的种种尴尬,其实也是人生的基本象征。在黑暗中摸索是所有人从成长到死亡都面临的基本处境,是无法逃离的存在之旅。能够有惊无险,已经是命运的关照,经历一下黑暗中的恐怖与无奈,也有助于巩固对于光明的信念。

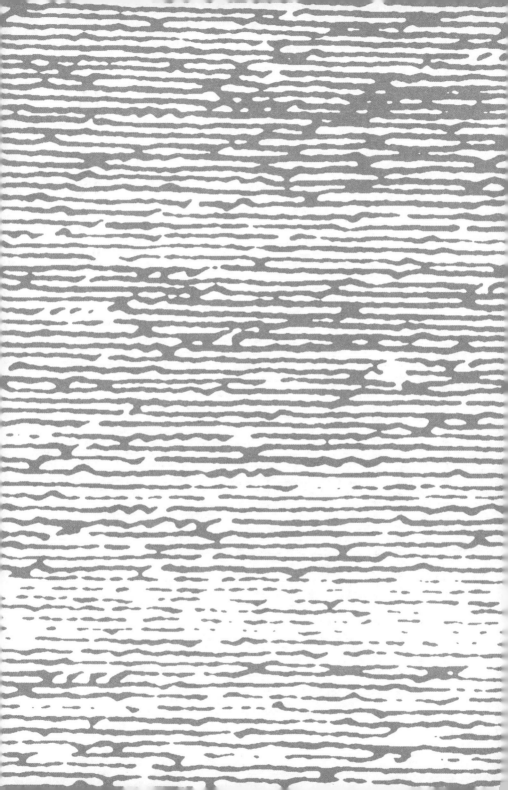

一

光明与黑暗是文学潜在的永恒主题。向往光明排斥黑暗也是人类普遍的心理，古今中外莫不如是。基督教所谓的地狱、中国民间阴曹地府的说法，都是黑暗的处所。"暗无天日"更是极端的比喻，用以形容民不聊生的社会状况。《千字文》中的开篇之语"天地玄黄，宇宙洪荒"，更是以黑夜来形容文明史前一片混沌的蒙昧状态。鸱鸺因为在夜间活动，而被认为是不祥的；民间有所谓"夜猫子进宅，好事不来"的说法。基督教的经典中，上帝说"要有光"，就有了光；圣像画中的人物，头部圆形的光环是常见的形式。唐代蜀道会馆壁间，出自佚名诗人的联句"天不生仲尼，万古如长夜"，至今为国人所激赏。"佛光普照"是佛教的极乐境界，对于光明的崇拜是拜火教的起源。恩格斯在马克思墓前讲演，曾说"如果没有马克思，人类可能至今还在黑暗中摸索"。十九世纪沙皇统治下的俄罗斯，杜勃罗留波夫对于奥斯特洛夫斯基《大雷雨》的基本评价是"黑暗王国的一线光明"。顾城的名句"黑夜给了我黑色的眼睛，我却用它寻找光明"，感动了好几代中国人。

但是如果没有黑暗的对比和反衬，光明也就不成其为光明了。中国最北端的北极光与圣彼得堡的白夜，都是难得的自然景观。真正的极地，大概是白昼最漫长的地区，那里的居民盼望黑夜的心情，大约和其他地区的人盼望白天一样；而且除了旅游，很少有人愿意到那里

行夜路　293

定居。可见黑夜并不是只有负面的价值，也是人类的向往之一。只是极地以外人们的普遍心理，置换在修辞中，形成了一个习惯性的话语体系。由于这个心理的背景，人们以各种方式对抗宇宙自然的基本规律。火的发明是最初的成功，钻木取火的燧人氏，被人民崇拜至今。盗火给人类的普罗米修斯，受到大神宙斯的惩罚，被绑缚在高加索的山岩上，任鹰隼啄食他的内脏，更是文明之始的悲壮记忆；而他身体的复原能力，则是人类不屈的象征。挑战宇宙至高无上的权威，必然要受到天庭的惩罚，人世间的英雄多半是天庭的叛逆。由此带来的苦难延绵不绝，可人类探索宇宙的野心却从来都不曾中断。追求光明反抗黑暗，是对探索者超越时空的普遍指涉，也可以归纳为人类基本的行动元。而最初的语义，至今仍然有效。电的发明是对宇宙秩序最勇敢的僭越，人工地仿制自然的现象，并且应用于人类生活的各个方面。它消解黑夜拓展白昼，成为一个不可遏止的原始冲动，带动了文明疯狂地发展，覆盖了我们日常的生活。从"不夜城"到信息高速公路，我们在旋转的世界中疲惫地奔走，遗忘了留在黑暗中的家园。其实，也还有另一种极端的叙事，把历史看做像黑暗一样神秘的所在，荆楚文化中的著名史诗题目就叫《黑暗传》，由说唱艺人口耳相传。

黑夜确实比白昼要神秘，人类的许多活动多是在黑夜中进行。大到政治革命的策划，小到男女之间的隐情、不法的犯罪与私密的事务，以及各种放纵的娱乐，都要借助黑夜的遮蔽。即便是对于光明不同范畴的追求，也要以黑暗为背景。"阿芙乐尔"号巡洋舰的炮声在黑夜里响起，揭开攻占冬宫的序幕。辛亥革命的连锁起义，也多数借助黑夜的掩护，奔走联络直到大功告成。金庸笔下的侠士，经常是在黑夜中神秘地闪现又神秘地消逝。各大国际化大都市都有午夜狂欢的场所，红灯区更是不可或缺的部分。汉语中形容不轨行为，经常用的条件句是"光天化日之下"，好像同样的行为在黑夜中就可以减轻罪责，故民间有"月黑风高夜，杀人放火天"的对子。世界上打架劫舍的强人和除暴安民的大侠，多是在夜幕的笼罩下蒙面而行。西方经典的情歌《小夜曲》、中国人吟咏相思之苦的诗文歌曲，多以夜晚为场景，朦胧的光线可以掩盖有情人的羞涩。月光与微风都是必不可少的陪衬，西方的夜莺、中国的杜鹃也是经常出现的点缀。罗密欧与朱丽叶作为两个世仇家族的后人，只能在夜间躲开众人的眼睛幽会。贾宝玉的情感曲折，不少情节是发生在夜晚。而对于生命最基本的延续来说，黑夜也是必要的条件。记得二十多年前，计划生育的理念开始普及，印度有一位先驱者，走遍城乡四处宣传。反馈回来的大量信息是，穷人过不起夜生活，除了床上的娱乐没有其他的选择，怎么可能节育呢？他的办法很简单，逢人就递上一只橡胶制品。

　　如是看来，实在应该给黑夜正名。如果世界一片光明，历史就要终结，生命就难以延续，人类就无比乏味。白天是制度的世界，政治、经济、文化和法律的制度规范了人的所有行为；黑夜是自由的世界，反叛、革命和出轨的浪漫，自我的约束可以相对地松弛。白天是头脑的世界，夜晚是身体的世界。白天是理智的世界，人在超我的面具中生活；黑夜是情感的世界，所有不合规范的意愿都可以真实自然地流露。张爱玲想象的地母，带着几分淫荡，在人睡着了的时候，为他摘下面具，在人死去的时候，为他合上双眼，让他安息。鲁迅笔下的地母黑暗而仁慈，与光明无缘。在这个语义系统中，黑夜是阴性的、母性的，是至福的存在。而且，在中国文化中，关于白昼与黑夜的对称物太阳和月亮的想象，也是独特的。羿射九日的神话，近年来有人以现代科学的成果重新阐释，以为那九个太阳都是核飞行器，而被他射死的巨大怪兽则是核辐射导致的物种变异。按照这样的说法，除非羿也是外星人，用的是有核能量的武器，否则以凡胎俗骨和普通的弓箭，无论如何也是无法将飞碟射下来。我更愿意相信,这是民族集体记忆中对于白昼的夸张想象。马王堆出土的帛画,将世界分割成天上、人间与地下三个部分,代表天上的树枝上,栖息着十只乌鸦,这是太阳的象征。此外,农业民族对于水的依赖,对于干旱的恐惧,也归结在太阳的意象中。天父地母是所有文明中最基本的结构,与地母相关的黑夜,也就因此具有了独特的阴性的美好意义。由此派生出一系列意象,成为从民间的信仰到文人创作的原型。比如关于月亮,几乎找不到贬义的文辞。张若虚的《春江花月夜》更是将春天、江水、月亮和花,所有美好的自然物象,都组织在夜的意境中。牛郎织女的民间传说,也赋予黑夜以极其浪漫的想象。粗略地回顾一下,就发现中国文人对于月亮的吟诵明显地多于太阳。苏东坡"江上清风"与"山间明月"的咏叹,宇宙观中浸透了这一基本的文化精神。所以,西方有人认为中国文化是阴性的、女性的。

二

出于光线的原因,白昼是明朗的,黑夜则是晦暗的。所有不能在光明中显现的事物,都可以在黑夜中出现。这当中隐含着一些生命的基本法则,比如麦子、玉米一类庄稼,在夜里生长得特别快,一片岑寂中可以清楚地听到拔节的声音。鱼一类的动物也是在黑夜中特别活跃,自由地跳跃掀起哗啦啦的水声,银色的弧线一道道交织在水面上。更不用说猫和老鼠一类昼伏夜行的物种,在黑夜可以肆无忌惮地出没。各种虫子的鸣响和青蛙的叫声,在清凉的夜间都比白昼响亮。在人为的声音平息下去以后,动物的世界开始复苏。黑夜就是以它的沉静与温润,滋养着无数的生命。白昼是人的世界,黑夜是所有生命的世界。唯其如此,大自然才以无比的丰富,昭示着万物平等的生命法则。在夜的世界中，更容易打破人类为中心的谵妄。

白天的世界在看似真实的表象中，删节了事物的许多内容。光是有角度有速度的，在它照射不到的地方就形成了阴影。而黑夜则以普遍的暗淡，体现着世界不可全知的神秘本质，因此比白天的表象更真实。许多民间信仰中，黑夜是真实出场的必要条件。鬼魂只出没于夜间，生者和死者的对话，只有在人际稀少的场所才能实现。被白天歪曲了的真相，便经常由此揭秘。哈姆雷特就是在漆黑的午夜，在空荡荡的城堡中，会见了父亲的鬼魂，发现了叔叔杀父娶母的罪恶。中国古代的许多仇杀故事，也多以托梦的方式昭雪冤情。白天是属于语言的，而黑夜则是属于事实的。尽管在意识的层次中，人们歌颂白昼的光明，但在无意识领域里，时时流露出对于黑夜的信赖。惩恶扬善的最后审判在生命的终点，下地狱是所有"阳光下的罪恶"共同的代价，而且罪恶越大，下去的层次越深。在基督教的叙事中，充满了火刑一类的恐怖场面；在中国则是在阎王统领的牛头马面和小鬼的折磨下，经历拔舌一类的极刑。黑夜一样的大地唤起的恐惧，更像是正义的化身，使被白昼颠倒了的是非重新颠倒过来。钟馗是屈死的人，转世为鬼，属于李清照的所谓"鬼雄"，他打的鬼多是阳间的鬼，属于"当面是人背后是鬼"之流。白天属于谎言，而黑夜属于真理。对于黑夜的美好期待，寄托了对于白昼所有不公的愤怒。

白昼的虚假多半来自语言所象征的文化逻辑，夜晚的真实则超越了所有的理性规范。《天方夜谭》中的故事，多有违背《古兰经》的教义之处，其诡谲神奇，多诉诸光线晦暗的黑夜情境。中国志怪的叙事传统，更是来自黑夜中的想象，从干宝的《搜神记》到《聊斋志异》，大量的故事几乎都发生在黑夜。在这样的世界里，生命的形态是可以互相转化的，人和动物、人和植物、动物和动物之间都没有绝对的边界，生者和死者之间的交往通行无阻地穿行于阴阳两界。所有白昼中不可能的事情，在黑夜中都是可能的。白昼属于意识，黑夜属于无意识，而且是一个民族集体的无意识，许多的志怪传说，来自文人的搜集整理。即便是文人的创作灵感，大约也受惠于夜间的自然环境。夜深人静之时，正是思维自由活跃的时候，想象力的丰富可以使写作者超常发挥。古代的许多诗文都是即兴的创作，其中与黑夜相关的内容大致写于黑夜。在当代，不少作家也习惯夜间写作，不乏神秘色彩的传奇。特别是大都市的作家，神怪的倾向尤其明显。王朔《玩的就是心跳》中的女性多是飘飘呼呼的，近似于《聊斋志异》中的狐鬼。铁凝《笨花》中的一个黄昏也写得恍恍惚惚，所有奇异的人物都在昼夜之交的时刻出场，而故事则完结在黑夜中。

　　如是看来，文化史的创造一多半倚重于黑夜，种种的探索、发现与创作，都和相反相成的黑夜想象相互扭结。白天的世界近乎一目了然，夜晚的世界则富于变化而多姿多彩。人类对于宇宙的探索，只有在夜间才能深入地进行。农耕民族借助星象来判断农时，天文历法的形成格外久远，影响到文化思想范式的建立，正统的儒家学说建立的是白昼的规范，"格物、致知、修身、齐家、治国、平天下"，直至光明磊落是人格的基本理想。"不知生，焉知死"，排斥了对于生命价值的终极追问；"不言乱力怪神"，更是对于灵异想象的极端压抑。在儒家思想起源的中原，历代王权统治的中心地带，这样的思维方式深入人心，装神弄鬼就要招致厌烦。而在统治思想鞭长莫及的南方，原始思维的想象力则保留得比较完好。由此影响到思维方式的差异，从《诗经》与《楚辞》开始，首先在风格上就明显不同。至于取材的特点，更是以虚实为界，《诗经》是白昼的叙事，《楚辞》是黑夜的叙事。《诗经》中的世俗生活，包括了婚丧嫁娶等各种礼仪制度，是人伦日用的理性产物；《楚辞》则在神异的世界中，叩问宇宙人生与历史。屈原是一个怀疑主义者，他的想象力建立在神话梦幻的基础上。起源开始的南北差异从来不曾泯灭，《世说新语》中明确地区分了南北治学的特点：北人是"空中见日"，南人是"牖中窥日"。换一个说法，就是北人的学术是白天的，而南人的学术则是夜晚的，直至当代仍然如此。《白鹿原》中儒家关中学派的最后一个传人朱先生南游归来，激愤地说南方多才子无学问，陈忠实哀悼的衰败的农耕文明，其中也包含了北派学术传统的没落。

三

任何一个人的生命中，都有一半属于黑夜。在黑夜中行走，也是普遍的经验。

我的童年在一个小镇上度过，夜晚的光线是非常昏暗的。走夜路的时候，都要成群结伙。比如去看电影，要么是全家人一起出动，要么是和小伙伴儿同行。第一次独自走夜路，是为了学雷锋。一个同学生病了没有上学，我主动去为她补课。她的母亲大为惊讶，说你一个人来多危险！并且把我送回了家。"文革"期间，走夜路的时候特别多。或者是庆祝最高指示的发表，集中到学校参加游行；或者是宣传队到什么地方去演出，还有访贫问苦参加农村的各种政治活动。一群女孩子说说笑笑，深一脚浅一脚地走过布满车辙的土路，两边是黑压压的树林。月光从树巅上筛落下细碎的光影，宿鸟突然轰的一声成群飞起，发出凄惨的叫声，又逐渐地平息下去，所有的人都忍不住打寒战。走过一处孤零零的坟头，一个当地的同学说这是孤女坟，埋着没有结婚的死人，她经常在夜间哭泣，还会跑出来抓男人。另一个同学立即说，不光找男人，还抓女人当替死鬼。所有的人都不敢喘大气，在隐隐的风声中谛听。良久，其中的一个突然大叫一声，大家都跟着她奔跑。这样的话题，在白天是没人敢说的。夜间迷路遇到鬼打墙，也是民间普遍流传的说法。我对于民间文化的了解,就是从走夜路开始,被白昼压抑了的原始信仰,在黑夜中复苏。

刚到农场的时候,和父亲的驻地相距八里。一个早去了几天的女孩儿,带着我和另一个女孩儿,一起去找父亲。那是一个星光灿烂的夜晚,原野因此显得喧闹。为了抄近道,我们在垄沟里深一脚浅一脚地走,远远的一排灯火好像随着我们的脚步向后退。荒草左缠右绊,干枯的草稞来来回回地拉扯着衣服发出呲呲的响声,小刺猬一样的苍耳干果粘在袜子上,刺得皮肤隐隐痛痒。那一夜,开始了我的人生之路,从此独立地行走在遍布荆棘的世界上。在那里,春夏秋冬四季都要浇灌庄稼,女工通常是看井,二十四个小时两班倒,一个人在地里要待十二个小时。所谓看水,是一个人守住一个窝棚,负责给柴油机添油加水,保证机井出水顺畅。另外两个人负责巡视垄沟,防止垄沟跑水,或挖开或堵上,引领水流顺序灌溉田畦。窝棚的一半挖在地下,让出一座小土炕,铺上麦秸和席子,周围垒几层砖,支起人字形的棚子,挂上挡风的草帘子。每个窝棚里垒一个烧柴的锅灶,看井的人要负责做看水人的一顿饭。另外还配备一件棉大衣,还有一盏马灯。站在星空之下,原野被柴油机的轰鸣和哗哗啦啦的水声震撼着,远远近近的马灯晃来晃去,照得人影像鬼魅一样忽隐忽显。特别是在一觉醒来,走出窝棚的一瞬间,银河倾泻着滑向天地之交的黑暗,常有恍如隔世的感觉。无论怎样切割时间,都必然有一趟夜行的经历。经常是三两工友结伴而行,在平原广阔的天幕下,人显得很渺小,眼睛看不出十步。偶尔有一辆机动车雪亮的灯光随着引擎的轰鸣,由远到近又由近到远,很快就消失在无边的黑暗中。再有就是骑自行车夜行的人,从黑夜的深处过来又融进神秘的黑夜。当地农民骑的自行车多数没有铃,看见人影的时候,就咳嗽一声。当身前身后发出人的响动,就要赶紧停住脚步,因为乡间没有交通法规,土路更没有人行道,咳嗽就好比是红绿灯。如果是晴空朗月满天星光微风徐徐的夜晚,看穹庐一样的天宇,无数的星星缓缓地布满弧形垂落的夜空,直至衔接起遥远地平线上的微弱灯火,一条白色的大路平缓地通往灯火微明的住处,偶尔一颗流星迅速地滑过,自然是无比地惬意。如果是狂风呼啸伸手不见五指的黑夜,又累得精疲力竭的时候,也就麻木得毫无兴致,突然的一声咳嗽也会吓得心惊胆战,不约而同地发出尖叫。只有事过之后,才会回忆起当时的狼狈,彼此模仿着各自的滑稽行状。

许多年之后,我进入了陌生的大城市,灯火的明亮并不能驱除夜行的恐怖。复杂的交通路线使大都市像迷宫一样难以寻找路径,迷路几乎是在所有的城市不断重复的经历。治安的混乱更是所有城市共同的弊端,夜晚是无序而危险的。即便是在住所中,也遍布危机。读大学的时候,经常在更深夜静时分传出来一声尖叫,所有的人都从睡梦中惊醒,起夜的女生在厕所遭遇了不轨的男人。漂亮的女生在下晚自习归来的路上,遇到男人的拦截,也是家常便饭。好在自己姿色平平,安全的系数比较高。即便是在北京生活了多年之后,也不免乘错车,问路时遇见不轨之徒的事情,也遇见过一两次。相对比较安全的办法是打的,但前提是能遇见熟悉街衢的熟练司机。如果碰上个二把刀,东绕西绕仍然回不了家。特别是这些年城市的改造,标志建筑经常改变,不要说外地人,就是当地居民,几天不出门,就分辨不出方位。有人打趣说,"北京China(拆哪)!China!"遇见路不熟的司机,也就没了脾气。就算在相对稳定的大城市中,当地居民对于交通的陌生也是普遍的现象。有一年在香港,当地的朋友约在一个地铁站的北出口会面,我和朋友准时到达,上来下去东找西找,就是找不到北口,只好垂头丧气地回来。回到北京之后,那位香港朋友写来信反复道歉,说自己在香港生活多年,竟不知道那个车站没有北口,实在是糊涂到家了。我自然没有怨言，只是觉得对那位朋友抱歉，她在香港只停留一周，一个宝贵的夜晚就这样浪费了。都市是巨大的怪兽，人是寄生在它浓密毛发中的跳蚤。

无论如何，在华语地区旅行总比在域外方便。鼻子下面一张嘴，只要语言相通，道路总是可以问清楚。而在其他语言的国度就要困难得多，犹如哑巴一样。有一年在日本，事先已经备好了交通图，根据朋友的嘱咐，迷路的时候就下地铁，总会找到大致的方位。可是日本的地铁门面极小，而且出口又极多，很有些曲径通幽的感觉。有一个夜晚从朋友家出来，极其自信地说没问题，肯定能找回去。结果转了一个多钟头也找不到地铁的标志，想朋友已经休息，不好再回她家打扰。路上几乎没有行人，好不容易看见一对嬉闹着的年轻人迎面走来，鼓足勇气迎上去，结结巴巴地把几个单词吐出来。年轻的女孩子笑着指了指身后，这才发现地铁站的标志隐蔽在一片霓虹灯的商业招牌中，这是现代文明的鬼打墙。喜出望外之余，立即搜肠刮肚寻找词语，衷心地赞美她的美丽。还有一个夜晚，到站以后，随着人流往外走，竟然找不到下榻的旅馆。向一位年轻的女子问路，本来就蹩脚的日语因为紧张而更加笨拙。好不容易想好要说的话，刚说了一半，她立即用流利的普通话说，我是中国人，对这一带不熟悉。

不管怎么说，城市的夜路总比乡下的夜路好走些，交通设施的完备可以随机应变。特别是在国内的城市中，各种不期而至的细节，像小小的悬念带给人生意外的感动。有一年去香港，坐上飞机之后，才发现一个港币也没带，到了广州如何购买去九龙的火车票？邻座是一位老伯，他知道了我的难处，立即告诉我人民币兑换港币的比值，我按最高的价位拿出人民币，他痛快地将港币换给我，并且帮助我把行李运出白云机场，还要替我找旅馆。我属于"偶尔打次的"的阶层，不是时间紧张到了极点，或者自行车被盗，是舍不得花钱的，因此，骑自行车穿过黑夜的北京是经常的事情。有一年，为了参加一个外国著名电影家的回顾展，每天晚饭之后，骑着自行车从和平里到小西天，连续看两场电影，午夜时分散场，再骑着车回家。才知道夜的街道是那样的喧闹，行人一群一伙儿，多数是年轻人，他们肆无忌惮地说笑，彼此追赶着打闹，快活得像毫无烦恼。走过一处街口，突然觉得陌生，不知在什么时候走岔了路。正在犹疑不决的时候，一个年轻人走过来说，阿姨你上哪？我简单地告诉他目的地，他立即热情地详细告诉我方向。午夜的街道近于狂欢的节日广场，只是夜夜相连延绵不绝，与岁月一同流转，而且是青春勃发的世界，活力四射不受羁绊。有一年在长春，一个人打的到火车站，赶晚车回北京。刚进站前广场，一个少年跑过来，顺手拎起我的行囊说，阿姨我送你进站。他把我一直送到检票口，拿出一张晚报递给我，有些羞涩地说，阿姨买一份晚报路上看。我毫不犹豫地接过报纸，给了他一点钱，他立即消失在拥挤的人堆里。这就是中国，即使是施一点小计谋，也能带给你愉悦的温暖。在国内的夜行奇遇，不时呈现着中国生存的意外感动，这使我们的人生行旅，常常"在期待中"无意地延展，语言是最可靠的路径。

　　走夜路的种种尴尬，其实也是人生的基本象征。在黑暗中摸索是所有人从成长到死亡都面临的基本处境，是无法逃离的存在之旅。能够有惊无险，已经是命运的关照，经历一下黑暗中的恐怖与无奈，也有助于巩固对于光明的信念。

四

　　在黑夜中行走，也是摆脱世俗的纠缠，返归生命本色的途径。对于黑夜的留恋，其实来自本能。无论贵贱贫富，所有的人都出自黑暗的母体。能够在黑夜中惬意地行走，就像是回到了母腹中。民歌里多有礼赞夜晚的歌曲,沉静是修辞的基本内容。就像舞厅中的演唱,通常歌咏的是不夜之城的繁华。一切的文明都有衰落乃至毁灭的可能,而夜晚所象征着的自然生命则会永存。

最初发现自然夜色之美,是少年时代的天赐机缘。那是在冀西山地的一条山沟里,灯火很少还时时停电。月亮和星光经常是唯一的光源,夏夜则有萤火虫出没在草丛中。走夜路是不可逃避的现实,其中的乐趣也是无意识地渴望黑夜的自由本能。有条件的人家都准备着手电筒,出门的时候就打亮一道光束。走在路上,时时可以看到一些光束晃来晃去。那里的夜实在是太美了!黑黝黝的高大松树,疏疏密密地生长在高低不平的山坡上。清澄的月光安静地照下来,幽幽地照出微弱的明暗变化。龙蛇一样盘旋扭转的大树枝,一层层重叠着动起来,在风声中游走,擎起沉重的黑暗天宇。宫殿的飞檐和汉白玉的桥与石人石兽,在月光的清辉下,轮廓模糊地呼应着天地间的沉寂。隐隐的狗吠,远远近近地传来,山影重叠出墨色一般的黑晕,三两颗星不时闪烁在深不可测的夜空。携三两友人,在黑暗中摸索而行,看不清前面的路,来时的路也一步一步迅速地消失在身后的黑暗中。幽深里也会有光线的隐约变化,始知即便是黑色也有着丰富的微小差异。中国古代绘画用墨的原理,大约最早起源于黑夜中的色彩感觉。在国外也是如此,那一年在冬宫,讲解员指点着一幅伦勃朗的画说,这个人衣领上的黑色有二十六种。寂静弥合了白昼种种有形的事物,宇宙恢复了广大无边的混沌,以宽厚的神秘安抚着所有的灵魂。人溶化在沉默中,回到了生命的源头,不知今夕何夕!

成年之后,在镜泊湖,在张家界,都经历过类似的美好夜晚。月色朦胧,星光点点,一群友人说笑打闹,努力打破深夜的寂静,又迅速地沉入无边黑暗中的静谧。最难忘的是那一年在日本箱根的自然博物馆,和两个朋友在夜色中漫步山顶。游人稀少,宿鸟偶尔发出一声长鸣。皎洁的月光柔和地笼罩着天地，照出树林中宫殿的门楣和飞檐，分割出远处灯火亮成的浩瀚星海。立即回想起早年听过的歌《箱根的月》，佐田雅志回肠九曲的歌喉，把人生的悲凉升华为缓缓流转的诗情，陶醉在温柔的月色中。夜抚慰着被生活磨砺得粗糙了的灵魂，使它重新变得柔软。已经是初冬的季节，一个朋友穿了一件浅色宽松的羽绒衣，披散着头发，远远看去是一个地道的古装的日本少妇，像是从紫式部的小说《源氏物语》中走出来的人物。现代的日本和古典的日本水乳交融，沉浸在无限宽厚的夜色中。

即便是在凶险的大都市里，黑夜中的奇遇也会时时让人感谢一生一世的幸福机缘。那一年在印度的瓦达纳西，拥挤的车流和人群冲散了同行的人。我和一个女伴在夜色中一筹莫展，商量来商量去，决定原地等待，估计会有人来找。左等右等始终没人来，决定去找一找。瓦达纳西是佛教的发源地，就在恒河的边上，有几千座寺院。巨大的热带树木遮挡着昏暗的光线，白色的石头建筑泛着淡黄的光。走近一处规整高大的建筑，发现竟然也是一处寺院，而且完全是用光滑的石头建筑的。出出进进的善男信女们的身影，晃动在橘黄色的光晕中，闹不清楚是属于哪一个宗教。上上下下走来走去，找不到同行的人，到像是进入了阿拉伯童话的世界。走到街上，回转身，那世界又消失在浮动的光影中。百般无奈之中，继续东撞西撞地寻找，一阵旋律热烈循环的歌声和香火气，把我们引进一座小庙。门面上重重叠叠的砖雕，被人摸得油黑发亮，拥挤的回廊中有一个小院落。一个强壮的年轻歌手，弹奏着一种弦乐器，陶醉地放声歌唱，全身肌肉都颤抖着。几个老少男人为他伴奏，所有的听众不分男女都席地而坐，其中还有抱着孩子的母亲。他们随着歌声摆动着身体，有的还拍打着地面。这是一个真实的印度，乐天的性格中有生命融入宇宙、雄浑一体的极乐感受。那一夜，最后是靠打的走出魔幻一样的闹市，幸亏记得旅馆的名字，同伴的英语也足以对付。迷路带来的意外发现，足以补偿失散的惊险。

　　真实的夜晚带给我的触动是复杂的。那一年去俄罗斯，每一个夜晚都几乎是在历史文化的体验中度过。在著名的麻雀山散步，那是当年列宁读书思考的地方，革命之后改名为列宁山，苏联解体之后又改了回去。那是一个平缓的土丘，却见证了历史的沧桑巨变。小贩在微弱的光线中出售各种俄罗斯的工艺品，几辆豪华的摩托车呼啸着从山下冲上来，转一个弯又呼啸着冲下去。驾驶员穿着一样的崭新运动服，带着不同品牌的头盔，看不清脸面，只能从他们的形体动作中判断是少年，估计都是"俄罗斯新贵"的后代。在克里姆林宫看《胡桃夹子》，在大剧院看通俗歌舞，在作家协会召集的晚会上看农民演出的乡村舞蹈……在多重精神的艺术展示的间隙中，也看到黑夜俄罗斯的另一重面貌。有一夜，路过普希金广场，白天高大的塑像隐没在浓重的黑暗中，只剩一个大致的轮廓。四周昏黄的路灯光影中，停着不少宝马一类的高级轿车，车内前排坐着职业暧昧的漂亮女人，化妆成欧洲电影中全包的高级二奶模样，据说一夜收入一百美金，相当于一个国家功勋芭蕾舞演员的一场演出费，内心的感受无法表达。在莫斯科与圣彼得堡途中的小镇瓦尔泰，光线更加黯淡，在起伏不平的土路上，几个刚洗完桑拿的女孩子，头上包着白色的毛巾，把脸盆搂在腰上，从湖边的小木屋中走出来，漫步走进无边的夜色。回想来时的白昼，一个牧羊人把长长的鞭子搭在肩上拖在身后，套鞋稳稳地踩在泥泞的土路上，跟着一群牛走进茂密的树林。一个老人，站在大木屋的台基下，漠然地看着来往的行人车辆……托尔斯泰的俄罗斯仍然以它的沉默存在于时间的空谷中，即便是在黑夜也不会改变。

　　我留恋黑夜，就像我热爱每一个白天。

乘出租

出租车是城市的精灵,载着我们这些疲惫的旅人,奔走在迷津一样的畏途。乘出租的乐趣,就是在不可知的世界,获得暂时的确定性。

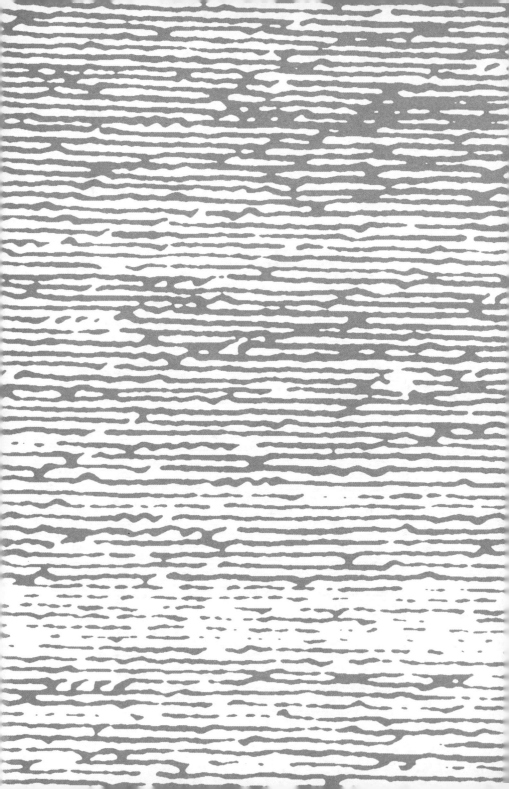

一

现在所谓的出租车,一般是指小汽车。而且都是自动打表的计程车,乘客可以监督司机收费。"Taxi"是全球化的名称,乘出租的通俗说法是"打的"。有人考证,这个词来自香港,"的"是"的士"的简化,区别于大车的"巴士";"打"是"搭"的音转,原意是搭乘"的士",因此被认为是殖民化的语言。另一种说法是,"打"来自广东白话,意思多样,作为动词与"车"搭配,这样没有了殖民化的嫌疑。车是国粹,可以追溯到黄帝的时代,有车服,他因此被称为"轩辕","车行"也成为帝王的代名词。到了夏禹的时代,一个叫作奚仲的人,改其形制,被视作制车的始祖。那时候的动力是牲畜,主要是马,大概也限于贵族使用。不知道经历了多少个时代,车普及到民间。最早是牛车,在我下乡的现代化农场,路边还有弃置的牛车,很宽的木轮子上包了铁皮,上面布满了铁钉。蒙古族称牛拉的车为勒勒车,区别于人骑的马,主要用来运输帐篷等辎重。少小时,小朋友们打扑克,最简单的游戏是两个人玩的"老牛拉破车"。东北民间男人所谓的"三大痛快"之一,是"坐着牛车到老丈人家去"。至于其他的畜力,则相对比较晚。诸葛亮发明的木牛流马,则是以人力为主,特点是轻便,"木牛即今小车之前有辕者,流马即今独推者",也就是拉着走的平板车和推着走的独轮车一类的人力车。当初是用来转运粮草,后来也拉客,骆驼祥子拉的就是这种改良之后的车。推而广之,所有用轮子转动的器具和机器，都称之为车。而且发展出动词的词性，与轮子相关的工作都以"车"来概括，诸如车水、车螺丝钉等。从事与轮子相关工作的人被称为车匠，使用现代电动机械车床的工匠则称为车工。著名作家汪曾祺写于四十年代末的小说《戴车匠》，详细地描写了一个作坊主人的两张用金属齿轮带动的脚踏车床，车出来的物体形状是各种规则的圆形，飞动的刨花则像兰草的叶子，等等。"文革"中，在"读书无用"思潮的影响之下，工人是首选的职业，但是对工种也有好赖之分，"车、钳、铣，没法比"。车工被排列在首位大约是由于轻松干净，而且比起翻砂工等重体力工种，技术含量也高。

汽车的发明不过一百多年，一般公认是 1885 年 10 月，德国技师卡尔·本茨设计制造了世界上第一辆三轮燃油汽车，也就是第一代奔驰车。世界上公认这一年是汽车诞生年，尽管前一年，有人发明制造了摩托车。它的革命性贡献在于，彻底改变了车的动力系统，有赖于科技的综合性飞跃发展，除了机械以外，化工、电力、交通等部门的发展都是前提。燃油不仅取代了古代车的畜力，也取代了近代的蒸汽，速度与轻便是基本的特征。这是私家车大量涌现的原因，也是发达资本主义国家都相继设计制造出自己汽车的原因。汽车很快就产业化，在一百多年中，更新换代激烈竞争，成为人们日常生活中不可或缺的交通运输工具。好莱坞有一部著名的电影，中文名字是《肖申克的救赎》，其中有一个老犯人已经被体制化，出狱以后无法适应外界的生活，只得选择自舍。他最大的恐惧之一来自汽车，入狱之前，他只见过一辆汽车，到出狱的时候，满街都是汽车。对于我这一代人来说，凡是出生在不算偏远地区的，汽车一开始就是世界的一部分。有一位出生在闭塞矿区的著名作家，十八岁以前没有看见过自行车，料想他不会没有见过汽车，运送矿石的工具大多是火车和载重汽车。不通火车的地方很多，但是汽车到不了的地方则相对比较少。我下乡的干校农场，要解散的时候，把干部们再一次下放去插队改造，他们编了天津快板自我批判，其中有关于交通的内容，大致是说，希望所去的地方，"离车站不远，还得常有电"。他们所谓的车站，应该是包括汽车站在内的公共交通设施。

出租汽车出现的年代几乎无法考证，网上查得到的记录，只有第一辆出租汽车出现在美国，第一个出租汽车公司出现在英国。此外，就是关于全球几个大的出租汽车公司的介绍，而且是放在商战策略的标题下。比如，英国的巴吉特公司是首先迅速扩展业务的出租汽车公司，在全世界三十七个国家设立一千二百个出租汽车点。中国的第一辆出租汽车则有案可查，大约是在1912年前后，上海一个二十出头的洋行领班周锡杖，得了一笔外财，又借了一笔钱，买下一辆日制的黑龙牌旧篷车，雇了人开着载客。半年之后，又贷款一千银元，买了第二辆车，三个月以后，还清了所有贷款。之后，他开了中国的第一家出租汽车公司，名为"祥生"，到抗战时期，已经发展为拥有五十万元股金、二百三十辆汽车、二十二处分行、八百名职工的第一大出租车公司。周锡杖买旧篷车的时候，距离第一辆汽车出现在中国已经十一年。关于第一辆出现在中国的汽车，说法大不一样。一种说法是，1901年，汽车发明十六年之后，匈牙利人李恩时带来两辆美国制造的"奥兹莫比尔"，经香港到上海。次年1月31日，公共租界的工部局决定向他发放临时牌照，允许他开车上街，每月要缴纳两银元的税金。也是在这一年，直隶总督袁世凯为了祝贺慈禧六十大寿，用一万两白银购进第二代奔驰小轿车，黑色木质车厢，四轮实胎，轮子有辐条，铜质的车灯，四根立柱支起车篷，周边有黄色流苏，酷似四轮马车。由此引起的逸闻，惊动朝野。看见这样精致的车，慈禧大喜。她第一次乘车出紫禁城的时候，突然发现司机是自己以前的轿夫，坐着开车，

乘出租

不但和自己平起平坐，而且还在自己的前面。这使她大为愤怒，以为有失尊卑秩序，便责令他跪着开车。司机只得从命，但是手不能代替脚去踩油门和刹车，路上险些酿成惊天大祸，吓得王公大臣纷纷下跪，祈求老佛爷不要冒这个险。慈禧只得换上原来的十六人抬的大轿，从此对汽车不感兴趣。这辆老爷车被移置颐和园，历经沧桑与内忧外患的战火烽烟，居然保存完好，目前放在颐和园的德和园中，应该说是一个奇迹。从少年到成年，看到这辆车的次数已经数不清了，而关于它的掌故与价值，却是刚刚发现的。这辆车虽然很早就进口了，但是一直闲置在皇家禁园，当时很少有普通人看见。而李恩时的汽车是经常上街的，看到过的人一定不少。所以，要论第一辆出现在中国的汽车，非它莫属。

二

中国人乘出租汽车的历史应该说不长，即便是从1912年算起，也还不到一百年。但是这一百年间的历史，可谓翻天覆地。出租汽车也随着时起时浮，而且是一个逐渐平民化的过程。"祥生"的时代，乘坐出租车的大概主要是外国人、买办和富有的中国人。鲁迅在上海的时候，几乎不去公园，他除了看电影以外，最奢侈的享受是坐出租车兜风。看电影和坐汽车两项娱乐还可以结合起来，坐着汽车去看电影，符合他特别珍惜时间的性格。而且，每次都是和家人与朋友一起去，一辆车肯定是坐不下，花费不会太小。张爱玲笔下的遗老家庭，多数乘车出行也是以出租车为主。比起他们来，《连环套》里的霓喜进了一步，可以自己开车。一般来说，乘出租的属于中产阶级。达官显宦有自己的专车，不会屈尊乘出租汽车。教授阶层有自己车子的，在我的印象中，只有梁思成一家。太贫穷的人显然没有乘出租的财力，李恩时每月两银元的车税,相当于一个门房小半个月的工资。即便是教授阶层,通常也是乘黄包车,这在老舍的《骆驼祥子》中有过详细的描写。革命以后的岁月,汽车是权力的象征。八十年代反特权的风潮中,"屁股后面带冒烟的阶级"是形象的表征。对于权力的渴望,一般以两句话概括——房子要住大的,车子要坐小的。即便是在八十年代的北京,高档的出租汽车是皇冠,只收外汇券,工薪阶层是消费不起的。我第一次乘出租汽车,也是在那个时代。一个到北大进修、同居一室的女友,学业完成后南归。她在校外的出租汽车站叫来了汽车,我帮助她搬行李,一直送到北京火车站。那是一辆浅色的伏尔加,记得她付了十二元人民币。当时我以助学金为生,每月四十五元,一个大学助教的月薪也不过如此。著名的中国古代家具收藏专家马未都,谈到过一件发生在那个年代哭笑不得的往事。一个熟人告诉他在郊县的农家发现了一件珍稀的家具,情急之中一起打了车赶去,发现不是那么回事,只好垂头丧气地回城。车快到站的时候,熟人借故离去,只好由他支付二百元人民币的车钱,而当时他每个月的工资是八十多元。可见,就是低档的出租汽车,也不是一般工薪阶层可以问津的。

改革开放使私家车多了起来,七十年代末,在大学读书的时候,曾经听一个同学说起,北京第一辆私家车属于一个著名的歌唱家,是日本的丰田,用了六千元人民币。十几年后,在香港,有一个朋友问我,北京是否平均十个人有一辆车。相隔只有十几年,可见发展之快。她的问题让我不可想象,别的不说,就是交通也承受不了。这使我记起"文革"后期听说的一件趣事,外交开禁以后,回国探亲的华侨有赠送亲友汽车的,被亲友拒绝,原因是没有地方放,同时也支付不起汽油和各种其他的费用。至于当年的政策是否允许私人拥有汽车,我已经忘记了。他只好立即把车捐献给国家,因为仓库的保管费与日俱增,私人根本缴纳不起。出租车也与此同时多了起来,而且适应各种收入阶层的价格不等。很有些"旧时王谢堂前燕，飞入寻常百姓家"的意味。北京最便宜的是小型的面包车，也就是"面的"，黄色居多，也有白色的。家来老年客人的时候，为了安全和准时，我通常是打面的。时间不长，面的就被交通部门禁止了，这使不少集资刚买了车的人破产。其次，是夏利，花费高于面的，但是要比面的体面。再往上是桑塔纳，已经属于中产阶级的消费水准。最高级的可以到凯迪拉克，一般是婚丧场合租用。不仅是北京，上海2003年已经发展到4.5万辆出租车。而且，这个时代的出租汽车，多数已经是合资的国产车，与20世纪初，被称为万国汽车博览会的情况大不一样。连带着想起中国第一辆国产汽车产生的时间，准确地说，是1929年的5月。很荣幸，诞生在我居住的城市。当时主政东北的张学良，指示辽宁迫击炮厂下属的民生工厂转产制造汽车。厂长李宜春从美国购进瑞雷号整车一辆，作为样车，设计制造出来。1931年9月12日，在全国道路协会主办的上海市展览会上展出，蒋介石派了各路要员到会祝贺，引起中外人士的注目。

  中国的出租车已经普及到了县一级城市，成为普通百姓应急时主要的交通工具。收费标准也有相应的差别，北京起价是十元人民币，省会城市是七元，市级城市是五元，县里是多少，我还没搞清楚。美国人喜欢说，五十年代的人是和汽车文化一起成长的，很多人的初夜发生在汽车上。其实，汽车对于中国人的影响也很大，特别是出租汽车。著名导演吴宇森执导的《英雄本色》，作为世俗神话的经典，不少的情节都和汽车有关。煽情的内容是国粹，所谓中国人最重视的"五伦"，除了君臣之外，其他各伦皆备。担纲的是朋友之情，周润发扮演的小马哥可谓出尽风头，狄龙也因此创作出了自己演艺生涯中最富于魅力的形象。故事发展的形式则是舶来品，汽车因此具有象征的意味，出租车行的设计一石三鸟，既是惊险情节叙事的最佳途径，也是殖民城市外来文化的标志，还是人物性格得以发展的最佳环境。著名作家王安忆的《遍地枭雄》，把她多年来关注现代都市民间部落的目光，锁定在来自乡土的少年、出租汽车司机毛豆的传奇生涯中，农业文明与商业文明的碰撞，以两种时间形式的错杂交替为基础，表现了城市化过程中，乡土社会的价值观念深入人心的广阔历史时空背景，由此带给人生难以承受的心理压力。汽车的象征意义也是自觉的，因为它改变了中国人的生存方式，比起当年火车出现带来的震动还要剧烈一些。

现代化的文化压力只相对于有乡土生活经历的人，对于在现代化的气氛中成长起来的一代人并不存在。他们的心灵一开始就被新的时间形式所塑造，在重新规划了的时空形式中，他们感受到的是新的生存方式的压力，几乎沦为各式各样消费时尚的奴隶，连反叛的思想资源与情感冲动都没有。小资渴望的是别墅与车，进入中产是人生奋斗的目标。乘出租已经成为平民化生活方式的一部分，区别于有车一族。八十年代中，一位先锋作家在自己的小说里，嘲笑物质化时尚生活的堕落，有一项还是"出门就打的"。新世纪的中产，已经视"打的"为不入流的生存水准。有一个朋友，上班的时候说，我去停车。别人立即问，你开的是什么车？答曰，自行车。引起哄堂大笑。类似的经历我也有过，外子到火车站接我，同行的朋友问，他开的是什么车？我告诉他，是电动自行车。他立即报以礼貌的沉默。还有一次，带着学生访学，约了一个世界知名的作家。学生在忐忑的期待中，问他开什么车？答曰不知道。过了一会儿，名作家骑了一辆破旧的自行车准时到达。他连车都不肯打，说是为了锻炼身体。临别的时候，与他开玩笑，说你的车不值五十元钱，他立即笑起来。这是这次访学最有意思的印象。

三

现代意义上的出租车，需要具备两个基本的条件，一是燃油为动力，一是自动计时。如果仅仅是载客的话，即便是在现代的大都市里，车辆的品种也很多。电动三轮车是其中之一，密封的帆布车厢在冬天很挡风，也挡住了交通监管人员的视线，但是没有自动计时的装置，主人可以随口开价。脚蹬的三轮篷车，在北京，基本用于外地人的观光，因为小巧灵便，可以出入许多燃油车的禁地，便于串狭窄的胡同、寻访隐秘的古迹，车夫通常是外地人，老市民是不屑于干这个营生的。价钱是事先议好的，当然其中的折扣也难以防范。在中小城市，不是节庆和重大的事件期间，也会有一些只为拉客的脚蹬三轮篷车，车夫多数是附近村子里的农民，利用农闲和早早晚晚的时间，赚点额外的钱。也有少数下岗的工人，因为没有其他可以谋生的技术，只能出卖体力。有技术的工人，下岗之后要开也是开出租车。夏天的时候，时间来得及的话，乘三轮篷车比乘有空调的出租汽车要舒服得多，当然需要讨价还价。有一年，半夜时分，到达一个地区级的城市，因为不熟路，雇了一辆类似的脚踏三轮，对于行情一无所知，只好听凭蹬车的小伙子漫天要价，花了二十多元钱才到亲戚家。说给他们听，他们都笑了起来，说三块钱就可以过来。对于乡土的生疏，莫过于这一次挨宰的经验。

这些车辆也属于出租的范畴，只是速度慢，也不自动计时。在西方，最早的出租车也不具备这样两个特征。1588年，欧洲就出现了承揽出租业务的四轮马车，富有的人出行时经常雇用。1620年，伦敦出现了第一家出租四轮马车的车队，仅有四辆车，但是车夫们穿着专门设计定做的整齐制服，引起市民的关注。1654年，英国议会已经颁布出租马车管理法令，向出租马车的公司发放营业许可证。

又过了二百多年，世界知名的大侦探福尔摩斯，在阿瑟·柯南·道尔的笔下诞生。他身着斗篷式的大衣，脚蹬锃亮的皮靴，戴着小檐的帽子，手里握着烟斗，经常威严地坐在四轮马车上，颠簸于石头堆砌的道路，穿行在浓雾弥漫的伦敦街头，迅速地赶到案发的现场，或者胸有成竹地奔赴罪犯隐匿的地方。又过了一百多年，他的传奇被简化成幽默的小品。其中的一则是，阿瑟·柯南·道尔刚乘上一辆马车，车夫立即问，您是柯南·道尔先生吧？他很惊异，也很得意于自己读者的众多，影响所及连车夫都独具犀利的目光。便问道，你根据什么判断出来的？车夫答曰，我在您的行李上看见了有您名字的标签。

查阅了一些资料，发现连"Taxi"一词最早也来自马车。小汽车的英文"Cab"从法文的"Cabriolet"（单马双轮车）简化而来。法国在十八世纪就有了这样的马车，由于当时的路面不平，车身又轻，行进的时候奔跳起来，使人联想到小山羊，因此得名"Cab"。这种马车传入英国之后，被英国人简化为"Cab"。汽车发明之后，因为外形和这种马车很相似，"Cabriolet"又被用来指汽车，由于伦敦的"Cab"多是用于出租，这个词又专指出租汽车。在这个词的演变中，语义的不断转化，记录了农业文明向工业文明发展的过程。而"Taxi"直接的语源则是英文"Taximeter"，原意是计价器。出租车安装了自动计时的计价器之后，改名为"Taximeter Cab"，大概是为了区别没有计价器的"Cab"。逐渐简化为"Taxicab"，最后缩减为"Taxi"。这个不断缩减的过程，是农业文明逐渐消失的语用记录。出租车变成了计价器，起源被忘记了，基本的功能也被遮蔽。从这个意义上来说，现代的出租汽车最重要的标志是计价器，它是契约关系物化为技术的表征，也是主客关系紧张的证明，与其相信人，不如相信机器。

回过头来想，如果仅仅以计价器为标志的话，中国古代就有了计算里程的车子。手头有一本《鲁迅珍藏汉代画像精品集》，随意浏览的时候，发现了一幅出自肥城孝堂山郭氏石室画像的"车骑出行"。仔细分辨，有车两辆，前后都有马队随行，近于当下的摩托开道、警车随行。小的轿式马车，由四匹马驾车，估计是尊贵富有的客人。前边的双层大马车由两匹马拉，大概就是计程车了。上层有两个宽袖的小人对面击鼓，下层有四个小人两两相对，干什么却看不清楚。赶紧到网上查找相关信息。一条是，公元417年，中国出现了最早的计程车，因为用鼓计程，被称为鼓里车。行五百米，下层敲鼓；行五千米，上层敲锣。这是在东晋末年，距离汉代也有近两百年了。变化在于锣鼓交换了位置，也明白汉代画像石刻中的计程车下层的小人是敲锣的。还有一条信息，是说计程车出现在汉末魏晋时期，叫作"记里鼓车"，车的形制与石刻中的相同，也分两层。只是计程的工具有变化，上层设钟，下层设鼓。车上有小木人，戴峨冠，着棉袍。车走十里，小木人击鼓一次，击鼓十次以后，击钟一次。由此知道，计程车上的小人是假的，由机械控制。最有意思的一条信息，是陕西科技馆展出的根据文献复制的汉代计里鼓车。它的原理是，双轮马车每转动一百圈儿正好一里，带动车盘上一个特制齿轮转一圈儿。这个齿轮又通过连线和两个小人连接，带动小人手臂挥动一下，小人手里的鼓槌跟着打击车座上的小鼓一次。小人击鼓一次，表示车行一里。网上配了一张图片，可以清楚地看到下面的机械和上面的小人。从文字到图片，都是说两个小人击鼓计里，没有敲锣击钟的内容，看来这样的车需要另外计算鼓声来结账，还需要专门有人听鼓声记账，否则是很容易疏忽出错的。而且，车只有一层，不分上下。但是，鼓和小人与汉画像上相差不远，甚至包括衣着。

还有一条信息言之凿凿，宋朝有一个叫卢道隆的人，也制造过记里鼓车。他的车也是两个车轮，有六个齿轮，随车轮转动。车轮向前转动一百圈儿即六十米，为当时的一里路，车上的中平轮刚好转一圈儿。齿轮上的一个凸轮是拨子，拨动车上木人的手臂，使它击鼓一次。车上还有上平轮，中平轮转十周，上平轮转一周，带动木人击钟一次，表明行路十里。这条信息就机械的原理来说，比起汉与魏晋时代的记载要详细得多。以钟代锣是主要的差别，但是，没有说小人的数量，也没有说车子的结构。从文字上推敲，钟在上层，鼓在下层，应该是两层的车厢，和画像石刻中鼓在上层的结构也不一样，而与关于魏晋时代的计里鼓车的介绍相同，计时响器的变化可能与文化制度的演变有关系，现存的古代城市都有报时的钟楼和鼓楼。敲锣的场合，除了戏曲演出的时候，就是街巷村落召集居民的需要。在有线广播普及之前，这是主要的通知方式。

关于中国古代计程车的文字，尽管说法不尽一致，但是有一点是相同的，所有的记载都表明计程车和载客的马车是分离的。也就是说，现代计程车的两个功能——载客与计时，在古代是由不同的车子分别担当的。这就使古代的计程车格外的豪奢，不是普通人家雇用得起的。画像石刻中"车骑出行"的排场，即使不是墓主人生前的记录，也是当时人们的豪华向往。相比之下，现代的计程出租车朴素之极，不仅功能齐全、材料节约，还体现了平民化的时代风尚。打表走字适应着所有人的文化水准，只有盲人除外。除此以外，还有适应现代人的其他服务，比如北京大出租车公司的车票上，有准确的时间记录，有电话号码，遇到意外情况便于联系。有一年，到北京开会，下车的时候，忙乱中忘记了拿箱子。经人提醒，查看车票上的电话号码，通过出租汽车公司，找到了那位司机，很快就把箱子送了回来。当然，这一段路程的车钱是由我来付的。这实属幸运，上了一辆正规的出租车公司的车，如果是黑车，箱子肯定是找不回来的。

四

早年,我乘坐出租都是沾单位或者长者的光。菲薄的收入,不敢问津费用昂贵的出租车。不仅是我,全世界的年轻人大概都处于相同的境遇。有一年在长崎,一个在校读书的女孩儿陪我逛市容,辗转打了几次车。她对我说,这是老师给我的钱,如果是我自己的,我是舍不得这么用的。可见,尽管出租车已经相当的平民化了,但对于没有固定经济收入的人来说,还是奢侈的。阶级的差别也体现在生命的周期中,消费的水准是代沟产生的必然。1968年,巴黎的"红五月"学生运动是最典型的例子。只有一次,是在香港,迷宫一样的商场转晕了我的头,和同行的人走散了。独自在街头观望,万般无奈之中,找了一辆出租车,告诉他寄宿的地方,才和朋友联系上。记得用去将近五十元港币,单位给我的出境补贴只有三百元港币,一下用去了六分之一。当年,人民币和港币的比值是二比一,换算成人民币就是近百元,比一个月的工资和奖金加起来还要多,心疼自然是不用说了。

经济条件稍好之后,根据穷家富路的原则,遇到时间紧张的时候,也偶尔自费打一次车。只是,这个时候,北京的面的已经没有了,夏利也几乎被淘汰,出租车通常的价位好像只有两个档次,每公里二元人民币和每公里一元六角人民币,这样的费用对于我的收入水平来说,还是需要掂量掂量的。能乘公交车的时候,尽量乘公交车。只有在陌生的城市,到陌生的地方,才不吝惜花钱打车。这样的心理大概是普遍的,一个南方来的朋友说,到了北京就把自己交付给出租车司机。隐含的意思是,哪怕遇到作弊的司机,也在所不惜。还有一个只能听天由命的问题,是能否遇见熟悉道路的司机,如果遇见一个二把刀,比作弊还要命。夏天在一个外地的城市,半夜打的回家,要去的是东门,结果送到了西门。尽管一再道歉,也无法弥补,只好搀扶着八旬老母穿越一所漆黑的校园。至于遇见用出租车打劫的，或者是打劫出租车司机的，也是社会新闻中经常出现的案例。而且，有些人是利用别人的同情心作案，这就加重了社会心理的危机。有一年，深夜出飞机场，一个司机迎上来，要送我回家。我跟着他上了车，突然发现还有一个女人在里面，立即紧张起来，拎了提包就下车。他追着解释，是媳妇下夜班跟我回家。我不听他的辩白，另外找了一辆车，这就是耳闻的各种恶性案件，带给我的警示效果。我已经算是勇敢的了，朋友中不乏害怕深夜打车的人。当然，也有另一种奇遇，性情相投的人超越了雇佣的金钱关系，发展为来往密切的朋友，这多是在男人中，一般以酒为媒介。还有遭遇爱情的时候，我只在电影和通俗小说里看到过。

　　一般的情况下，意识不到乘出租车的必要，只有在特殊的情况下才会强烈地感受到没有出租车的苦恼。在繁华的大城市里，许多的街道是不允许随便停车的，比如老北京火车站的外面，打的需要走很远的路，如果行李太多的话，是很不方便的。一生中最困难的一次，是家里来了一群亲戚，其中有老人、婴儿和产妇。适逢政治风潮，公交车停运，出租车也都被公司禁止出行，只好到街头张望，想找一辆平板三轮车代步。运气尚好，遇见了毗邻而居的司机同事慷慨相助，用面包车把他们送到了火车站。有一年的夏天，正在街上办事，突然暴雨倾盆。赶紧打的回家，走到一半，车轮已经被水淹没，司机说下水道的排水量有限，街上的积水一时排不出去，只能到这里了。没有办法，只好蹚着水，走了老长的路。冬天，这座城市又降了五十年来最大的一场雪，交通全部瘫痪，出租车自然也无法行驶。全市的中小学放假两天，许多职工无法回家，单位只好在附近的宾馆开房间。在法力无边的大自然面前，人类创造的现代文明实在是非常的脆弱。现代都市人的种种骄傲，其实是建立在这种脆弱的基础上。

不管怎么说，出租车普及利大于弊，至少我是深受其惠。也是在去年，我提着不少东西走出商场，大雨点落了下来，正踌躇着不知如何是好，一辆出租车绕了一个漂亮的大弯拐过来，我这才摆脱了困境。在任何一个城市，都会遇到送新娘的车队，大多也是租来的车。这改变了坐轿子的古老婚俗，至少节约了人力。像慈禧太后那样憎恶汽车的人已经不多，即便有十六抬的大轿可以乘坐，轿夫也很难找齐，就是找齐了，人工的费用也并不比燃油低。出租车最大的好处，是简单方便，不用操心维修、保养等各种事务，也没有停车费、违章罚款等烦恼。安全系数也比自己开车高，司机都是经过严格考核的，对于汽车的性能、维修、交通规则和道路的管理等，有着全面的知识准备。从经济的角度来说，乘出租比私家车也要省钱，至少不用准备车库。一个人就是"出门打的"，一年的车钱一般不会超过私家车的各种税费和油钱，也省去了路考等麻烦。

打的对于搞文学的人来说，还有一个好处是"都市采风"，对于像我这样长年蜗居在书房的人尤其宝贵。出租车司机十个中有九个是爱说的，这在各地都一样。在车上不负责任地闲谈，各种隐私可以直言不讳。我在这十几年的打的经历中，遇到过各式各样的司机，有的曾经是小老板，娶了被他家剥削了三年的外地打工女子，因为拆迁店面，不得已而改开出租。有的曾经是国有大企业的司机，因为爱自由的天性，自己出来开出租，可以逃避政治学习与人事纠纷。有同时和朋友在内蒙古开着农场的，有做买卖亏了本转行当的，有被人诓了辞职又被老板炒了鱿鱼的，还有婚变之后渴望摆脱坏心情的，或者为了照顾母亲而关闭商店的。至于他们的家事，更是五花八门无奇不有，有的几百块钱就出售了一个四合院，有的已经买下了大套房，有的子女考上了名牌大学，有的兄弟之间闹分家大打出手。有一个基督徒，一上车就塞给我一本小册子，大声地宣讲主无所不在的神性。对于自己的工作，他们也各有各的诀窍，说得出一套套的生意经。关于各自的收入则大致相同，有明显吹牛的，也有刻意隐瞒的。最幸运的一次，遇到了一个五星级的司机，前窗下有金星的证书。通常要四十多元的路程，他只要了我三十多元，我觉得很奇怪，他说你之前遇见的是坏司机。还有一次，遇见一位兼任交通台通讯员的女司机，迅速地报告了在我们前面发生的一起车祸。当时正在堵车，她用报话机频繁联络，很快就选定了一条最便捷的路线。她对我说，一天不摸方向盘就浑身不得劲儿。这一切都让我深深地感动，这样由衷地热爱自己工作的人，实在是进入了人生的至高境界。

各地的出租车司机作风差别很大。日本的出租车司机，基本不说话。北京的司机喜欢说自己的事情，不问乘客的来历；而且不少年轻的司机都"胸怀祖国、放眼世界"。有一个三十出头的司机对于保险业的情况了解甚多，说外国公司撤走的原因是中国的所有制度都不规范，人情大于王法，弄虚作假的结果是弱势群体变成了强势群体，无法开展正常的业务。他还提到在某个国家，女人被强暴之后，政府要承担责任，为她提供房屋、医疗等各种赔偿。在中国不但没有这些，还要受到歧视和各种舆论的压迫。他的通达令我咋舌，不得不佩服首善之区人的道德。还有一个三十出头的司机，自称是挣钱吃饭的小市民，聊得高兴起来，主动地对我说，我给你背一段老舍《月牙儿》的结尾吧，"在这里，在这里，我又看见了我的好朋友，月牙儿！多久没见着它了！妈妈干什么呢？我想起来一切。"这简直让我惊叹不已，文学滋养的心灵即便是在商业化的时代也不会绝迹。我顺便看了一下天空，半片像棉纸一样薄薄的月亮贴在肮脏的夜空上，老北京的文化传统并没有随着迅速消失的胡同飘散，它积淀在新一代人的心灵中。保定的出租汽车司机，没有一个不夸耀自己城市好的，对于北京一类的大都市，都大不以为然。东北的出租车司机特别好奇，喜欢追问乘客的私密情况,也喜欢提出各种问题。他们还互相联络,一边开车一边聊天。有一次,赶火车,司机和哥们闲聊,你咋样?我拉了一个大买卖,是到飞机场去的。我以为他听错了我的话,立即说,我是去火车站。他笑起来说,咱还不得吹乎吹乎吗!这样夸张的自豪感,也让我感动,是一个热爱生活的人。互相联络至少可以缓解独自驾车的孤独,这和俄罗斯的司机有些相似,只是方式有差别。他们的车上有专门的报警器,互相通报路况,主要的目的是联合防范交检部门,因为不懂俄文,搞不清他们谈话的具体内容。这和气候有关系,阴沉严寒的天气特别容易使人抑郁,热热乎乎地吹牛,可以营造温暖的气氛。最绝的一次,是在长春,我对司机说,帮我就近找一家超市,我多给你钱。他立即生气地说,我靠劳动吃饭,为什么多要你的钱!这也让我肃然起敬。气候带来的不同风俗,还体现为一些不成文的制度。在沈阳,刮风下雨的天气,不可以拒绝中途搭车的客人,还有一个专有的名词"拼车",这是古风的遗存。一开始我不知道,为了安全起见,坚决地抵制,司机不解地说,这大雪天,你让他冻着?

　　出租车是城市的精灵,载着我们这些疲惫的旅人,奔走在迷津一样的畏途。乘出租的乐趣,就是在不可知的世界,获得暂时的确定性。

吃小吃

我算得上是饕餮之徒,但是以小吃为主,而且口味非常的普罗,特别爱吃家常菜。饮食文化在我这里,完全成了口腹之欲。宗教的意味从来就没有树立起来,政治的意味则更淡薄。小吃,我的恩物!以独特的滋味维系着我一生的人世情感。

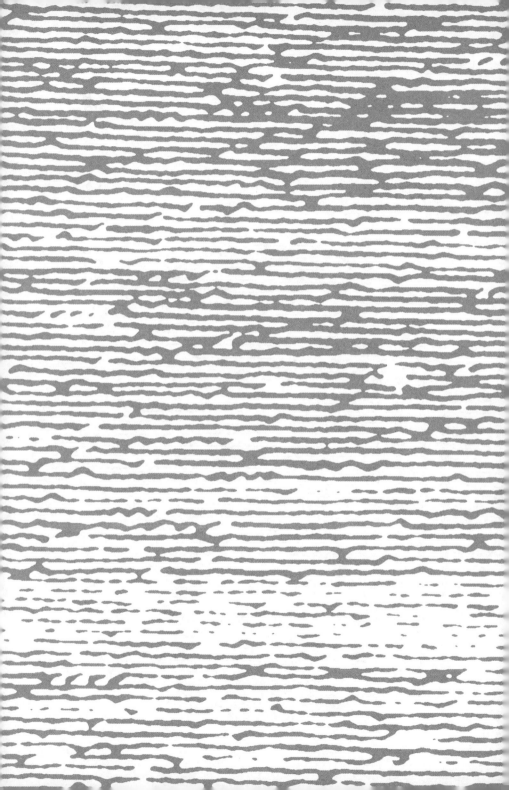

一

　　食的文化与文明相伴随，大致经过了一个从生到熟的过程，也经过了由简单到复杂的过程。茹毛饮血是所有种族最初的饮食方式，与渔猎的生产方式相关联，遗留在不少原始部落中，爱斯基摩人至今吃生的海豹肉。即便是文化很现代的民族，也有不少吃生肉的习惯，日本人的大餐是生鱼片，藏族人喜食的牛肉酱是用生的牦牛肉制作。吃熟食大约起于山林失火之后的意外发现，也可能一开始是由于灾害引起的生产停滞，活物稀少，不得已吃烧死的野兽肉，反而尝到了甜头，自觉地利用火改造食物，饮食文明由此发端。烤肉到现在仍然是不少民族的特色食品，欧洲的烤鹅是贵族宴会的主菜，美国的烤火鸡在感恩节家家必备。韩国的烤肉、新疆的羊肉串，在全国各地风行，就连江浙一带的叫花子鸡也是起源于烧烤的原理。据张中行老先生回忆，民国初年京城著名的烤肉铺有两家，一是烤肉季，一是烤肉宛，都是回族人经营的小饭店；而时下的豪华型大餐馆，虽然用的是老字号，风格已经大不一样，野趣全无，更谈不上诗意。肉烤过以后品质变软便于咀嚼，味道也由腥膻变香，刺激味觉而引起食欲。除此之外，也便于储藏，比起生的肉来，烤过的肉不容易变质。这些大约都是偶然的尝试发展为普遍制度的原因，人由此彻底脱离了动物界，进化的结果是牙齿和肠胃消化功能开始逐渐退化。南方至今把"做饭"说成"烧饭"，大约也是这一重大发明在语言心理中的遗存。

在烤熟的肉上加作料，至少是采集文化兴起之后的事情，而煮食则依赖于陶器的发明。比起烤的东西，煮食更软更香，也更便于消化吸收。名菜"佛跳墙"，按梁实秋的考证，就是一锅混合各种肉类的杂烩浓汤，特点是将所有的东西都长时间地用文火煮化。这个过程不知道经历了几千年，体现在炊具质料和燃料的变化中，由陶到青铜、铁、搪瓷、铝、钢；从柴火、煤到电及沼气。炊具和燃料的变化使烹饪的时间变短，由此也带来烹饪方法的详细分类和菜肴种类的变化。加工食物除了煮之外，还有蒸、焖、煎、炒、烹、炸，是中国烹饪的独特方式。至于更详细的分类，则多到无法穷尽，腌、腊、泡、扒、焙、炒、炝、炖、熏、烧、卤，等等，都有一套用料和制作工艺的秘诀。而且不少是从畜养开始，从品种、饲料到方法都有讲究，比如上海的三黄鸡、四川的栈猪、北京涮羊肉用的羊和烤鸭用的填鸭，制作的精细与复杂也是举世无双的。《红楼梦》中的刘姥姥进大观园一节，提到一种茄子的制作方法，尽管夸张但可见工艺的烦琐。有的食品是为了储藏的需要，最早起于饥荒时的偶然发现，比如霉干菜和臭豆腐。有的食品则完全是为了味觉的需要，比如豆腐的发明。发展到极端则近于残酷的施虐，一如鲁迅所愤怒的，中国古代吃嫩鹅掌的传说，把活的鹅放在热铁板上烧烤到一定程度，然后剁下来蘸作料佐餐。为了一点口腹之欲，把动物折磨到这种地步，实在是野蛮到极点。几年前到内蒙古，得知蒙古族杀羊的方法，只在心口处割一个小口，然后把手指伸进去，将动脉扭断，目的是让羊以最小限度的痛苦死亡。二十世纪动物保护意识的兴起，显然来自游牧民族的原始观念。时下方兴未艾的绿色运动，则由此发展为全面的生态意识，人类终于摆脱了以自我为中心的谵妄与残忍，学会和所有生命和平相处。这也必然影响到生活习惯的改变，特别是饮食内容的变化。野生动物保护法的出台，使许多动物成为"禁脔"。十几年前，两个女大学生去吃熊掌，结账的时候才发现，把价格看错了，三千六看成了三十六，被老板要挟得没有办法。后来是一个法律系的青年教师出面，帮助她们打赢了官司。他起诉老板触犯野生动物保护法，老板只好放弃原来的价格，并且辩解说他做的是猪蹄筋不是熊掌。

　　随着采集与农耕文明的兴起，人类的食物普遍分为主食与副食。主食和副食相混合则是一种折中，从中国到外国都有，所有的面条和带馅类的食品都属于这个范围。在中国的南方就更为普遍，肉粽、八宝鸭是典型。生食则主要是蔬菜，这在中外都一样。相对而言，欧美人吃生菜更多，用奶油拌蔬菜做成的沙拉，是从民间到宫廷普遍的菜肴。在中国的北方，食生菜是很普遍的习俗，茄子、白菜都可以像水果一样生吃；南方则基本不吃生菜，连大蒜都要煮熟了吃，而且也只是在过特定节日的时候。将生食和熟食混合也是一种饮食习惯，在东北地区非常普遍，大凉菜是东北最富于地方特色的家常菜。至于以不同的材料与方法形成的菜系，更是花样繁多。早在商代就出现了"烹饪之王"伊尹，可见食文化的久远传统。发展到满汉全席可谓集大成，不仅是菜肴多达数百种，而且包括了生食、烤食、煮食、蒸食，煎、炒、烹、炸多种烹饪方法，简直就是浓缩了的一部立体烹饪史。北京当下的餐馆，除了地方特色菜之外，多数也兼做流行的各地菜，有的干脆标明"南北大菜"。迁就食客口味与物产的结果，是各菜系的边界模糊，就连刚兴起的私家菜也多有雷同。卓越的电影导演李安以《饮食男女》蜚声全球，烹饪是作为传统文化的基本象征。而以搞笑为颠覆手段的周星驰，也有一部名为《食神》的电影，虽然美学风格与《饮食男女》相反，但反文化的立场也是针对烹饪的传统。可见烹饪在中华文化中举足轻重的地位，可以被称为文化的核心之一。不仅中国如此，在所有历史悠久的文化中都存在这种现象。巴尔扎克的《邦斯舅舅》，对于法国的烹饪多有涉猎，而高于口腹之欲的是宴会象征的社会身份价值，以及其中包含的文化意义，老邦斯最终死于备受冷落之后的寂寞。法国当代著名的喜剧演员路易·德·菲奈斯主演的一部电影，也是以捍卫法国的美食传统，来对抗工业化无个性的批量生产与粗制滥造的快餐文化为主题，生发出夸张的喜剧性。可见，即便是在全球范围内，烹饪也是文化的重要组成部分。

大餐是烹饪中的鸿篇巨制，小吃则是烹饪中的小品。这是当下的情况，就烹饪史的发展过程来说，其实小吃也曾经是大餐，有过辉煌的历史。汪曾祺先生曾经考证，唐宋人的饮食相当简单，五代人顾闳中所绘《韩熙载夜宴图》描绘的饮宴场面是分餐制，每个人面前有一个小几，上面只有八品食物，四碟、四碗，有一个碗中是柿子。也许柿子在当时是比较珍稀的果品，或者贵族食用的是其中特优的品种，类似于当下的冬枣。但不管怎么说，菜肴的种类少是肯定的。大吃大喝的饮食习惯，大约是北方游牧民族带来的风气，和体质、气候与生产方式都有关系。但也早已超出了基本的需求，具有摆谱的性质。特别是到了晚清，骄奢淫逸的风气首先表现在饮食的铺张与精致，宫中的日常菜肴都在百种以上，完全超出生理的需要。所谓"盗木乃伊自己也变成了木乃伊"，体现在饮食方面最典型。由此推测，许多的小吃原本是正餐，随着社会贫富阶级的变化，而沦落为平民百姓的日常饭食。有的小吃得以进入宫廷，则有着特殊的机缘，著名的珍珠翡翠白玉汤和栗子面小窝头，都是由于某个政治人物在穷困潦倒的偶然际遇中，保留下来的味觉记忆而改头换面，从名字到材料都进行了改良。而流入民间的传统食品，则由于市民阶级的市场需求，以特殊的技艺创造出不少著名的品牌。而且不少食物有自己的诞生传说，过桥米线以滚烫的鸡油保持温度的技术，据传是一个女人出于爱心的发明。许多传统节庆的食品，都有丰富的文化含量。月饼起源于对月食的原始信仰，目的是为了迷惑天狗不去吞食月亮，所以古代的月饼是圆月形的,以假乱真以引开天狗。八月十五的晚上,在供奉月饼的同时,还要敲锣打鼓唱着歌谣,目的也是为了吓走天狗。中秋节的原始意义消失之后,才出现了各种形状的月饼。糖瓜儿是为了祭灶,粘上灶王爷的嘴,好上天言好事。嘴已经粘上了,如何能报喜不报忧?大概有贿赂的意思,免于受举报的惩罚之灾。

二

饮食作为文化价值的载体,在中国和政治文化的关系特别密切。"酒池肉林""易牙烹子",都是统治者荒淫无道的体现。诗人赞美周公治国有方,以碗盘杯碟排列有序来比喻。讨厌周幽王的权臣,形容他治理国家混乱,好像该吃粗粮的时候吃细粮。老子"治大国若烹小鲜"的比喻,则直接以烹饪形象地说明政治的权术。老百姓对于贪官的指责——"鱼肉乡民",更是生动地说出了任人宰割的苦难处境。烹饪技艺和政治权术的互喻是一个古老的修辞手段,至今仍然具有形象的表述功能。一个企业被贪官搞垮,通常的说法是被某人吃垮了;"吃人"则是对社会不公的愤怒指责;"人为刀俎,我为鱼肉",更是政治史上长盛不衰的比喻;"受煎熬"是艰难生存的极端体验;"不食人间烟火"是对不通世故者的讽刺。不仅是中国,就是在世界范围内,类似的修辞手法也存在于各种语言中。苏联的著名作家阿·托尔斯泰的名著《苦难的历程》,开篇的题词中就用了"煮"等烹饪词语,来形容知识分子精神炼狱一样的历史处境。

即便在圣贤的言论中,饮食也是智者关注的文化问题。孔子提倡中庸,以不过、不及为度,可以相通于烹饪"中和五味"的基本原理。他主张"食不厌精,脍不厌细",同时又说"君子远庖厨"。可见要当一个君子,首先要有钱雇一个厨子,吃上精美的食品,而且不必从事炊事。对于厨师一类商业从业人员的歧视，也就是低人一等的所谓"五子行"，大约就是从他开始，一直延续到近现代。孟子的王道理想，具体到让七十岁的老人能吃上肉。《楚辞·招魂》开篇即同食谱，目的是以香味祭祀祖先。至于祭祀中的各种礼器，以煮全牲的大鼎为首。"问鼎中原"意味着取而代之的政治野心。"烹饪之王"伊尹能够当上宰相，大概和这一混合了宗教的政治制度有关，至于是否创建了政绩，则无从查考。可见饮食文化与政治文化、科技发展的密切关联。借助政治人物发财，由此成为商家的经营策略，前门的老字号饭店里有不少都有与皇帝相关的发达传说，孔府家宴、孔府家酒与毛家菜馆风行南北，也是显著的例子。对于食物的精益求精，带来了食文化的发展，从上层到民间，都是如此。二十多年以前，耳闻四川民间有一道菜烹饪方法极其复杂。把一只活的鳖放进猪肚里，加水与各种作料，密封在砂锅里，用柴火慢炖一天一夜，完全煮化成浓汁。揭开锅盖的时候，升起的蒸汽中有一只鳖的形状。这哪里是烹饪，简直就是巫术。

　　文人与食物的关系，更是一个久远的话题。不少食物的创造起源于某个文学家，相传粽子是为了纪念屈原而发明出来的。有的烹饪手法是文人独创的，"东坡肉"有诗文印证，流传至今。"太白遗风"和"杏花村"都是酒店的隐语，来自著名诗人的行状和诗文。鲁迅小说中的风物，据说注册了商标的有百种以上。老舍茶馆是京味儿文化的集大成，包括了从饮料、点心到各种曲艺的丰富内容。汪曾祺的好厨与美食口味传遍全球，他发明了塞肉回锅油条，成为他为故乡创造的"汪氏家宴"的重要菜肴。而"少游宴"则是根据秦少游的诗文，钩沉发微创造出来的。现当代文人中不乏美食家，留下不少精彩文字。梁实秋在乱离中写作《雅舍谈吃》，对于北平的食物多有回味，故国之思集中在饮食的味觉上，所涉及的菜肴属于中等以上的饭馆，不包括小吃一类民间食品，溯其源是因为他家属于客籍，且是殷实的商家。陆文夫以美食转喻当下的社会生活，寄托了忧患的人文情怀，他属于反对铺张的一族，口味近于清淡型的鲜美，这是很高的境界。

　　食物的文化意蕴，即便是在民间也早就超越了吃的需要，变化出无穷的文化意义。因为"鱼"谐"余"，象征着吉庆有余，所以是所有宴会必备的菜肴，在穷困的乡间，买不起活鱼，也要用木头刻的代替。枣、花生、桂圆和瓜子，因为谐"早生贵子"，要缝在新人的被子里以图吉利。孩子满月、老人过寿，一直到所有人的生日，都要吃面条，是由于面条的形状长，用于比喻"长命百岁"的祝福。其他各种讲究与禁忌，更是多如牛毛。民间有"二人不分梨"的说法，因为"梨"谐"离"，不吉利。各个节气都有规定的食物，立春的春饼、腊月初八的腊八粥，虽都是约定俗成的文化制度，但明显和季节的物产有关，立春时新韭上市，腊八时五谷归仓，用于节庆正方便，否则是讲究不起的。至于各个民族在饮食方面的禁忌，更是文化史上的重大问题，不少一开始也许只是起源于某种食物引起的大规模灾难，载入圣贤的经书以后，饮食卫生的意义转变为文化的意义，起源反而被遗忘。

三

　　小吃，小吃，就是简单地吃。这是就数量而言，并不意味着粗制滥造，许多民间的小吃都是非常精致的。天津的十八街大麻花，用料多得数不清，和面的时候要加油，而且是两种面，用做馅的一种还要加糖和果脯等其他配料。不仅是材料，就是炊具也有特别的讲究，广东人煲汤用的砂锅和其他地方的都不一样，外面也涂了釉，超常的温度使食物煮得特别烂，保温的效果也特别好，汤里的东西都失去了形状,只能靠味道分辨食材。云南的汽锅鸡,把嫩鸡块放在作料里浸泡到一定的程度,然后放在中间有出气孔的砂锅里,再放入密封的厨具里蒸,以水汽的循环原理在短时间里将鸡块蒸熟,所以特别的嫩。巧手的家庭主妇制作的家常菜,几乎都是不出名的小吃,从选料的讲究、制作的精细、到形态的别致,都达到了艺术的境界。许多的名吃都是起源于家常的饭食,这在中国的北方特别普遍。北京的王致和臭豆腐、西安的老孙家羊肉泡馍、沈阳的老边饺子、长春的李连贵熏肉大饼、老高太太糖葫芦,还有老婆饼,都是其中的代表。不少出名的饭店并不是由于菜肴的名贵,而是由于把家常菜做得特别出色。声名鹊起之后,为了抬高身价而竞相豪华,反而做倒了牌子,天津的狗不理包子店便因此负债累累。小吃进入大饭店的结果,十有八九是自取灭亡。此外为了迎合食客的怀乡梦,许多饭店以地方的家常菜招徕生意,地三鲜、酸菜白肉、鲶鱼炖茄子,是北京各家东北菜馆的保留节目,但是从用料到烹饪方法都精致化了,结果是失去了家常菜原本的纯朴新鲜,怀乡不得反倒失望。其他许多的地方大菜馆,大约也主要是以蒙不懂行而好新奇的食客来赚钱。为了迎合食客的口味,从用料到制作方法都有意识地改良。广东的早茶以精致量少著称,在东北的店铺居然出售大鸡腿;北京店铺里的马蹄糕用油煎了热乎乎地端上来,全然没有广州小店中清凉爽口的好处。更不用说假冒伪劣的情况,据说南方的某种水产品多数是在东北养殖的,上市的前一周运到产地,贴上品牌商标。

经历长时间的革命化改造之后,一些著名菜系面目全非,只有民间还保留了一些秘不传人的绝活。这在市民文化很发达的南方比较显著,著名的苏州家宴几乎成为一个新的菜系。但是只有行家知道,真正的家宴只存在于民间,而且为了保证质量,一天只能做两席。到人家里去,如果主人说咱们到外面吃一顿吧,这是在打发你;如果说在家里吃点便饭吧,这就是拿你当贵客待。快餐时代的家常菜,成了真正高档的饮食精品,重新回到商业文化的上层,味觉和文化的双重意义空前显赫。相类似的情况则是超越商业盈利之上的厨艺展示,二十年前在香港,朋友在一家连招牌都没有的小饭馆请客,菜肴却出乎意外地精美。老板是有其他职业的人,因为好厨每天下班之后开业,只做几桌招待熟识的顾客,进餐需要预约。他是朋友的朋友,所以我们得以在滞港的短期内,有幸品尝他的厨艺。还有的时候是家庭聚会,却意外地吃到比饭馆更精美的菜肴,由于从选料、清洗到烹饪都格外仔细,所以味道明显超出一般的饭馆。有一年在一个朋友家聚餐,一锅红烧肉红得耀眼,几乎是入口即化,且浓香扑鼻。仔细询问制作方法,言是用花雕酒代水烧的,并且放了一些冰糖,故肉皮发亮。

四

小吃是童年到青年时代的美食记忆。

遭逢饥荒的年代,一日三餐都难以保障,遑论买小吃。而且商品经济凋敝,即使有钱也没有地方去买。何况政府还明确规定,国家干部不得购买私人的东西。偶尔吃到一点点心,还是母亲在单位抓阄的意外收获。那是品质粗糙的香蕉酥,玉米面加一点糖精,放进油里炸熟。一斤大约六七个,全家正好一人一个,母亲省下自己的那个不吃,偷偷地塞给我。成年之后,经济稍觉宽裕,每次回家都要为母亲特意买回些高级的点心。即使在饥荒结束以后,几颗水果糖、一根冰棍儿,就是童年最奢侈的零食。只有过年的时候才能吃到瓜子、花生;参加学校组织的"六一"活动进北京的时候,能得到一点零钱,也只够买二两动物饼干,喝一碗酸梅汤,或者吃一碗凉粉。当年,在不少的人家，连油饼都只有逢年过节的时候才吃，而且还是剁碎了和在韭菜中包饺子。为了省一点钱，邻居家有的还自己炸。近朱者赤，在母亲放手发动群众的政策鼓励之下，我也学会了这一门技术。在后来远离城镇的山居生活中，这成了过年的重要节目。其他如包饺子、擀面条、烙各种饼、蒸包子等面食，也都是和左邻右舍的大妈大婶学来的。甚至连凉粉也能够自己做，那是用配给的团粉熬熟以后放进凉水中冷却制成的。

我的父母来自南方，在他们的家乡，常年的主食是米，面食只当点心，北方的正餐在南方都是小吃。母亲的厨艺和别人的不一样，她把猪肚洗干净，放进江米之后，用绳子系牢，放在大锅里加香料煮。猪肚膨胀成一个椭圆形，放凉以后切成片，盛在小盘子里吃，既当饭又当菜，这大概是她家乡的一种小吃。端午节的时候，家家都包粽子，当地的人家是包枣的，而母亲和其他南方籍的人，则要包各种馅的，豆沙、肉是不可或缺的。童年吃到的最好的小吃是炸虾片，得自一个外国老太太的馈赠，她是母亲学校的外语教员，据说曾经当过司徒雷登的秘书。还有小胡桃，那是母亲南行探亲带回来的，当时北方没有卖，曾经是与要好同学分食的主要零食。巧克力则是同学给的，并没有吃出好来，至今也想不起来吃，除非饿极了。这是外国的小吃，估计相当于中国绿豆糕之类的东西。话梅和其他蜜饯类的小食品，最早也是来自别人的馈赠，有了经济条件以后，便经常买，连吃带送人。生子之后，家务繁忙，经济拮据，想不起来吃零食，才放弃了这一美食。有一年，在香港开一个学术会议，邻座的一个女孩儿把拳头伸过来，张开五指露出一把话梅请我吃，这让我回忆起早年的经历，不由心中一动。

"文革"开始之后，家道陷于窘迫。父亲一年多没有工资，全靠母亲一个人的微薄收入。母亲在愁苦之中，接受邻居医生伯伯的建议吃羊肉，因为价格便宜且营养价值很高，可以满足正在发育的孩子们身体的需求。在我的老家，除非生了病，一般情况下不吃羊肉和狗肉。镇上唯一的羊肉铺中，羊肉一来，就被回族居民一抢而空。听到来货的消息，要迅速赶去，有的时候是起早去排队。羊肉虽然比猪肉便宜些，但对于我们的经济条件来说仍然难以负担。我买的是羊的脊骨，一整根才五毛钱，剁开后放在大锅里煮熟，全家人可以吃几顿。为了去除腥膻，要加大量的花椒和大料，这两种作料是那个时候才开始吃的。后来我才知道，这就是北京著名的小吃羊蝎子。

在冀西的山地，好客的当地同学请我们到家里去。自家出产的花生是待客的主要食品，撮出半簸箕干花生放进锅里，用柴草烘烤一会儿，灭火以后再焖一会儿，起锅之后放凉，花生又脆又香，而且花生壳上连焦煳的痕迹都没有。而一般炒花生的方法，是把沙子先炒热，然后再把花生放进去炒。讲究一些的是用盐代替沙子，嗑的时候花生的皮上略带咸味，即使这样，多多少少也会有些焦煳，可见农家的技术对于火候的掌握是何等的艺术。一个当地的同事详细地给我讲解了五香花生米的制作工艺，先要把花生米放在五香的盐水中浸泡一夜，到田角地边扫来被风刮来沉积下的干净细土，放进锅里烧开，当土像开水一样冒泡的时候，再将泡好的花生米放进去反复翻炒，这样炒出来的花生米又脆又香，而且皮是白的。有一个同学给我一把炒熟了的大麻子，香味儿比花生还要浓厚，那是唯一的一次，以后再也没有吃到过。有一个同学请我们到家里去，坚持要留我们吃饭。正当麦收之后，用新打下来的麦子的头锣面，里面放一些碱面，面揉好的时候略微带点儿绿色。用擀细了的团粉当薄面，切面的时候把玉米面撒在里面，切出来的面条已经很细了，抖落掉玉米面之后，用手攥整把的面条，用多大的力都不会粘在一起，一抖落就散开。煮熟了之后，放进才打起来的井水中过一遍，面条又凉又滑。从篱笆上采些花椒炸成油，掐些嫩香椿芽剁碎,在菜园中摘来西红柿和黄瓜,西红柿炒鸡蛋,黄瓜切细了做码子,用水沏开芝麻酱,再捣些蒜泥,拌在面条中,好吃得简直如伊尹所谓"味之精微,口不能言也"。

因为山里的商品经济不发达,城市来的人家吃零食的习惯难改,便只好自己动手制作各种小吃。把白糖化开熬稠蘸山里红,放凉后以代替冰糖葫芦。烹饪用的各种作料只能就地取材,用黏小米的面包元宵;把花椒放在炉子的铁板上烤焦,用擀面杖擀细做成花椒面,包饺子的时候和在馅里;用本地产的芝麻炸排叉,把核桃放在炉子里烧糊去皮,把瓜子放在炉盖上烘熟,都是家常的小吃。偶尔进一次北京,打发自己的通常都是小吃,糖耳朵、春卷、碗糕、煎饼和饺子。烧鸡一类的食物,最早是在乡下吃到的,一来是便宜得惊人,二来是有了固定的收入,但是并不觉得比家做的白水煮鸡更好吃。倒是在一些人家吃到的菜更有滋味,山居中没有什么文化生活,请客吃饭则成了主要的社交方式,其中也包括了很实用的目的,比如说媒、办事、致谢,等等。不少人家的厨艺都好生了得,熏鱼、粉蒸肉、辣子鸡,还有八宝饭,都是因陋就简,就地取材。把大米用水发开,用碗沿碾细就是米粉。有一个同学的外婆精于各种家常饭食,而且擅长中和各种材料。所有的蔬菜都可以用来做馅包饺子,胡萝卜配羊肉,白萝卜配牛肉,西红柿配鸡蛋,冬瓜配猪肉。就是煮粥也要将各种米、豆和玉米糁掺在一起,守在炉子边上不停地搅拌,一连几个小时,煮得又黏又烂,直到各种粮食的香味融合在一起,那是我一生吃到的最好的粥。

五

正式成为城市居民之后的许多年,几乎没有吃到什么可口的东西。首先是因为材料不新鲜,肉和鱼都是冻的;其次是烹饪方法雷同,大量地用各种作料，使材料本身的味道特点全无。上大学之前，几乎没有吃咸菜的习惯，连酱油都很少吃。母亲的烹饪方法以天然物质为原料，需要酸的时候就用西红柿，需要甜的时候就用苹果一类的水果。因为缺少油水，整天饥肠辘辘，狼吞虎咽填饱肚子了事，顾不上口味。放假回家，首先请求家人到食堂买来大锅煮的玉米面粥，咕嘟咕嘟喝两碗。母亲问想吃什么？急忙说喝一碗不放酱油的清口白菜汤，然后才能吃各种荤腥的食物，补足油水之后又要熬小半年。好在东北的咸菜品种极多，其中以朝鲜族的辣白菜尤其下饭。当地的同学经常带来家做的各种小菜，大凉菜是最富于特色的一种，制作的讲究也是闻所未闻。一片白菜的帮子，横刀片出三四层，快刀切成细丝，干豆腐煮软切成细丝，另外加粉丝或者粉皮，将鸡蛋摊成薄饼切丝，一起码放在大碗中，然后将炒熟的肉丝连汤浇在上面，加蒜泥、芥末、辣椒油、味精、香油和醋，搅拌以后味道极好。这个同学家做的辣萝卜也特别好吃，是把新鲜的萝卜切成条，用盐淹到一定程度，晾干以后放进坛子密封起来，吃的时候取出切成丁，浇上辣椒油。萝卜微甜的冷香和辣椒的暖香混合在一起，加上筋道的口感，简直胜过鸡鸭鱼肉。几年以前，春节探亲到东北，她又请我吃饭，各种高蛋白的食物摆满一桌。我问她你们家的辣萝卜还有没有？答曰现在谁家的日子还过得那么细呀！这使我大为遗憾。还有一次，在一个同学家吃饭，她从小罐里夹出几根黑乎乎的东西，一股浓重的蒜味儿扑鼻而来。我出于礼貌夹了一根，送进嘴里，口感之好找不到准确的语言表达，立即问这是什么东西？这么好吃！答曰蒜茄子。追问如何制作，答曰用罢园时拉秧的茄子包，也就是没有长开的小茄子，蒸熟后撕开，加上盐和大量的蒜末，放在小坛子里焖上一段时间。近些年北京也有出售，价格之贵让人不可思议，而且没有家做的口感。究其原因，茄子是大的，长开之后味道淡了，另外成批量地生产匆忙上市，没有焖够时间。婆婆家的蒸饺子也是记忆中的美味，首先是和馅的技术，其次是用白菜叶子当屉布，有一股清香味儿。朝鲜族的打糕筋道得举世无双，大约米质特别。据说同样的土质、水利条件和种子，朝鲜族人种出来的稻米就比汉族人种出来的好。工艺也复杂，顾名思义是用手工反复地捶打而成。凉糕则不知道是哪一族的小吃，也是东北的一绝，又细又黏的糯米团外面滚了干粉，里面是豆沙的馅儿。有一年，在妹妹家吃饭，有一碗炸酱，也是属于好吃到口不能言状的程度。问及做法，言出自朋友之手。北方最普通的家常菜，经过主妇的巧手，也成为与众不同的美味。而且，技艺几乎是不可传授的，各种材料和火候，只能凭直觉。几年前，遇到一个名厨，他苦恼于招不来好徒弟，烹饪是需要天赋的，否则阅读菜谱照章办事就行了。

吃小吃成了习惯。每到一个地方，只要时间充裕，两件事必不可少，一是吃小吃，一是逛博物馆。博物馆很有限，小吃却很丰富。定居北京二十多年，北京的小吃还没有吃遍。炒疙瘩一类的小吃绝迹已久，只能耳食。爆肚、羊杂汤和炒肝等，都接长不短地就要吃一顿。只有羊蝎子从来也想不起来吃，大约是由于少年时代吃顶了。刚毕业的那年，和几个朋友逛地坛的庙会，第一次吃了正宗的灌肠，才知道这种不大受看的小吃味道不凡。同样的小吃，也会因地域而别。长春的小豆冰棍质量大约是全国之最，整粒的红小豆冻在一起，就是在寒冬腊月也不会轧牙。都说东北有"三怪"，窗户纸糊在外，养活孩子吊起来，十八九岁的大姑娘叼烟袋，这些已经是历史了，真让我觉得怪的是，冰天雪地之中还有人在街边卖冰糕，而且生意还很不错。那一年去内蒙古，朋友领了去吃烧卖，并且说烧卖起源于呼和浩特的这一家店。相传一个厨师想辞职单干，老板要靠他的手艺招徕回头客，不肯让他走。双方妥协的结果是，将早餐的收入归他，其他两餐的盈利归老板。他发明了烧卖，原意是捎带着卖。那一家的烧卖果然胜过内地的许多店，面和馅都非常筋道。也是那一年，到了召和草原，吃到了现做现煮的羊血肠，和以前吃到过的猪血肠简直不像一类食品，味道之鲜美与口感之好，都让我吃惊。

面食的小吃大概要属山西的最精致。那一年到太原开会，下榻并州饭店，每天早晨的面点有几十种，而且以蒸的为主。同样的小馒头，咬的时候要用力。而米制品的小吃则要属江苏的最精致。二十年前，是在苏州还是在扬州，我已经记不清楚了，也是开一个会，东道主带了我们到街上吃早点。一张大圆桌上摆满了米制品的小吃，多得连尝都尝不过来。其中有一份桂花圆子，是在指甲盖大小的糯米疙瘩汤中撒了真正的桂花。将米和面都另搞成一套而又同样精致的，大概要属广东一带的小吃了。著名的早茶，就是小吃的盛宴，而且每份的量很少，一次可以吃很多种，烹制的方法也兼容南北。有的把原料加工得失去形状，比如粥中的米基本已经成为粉状，凤爪连煮带炸再蒸，马蹄加工成粉再蒸成糕。有的则几乎接近于生食，鱼片粥就是把生鱼片放进热粥中，加各种作料搅拌后吃。各种味道都独特，虽混合而不乱。在香港期间，遇人请客，专点早茶，既省钱又好吃。相熟的朋友请，干脆吃大排档。鱼粥一类的小吃，是不能上大饭店的。根据二十多年的经验，越大的饭店的饭菜越没有吃头，菜肴几乎是千篇一律的，厨师的手艺再好也大同小异。一般来说，中等的饭店饮食最丰富。有一年在扬州一家三星级饭店开会，早餐几乎都是当地的小吃，光粽子就有十多种，小而馅多，我饱餐一顿之后，中午都不想吃饭。可惜好景不长，很快转移到一家四星级宾馆，只能吃千篇一律的高档菜。

随着商品经济的发达，各地的小吃都流传四方。云南的菠萝饭、陕西的凉皮、四川的口水鸡、河南的灌饼，以及日本的生鱼片，都逐渐被人接受。至于各种鸡、鸭的特出品牌，更是层出不穷，连尝都尝不过来。而且，随着物质条件的改善，人的嘴越吃越刁，饮食业不得不频繁调整。应对精明的食客，商家的策略是返璞归真，于是又有新的小吃被制作出来。酒席上各种下酒的山野菜、各种现榨的果汁、农家的玉米面饼、炖菜中剁开的嫩玉米……几乎所有的家常菜都打进了饭店。还有改良的新小吃，也不断地被创造出来。许多年前到西安，有一种饮料叫米酒，比醪糟的度数要高，而且是装在易拉罐里。有一年到湖南，饮料中有玉米汁，是用生的玉米现榨的，口感浓稠滑润，味道清凉爽口。今年夏天吃请，见到有玉米汁，便想重温好感觉，结果大失所望，像喝玉米面稀粥，榨出来的汁煮熟了，新鲜气全无……

我算得上是饕餮之徒，但是以小吃为主，而且口味非常的普罗，特别爱吃家常菜。饮食文化在我这里，完全成了口腹之欲。宗教的意味从来就没有树立起来，政治的意味则更淡薄，"文革"中吃忆苦饭可以勉强搭界。相对来说，文化的意味要浓厚些，几大节的传统食品都属于小吃的范围，所以至今喜欢。其中以端午节最忙碌，因为要亲手包粽子。节庆的意义只限于早年，时下忙得一塌糊涂，连自己的生日都记不住，节日的概念只是为自己放几天假，睡睡懒觉而已。加上商品的丰富，想吃了随时可买，更不会为了节庆而张罗各种材料。饮食的文化意义更多地体现在各种宴会上，从敬酒开始的各种仪式，繁文缛节搞得你手足无措，不得不说的各种废话累得你半死，一点食欲都没有了，回家还要再找东西垫补一下。而且，许多宴会都是不得不参加的，除了必要的应酬之外，也是会朋友的机会。学术的信息、熟人的近况，不少都是在饭桌上获得，包括业务的洽谈，这种情况就更顾不上吃饭，马马虎虎填饱肚子，一出门连吃的是什么都说不出来。好在近年时兴了自助餐，即便是在大型的会议上，大家也可以从容随意地就餐了，只是菜肴的制作马虎了些。能够和家人在一起消消停停地吃一顿饭，已经是不容易的事，更不用说和要好的朋友聚餐。偶尔在熟人家吃一道精心制作的小菜，便快乐得像童年过节，足以回味几天。

前几天，和儿子一起在隆福寺吃小吃，二十元钱吃了十几种传统食品，可谓物有所值！

小吃，我的恩物！以独特的滋味维系着我一生的人世情感。

下饭馆

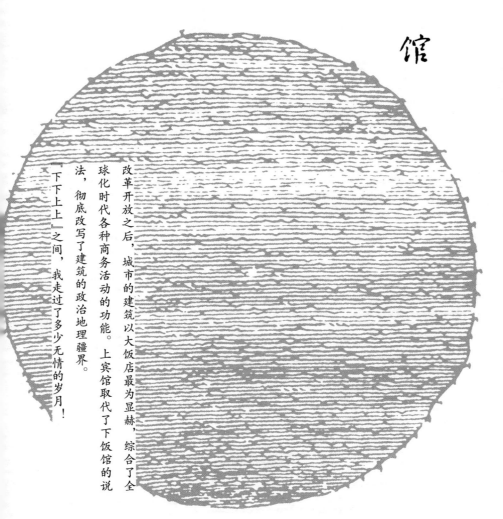

改革开放之后,城市的建筑以大饭店最为显赫,综合了全球化时代各种商务活动的功能。上宾馆取代了下饭馆的说法,彻底改写了建筑的政治地理疆界。

「下下上上」之间,我走过了多少无情的岁月!

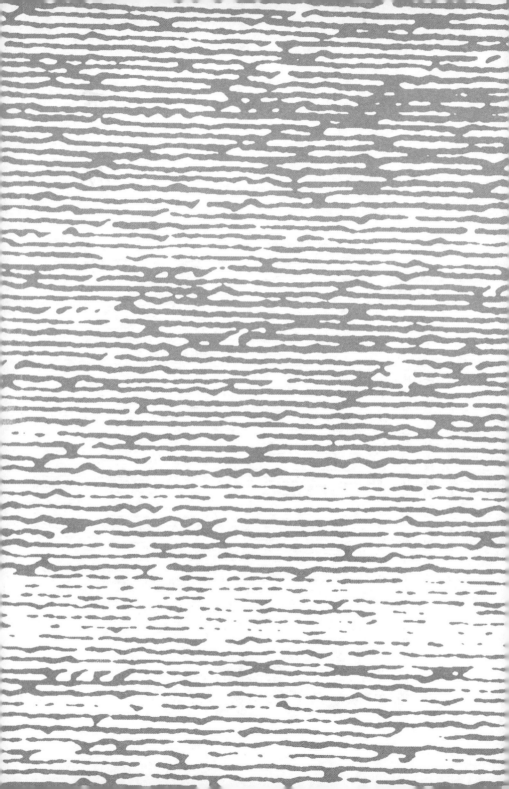

一

　　我下饭馆的经历可以追溯到童年。大约是十岁那一年的"五一"或者"十一",母亲带了我们姐弟四人进城游玩。能够推算出年代,是由于当时父亲远在几百里地外工作,母亲独自领着我们过日子。同时也有些含糊,即使父亲在家,进城游览的事情也会被他视为奢侈,就是阻止不了,也不会和我们同行。还有一个情节让我记忆犹新,那一天在中山公园里,母亲为我们买了一只红气球。我把它抛起来再接住,顾自反复地玩耍,气球没有方向地飘,碰到了松树的针叶,"嘭"的一声炸开了。母亲瞪着我,我难受得无话可说。以后的行程就格外地累,步履和心情都很沉重。快到中午的时候,大家都喊累和饿。母亲把我们领进浙江饭店,刚刚坐下,就有服务员走过来,问我们要吃什么?母亲看着墙上的价目表,和服务员一问一答地交谈,我打量着周围的环境。那是一间略微显得破旧的大房子,墙壁发灰,窗框的油漆也有些暗淡了,客人走上二楼的时候,楼梯发出吱吱扭扭的响声。母亲点了四个菜,我只记得其中之一是砂锅清炖牛肉。那一顿饭吃得并不可口,但是记忆很深,只是忘记了那家饭馆的准确地址。曾问过母亲,她满脸茫然地摇着头,我推测应该在东安市场的附近。家里的经济并不宽裕,母亲带我们下饭店有打牙祭的用意。她选择那家饭店,也有借助味觉思乡的成分。许多年以后,听一位朋友抱怨自己的母亲不会过日子,一开工资就带着他们兄妹下饭馆,月底没钱了就打发他们向邻居借,弄得他们很没有面子。那也是一个由于政治风暴,父亲流放外地的家庭。听了她的话,我只有默然,想起童年那次随母亲下饭馆的经历。暗自喟叹,可怜天下父母心!

在民间,下饭馆是触犯文化禁忌的。首先是浪费,至少是不会过日子。上小学的时候,有一个女同学议论另一个比邻而居的女同学的家事,其中有她的外婆以讲故事的方式讽喻儿女子孙,内容有一家人不正经过日子,一开支就进城逛、下饭馆,等等。过日子的人家,不管经济条件多好,也绝不到饭馆里吃饭。曾听人称赞一个独身多年的男子,结婚以后一次饭馆也没有下,可见生活习惯的进步。一个家境殷实的童年密友曾经抱怨,什么时候也下一次饭店。这里面有代沟,流露出年轻人好新奇的心理。我实在是不明白,饭馆有什么好吃的?成年之后,每每被饭馆的香气诱惑,吃完以后则往往后悔,觉得不如在自己家吃得舒服。耳闻一个单身多年的教师,因为不得不下饭馆就餐而吃坏了胃。而且嘈杂的环境,也特别影响食欲,加上不得不应酬的闲聊,味觉自然被忽略。也许是我没有赶上餐饮业的黄金时代,越来越革命化的意识形态使菜肴的水平已经下降。另一个童年密友,详细地讲述她从南方来的祖父,在华侨饭店宴请所有家族的成员,点了许多菜,其中有一道炒油菜是整棵的,根本不切碎,还有一盆汤是把蘑菇放在牛奶里面煮……但是她并没有说如何好吃。可见她的新奇感,还没有从视觉传导到味觉。当然,下饭馆也是炫耀生活富足的一种方式。童年的时候,曾听一个岁数大的邻家女孩儿满脸得意地吹嘘被人请吃饭的经历,下饭馆的时候不吃饭,光是喝酒吃菜。除此以外,还有道德的成分。一般来说,女人下饭馆往往和生活作风联系起来。曾听人贬斥一个满脸正经的女人,说她年轻的时候穿了布拉吉、系着花绸带,一个人坐在新侨饭店里喝咖啡,而且风情万种地左顾右盼,隐含的语义是她的作风不好。上了大学以后,在多数女生的观念中,下饭馆还是不规矩的行为，有悖淑女的风范。有一个女友，平生第一次下饭馆是当年追求她的先生请的，带给她的惶恐记忆至今。还有其他各种情况，由于父母下放，不少同龄人少年时代就在饭馆就餐，被其他在家吃饭的同学嘲笑，不无嫉妒地称之为"富农"。一些下乡的知青回城探亲的时候，到莫斯科餐厅摆一回谱儿，口腹之欲加上精神的享受，足以补偿终年的寒苦，即使兜里的钱一个不剩，也觉得很划算。只是由于不知道进餐的规矩，免不了闹出一些笑话，成为日后的谈资，津津乐道的自嘲中透着精神的满足，大约有这辈子算是没白过的意思，通过回味瞬间的享乐支撑艰难困苦的生活。

　　读书的时候，经常和同学到一个好客的北京女友家聚餐，都是大家动手。她的名言是，花钱到饭馆吃不值，不如自己买回家做了吃合算。这里面有经济的考虑，也有对烹饪技艺的爱好，一些饭馆里流行的菜肴可以模仿得八九不离十，这是热爱生活的表现。对于枯燥的苦读生涯来说，在家里做几个拿手的菜，和好友安安静静地说话，是一种最好的精神调剂。只有家在外地的人，才不得不在饭馆里招待亲朋好友。下饭馆的文化意义多了一项，就是联络感情。八十年代初的北京，是餐饮业复兴的时期。老字号纷纷开业，没有豪华包装，应该说得上是物美价廉，接近于二三十年代的状况。在邓云乡先生的文章里，知道那个时候的北平餐饮业很实惠，原因是国民政府定都南京以后，北平的官场萧条，食客们走了很多，而随了旧都兴起的大量饮食设施无力南迁，招徕食客及行业竞争的唯一办法就是降低价格。八十年代的北京，市民普遍的收入很低，下饭馆的人有限。我们靠助学金生活，又没有家累，吃饭多是由于稿费一类额外的收入，接长不短地下个饭馆的财力还是有的。而且学校以优惠政策引进校园的饭馆，只收百分之二十的商业利润，比起校外饭馆百分之四五十的商业利润来，便宜了许多。四五个人点一桌鸡鸭鱼肉，也不过用去十几元人民币。外子探亲来的时候,一起吃砂锅居里的中等菜肴,请家人涮一次火锅;回家探亲的时候,买上一只全聚德的挂炉烤鸭,都是当年经常的事情。结婚的时候,在友谊餐厅请了一桌,从酒水、大菜到甜点,一共才用了五十多元。当年吃光喝净,如今想来也还觉得合适。随着商业文化的发展,本来是适应大众的老字号纷纷向豪华一路挺进,充满野趣的一间小店"烤肉季",已经发展成了装饰豪华的高楼,居于什刹海边,足以吓走平民百姓。尽管黄金时代一去不复返,我们还是赶上了一个尾巴,可以用舌头感受一下以往的繁荣。当然要节制,否则也会破产。当年,几位学长学兄高屋建瓴,纵横捭阖地谈论文学史名噪一时,赚了一些稿费,名士的气度得以张扬,便邀请朋友们吃遍北京所有老字号的饭馆,我在筹措安家的费用,时间也空前地紧张,听到消息立即逃之夭夭。

二

尽管对于饭店的饮食并不欣赏,但是年轻时好新奇的心理经常作怪,而且,"尝试"的原始语义支配着我的消费观念。出门在外的时候,觉得反正也要在饭馆吃,不如多花点钱,尝尝没有吃过的东西。只要带的钱能够打得开点儿,就和朋友吃一顿。那个时候想不吃饭馆也不行,根本没有时下各种露天的饮食摊位。车站附近还有包子一类的方便食品出售,在大街小巷只有大小不等的饭馆。特别是北京,饭馆按时营业,过了就餐的时间,连饭也吃不上,根本容不得你比较价位挑选就餐。当年尝试过的饭馆有前门附近的齐鲁餐厅,王府井一带的川湘菜馆。最可笑的一次,是在西单的"辽阳春",应该是一家东北餐馆,两层的小楼显得年代久远。也是出于尝试的心理,点了一个"摊黄菜",想知道究竟是什么蔬菜,端上来一看,竟是摊鸡蛋!

在长达六年的时间里，我住集体宿舍，属于集体户口。既没有炊事设备，也没有供应副食的小本，更没有接待客人的居室。个别的朋友来，还可以借了别人的盆碗，到食堂买些荤菜招待。来的人多了，连盆碗也无法筹措，下饭馆也是出于不得已。至于送别与迎新，为了郑重也只有在饭馆举行。初到长春，让我惊异的是小饭馆的特色，门口挂着一对大红幌子，像是蒸笼的形状，且飘着纸做的密集流苏，冰天雪地中，在风中红红绿绿来回地翻飞，看上去格外热情。其次，则是小饭馆整天营业，随时都可以进餐。学校的伙食粗制滥造，肚子里没有油水，头发干得像茅草，为了补充体力的消耗，便独自到饭馆加餐，而且逐渐发现了适合我口味的廉价菜肴。学校附近有一家中型饭馆，我在那里意外地发现了一道从小爱吃的鸭头，一盘五只，收五毛人民币。大约是当地人不认，所以价格便宜。其他如广东人视为至味的鸡鸭脚爪、猪蹄一类，也上不得席。直到商业大潮兴起之后，广东的菜肴北上，猪手、凤爪和芥末鸭掌，才出现在长春的宴席上。谈恋爱的时候，因为无处可去，只有逛马路。零下几十度的酷寒之中，走进热气腾腾的小饭馆，吃一份砂锅面，或者要一斤蒸饺，足以抵挡铺天盖地的严寒。东北的饮食经常令我疑惑，既豪放又精致，既土得掉渣，又洋气无比。有一次出差，在黑龙江一个县城招待所装饰风格极侉的餐厅里，上来一道摊鸡蛋，上面浇了加味的番茄酱，酸甜适口，堪称一绝。这种西餐的配料方法，不知是来自俄罗斯的影响，还是上海移民带过来的。

在工作以后，集体宿舍狭小的厨房要轮流使用，购副食的小本更是你推我搡地互相谦让。书桌临时收拾出来，权作餐桌。亲人和女友，多数盘腿坐在床上进食。来的客人多了，连个坐的地方也没有，只好在饭馆里就餐。那个时候，是朋友结婚的高峰期，接长不短地有婚宴。只是，这个时候的饭馆，多数已经叫作餐厅了。不仅是莫斯科餐厅一类的西餐馆，外省在京的饮食设施也多以餐厅命名，有一次朋友的婚宴就是在新疆餐厅举行的。语用的变化,标志着消费档次的提升。为了节省朋友的钱,便建议两对儿同请一席,但还是吃不到什么。加上环境的喧哗,有上当的感觉,便开玩笑说,所有的菜只有冰块最好吃。不仅是戏言,暑热当中,穿越半个城市赴宴,确实也没有什么食欲。记得当时还许了一个大诺,十年以后,在大三元请客。至今没有兑现,好在当初有定语,"如果混得好的话"。结果是越混越不行,也不算食言。二十多年过去了,即使我有财力,朋友们也早已风流云散无法聚齐了。这也是当年下饭馆,至今不觉后悔的另一个原因。

从山沟到城市,从外省到北京,下饭馆的次数越来越多,舌头与肠胃的功能也发生了变化。记得当年,读大学的时候,有一次同乡聚会,一个同学为我插了一块奶油花最大的蛋糕,说是专门给我切出来的。我一点不剩地吃了下去,结果当天就腹泻不止,肠子寡淡惯了,吸收不了过多的油脂。还有一次,外子为人代课,挣了点辛苦钱,一定要请我吃饭。在崇文门附近的便宜坊吃焖炉烤鸭,回来就腹痛不止,估计是冷饮和热菜混合进餐,肠胃消受不了。不在乎好坏,吃得合适就舒服。有一年装修房子,频繁地跑商场购物,经常在外面胡乱进餐,结果是肠胃频繁抗议。终于安好了家,可以包饺子、喝鲜美的白菜汤了。即便是亲朋好友的聚会,能在自己家里做就不到外面吃。八十年代的北京,副食的供应已经比较丰富,虽然肉还凭票,但是超市里已经可以买到议价的东西。有一年请南来开会的朋友吃饭,出了胡同口向北,在一家小超市里,一个钟头就配齐了所有的料,做了七八个菜,自己家的折叠餐桌都放不下,借了邻居家的桌椅,大家挤在陋室里,高高兴兴地吃了一顿晚饭。只有时间打不开点的时候,或者煤气烧完了,才去饭馆对付一顿。

城市改革全面铺开之后,经济的发展带来消费观念的变化,而居室与厨房条件的改善,使在家里做饭招待朋友是很自然的事情。那时候年轻，骑了自行车，东跑西颠，采购一个钟头，做饭一个钟头，两个钟头就可以解决问题。特别是家里有稀罕食品的时候，在家招待客人就更加自然。有一年同窗好友来，带来一篮子螃蟹，一时吃不完，放在冰箱里。正好有朋友来访，立即拿出来款待。朋友诧异地说，贵着呢！告诉她是从秦皇岛带来的，她才释然。一个朋友从美国来，正好家里有从保定捎来的"马家老鸡"和漕河驴肉，三个当年同室而居的密友，边吃边谈，从下午直至深夜。每年暑假的时候，家人都到外地，便是我会朋友的季节。看望老师长辈之余，就是请闺中密友到家里小聚，包饺子是保留的节目，而且是以茴香一类时鲜蔬菜为馅，所费不多，但是精心制作。熟识的朋友来，做几个家常的菜肴，边吃边聊，也是经常的事情。特别是搬入新居，厨房的条件大为改善，烹饪的兴致格外高涨。

也有极少数的情况是在饭馆吃饭。"六一"的时候，带儿子吃一顿麦当劳，庆祝一下节日。空腹体检之后，和同事吃小馆里的羊杂碎汤就烧饼，外出办事吃一碗刀削面，停电停水或者大扫除的时候，和家人就近吃顿经济小餐……但是，这个时候的饭馆意味已经大不如从前。介于餐厅与大排档之间，是名副其实的小饭馆。九十年代的"下海热"，饮食业空前繁荣，我家门前的一条街几乎都是或大或小的饭馆。招徕客人的方法也千奇百怪，在天坛医院附近有"沙奶奶面馆"，估计是借沙奶奶之名开的。我家门前路边，曾经有一家"老北京炸酱面"，每到中午的时候，所有戴瓜皮帽穿对襟便装的服务员，都排列在门前，由领班带着，用北京腔齐声吆喝，声音浑厚，煞是好听，近似于人艺《茶馆》的气氛，只是匆忙之间，记不住他们吆喝的内容。是否是老北京饭馆的旧制？或者经过改良？也搞不清楚。有一年，找一个朋友，她们单位附近的街道上开了一家翅吧，是专门出售烧烤鸡翅的饭馆。据说，这样的翅吧已经遍布全国，可见餐饮业的与时俱进，维新的思潮引领着味觉的潮流，估计去就餐的多是年轻人，而且是打工一族。此外，也经常有流行的菜肴出现在各种不同名目的餐馆中，世纪之交的时候，北京虎皮尖椒盛行，是把尖椒过油之后，回锅加料炒熟。我已经过了好奇的年龄，尝试的兴致大为衰退，只有不期然而遇的时候，才品尝独特的食物。九十年代初，在广东肇庆的西江设在水里的船上餐厅，吃到了西江鱼宴。所有的菜都是以鱼为原料，而且是出自西江的野生鱼类，味道的鲜美与细致无法用语言形容。有一年夏天，在学校附近的一家大饭店，吃到了柞叶饺，卵形的叶子对折起来，用牙签别住，打开来是半透明的饺子，用糯米粉制作，馅是新鲜的时蔬，绵软清香，口感极好。问过服务员，言是用柞树的叶子包的。冬天，又在那里进餐，味道就打了折扣。细想一下，明白原因所在，夏天用的是刚采摘的新鲜叶子，冬天则是用冷冻收藏的，品质自然影响味道。

  看《随园食单》，最精辟的部分是讲述烹饪的一般原则，所谓荤菜素之，素菜荤之。袁枚在记录各种菜肴做法的时候，还讲述了各种待客的不二法门，比如，招待南方客人的时候做北方菜；招待北方客人的时候做南方菜，目的是吃个新鲜，大约也有藏拙的意思，外行好糊弄。而且，家里要备下一些火腿之类的熟食，不速之客到来的时候，可以免于抓瞎，他肯定是不亲自下厨的，也不会奔走市井采购，从备料到制馔都有家人代劳，自然无法借鉴。但是在家里招待朋友一项，却深得我心。士大夫雅致的饮食习惯中包括了对于市井饭馆的睥睨，全不像失去了家园而漂泊的现代文人们，对下饭馆的美好记忆时时流露在文字中，引起更为贫寒的当代作家的艳羡。在家里豪奢的待客方式，简化演变成我们这个时代穷家小户的习惯，至于炊事人员的变化，更是文化变迁的显著特点。袁枚的时代，豪门中大约都养着自己的好厨师。到了现代的时候，讲究的人家则是临时雇名厨，杨绛先生在《洗澡》中记录了这一旧家的生活细节,那是在五十年代初,革命的洪流还没有冲垮日常生活的个别角落。只是到了世纪末,才兴起了专门上门制馔的行业,区别在于早期的厨师是知根知底的旧日熟人,现在则是一锤子买卖,好不好要吃了才知道。而小户人家在家待客,则需要自己有点烹饪的技能,不仅要有拿手菜,还要富于变化,不然就会被嘲笑为"老三样"。和袁枚以熟食应付不速之客的方法不同,以熟食待客,在北方是出于对客人的热情,有没有烧鸡,有没有熏兔,都是某一个时期宴席规格的重要标志。下饭馆也是待客热情的表示,城市里的中等人家,红白喜事,甚至大年三十的团圆饭,都在饭店里吃,而且是档次相当高的餐厅。有一位著名语言学家的夫人,谈起过在美国制馔招待客人的经验,用不着多讲究,摆上些花,做几个普通的菜,足以唬外国人。比起变了味儿的中国餐馆,家庭便宴肯定更出彩。她的话给我留下深刻的印象,同学的孩子要出国留学,嘱咐她临行之前,先学会包饺子,请外国人吃饭别摆谱,饺子管够就行了!不论从哪个方面说,在家待客的风俗,都足以让我宽慰,不至于为自己的窘迫而惭愧。通常自嘲为一级厨师,这也是得自长辈们幽默的濡染。

三

不论出于什么样的原因,下饭馆的经历都改造着我的味觉。年轻的时候,酱油都很少吃,更不用说其他作料,连饺子都是白口吃,近似于河北的骂人话"油盐不进"。作料碟的出现,强迫我改变了习惯。特别是有生食的时候,比如生鱼片、生羊肉,没有作料几乎不能入口。大酱是北方的菜肴中重要的调料,从烤鸭、生菜到面和汤,都经常需要。从小不记得家里买过酱,现在也可以顺顺溜溜地吃下去。九十年代初期,到外地受到朋友的热情款待,分别的时候嘱咐,到北京务必来家，而且最好是月初来，月底来就只有炸酱面了。几年前，和两个朋友在一家餐厅吃饭，有一道炒虾仁，朋友指点着说，蘸一点醋特别好吃。我不假思索，蘸了醋吃，果然味道浓了，承认醋确实提味。对于荤腥的食用习惯，也是由下饭馆训练出来的。早年，只要肚子里有油水，绝对不吃大鱼大肉。肉炒的菜，只挑里面的菜吃。成年之后，长年吃食堂，因为没有油水，经常饥肠辘辘，顾不上口味，只管填饱肚子，几乎没有什么不吃的东西，饱的时候除外。只有一次，在印度，一家乡间的饭馆中，端上来一个大盘，大格里是薄饼，七八个小格中都是黑糊糊的各种作料，当地的作家示范吃的方法，是把各种作料涂抹在薄饼上卷起来吃。这回我是连尝试一下的勇气也没有，而且桌子上还放了一小碗冰糖，混合着不少小茴香，说是饭后用来清口的。这让我大为惊讶，用这样味道浓重、辛辣的东西清口，岂不更要增加口腔的黏稠。

　　下饭馆的经历，还改变着我的消费观念，不仅是节约，还有物有所值的意识。同学中有老食客，因为生在大都市，又有多年独自离家下乡的经历，对于饮食的品位自然比我精到。顺理成章地成为我的导吃，哪一家店里哪一道菜做得好，去了只点那一道菜，所费不多，却吃得很好。这改变了我以丰盛为主的撮大盘子的待客习惯，直到现在，请朋友吃饭的时候，都要让他们自己选择饭馆，点菜的时候要让他们点，同样的钱就吃出了风格和品位，也使友谊更加自然。只有请相知不深的朋友，才选著名的菜馆，与其是为了吃饭，不如说是为了享受和品味。有一次，是冒蒙找传闻中的云南驻京办事处的餐厅，为了请一位艺术鉴赏力极高的朋友，辗转打的，东问西问，好不容易找到了，又人满为患，等了好长时间。那天，酷暑难耐，家人已经忍无可忍，变得烦躁愤怒。终于开始进餐的时候，各种丰富的云南菜肴使所有的人眼睛发亮，立即都快乐起来，男女老少有说有笑。这有点像曲径通幽，又有点像因祸得福，最终的喜悦抵偿了曲折寻找的烦闷。

下饭馆还开阔了我的眼界。二十多年来，所有传闻中的大饭店几乎都出入过，当然是由于各种公干，不是自己掏腰包。北京的不用说了，上海的"红房子""国际饭店"，杭州的"楼外楼"与"天外天"，四星级的"扬州饭店"、广州的"白云宾馆"……长了不少见识，使我这个落伍的人，也可以短暂地感受一下时尚的潮流。好的饭店里，通常还有许多艺术的展示，北京饭店布满雕塑与壁画的走廊，匆匆浏览之中，就可以感受到艺术气息的博大与精深；二十一世纪皇家度假饭店里有画廊，还有规模相当不小的沙龙。豪华的潮头已经衰落，代之而起的是对于乡土文化的回忆，北方的小饭馆里挂起苞米辣椒，供应各种家常乡土菜，而且名字起得热闹幽默。"大丰收"是各种时鲜蔬菜放在柳条筐里，蘸了大酱生吃；在我们学校门外的一家饭馆中，有一道菜叫"社员开会"，好奇的冲动再也克制不住了，一定要尝试一下，原来是土豆、豆角、南瓜等适合炖的各种蔬菜配了排骨，炖在一起端上来，是家常的美味，其他的饭馆通常叫作"东北乱炖"。江南士风影响下的苏南一代，则挂着草鞋竹帘和地方流派的绘画，设席地而坐的功夫茶室，有古琴的演奏满足文人的雅聚；中等饭馆装饰成民居，陈列着各种食具与小型的农具，干脆以旧日的著名街道命名餐室；大型的建筑群里摆着水车、犁杖，隔开的空间装饰成农家小院，屋子里盘着炕……遗憾的是，丰富的饮食只能充饥，味觉的记忆并不深刻，至少成不了回头客。当然，也尝试了不少著名的食品，在杭州吃到了叫花子鸡，在香港吃到了烤乳猪，在广东吃到了盐焗鸡，在北京的一次重要会议上，看到了巨大的五彩龙虾，只是忘记了名字。此外，各地的著名食品，也多有尝试，长春的李连贵熏肉大饼、沈阳的老边饺子，等等，进餐的同时，也会有关于起源的介绍，顺便了解民间文化的各种形态。当然也有尴尬的时候，有一次，在外地的一家饭馆吃请，端上来一盘孔雀肉,尽管朋友一再解释说是后院养的,我还是下不去筷子。

在域外的饭馆吃饭的奇遇,更是让人印象深刻。走进莫斯科的饭店,坐下半个钟头,没有人理你。服务小姐处于半睡眠状态,无精打采地趴在柜台上。反复交涉,才来开单。因为广告里有水饺,原是慕名而来,端上来一看是类似于馄饨的东西,而且没有汤。几次较大的作家聚会,各种食物丰富,只是以冷食为多,凉且硬,难于下咽。有一种紫色的小浆果,像中国的"野葡萄",看着好看,吃到嘴里苦涩难当。俄罗斯人的饮食习惯,还和旧俄作家笔下的描写相去不远,但据说已经比以前少了许多,经济的衰退直接影响到餐桌上的内容。好在聚会的场所非常雅致,一处橡木大厅,完全用橡木装修。几个房间的家具都是精美的俄罗斯古典风格,铺着挂着各种兽皮,还陈列着虎狼一类猛禽的标本,好像进入了动物博物馆。另一处重要的聚会场所是作家协会的俱乐部,记忆中是地下室,酒吧分割成几个房间,白色大厅挂满旧俄时代风云人物的画像,红色大厅则满是十月革命以后著名人物的照片。以这样的方式回顾历史,让我觉得很茫然,闹不清他们情感所系的是哪个时代。物质的匮乏,并不影响俄罗斯人的好客,在一个小镇的图书馆,招待我们的只有煮熟的土豆和颜色不同的生拌橄榄菜丝。陪伴的俄罗斯作家有些抱歉地对我们说,缺少一样东西,但是不能说。

在日本的时间最长,下饭馆的时候也最多。进过旅游地的豪华大餐厅,在富士山附近,远山近水,空气新鲜。饭店的装饰以浅藕荷与淡绿为主,摆满各种真假难辨的植物,比起国内竞相豪华的大饭店,进门一色的明晃晃大玻璃吊灯,透着与自然和谐相处的恬淡风格。一个朋友误把一盆假花当成了真的,被大家嘲笑,问她是什么眼神。日本有一种传统套餐,叫作天妇罗,也有写成"天麸罗"的。用托盘端上来，里面有一碗米饭、一小碟咸菜、一碗酱汤，主菜是用油炸熟的各种面粉裹着的食品，一荤一素。在那家大餐厅吃到的天妇罗格外精致，被称为季节菜，是刚采来的时鲜蔬菜，其中有细长的蘑菇。日本的学术活动，开幕与闭幕都是以西餐自助，而且需要自己缴费，东西很少，也无特色，一个朋友去晚了，交了不少钱，什么也没吃到。日本的学者中不乏西化的，为客人订西式的宾馆，请听交响音乐，吃西式的晚饭。有一次，音乐会散场，被请到一家捷克的餐厅，布置得有些像农舍，当然是在影视画报一类媒体中看到的欧洲农舍，满屋烛光摇曳，吃的是烤肉和类似比萨的烤饼，饮料也是现榨出来的，简单中透着丰厚。走出餐厅的时候，朋友说，我们过了一个洋式的夜晚，我反驳说，是一个古典的夜晚。正式的学术活动结束以后，与会的人可以自由组合，继续开二次会、三次会，一般是在和式的小餐馆中。一些民间的学术团体定期聚会，正式的项目结束以后，也是到和式的小餐馆中继续二次会，费用是大家凑，通常是三千日元。我参加过几次，都是在日式的餐馆中举行。白木桌椅固定在地上，除了有些拥挤，倒是充满古代和民间的气息。在这样的聚会中，我吃到了不少日本的民间菜肴，印象最深的是萝卜煮鱼，味道鲜美醇厚。至于在旅途中，更是要频繁地在饭馆就餐，各种快餐式样的食物大同小异，著名的平民食品荞麦面寡淡无味儿，材料不断变化的各种份饭，类似于中国五六十年代火车上供应的盖浇饭。最好吃的是鳗鱼饭，腌制过的鳗鱼片插在竹签子上，放在饭上蒸熟，入口即化，鲜嫩浓香微甜，撒上专门配制的粉状调料，特别下饭。据说，鳗鱼是从中国进口的，中国市场上也有，只是价格昂贵，难于端上小户的餐桌。日本人的口味偏于清淡，萝卜磨细了就是作料。最辛辣的一种调料，只有吃生鱼片和荞麦面等时候才用，北京的市场上也有出售，被称为"日本芥末"，日语读作"瓦萨比"，是汉语的音读，是否最早由中国传入，很难考察。

它和芥末其实是两回事。芥末是用芥菜的种子磨成的粉，在中国种植的历史悠久，周朝就出现在宫廷的宴席上。"日本芥末"则是山葵的根和茎磨成的茸，山葵也叫山嵛菜，因生长在山涧溪流边而得名，产量低，故价格昂贵。另有一种类似的调料，被称为西洋山葵、西洋山嵛菜、山葵萝卜，原产欧洲南部与土耳其，八十年前由英国人引进上海，东北人称之为辣根。

　　在小饭馆里进餐，可以接触日本的老百姓，经常会有一些奇遇。在日本留学的一个女孩儿告诉我，她有一次在小饭馆里独自吃晚饭。对面一个中年的日本妇女问她，你是从中国来的吧？她点了点头。那个日本女人，埋了单离去的时候，在她的桌子上摸了一下，慌慌张张地走了。她看着日本女人的背影觉得奇怪，低下头才发现，她放了三千日元。长崎一家和式饭店里，供应丰富的和式菜肴，大约为了招徕住宿的客人，餐厅以自助的方式让客人随便吃，一小份一小份的菜轮流送上来，有点像广东早茶的形式，除了饭团与寿司之类经典日本食物之外，各种叫不出名字的菜源源不断。邻座的一个老人有些与众不同，比当地人高大，脸色红润，有着农民的朴实。他热情地问我，你是从中国的什么地方来的？我用蹩脚的日语简单地回答。他竖起大拇指，频频点头称是。我又简单地问他来自何方，答曰来自北海道！我豁然开朗，自然地理往往比人种的特征更显著，他的身材和气质都带有寒温带人的特征，类似中国的东北人。

四

　　吃了半辈子饭馆，有一个结始终解不开。为什么说"下饭馆"，不说"上饭馆"？

　　"下"首先是方位词，相对于"上"，具有明显的等级差异。饭馆是以盈利为目的的商业设施，在重农抑商的文化传统中，自然属于低级的行业。陈忠实以《白鹿原》唱响了农耕文明的挽歌，以"勺勺客"指涉厨师，嘲讽以此发达的鹿子霖，对比以儒家学术为精神支撑、以农为本的白家，组成最为直白的形象逻辑。农耕文明与商业文明的冲突亘古不断，商业过度发展意味着奢华，导致萎靡的享乐习气，所谓"六朝金粉"是典型的概括。这就难怪从秦始皇开始，要削减南京的城市规模，最彻底的是隋文帝，下令把南京的城邑和宫殿统统毁掉，改作耕地，只剩下小小的石头城。其中有对金陵王气的恐惧，也有"拒腐蚀，永不沾"的意思。连王安石这样锐意改革的大学者，也觉得玄武湖不过是"前代以为游玩之地，今则空贮波涛，守之无用"，下令把水排空，形成两万亩湖田，致使以后的几百年间，南京的供排水问题严重，只好重新恢复。今天的玄武湖只有当年的三分之一。这让人连想起"大跃进"中砍伐树木大炼钢铁、"文革"中的围湖造田，等等，也联想起孔老夫子的名言"君子不器"，只有政治的理想而无必要的具体知识是无法治理好国家的。

　　在任何一座政治城市，都有固定的形制，规划出等级森严的居住区域。通常是大道为界，施行行业隔离的政策。一边是皇城官府和达观显宦的豪宅，一边是平民百姓的居住区。各种商业设施、勾栏瓦舍、五行八作与商贾住宅，肯定也是处于平民区，至少到唐代还是这样，国家明文规定四品以上的官员不得进入市场。曾经有一个四品官员退朝回府时，因饥饿难耐，买了一个刚出笼的蒸饼，在马上大嚼，被人发现奏了一本，武则天当即下令，不许他以后晋升。从五十年代到改革开放以前，国家干部守则之一是不得购买私人出售的物品，大饥荒的年代才开放了自由市场，"文革"使这条规则形同虚设。不仅是中国，苏联当时也是如此，记得当年有几个日本人写了一本书《苏联是社会主义国家吗？》，记叙了他们在苏联的见闻，"所有市场的货架都是空空的,所有人家的冰箱都是满满的"。当然,用于高级干部特供的"小白桦"商店除外。可见任何时代,指望官营是无法解决绝大多数人口的饮食问题。八十年代中期,政府提出菜篮子工程,就是商业政策调整的一项。从大量基本供应之外的议价食品,到取消所有票证和粮价的开放,在改善了市民生活质量的同时,也引起普遍的恐慌,消息一传出来,抢购的风潮骤起。同时改变的,还有居民们购物的方式。古代商贾房屋的形制绝对不可以超过官家,因此,饭馆自然多是地处低洼而矮小、简陋,从视觉的角度也带来方位的对比。这大概是建筑的政治地理学,"下"的语义也就具有了动词的词性。李白"烟花三月下扬州",春天乘舟顺水何其快哉!类似河北人的老话,去天津不说去天津,而说下天津卫。到宋代则略微宽松,《清明上河图》中的高潮部分,官府宅第已经和酒楼茶肆、店铺民居鳞次栉比地杂处在一起了。到了清代又出现了回潮,野史中常有皇帝微服溜出后宫门,到繁华的商业区行乐的记载,下饭馆的原始语义彻底呈现出来。颐和园后湖仿造市井的苏州街,其中也应该有饭馆。

即便是在商业行业中,饮食业的地位也是偏下的,比不了自古就有的官商。《礼记·王制》记载,"圭璧金璋"与"衣服饮食"全都"不鬻于市",为的是维护王侯贵族的尊严。经营这些贵重物品的商人,自然就是最早的官商了。汉代开始的盐铁专卖制度,以及后来的漕运、织造等经营者都是官商,目的是抑制商人的暴利,保证国家的税收。从事这类商贸活动的商人,自然有高于一般商人的社会地位。饮食业中的官商,也高于民间的饮食经营者。不过自古就有"坐贾行商"的说法,饭馆有固定的铺面,比起沿街叫卖的商贩还是高一些,至少资本比较雄厚。汪曾祺的小说《异秉》中,叙述了一个卖熟食的小贩靠勤谨劳作经营发家的过程,由一个寄居的摊位发展成占有整个铺面的一半。这是江南市民文化的商业传统,积累在作家的经验世界中,那里大约没有"下饭馆"的说法。扬州人"早上肉包水，晚上水包肉"，惬意中似乎没有轻商的心理。从依山铸铁、排水晒盐，到大运河开通流过，那里自古以来就是官商云集的地方，儒商文化的传统深入民间。近年来各地大量的商业神话持续不断地被生产出来，也是得自改革开放以后经济政策的松动。

  在等级森严的古代，保障制度的力量是有限的。权力象征的城与贸易活动的市，也经常边界模糊。城市平民阶层的迅速壮大，势必淹没城的大量地域。或者说，象征封建权力的城像孤岛一样漂浮在市井的水面上，经常有灭顶之灾。北宋的城市改革，就是解除隔离区，"坊墙毁弃，街市融合"。郭沫若著名的诗篇《天上的街市》，或许指的是这种改革之后的街市，不会是戒备森严的皇城官府。鲁迅的小说中也有相关的记录，从闭塞的鲁镇曲尺形的柜台到繁华的酒楼，规模的变化反映了城市性质的差别。政治革命也导致城与市从文化地理到形制的变化，以及影响到语用的重要原因。清朝的完结，使城作为政治权力象征的威慑力变得微弱，代之而起的是市井繁荣的自由活力，区别于小饭馆的大饭庄兴起，首先在形体上越制。起大楼的风气，居高临下地藐视着王公贵族旧日的平面豪宅；世俗生活的热闹场面，冲击了万人噤声回避的威严大道。近代的民权思想，使市民的精神得到张扬，各种传统的民间艺术都保留了这个蜕变的过程。传统相声《报菜名》是对饮食业辉煌历史的记录，而著名相声表演艺术家马三立《起名字的艺术》，则见证着这个由文化制度到饮食方式的沿革。在饭店里聚餐的形式，包括了跑合、拉房纤、在一起谈事到谈恋爱的丰富世俗内容，可见新旧杂陈。饭馆的名称由"狗不理""全聚德""万顺成""鸿宾楼"，到"西餐馆""小食堂"，可见华洋杂处、简繁相间，幽默中透着快乐。女请男的现象，更是文化制度的革新。八十年代指涉宴席的另一个词语叫"饭局"，相对于"赌局""牌局"，可见超出饮食本身的娱乐性质。六十年代,赵树理到北京,老舍对他说,咱们去吃个小馆吧。可见"下饭馆"的说法已经不时兴,动词发生了变化,以"吃"代替了"下"。只有在外地的民间,还流传着"下馆子"的说法。上海一类随着外来资本流入兴起的商业大都会,原本不在乎政治权力,炸裂的天际线使资本频繁崛起的时间密度转化为拥挤的空间,外滩的高楼、廊柱式的公共设施、石库门的民居和滚地龙的贫民窟,以金钱的力量规划出城市的格局。国际饭店的法式大餐、各种本帮与各大传统菜系的餐馆、城隍庙的传统小吃、每个街道都设立出售烧饼油条的早点小铺,是国际政治历史遗留在饮食习惯中的物质形式。

五十年代的大变革,首先冲击着城市的格局。北京十大建筑在旧城改造的烟尘中拔地而起,伴随着关于北京城规划的争议延续至今,不可阻遏的基本趋势就是从封闭到开放。天际线的混乱,使它的轮廓越来越模糊。有一个五十年代在北京留学的捷克汉学家,八九十年代之交的时候对我说,北京不好了,像第三世界国家的城市,没有了自己的文化特色。她很幸运,几年以后就作古了,如果她看见现在的北京会更加惋惜,房地产开发的洪水正在淹没无数的胡同,把大量的居民放逐到郊外。北京的改变从外表的轮廓,深入到筋骨血脉。封闭的三十多年中,高大豪华的涉外宾馆只有可数的几家。至"文革"之前,各种档次的饭馆还很多。在汪曾祺先生的书中,知道北京的胡同里有一种小饭馆叫大酒缸,是出苦力的人的消费场所,埋在地里的酒缸也当饭桌,就着简单的几种凉菜和缸里打出的散酒,足以抵消重体力劳动的困乏。这样微型的小酒馆无声无息地消失了,是随着它的老主顾们从城市的中心地带一起消失的。现在,最简陋的饭馆也会有桌椅。改革开放之后,城市的建筑以大饭店最为显赫,综合了全球化时代各种商务活动的功能。八十年代出版的加拿大畅销书作家阿瑟·黑利的

《大饭店》,已经从纸上走了出来,雄踞在所有的大都市,显示着资本帝国的无限霸权。"上宾馆"取代了"下饭馆"的说法,彻底改写了建筑的政治地理疆界。

"下下上上"之间,我走过了多少无情的岁月!

写情书

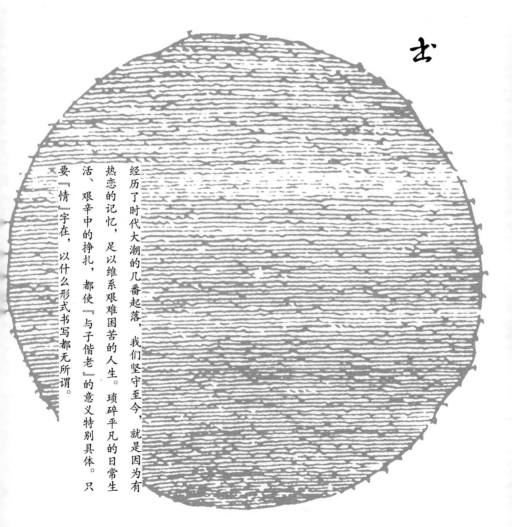

经历了时代大潮的几番起落,我们坚守至今,就是因为有热恋的记忆,足以维系艰难困苦的人生。琐碎平凡的日常生活、艰辛中的挣扎,都使『与子偕老』的意义特别具体。只要『情』字在,以什么形式书写都无所谓。

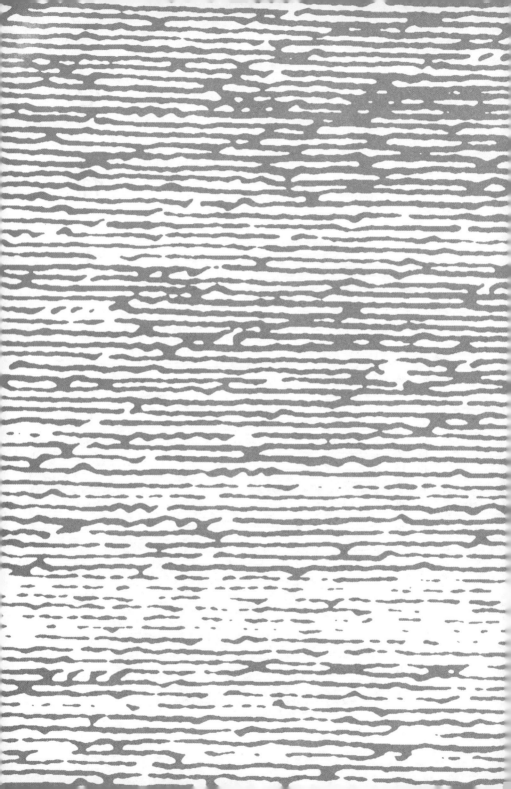

一

　　写情书大约是现代人生活中不可缺少的一项。"情"泛指人类的各种情感,只有和"书"连用的时候,才只限于男女之间。两性情爱,自古以来延绵不绝,至少有文字记载的历史是这样。但是这个时候,人类已经脱离了野蛮,形成了自己的文化制度。古希腊神话中的各种原始遗风,两性关系的混乱简直不可想象,本能支配下的乱伦、嫉妒引起的血亲仇杀,权力争夺导致的阴谋,还有由于怨愤的疯狂报复,都是文明世界中不可想象的事情。中国也大致如此,上古神话即便是在被删改之后,还隐约透露出一些端倪,比如女娲造人、葫芦兄妹婚配,等等。抢婚的风俗至今还在一些边远的地区流行,至于换婚,则是无奈中的别无选择。在那个时代,"情"字大约和"事"字没有区别,至今连用的时候,还是一个泛指的概念。

　　"情"与"事"的分离,是人类文明发展到相当程度的产物。两个字仍然连用,但是次序颠倒了,"情事"专指两性之间的事情,而且是感情方面的事情,因为两性之间也会有其他的事情。借助文字记录下来,就有了独特的文体。古希腊著名的情歌诗人萨福,把作品写在苇纸上,保留下来的多是碎片。苇纸大约是经过简单处理的芦苇叶子,就像写满佛经的锡兰贝叶,是用贝多罗树的叶子用水沤过晾干制作的。《诗经》中关于两情相悦的篇章不在少数,都是用于口头歌唱的情歌。从定情、婚嫁,到情变,已经包括了爱情的全部内容。"投我以木桃,报之以琼瑶",是古代的定情方式,桑间陌上,天真烂漫思无邪,而且,也看不出贫富尊卑的等级差异。到了汉代,地位、财产和容貌的问题就突出了,而且还有道德的严密约束。汉乐府《陌上桑》中的罗敷,抗拒异性骚扰的方式,是夸耀丈夫的种种过人之处,包括了财产、权力与容貌,以压倒对方的气焰。但是人物的起源则是西汉刘向所著《列女传》,言鲁国男子秋胡结婚五天后出门游宦,五年后功成名就衣锦还乡,路遇采桑的美妇人,上前调戏遭拒绝,回家后发现竟是自己的发妻。发妻无法容忍他的恶行,愤而自舍。据说,汉乐府有《秋胡行》,因为散佚而不知具体的内容。到了元杂剧中,同一个题材就变成了《秋胡戏妻》,以及后世的《桑园会》。其中对于男女爱情的忠贞理想是相同的,包含着"死生契阔,与子成说"的基本内容。对于男子花心的谴责,则是古代弃妇诗的变体。而且更有甚之,弃妇抱怨的是被抛弃的不幸,而《秋胡戏妻》是对婚外调情的厌恶,关系到情感的质量问题。其中自然有道德的训诫,但是,也有更微妙的心理,由夸耀到厌恶,创作者不乏幸灾乐祸。显摆呀!得瑟呀!看你荣华富贵,看你权倾一方,看你容貌过人,不过是个滥情的角色。婚姻与情感已经分离,即使不弃也无面目彼此相对。中国历史上不乏爱情的诗歌,但多数是将"真事隐去",情感的对象是缺席的,以至于后世的索引困难重重,熬白了不少学人的头。同样是信誓旦旦,"两情若是久长时,又岂在朝朝暮暮"与"执子之手,与子偕老"的内容大不一样,对象的缺失也是情感暧昧的结果。婉约派词宗柳永一生沉湎于笙歌燕舞、锦榻绣被之中,深得无数歌伎的芳心:"不愿君王召,愿得柳七叫;不愿千黄金,愿得柳七心;不愿神仙见,愿识柳七面。"短暂的真情,足以让人回味一生。他咏叹的离情别绪绵绵无期,得益于对象的层出不穷。"万古长空,一朝风月",固然是禅家语,但是文人多反其意而用之:哪怕你万古长空,我只要一朝风月。

这些当然是男人们的情感生活,女人的感受是被遮蔽的。即便是著名的女诗人们,也极少有爱情的抒发,只有以隐晦的修辞方式,表达自己的美好感受。李清照的名句"知否?知否?应是绿肥红瘦",近年来多有别解,也能自圆其说。因为她与赵明诚志趣相投,有过美满的爱情生活。韩愈曰:"欢愉之词难工,愁苦之言易好。"李清照则是两者都有妙句。含蓄的转喻可谓"欢愉之词"的极致了,其他女性诗人则多以"愁苦之言"取胜。风流如鱼玄机,最著名的也是"易求无价宝,难得有情郎",可见情感的荒凉。还有和她同时代的薛涛,"借问人间愁寂意,伯牙弦绝已无声",对于爱情已不抱奢望,风华绝代最后以道士终老。她们都身世坎坷,才华过人,为娼的经历使她们一生情之所系的对象不会是一个异性。这就和桑间陌上的男女唱和,有了本质的差别,商业社会给她们提供了相当自由的空间,除了身体才华,还有其他过人的技能。著名的薛涛笺,以质地色彩与款式的独特优雅而著称。这让人想起张爱玲的名言,有美丽身体的人以身体娱人,有美丽思想的人以思想娱人。也许会有短暂的真情,频繁的应和也免不了逢场作戏,难怪流传下来的名句并不多。就是在西方,对于困守闺阁的女人来说,沙龙里的游戏也多以情书为形式,普希金的《欧根·奥涅金》是最传神的叙述。无论是封建时代的贵妇,还是商业时代的女明星,收藏各种情书都是精神满足的重要内容。更有甚者,为了达到下流的目的,以写情书勾引纯洁女孩儿。有一部欧洲的电影,主要的情节就是一个淫荡的贵妇,让自己的男宠伏在自己赤裸的胴体上,连篇累牍地撰写华美的情书,成功地勾引了一个单纯美丽的少女,穷极无聊至此,罪莫大焉!

男人们以己之心推测,闺怨成为一个普遍的题材。著名的如唐代余杭人金昌绪《春怨》:"打起黄莺儿,莫教枝上啼。啼时惊妾梦,不得到辽西。"比起弃妇们的幽怨,自有民间的清新。而王昌龄的《闺怨》，描摹贵族妇女的行止与心理，以含蓄著称："忽见陌头杨柳色，悔教夫婿觅封侯。"除此之外，关于女性的情感，从怀春、欢爱、闺怨到弃妇，被归纳为有限的几种类型，成为诗歌表现的原型性主题。只有少数民歌不同凡响，最著名的是《木兰辞》，被前卫的女性主义者讥讽为女性自我丧失的"花木兰情境"。在重重镜像之中，女人连自己也不知道自己是什么。寻找自我，是近代以来所有前卫女性的共同目标。可是，跳出了话语的陷阱，又面临丧失文化身份的焦虑。而且，一些出现在爱情诗中的女性，欢乐之态是男人自喻的方式。唐代诗人朱庆余以等待见公婆的新嫁娘的微妙心境，转喻自己期待来年考试结果的紧张，赋诗为行卷投送主考官张籍。其中有"妆罢低声问夫婿，画眉深浅入时无？"这种性别的转换，是中国士人与统治者之间关系的绝妙写照。所谓的"闺怨"，也多是自己政治抱负不得施展的高级牢骚。以女性的娇媚来取悦掌权者，自我的精神压抑几近于自虐，可见封建权力深入心灵的巨大威慑力量。推而广之，以两性关系转喻政治关系，这个传统影响到许多诗文的解读。李商隐著名的《锦瑟》诗，有论者认为是表白他在牛李党争中的无奈处境。而且，这个修辞传统保持在语用的习惯中，即便是现代人也无法规避，著名的如"丑媳妇总是要见公婆的！"这与两情相悦的原始语义，已经相去甚远。性别转换带来的另一个结果，是中国男人集体无意识中自恋的倾向，浓缩在语言系统中就是大量的成语，诸如"红颜知己""贫贱夫妻"，一直到近代的"剑胆琴心"，等等。一如曹雪芹对于贾雨村的讥讽：一个侍女偶然回了一下头，他便以为人家有意，功成名就之后，立即迎娶为妻，以为是贫贱之交的红颜知己。《红楼梦》的现代性，在这个细节中表现得最为充分，漫不经心地就解构了一则世俗的神话。在他之前，话本已经开始颠覆，怒沉百宝箱的杜十娘，粉碎的也是同一个神话。一直到当代男性作家的笔下，对于女性心理的刻画还多延续着这样的思路，自恋的倾向更加严重。

同时被遮蔽的还有男人的形象，当然，是女性眼里的男人形象。因为在各种爱情题材的诗文中，女性都是不在场的，她们眼里的男人也是缺席的。除了青梅竹马的两小无猜，对于男人的了解格外盲目。话本开始的小说略好，但是也以男性的视角为主，讲述的是男人眼中的女人，不外乎是欲望的对象。《金瓶梅》是典型，前世轮回的说教，掩盖着欲望发泄的快感。或者仍然是缺失的状态，《水浒传》一百单八将中只有三个女性，母大虫、母夜叉和一丈青，都是非人的异类，表达了作者对女性的恐惧、蔑视与厌恶。即便是男人的形象，也是男人眼里的映像，而不是女人理解的男人。身怀绝技的好汉们出入江湖，不是因为女人招灾，就是因为女人惹祸。直到戏曲出现，男人们才得以在公众的视线中，以类型化的方式施展风采，生旦净末丑被严格的表演程式规范。无论如何，戏曲的出现是一次人性的解放，使男人和女人可以在艺术中互相观赏。而且，不少剧目还包括了世俗情爱的内容，有了一个民间的视角，讲述女性的观点，著名的秦香莲广为人知，使弃妇的形象具有了深厚的道义支撑。戏曲起于民间，所以能够展示丰富的两性情爱内容，无论它如何被士大夫的趣味改造，民间的立场都常常冲破道德的规范。特别是后起的民间戏曲、早期的评剧、二人转等，都以朴野的艺术形式，表现了民间丰富的两性情爱内容。类型化的结果是把两性关系简化为一些基本的模式，齐眉举案、始乱终弃，等等。

近代以降，文化的急剧动荡使传统解禁，两性关系成为各种传媒炒作的热点。接受新思想的一代，爱情是人生理想的一部分，但是古老的传统与人性的弱点并没有因此而消失，爱情的悲剧仍然不断地上演。商业社会也造就着新的世俗神话，培养着新的异性理想。每一代人几乎都有自己的青春偶像，都有相近的爱情理想。一如张爱玲的说法,现代人的爱情都是第二轮的。而且,质朴中有狡黠,狡黠中有质朴。尽管丰富多彩,但本真的东西常常被淡化。加上政治历史的频繁动荡,两性的情爱更加扑朔迷离。谁又说得清谁的真实感受呢?

二

信是书写方式普及之后的产物。"书信"连用,组成并列的关系。这是现代的用法,就其起源来说,其实两个字的意思大不相同,是一个动宾的结构。"书"有写的意思,由动词而名词,成为文体的指代,可以详细地分类。"信"最初的语义是诚实,"仁、义、礼、智、信"是中国人修身的重要规范,由动词而名词,指涉信息的意思,至少在唐代已经有了这个语用,"信风"指的是每年如期而至的东北风,"七月八月有上信,三月有鸟信,五月有麦信"。苏东坡有诗云:"人似秋鸿来有信,事如春梦了无痕。"如期而至的意思中包括了"信"的原始语义,诚实与守信。进一步的转换才是文体,当为现代邮政系统普及完备之后,"书"与"信"的区别才泾渭分明。在这个漫长的演变过程中,"信"又有一个动词的意思,就是倚凭,"信口开河"是典型的语用。这和"信"的原始语义南辕北辙,让人不可思议。汉语的奥妙深不可测,经常出现这种语义相悖的现象。

情书是其中的一种。尽管它的语用起源很晚,但是始终没有被信同化,有写家信一说,但没有写情信的说法。它代替桃李琼瑶,以更抽象的文字表达更细腻的感情。就是在电信普及的时代,它独特的功能也没有完结。《围城》中的方鸿渐追求唐晓芙的时候说,打电话总不如写信自然。他读书的时候,有"温度计"的绰号,可见年轻时是木讷的,口头表达的能力不强。故事一开始,他就屡屡着异性的道,可见从小地方出来,对情感的游戏规则不甚在行。巴尔扎克的《邦斯舅舅》中,写到底层一对中年男女的恋情,男方给女方的情书中写道:"我愿意像黄油抹在面包上那样,爬在你丰满的胸脯上。"可见,即便是情书的时代,比喻的方式也有着文化的差异。还有一个原因,情书是隐秘的文体,无法公之于世,在独自的书写中,可以把最隐秘的感情诉说详尽,而且比对面的交流要准确从容。古代有家书出版,没有情书上市。即便是在近代浪漫主义的思潮影响之下,出版情书也不多见。就是出版,也要打上其他的名号。鲁迅与许广平的《两地书》出版之际,鲁迅要郑重声明,不关风花雪月。当事人过世之后,当年的情书也会公开发表。萧军注释萧红的书简,是在他们情变十年之后,萧红去世已经六七年。故事讲述的时代与故事发生的时代,发生了翻天覆地的大变革,意识形态的背景转换,思想也起了变化,颇多追悔当年的鲁莽,有忏悔的意思。而萧红当年痛苦的心境,也只有通过书信才能够了解。她追求人生的独立与爱情的真挚,但是屡屡感叹所遇不淑。她历经几个男人,其实却没有从容地谈过恋爱。几个男人对于她的叙事都跳不出英雄救美的套路,连感动的那一瞬间,所用的言语都是一样的。张爱玲的《五四遗事》,可谓是对时代所导演的人生最辛辣的嘲讽,人们以为冲出了传统,最终的陷落其实仍然是传统的方式。当然也有精神的传奇诞生,逻辑学家金岳霖跑警报的时候,还带着聪明女人林徽因写给他的信,内容无法知晓,估计他秘不示人,已经带进了自己的坟墓。能不能算作标准的情书,无从判断,估计不会有风花雪月的内容。但是,收藏者是把它当作比情书更宝贵的东西珍惜着。他一生未婚,而且在生前死后,都痴情不改,算得上是情圣了,达到这样的境界应该说是进入了福地。

　　金钱所操纵的商业社会,供需的规律决定商品的生产。情感可以伪造,任何短暂的需求都可以得到满足。技术的时代,也使所有的活动都可以进行培训,复制的功能应用于所有的领域。情书作为一种文体是空前的昌盛,《情书大全》是出版商牟利的重要项目。有一个年长的女性,美丽端庄而且一味洋派,读大学的时候,每天都要收到若干情书,除了崇拜赞美,还多有以自舍相威胁的内容。她招架不住,只好向女友诉苦。那时候的情书,大约充满了古典时代的浪漫诗情,像谌容《人到中年》中的陆文婷们,需要借助艺术来表达内心优美的感情。到了"文革"期间,情书的格式大变,开篇要有伟人的语录,结尾要有"万寿无疆"与"永远健康"。内心的欲望与情感,都要以革命的名义表达,以体现思想的纯洁。那个时代是没有私人空间的,信件被各种方式拆看是经常的事情,这样的格式也至少可以免于暴露之后的尴尬。著名作家凌力在《失落在龟兹古道的爱》中,详细地记叙了那个时代,纯洁的两性情感所遭受的残酷蹂躏。即便是在解禁了的八十年代,情书在校园里也还不盛行。浪漫时代的时代气氛,掩饰的是越来越赤裸裸的欲望,文字的苍白不足以容纳久被压抑的本能。而革命时代的陋习,则导引着本能的释放方式。男生寝室里流传着《情书大全》,一个人处朋友大家都兴奋地起哄,给以各种建议,比如约会之前吃点蒜,亲吻的时候又热烈又卫生。其他如代写情书、代审情书,在异性的宿舍里培养几个卧底,派出"间谍"和"说客",都是所谓爱情的方式,可谓不择手段。有一个性格活泼的女孩儿,有一天收到了一封奇怪的信,是一个男生谴责她,明明有对象还来信骚扰,以为是有意玩弄。她气愤不已,说从来没有给他写过信。这件事成为无头公案说不清楚,又没有大到值得报官的程度,只好不了了之。至于反爱为仇的事情,更是层出不穷。这导致了许多女孩儿内心的恐惧,过于激烈的情感表达使她们手足无措。有一个安静恬淡的女孩儿,被一个男生威胁得没有办法,同学告诉了老师,老师训斥她说,你还是共产党员,怎么这样没有原则?被好意包围得喘不上气来,也是现代爱情中特有的尴尬。有一个性情温和开朗的女生,是众多男生暗自倾慕的对象。一个学汉语的外国人,公开地称赞她,你的性情真好呀!谁要是娶你为妻子,一定会很幸福!有一天,她却顾自哭泣,我以为是什么人欺负了她,没想到她回答说,不是别人对我不好,而是对我都太好了。始知是被人追得没了主意,不知道如何是好。语言的隔膜在爱情中也形成障碍,或者说是最基本的障碍,用的是相同的语言,意思却无法沟通。找不到感觉,见面时,东拉西扯地没话找话,自然只好拜拜了。即便是书信也无法摆脱这样的尴尬,有一个女生频繁接到外地男友的信,每次提笔回信的时候,都觉得无话可说,有一次实在没有办法,就寄回去一张白纸。不知她的男友做何感想,如果视作纯洁的话,也不乏情趣。古人"一片冰心在玉壶",今人一张白纸在信封。

现在的年轻人,应该不会再有这样的尴尬。通信比较自由,观念也比较开放。至少信件被拆的情况不会有了,电子信箱都有密码。情书的形式再一次发生革命,敲打键盘代替了手头的书写,手机的普及使瞬间的感觉都可以交流,至少节约了时间和纸张等文具。随之革命的还有寻找爱情的方式,聊天是一个重要的途径,婚姻介绍所的业务也很发达,基本的状况应该有保障,比旧时的媒妁要可靠。但是,听说有"婚托"的职业,仍然免不了袋子里买猫,要的是白猫,买回来的是黑猫的情况。这是一个务实的时代,生存的巨大压力,使人成为物的奴隶,遏制了浪漫的情感需求。这也是一个身体充分解放的时代,没有了压抑的机制,也就少有了激情。而且,对于原子化的白领一族来说,社交的范围相当窄,能够接触到异性的机会并不多,求助别人的介绍,仍然是普遍的现象。特别是过了青春期的男女,还有离异的人们,都特别需要借助各种沟通的渠道,最典型的是跨国婚姻,没有中介就无法开展。情书是和签证、绿卡联系在一起的,而且后者比前者更重要,在婚姻的市场上情感的砝码并不高。

三

　　我在爱情方面素来低能，但是写情书的历史可谓漫长，都是捉刀代笔。小学的时候，就经常有女孩子向我诉说，对某一个男孩子有意。我是最好的听众，从来不会转述。大约也是因为觉得这事和我没什么关系，此外还没有形成是非的观念，别人诉说的时候，我听得满脸茫然，就像听她们所说其他的向往。只有一个女孩儿认定一个男孩儿对她有意思，准备写信婉言拒绝，来和我商量如何措辞，大约是由于我的作文比较好。我在方格的本子上，模仿当代小说中的格式，为她拟了一封信，里面有"同学就是同学，友爱是应该的"字样。写了一半，没有落款，夹在课本里。很不幸，被老师发现了。她皱着眉头盯着我看，我因为不知道事情的严重性而无动于衷。成年之后，我万分感谢那位老师的同时，也意识到这是我无数次代人受过中的一次。有一个低年级的女生，写给转学离去的一个男生的信，被同学发现张扬出去，受到全校男生的嘲骂和攻击，也受到女生的讥讽和捉弄。她万分孤独，低着头来去匆匆。那个老师如果把那封信当个事，我的处境也会和那个女生一样悲惨。转而一想，那是一封拒绝的信，本也应该有些区别。

　　下乡的时候，找对象的风气很盛，而且周围弥漫着猥亵的气氛，我也没有什么感觉。我无心听别人的故事，这些故事压得我喘不上气，加上糟糕的处境，根本不会想自己的事情。耳闻有一个女知青，写给一个男知青的信被人传阅。她的感情没有着落，但文采却声名远播。据说写得非常严谨，即使贴在布告栏中也无懈可击。这是大城市来的知青故事，受到商业社会与革命时代的双重规约。而当地的知青则几乎处于桃李琼瑶的阶段，当然也需要介绍人，但是定情的方式则需要一定的物质媒介。介于两者之间的是中小城市的知青，通过婚姻离开那里是普遍的愿望，通常是别人介绍通信联系，然后再下彩礼，商议结婚的事宜。有的知青书写能力很差，遇到不认识的字就来问我，来来回回之间，便知道了她们的全部心思。大约也是因为嘴严，一个女知青干脆让我代笔，离开那里的时候，她还请我吃了一顿饭，可见她的厚道。

　　到了婚嫁的年龄，我仍然意识不到找对象的必要。因为我一门心思想上大学，也看怕了周围夫妻的吵闹。含蓄的表示我根本听不懂，直截了当的表白我又恐惧。人们以为我心高，问我要什么条件，我无言以对。我从来没有过梦中情人，连当代著名的男影星知道的也很少，实在是没有什么关于异性的成熟理想，也意识不到婚姻的必要性。我知道我不要什么，但是不知道要什么。进入城市以后，上流社会的情感游戏规则对于我来说像迷津一样。别人搞对象拿我当灯泡，别人偷情拿我当挡箭牌，别人思春以琢磨我来说事儿。懵懂中自然会受骗上当，但总能够化险为夷，也是由于缺乏爱情的训练。好在碰见了一个和我一样傻的人，在一片花花绿绿情爱话语的洪水中，携手度过最后的青春岁月。以至于别人问我为什么结婚的时候，我又是无言以对。随便别人用各种套话揣测，只管一味敷衍。细想起来，我虽然没有明确的观念，但是内心深处向往的，其实还是投桃报李式的质朴感情。这是我不容易着道的原因，用老百姓的话来说，就是少跟我扯哩咯楞。我们的情书中没有太多的风花雪月，也没有高昂思想，甚至连山盟海誓都没有。只是平凡琐碎的事物，特别是商讨各种走到一起的路径，每次见面都有点陌生，一计度起日用来就亲密无比。为了让对方放心，报喜不报忧是常态，有点像欧·亨利的故事，但是没有他的感伤，因为没有多余的气力去感伤。长达四年的时间里，基本上一周一信，就是出门在外也不曾间断。有一次，匆忙中把给他的信寄给了母亲。母亲又寄了回来，并得意地说，你不是一向都反对我看你的信吗？这次怎么主动寄来给我看。之后有了先进的通信设备，不太会再犯这样的错误了。

经历了时代大潮的几番起落，我们坚守至今，就是因为有热恋的记忆，足以维系艰难困苦的人生。琐碎平凡的日常生活、艰辛中的挣扎，都使"与子偕老"的意义特别具体。我已经过了写情书的年龄，年轻时代写情书的使命也转换在介绍对象的事务中。我的方法很简单，熟识的朋友还约在一起吃顿饭。别人托来的关系，则把女方的手机号码告诉男方，就算是完成了使命，成与不成要看两个人的缘分，都与我无关，选择是他们自己的事情，不必越俎代庖。尽管一对儿也没有介绍成功，但是我从不遗憾，因为我尽了力。

只要"情"字在，以什么形式书写都无所谓。

买东西

人与物的缘分,也是人与人的缘分,物中集中了人的智慧,对于物的欣赏也就是对于人的智慧的欣赏。买东西,买东西,买的是物,看见的是人。唯其如此,人才不会被生活的琐事折磨得百无聊赖,随时可以感觉到文化史的博大精深。

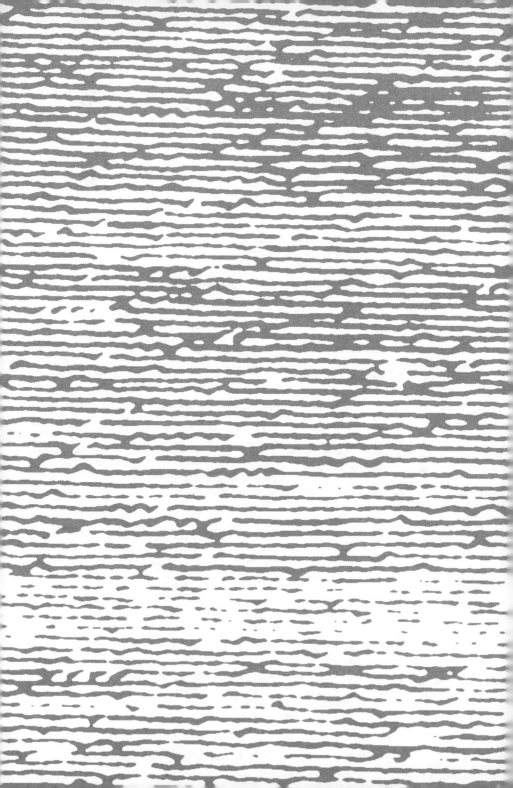

一

"东"与"西"都是方位词,可并列连接在一起,意义广泛。特定的方位指涉,是东边与西边的距离。引申开去包括了所有的方位,有"这里、那里"的意思,"东跑西颠"和"走南闯北"是一个意思,都属于互文见义的构词法。进一步推广的语用,则用来修饰秩序的混乱,"东张西望"还和方位有点关系,"东倒西歪""东一句,西一句",就是纯粹的形容了。此外,还包括所有具体和抽象的事物,"买东西"是具体的抽象,"艺术这东西"则是抽象的抽象。人与动物是这个语义关联中的特指,而且兼有喜爱与厌恶的双重语义,"小东西"是溺爱,"老东西"就是骂人了。少小时,听见人骂人,"你不是东西",反唇相讥的话经常是:"我不是东西,你是东西?"其中有一个概念的偷换,将对于人的特指换成对物的泛指。还有的干脆说:"我本来就不是东西,你才是东西。"潜台词是,"我是人,不是东西!你是东西,不是人!"这是近代人文思想对于语用的渗透。

少小时,经常疑惑,为什么叫买东西,而不叫买南北?

年长之后,胡乱地看书,逐渐明白,古时以东为主位,而以西为宾位。进一步追根寻源,则应该和原始先民对于时间的感悟有关。日月运行,分割昼夜,是最直接的表征。日与月都是从东边升起,向西边沉落。方位和时序重合,形成最早的方位概念。先来后到的原则,也体现在地理的领域中,东自然就成为四个方位之首,西仅次于东,成为二把手,居于南北之前。南北的方位概念,大约起源于对候鸟迁徙的观察,信期纹在古代丝织物中经常出现,是燕子的变形图案。这是在进入农耕文明之后,而早于这个时期的游牧文化,逐水草而居的民族,因为太阳运行影响下无霜期长短的时间差异,从北向南迁徙是规律。此外,民族的迁徙也是一个原因,但是,包括了东、西方向在内。清晨面对太阳的时候,身体右侧的一面为南,而左侧的一面为北,这是野外生活辨别方向的基本常识。东的主位由此牢不可破地被确立,其中大概还包含了对于太阳的崇拜,对于生命的礼赞。夸父追日是最早的神话叙事,东风即春风,青春是对于年轻生命最美好的概括,"日出江花红胜火,春来江水绿如蓝",是对江南美景最经典的描述。东和南都是日照充分的地带,宜于生命存活,而西和北则相对寒冷和荒凉。这是就自然生态而言,过分人为的开发与劫掠,这是后话。人口密集的东南地区反而不如东北的生态好,中原被掠夺开发和兵燹破坏之后,流民们闯关东是谋生的主要途径。"不是东风压倒西风,就是西风压倒东风",潜在的意思是东风必须压倒西风。几乎所有与东相关的事物都要在等级上高于西,东宫即正宫,西宫则是偏房。"东床"是乘龙快婿的代名词,比教馆的"西宾"自然就高贵些。这是中原文化的主流规范,在边远地区的民间社会则不尽相同。西施是著名美人,而东施是盲目模仿的丑女。典出秦桧的"东窗事发",是比喻阴谋已败露的经典成语。"东西南北"中的全方位指涉,自然形成于中原文化一统天下之后。于是,有了对于化外之民的贱称——东夷、西戎、南蛮、北狄。而北京人所说的"找不着北",应该是起于对星相的观测,北斗七星是夜间判断方位的重要坐标。

　　和"东西南北"相对的方位词"左右前后",显然形成得比较晚,左和东有重合的意思,"山左"即"山东",山右则是"山西"。而和其他三个词一样,都是要以"东西南北"定位,面朝南的时候,靠东的一面为左，其他依此类推。在实际的运用中，则比较灵活，面朝西的时候，靠南的一面也称作左。两套方位词差别在于，第一套的坐标是平面的，第二套的坐标是立体的。在一些由自然地貌天然形成的港口城市中，居民们的方位感没有"东西南北"的分别，问路的时候，回答总是"前后左右"。当第二套方位词广泛应用的时候，方位的等级发生了变化，东不再是主位，而四个方位包围着的"中"成为主位。"南面而王"的同时，一整套时空同体的文化符号也相应地创造出来，左青龙，右白虎，前朱雀，后玄武。尽管秩序和前一套词汇相同，但是有着价值等级的差异。不知从何时开始，形成了以右为尊的制度，右丞相是正的，左丞相是副的，连文字的书写都是自上而下、从右到左，并且发展出"崇尚"的动词词性，"右军"与"右文"都是崇尚"军"与"文"的意思。这似乎不完全是人为创造的文化制度的问题，右手是所有活动中承担主要职能的手，从吃饭、写字到劈柴、扫地都是如此。如果习惯用左手，则被视为另类，蔑称是"左撇子"。这在全世界范围内几乎都一样，有人类学家做过专门的考察，在一些原始部落甚至认为左手是不祥的。心理学家在对于人脑的探秘中，认为左手是由右脑控制，而右手则是由左脑控制。左脑主要是掌管语言和逻辑推理能力，功能至今还没有搞清楚。以右为尊的文化制度，也可能起源于适应多数人用手的方便。逐渐包括了"上下"的方位概念，"秦王扫六合，虎视何雄哉！"这个词组价值秩序的颠倒，大约是近代以后的事情，左成为正宗，"左派"天然优越于"右派"。"东风压倒西风"的意思转换为"左派压倒右派"。革命具有天然的合理性，激进主义成为持续不断的主流思想。先进与落后也成为一个固定的模式，有着不容置疑的绝对价值，形成非此即彼的思维方式。比较起来，还是最原始的"东西"一词更单纯更丰富，也更宽容些。如果一直沿用下来，大约也就没有了永无休止的无谓争斗。这是永远无法解决的悖论，文明发展的规律是越来越琐碎、严密，也和人类生存的本真状态相去越远。

买东西的概念肯定早于中原规范形成之前，大约是起于古代市场营业的时间规则。《周易·系辞下》有"日中为市"，大约上古时代中午开市，或者中午的时候集市最热闹。这和自给自足的农耕社会的贸易条件有关，住得分散，开市太早势必生意冷清。故北方民间有"起了个大早，赶了个晚集"的说法，形容事倍功半的时间损耗。此外，农民大多在卖出自家出产的货物之后，才有钱买进生活必需品。即便是普通的市场，也有专业的划分，大的如北京的菜市口、珠市口都是清代专业市场的语言遗存，类似于时下的金融街、建材街、服装配料市场一条街。即便是农村只有一条十字街的集市，也有不成文的习惯，在一定的地段出售一定的货物。由卖出的市场到买进的市场，势必要不断地改变方位走动，"东西"作为最早的方位词足以概括。买卖交易也必须在客商汇聚的时候，才能够选择成交。节庆的时候似有例外，元宵节、端午节一类的节日，开市和闭市的时间显然不同于普通的日子。《清明上河图》中的繁华市井场面，是祭祖的特殊节日景观。古典小说中夜间经营的商家，只有客店和饭铺。武松醉酒的饭铺有"三碗不过冈"的提示，打虎英雄的勇气首先在时间形式上超越了普通人。在改革开放以前的大城市，饭店也是按点营业。北京的小吃店出售早点，服务于上班族的需求。大饭店倒是体现"日中为市"的古制，经营午餐和晚饭，而且时间很短，过了点，连吃饭的地方都找不着。夜市和早市是时空重新规划之后，近代大都市中的新鲜事物，前者适应现代人的夜生活，后者则是适应上班族的作息规律。而且不同于自给自足的古代商贸，零售店的专业性也很强。就连北京潘家园旧货市场，摊位也是按照出售的货物分类。而批发市场营销的时间规则，通常是黎明为市下午关张，早已经超出了古代的商业时序。在东北地区尤其普遍，大约和日出的时间早于中原有关系。所有国际化大都市的高级购物中心都有自动升降的电梯，跑上跑下立体购物，也超出了古代买卖的时空规则。至于网上购物更是信息时代的创举，坐在屋中买卖各种商品，简直是千里眼和顺风耳的速度。只有日本神社里的庙会是个例外，因为出售的是自家多余的物品，没有货物专业的划分，时间也只设定在开庙会的日子，类似于中国的集市。西方的跳蚤市场大概也是如此，出售的东西五花八门。只有沈阳例外，跳蚤市场就是超市。

尽管中国人商贸活动的形式变化如此之大，"买东西"的古老语用却保留了下来，没有与时俱进，变成"买左右"，或者"买前后""买上下"……

幸哉！

二

买东西的记忆起于幼年。

母亲要上班，经常把我托给邻居家的大姐姐，一起上街。最早的一次，我买了两根冰棍，自己吃了一根，另一根准备带回家给弟弟吃。一路小心地捧着走，冰水从手指缝里一点一点地滴下来。大姐姐说，你吃了吧，到家就化完了。我不为所动，坚持捧着走到家，放进一只小碗里，让它漂在水缸中。那大约是初夏的时节，气温不是很高。从买冰棍儿的地方走到家足有二里路，如果是盛夏，则只能剩下一根棍儿了。残留的冰棍儿，在水缸里也很快化了，只剩一个碗底的水。另一次印象深刻的记忆，是五岁那年的春节之前，我和弟弟随了邻居家的阿姨，到镇子上去买供应的鱼。钱和副食供应本都是由我掌管。那是一个西北风呼啸的寒冷日子，在拥挤的人群中排了好几个钟头。脚已经冻得麻木了，手戴着手套还算好，脸却冻得皴了，难受得要命。

弟弟的鼻涕流下来，脸已经是紫色的。那个年头的气候和现在大不一样，冬天要冷得多，加上室内取暖设备的简陋，很少有孩子不得鼻炎、不生冻疮的。脸和手皴了，更是家常便饭。我是二十三岁考上了大学才住进暖气房，结束了手皴的历史。终于排到了柜台前面，按照供应的标准，我们可以买四五斤鱼。卖鱼的壮汉看见两个冻得哆哆嗦嗦的小孩儿，发了善心，卖给我们一条大鱼，足有六七斤重。隐约记得同行的阿姨说了好话，有小鱼零碎，孩子不好拿的意思。我抠着鱼鳃，弟弟抓着鱼尾，顶着寒风一路唏嘘地走回家。鱼已经有些化冻了，又黏又滑，鱼尾不时从弟弟的手中滑落，最后只好拖着走。天黑透的时候，我们才走进灯火昏暗的家。我抠着鱼鳃的手指头已经冻僵了，费了很大的劲儿才拔出来。等到浑身暖和过来之后，才发现副食供应本不知什么时候丢了。这在当时，无疑闯了大祸。

　　上小学的时候，买得最多的东西是早点，一毛钱买一碗糖豆浆、一个油饼。此外三分钱一根的铅笔、两分钱一块的橡皮、五分钱一个的练习本，也是经常买的东西。最美好的记忆是买西瓜。距我家的南面二十多里地，是著名的西瓜产地庞各庄，因为是一片沙地特别适宜西瓜生长。最著名的一种叫"黑绷筋"，因墨绿瓜皮上凸起黑色的筋脉而得名，椭圆形，橘红色沙瓤，红色的瓜籽。那是名贵的西瓜品种，价格要高于普通的西瓜。八十年代中期，北京还有庞各庄的西瓜卖，形状和品质已经大不一样，圆形，浅绿，花皮，红瓤，黑籽，而且光脆不沙，和其他西瓜的差别不大。近些年几乎绝迹，一色是大兴西瓜。大约知道庞各庄的人越来越少，没有卖点。大兴每年有西瓜节，也不见再有"黑绷筋"上市，估计这个品种已经被淘汰了。初秋时节，西瓜上市，往北京城里送西瓜的马车成队成行，而且彻夜不断。夜深人静的时候，公路上"嘚嘚"的马蹄声响成一片，夹杂着一串儿串儿马铃铛的脆响，和了蛙鸣与秋虫的叫声，天地之间响彻静谧的喧闹。上小学的时候，午睡之后，母亲给我和弟弟五分钱，让我们在路上买西瓜吃。我们买的不是"黑绷筋"，而是一种很小的西瓜，黑色的种子却很大，大约一打就开，所以名字就叫"打瓜"。拉这种瓜的马车，通常是停在公路边的树荫下，车把式靠在树干上，用草帽扇着风。旁边放着一个柳条编的大笸箩，用来收瓜籽。种打瓜的目的不是为了吃瓤，而是为了得籽。五分钱一个卖给小孩子吃，是额外的进项，条件是要把籽吐进笸箩。我和弟弟一人捧着半个瓜，用小勺挖瓜瓤吃，顺嘴把瓜籽吐进笸箩里。几分钟，一个瓜就吃完了，满嘴清香去上学。打瓜的瓤不很甜，但是水分充足，非常解渴。北京的市场上早已经看不见打瓜了，或许从来就没有出售过，而打瓜的籽却以各种不同的工艺和品牌畅销各地。看来还得大规模地种植，如果只是从孩子嘴里掏钱的微薄小利恐怕已经没有人经营了。据说是用一种特殊的机器，将打瓜粉碎，过滤出瓜籽。在沈阳的市场上，有一种近似于打瓜的西瓜，比打瓜还要小，略微呈椭圆形，产于新民小梁山，名字叫"小地雷"，淡黄的瓤，小黑籽，比普通的西瓜价格要贵些。忽然想到，瓜类中有冬瓜、西瓜、南瓜、北瓜，不知道是出于产地的原因，还是仅仅为了分类的随意命名。就像我居住的社区，名曰北街，其实是一条东西的街道。方位的概念渗透在普通物品的命名中，可见语用的方便。

  1964年，父亲调到几百里外的地方工作，母亲的家务负担更加繁重，作为长女义不容辞地要分担母亲的职责，买东西是最多的一项。接长不短地买粮，还不是什么难事，隔一条街就是粮库。买菜，打酱油、醋，都要到十字路口的菜场，来回要两里地。母亲病倒的时候，则要到街里的药店买药。当附近菜市场的肉脱销了，就要到街里的小灰楼去买。每次买东西，我都留意售货员的技术。比如，称粮食的时候，双手挥动簸箕的动作，给小泵加砝码、移动标尺的熟练手势；买茶叶和中药的时候，用两张纸利索包装的方法。有一次买肉，开好了票，排队等待，看见操刀割肉的老汉，先用一个图章戳在收据上。等到我排到柜台前的时候，就不由自主拿起图章戳在了收据上。被那个老汉发觉了，立即说，你盖了戳，我就不卖给你肉了！从此，手再也不敢乱动。"文革"期间，有限的一点供应也没了保障。偶尔来了商品的消息，就要迅速地奔赴"战场"。因为学校停课，频繁地跑商店便是顺理成章的事情。起早到屠宰场买猪血一类廉价的副食，到回民副食店排队买羊的脊骨，到百货商店买不要布票的布，春节之前，坐长途汽车进城，到永定门菜市场办年货，买褪了毛的鸡鸭……那时候，买东西很简单，不用砍价，交钱取货就可以了。

搬到山里之后，油盐酱醋都要到五里地之外的小镇上去买，副食也要在赶集的日子采购，好处是只需带钱，不要任何票证，而且可以讨价还价。因为时间紧张，每次去都是匆匆忙忙，价钱差不多就成交。等到别人赶集回来的时候，我买回来的东西已经收拾好做得了。也有老乡带了自家的出产，清早到院子里卖。他们自动地排成两行，有幽默的人便戏称其为王府井大街。那个时候的城市里，供应非常紧张。由于交通不发达，山里的土特产品运不出去，当地的购买力低，物价十分便宜。买了土特产品托人带给亲朋好友是经常的事情，也有为朋友采购邮寄出去的情况。单位有自己的小卖店，从北京进货，出售碱面肥皂洗衣粉一类的短缺物资。为当地的同学购买这些物品，也曾是当年买东西的内容。

三

应该承认，年轻的时候，我是一个物质主义者。十五岁下乡，动机是自立，和现在打工妹的思想处于同一个水准。也像新新人类，课余外出打工，挣出自己的零花钱。第一年，挣十八块钱，生病的时候,还要由母亲寄点钱补充营养。第二年转正,每月二十六元钱,自给有余。年底回家的时候,用省下的粮票买上一袋当年产的白面扛回家。用积攒下的钱,为弟弟妹妹们买下衣物。至于买自己喜欢的日常用品,还有镶着有机玻璃的指甲刀一类小零碎,到照相馆拍化妆照片,随心所欲地到处去玩儿,更是不在话下。自己挣钱自己花的感觉真是好极了!

那是一个匮乏的时代,谈不上生活质量。我向往的物质也不过是流行合体的衣裳鞋袜而已。我对于钱财的观念,向来比较模糊,私有观念形成得很晚。尽管家里一向都不宽裕,但母亲独自承担生活的重负,从来不和我们诉说经济的窘迫。有一次,学校为困难的同学募捐,回家我问母亲,咱家困难吗?母亲笑而不答。为家里采办东西的时候,只要将剩下的钱交回即可,从来也不用细报账。钱财与贫富的观念,来自各种各样的闲言碎语——邻里之间锱铢必较的购物经验,成年人家长里短的聊天,谁家的孩子发了工资按月给家里交钱,谁家的孩子工作了还向家里要钱。同学之间的小矛盾、女工之间的口角,大都与人情往来的经济纠纷有关。夫妻反目、兄弟不和、朋友绝交,也少不了一个"钱"字,带给我贫富观念的心理暗示。一般来说,如果别人不和我说钱的话,我的观念就比较淡薄,状态也比较松弛;别人和我计较的时候,我就立即紧张起来。和一些人疏远,不是因为钱,而是因为他们太喜欢说钱。那是一个革命化的时代,主流的话语是"艰苦朴素",抑制人们的物质欲望。但是普遍匮乏引起的焦虑,则强化着人们的金钱观念,即便是革命多年的人亦不能免。有一个三八式的老干部,他在和人话家常的时候,说自己官当得不小的儿子,只给他花过一次钱,就是他去探亲的时候,为他买了一张回程的火车票。这就难怪,八十年代初,一个在北大进修的外国学生,在寄给中国学生的贺年卡上,正面写着"要斗私批修",背面写着"恭喜发财",以幽默的方式反映了那个时代的特点。

对于收入菲薄的我来说，那些零七八碎的闲话，构成很大的精神压力。在货物短缺的情况下，不得不兼顾价格。但是买东西的事情，由此也带来意外的乐趣。在山居的日子里，每年一次到北京出差，就是我购物的节日。王府井百货大楼、隆福寺的五四商场，都是我必去的地方。买不了什么东西，眼睛却过足了瘾。真正的购物理想场所是前门大栅栏一带，经常出售减价的东西。买到一件物美价廉的衣物，就像穷汉子捡到二两狗头金一样乐不可支。在大商场买时髦的东西，在小商场买处理的东西，是我当年总结出来的经验。即便是在穷乡僻壤，心情不好的时候，到附近的小城市购物，也是自娱的重要方法，而且经常会有意外的收获。在县城百货商场清仓物资中，我为妹妹买到过减价但非常洋气的格子衬衫。在一个铁路小站的临时货棚中，我为自己买到的两件衬衫都美观大方，穿了许多年。在一个县城唯一的百货商店，我一眼就看中了一块花布，烟色的底子上印了橘黄色玫瑰花的变形图案。我用它做了一件罩衫，引起关注，欣赏的人以为高雅，不欣赏的人则批评我老是把自己往老里打扮。后来给了妹妹，她穿到插队的村子里，老乡开玩笑说，你怎么把斗地主分的浮财给穿出来了？许多年以后，城市里流行复古色，就接近于我当年的趣味，我立即为自己做了一件女士呢的连衣裙。购物不仅是消费，也是艺术化的选择过程。渐渐地竟然有了些名气，说我会买东西，外出时经常有购物的委托。这让我觉出自己的价值，很以为别人购买到好的东西而自豪。因为是完美主义的购物观念，有的时候不免越俎代庖，就是搭钱也要买自以为漂亮的。妹妹让我给她买一条拉毛围巾，我看中了一条金黄色的，毫不犹豫就买了下来。亲友们自然不会计较，但是不免有差强人意的时候，引来的麻烦只有妥协，留作自己使用。至于马马虎虎错了账，更是尴尬万分。教训是少逞能，少管闲事。西方当代马克思主义理论家中，有人指称后现代主义是消费社会，又有学者批判日常生活的审美化，都使我大为汗颜，我早就有这些样的倾向，只是经济的拮据，将之扼杀在摇篮中。

　　那个时代，因为不能直接谈钱，人情往来主要是以物易物。这使买东西的工作，富有重大的文化意义。别人帮了忙，要送礼表示感谢。送礼还兼有赔礼的功能，觉得做错了事，对不住人家，买了东西送去，彼此心照不宣，误会则由此消除。办事也要送礼，所谓"官不打送礼的"。别人送的礼不好不要，收了又不能不还，圣人有训"来而不往非礼也"，民间的说法则是有进不出。所谓的礼，其实也是建立在金钱的基础上，所以自古就有"礼仪出自富贵之家"的说法。如果来往频繁的话，经济的命脉就要被别人控制。还礼也大有学问，还得轻了自然要被议论为吝啬，还得重了则被视为摆谱使气，甚至有羞辱对方的意味。送给老人的东西，不能超过他（或她）的赠予，而且有定制，一般是要凑足四样；送给小辈的东西则必须多于他（或她）馈赠礼品的价值。至于怜老惜贫的奉献，已经是赞助的性质，与礼无关。会过日子的人家是很怕送礼的，送来的东西不一定必需，来往之间却加大了开支。特别本分的人家尤其谨慎，北京的不少市民，家里有专门的来往账簿，娶媳妇、聘闺女儿收了礼要记账，等到别人家办事的时候，再掂量价格如数还上。而送的礼大多是收的礼中积余下的，不用额外再花钱。忙于工作的人们也害怕送礼，人情变成了债务，应酬起来太麻烦。八十年代，不少小说中都有反庸俗的主题，多数建立在送来送去的物质细节上。李婉芬演的一个小品，也是表现害怕送礼的心理。商业化的潮流兴起之后，直接送钱成为时尚，这固然有些赤裸裸的意味，但是简化了程序，而且既节约了金钱，也节约了购物的时间。大规模的腐败也由此而生，礼金的数额迅速膨胀，不少贪官的小金库数额大得惊人。至于以真古董冒充假古董一类为贪官洗钱的勾当，更是艺术得超出一般人的想象力。送礼的时机也很重要，送得早了，会被视作现来现去，所谓"六月债还得快"；送得晚了，又容易被疑心赖账，舆论的压力先要你半条命。中国人活得实在是累！一个日本的汉学家说，你们中国人讲礼，所以矛盾特别多。

我的应对方法是一分为二。人情债归人情债，朋友归朋友。毕业以后，有了工资，第一件事是将所有的人情债还清楚，目的是减轻心灵的负担，好好过日子，踏实地工作。还人情债的原则是价值不少于对方的给予，而且要实用，即便引起非议也在所不惜。因为有过被人情债追得如丧家之犬的狼狈经验，深知不这样就永远说不清楚，所谓跳进黄河也洗不清，而且做人难，不被议论是不可能的。不仅是"谁人背后无人说"，而且还会有当面的小话儿敲打，情感的敲诈与精神的绞杀都与人情债有关。与其这样受人褒贬，不如那样受人褒贬，至少还有个基本的原则。接受朋友礼物的时候，则不问价值。对于朋友，无论送别、婚娶，还是乔迁，没有合适的东西就不送。遇到朋友喜欢的物品，无论时机买来照送不误。买到朋友喜欢的东西，看到她们高兴，我也很高兴。只有在这样的情况下，挑选购物仍然是一件愉快的事情。至于互通有无，则是物尽其用，与礼无关，与钱也无关。

结婚生子，支撑一个家庭，开门七件事，柴米油盐酱醋茶，哪一件也离不开买东西。好在定居北京，生活方便，基本都可以就近采购。只是不习惯繁多的票证，用起来特别麻烦。好在社区之中的小店，经常光顾之后，便有了面熟的交情，赊账也不是不可能。有一次，去为儿子买点心，掏出钱以后才发现没有带粮票。踌躇之间，营业的女孩儿说先别交了，将点心称给我。感激夹带着惭愧，恍惚想起她就住在院子门外的平房里，大约有邻里相帮的意思。第二天，还上粮票的同时，又闲聊了几句，知是来自关外，还有一重老乡的情分，不由感动。从此，时时小心，每当外出的时候，先清点钱包。好在工作繁忙，购物的雅兴不大，除了菜市场和书店，几乎很少进商场。物质主义的倾向被时间的紧张所消解，买东西的意义大打折扣。副食就近在上下班路过的小超市里买，逛早市是晨练的项目，晚市几乎没去过。衣服不到没得穿的时候想不起来买，名牌与时装都与我无缘，街边的小摊足够满足我的需要。化妆品商也别想赚我的钱，我一年用不了一瓶护肤霜。逛商场买的都是小摊上没有的东西，衣服鞋袜都以断码减价的为主。除非特别喜欢的时候不考虑价格，多数时候总是被价钱所蒙蔽。售货的小姐们巧舌如簧，招架不住买回一包，多数不能穿，只好分送合适的亲友。买假货更是家常便饭，怪不得别人，贪便宜的心理使我自作自受。砍价的技术越来越娴熟，仍然不免当冤大头——当作纯棉买来的是化纤，在广州买回来的荔枝比北京市场的还贵，在东京买的衣服是中国制造，在俄罗斯买回来的儿童头饰也产自中国，不仅价格高于北京，而且早已过时。屡屡上当，使我购物的心理格外紧张，没有亲友陪伴几乎不敢单独出行。有一年装修，面对一个毛坯房怵得不行，硬着头皮随了有经验的朋友东跑西颠、上下左右地奔走，回归到买东西原始语义的同时，也领略了现代的购物方式。一开始免不了有被改造的感觉，逐渐摸到了门道，竟然生出兴致。现在已经隐约有了专家的资格，经常向朋友传授装修购物的经验。新的购物经验是，越大的商场特价越便宜，大约是为了资金的周转。有一年，到电影厂办事，回程经过"宜家"。看见门口甩卖柳条编的大筐，想到可以放脏衣服，就走了过去。出于好奇又到里面去逛，发现一种北欧式样的餐台，价格便宜得惊人，当即买了下来，替换用了十几年的折叠饭桌。说与同事听，都以为是只说了零头，因为"宜家"不会出售这个价位的家具。

四

只有出行的时候,能够找回当年购物的愉快心情。因为时间充裕,根据"穷家富路"的原则,带的钱也比较充裕。而且多数情况有朋友互相参谋,有内线引路帮忙砍价。地方特产是主要的购买对象,在江苏买丝绸,在云南买芒果和鸡枞,在西藏买银器和藏药,在禹县买钧瓷,在乌镇买印染布,在印度买氆氇,在俄罗斯买羊毛的印染披肩,都被朋友嘲笑为"疯狂购物"。每次都是满载而归,不把带的钱花光不尽兴,底线是不借钱。也有例外的时候,有一年,随单位的同事到郊外的山水中秋游,为儿子买回一只松鼠,为先生买到新鲜的山里红。最为意外的是,在路边的小摊上,发现了松花江白鱼,俗名叫尖嘴。价格便宜得惊人,而且是野生的,市里的鱼市从来没有过。大约是关里人不认,不知道这曾经是名贵的贡品,我毫不犹豫地向同事借了钱,将有限的几条全买下,回家用油煎熟撒上盐,鲜美细嫩无比,全家人都吃得很尽兴。

每次出行"挥霍无度",常常引起家人的不满,制裁的方法是经济封锁。自知有愧,也就不做辩解。而意外发现的得意,足以抵消经济透支引起的不快。有一年,到泰安,游览一家著名的寺院。佛祖宽宥,我已经记不得名字了。在回廊边看到一家专营俄罗斯物品的小店,老板是东北人,因为要关张回家,减价出售所有的商品。我在其中发现了三本俄罗斯的邮票,而且是专题插放,立即将随身带的所有钱作为底价交涉成功,回来以后,集邮的行家多以为很值。后来在古董店里,看见经石峪的拓本,尽管喜欢得不行,但因为钱包已经瘪了,就不敢问津。同行的女士要借钱给我,因为有悖外出购物的原则而谢绝,至今后悔不迭。还有一次,在西安的博物馆,看到一本中国货币的专辑,从最原始的贝壳到民国的纸币,几乎就是一本中国货币的发展史。

引路的当地朋友帮忙协商价格,我几乎也是倾其所有地为儿子买了下来。

人的阅历是非常有限的,碰到中意的东西并不容易,所谓"过了这个村就没有这个店"了。在莫斯科的一家商场里,看见了一幅普希金胸像的大挂毯,立即毫不犹豫地买了下来。同行者第二天再去就没有了,后悔得要命,一再协商让我出让。我自然不肯,抵制的办法是抬高价格,让他无法接受。这样的消费心理是很容易被商家看破的,挨宰便是不可避免的事情。有了屡屡上当的经验之后,多少也形成自我克制的防范意识。也是在莫斯科,一个运动场环形廊道的货摊上陈列着一只机械表,上面印了克格勃,标价是三百卢布。苏联已经解体,这只表可以留作历史的见证。长得像叶利钦一样的摊主,看透了我的心思,当溜了一圈儿走回来的时候,他已经把价格改为五百卢布。这次是坚决地不买了,而且觉得滑稽可笑,全世界的商人大概都是这样善于随机应变。教训是当机立断,不给他时间和机会修改价格。尽管如此,后悔的时候仍然不少。那一年,由格尔木进藏,路过西宁,在塔尔寺专门经营传统工艺品的小店里,看到一簇叶子型的银耳坠,造型简洁流畅,非常喜欢。但以为拉萨的可能更好,加上同伴催促,就没有买。到了八角街,逛遍了所有的银器摊位,再也没有看到比那更好的耳坠。于是悟道,人与物也是缘分。从此,抱定了"宁可错买一千,绝不放过一个"的购物宗旨。

有的时候,放弃中意的物品不是完全出于经济的考虑,而是对于物的特殊珍惜。几年前,到安阳,在旧货市场上看见了汉代的陶罐,索价只有一百多元,而且行家引领,断定不会假。想到自己堆满杂物的家,就是买回去也难免碰碎,遂放弃购买的欲望,转而买了一双婴儿的虎头鞋留作纪念,虽然没有文物的价值,但是永远不会坏。人与物的缘分,也是人与人的缘分,物中集中了人的智慧,对于物的欣赏也就是对于人的智慧的欣赏。我的故乡以出产宝剑著称，那一年来人在北京开展销会，随了亲戚去参观，有一把宝剑标价十万，而且收在柜台里秘不示人。拿出来展示，果然古朴典雅，而且细部精美绝伦，无一处苟且，是我见到过的宝剑中的极品。行家向我详细地解说了它的名贵之处，用上好的花纹钢铸造，一市斤要一百五十元，铸造过程中损耗很大；剑鞘与把手是进口的名贵紫檀木，外面是刻花的真麂皮套，剑箍和其他的金属配料都是用上好的紫铜人工镂空雕刻。一个顶尖的工匠，一年也只能做一把。有这样精巧手艺的工匠肯定越来越少，这样精美的作品存世也不会太多。我自然没有能力购买，即使有也不敢收藏，招贼不说，清贫之人消受不了这样珍贵的物品，窄巷陋室也无须这样的神器镇宅。应该送进保安措施严密的博物馆，或者挂在深宅大院的内室中。因为压根就没有欲望，能开开眼已经很知足，只是推想不出那位工艺大师的相貌气质，只能惊叹他技术与艺术的高度完美境界。

　　买东西，买东西，买的是物，看见的是人。唯其如此，人才不会被生活的琐事折磨得百无聊赖，随时可以感觉到文化史的博大精深。

观风景

在对于历史与社会价值的普遍怀疑中,面对一片虚无的动荡时代,活着就是到这个世界上来走一遭的人生观,成为不少人的共识,其中隐含着观风景的价值取向。持观风景的态度,至少可以使渺小的人生少犯错误。

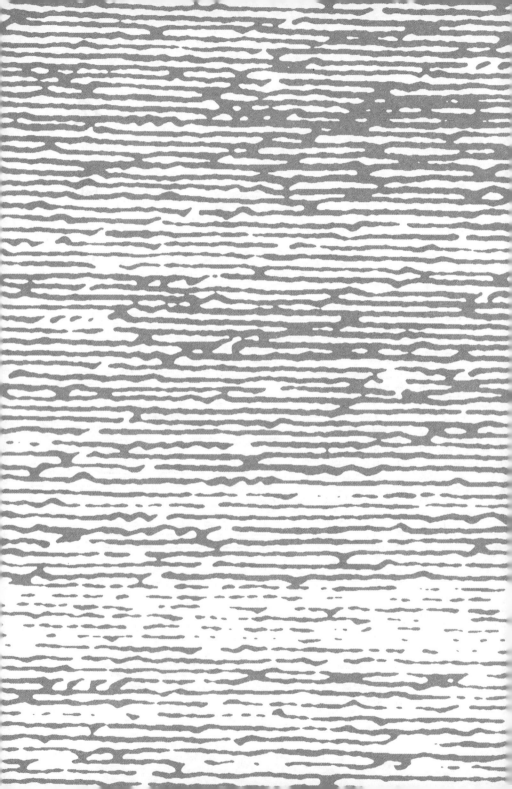

一

"风景"大约是由"风光"和"景物"减缩之后合成的词。

能够发现风景,是人类审美意识高度发达的结果。原始文化中的绘画题材都是与人类生产生活关系密切的自然物,主要是动植物。半坡彩陶上的鱼纹、山洞岩壁上的野牛、各种植物的花叶,抽象成规则线条的山川水流。人夹杂其间,渺小而抽象,也是自然物的一部分。艺术、巫术、宗教混合在一起,成为沟通天地人的重要媒介,主要的功能是敬天祭神与祈福。以人为中心的构图,是文明相当发达以后的产物,狮身人面像是一个过渡,中国秦代的兵马俑是对生人活畜殉葬制度的改革。埃及浅浮雕中制作啤酒的场面、中国汉代的画像砖上百工杂艺的雕刻,都是世俗场景中没有风景的人物。中国的绘画是以壁画开始,风景只是可有可无的点缀。所谓"曹衣出水,吴带当风",指出自不同匠心人物的服饰特点,除了艺术的技巧之外,恐怕与当时流行的纺织品质料有关。而风景画的出现,则是文化高度发达之后,人增强了克服自然灾害的能力,有条件回身反顾,对自然整体发现的结果。中国的文人画一般以王维为宗,他的《辋川图》将亭台楼阁放在高山峡谷之中,构成完整的风景画面。而欧洲的风景画则出现得更晚,要到近代才成为一个独立的绘画种类,著名的如最早提出现实主义美学理论的法国画家库尔贝,他幽深的风景构图中几乎没有人。此外,早期壁画都是宗教题材,人物的形体神情需要借助神的名字出现,所以佛教也被称为像教。而风景则与神无涉，更多的是对于自然的欣赏，属于王国维所谓无我之境。

能够欣赏风景，这是很高的文化修养。中国古代的文人诗词多数是对于自然的欣赏，伤春、悲秋几成为主题的原型。在自然的时序中，营造丰富的画面，抒发对于生命的慨叹，形成悠久的文学传统。所谓"外师造化，中得心源"，所谓"诗画同源"，都是强调主体对自然的观照。其中包括了独特的宇宙观与自然观，中土的道家与西来的佛教，以及混合了两者兴起的禅宗是思想的源头。山水诗的出现，李白游仙的理想，士大夫阶级由坐禅而逃禅，都体现着这样的思想。所谓心即宇宙，精神漫游山水大地之间，身体则抽象虚化。这使中国风景画的构图中人物很小，天、地、人的关系协调为特殊的比例，自然观便物化在这样的形式中。即便是人物画中也要留出大量的空白，保留了对于自然的想象空间。发展到极致，便是连写意的花草鱼虫也只占有限的画面，和西画写实与日人写意的满，大有深意的区别。中国文人画的灵魂是留白，而笔墨的意趣则强调着微观的发现，概括宏观的大千世界，大有佛家"一花一世界"的意味。此外也有化外物为心境，抒发胸臆的境界。这很像是将人抽象化了，赋予动植物以灵性，在自然的属性上确立心灵的品格，人与自然的关系也随之升华。"香草美人"，是自屈原开始的士大夫自喻的定位指涉，松、梅、兰、竹、菊都因为特殊的习性而成为人格的转喻，"月行中天"与"愁云惨雾"都是借助自然景观抒发自我不同的心境。明遗民画家石涛"搜尽奇峰打草稿"的艺术理念，更是强调对于自然观照的经验积累。除了对于政治的恐惧与对世俗社会的厌恶之外，还有人作为自然的物种，对于大地母亲本能的依恋。这在西方现代社会中尤其明显，当人经历了对于神的反抗，产生对理性的怀疑与对工业文明的幻灭，才会有对原始自然风景的热爱，有对于中国寒山、拾得这些隐逸诗人的兴趣。至于中国香港等面积狭小地区的人的旅游的热情,更是寄情山水以补偿逼仄生存空间与狭小的精神空间。

对于饥寒交迫的人,风景是没有什么意义的。鲁迅所谓灾区的饥民,不会有养兰花的兴趣。整日为生存困扰的人,眼睛里也没有风景。十几年前到湘西,看奇山异水疑是仙境,一伙人赞叹不已。路边卖土产的老婆婆摇着头说,不就是个山吗?有啥子好瞧的呦!对于没有文化修养的人,风景也是微不足道的。张打油咏雪的诗千古流传:"江山一笼统,井上黑窟窿。黄狗身上白,白狗身上肿。"介于民歌与文人创作之间,且有着两者都不具备的诙谐。而编排军阀韩复榘咏泰山的诗则完全是大老粗的浑话:"远看泰山黑乎乎,上边细来下边粗。有朝一日倒过来,下边细来上边粗。"对于精神紧张的人来说,是不会注意到风景的。风声鹤唳、草木皆兵,自然已经心理化为敌对的映像,哪里还有美的享受?故看风景又有一层闲适与逍遥的精神含义,所以"文革"中"游山玩水"要被批判,是作为资产阶级生活方式,还是作为封建士大夫的闲情逸致?我已经记不清楚了。当然,也由于这一层意味的文化心理符号性质,在政治军事的领域中被权谋家运用。著名的如《三国演义》中的诸葛亮,为了使生性多疑的司马懿退兵,大敞城门,坐在城楼潇洒地弹琴,可谓是"兵不厌诈"的典型战例。京剧大师马连良把它搬上舞台,清相俊骨、褒衣博带,悠悠不迫地唱"我正在城楼观山景……",将文化精神、人物性格与故事叙事,几重意义融合在一起。特别是配上程式化的表演风格与绵软柔韧的嗓音,更使意义与形象浑然一体。这就难怪他的音色,从出道之始的晚清民初,到"文革"中主持样板戏的江青,都称之为"靡靡之音"。如果不是这样的嗓音,又如何去塑造诸葛亮这个文化人物的声音形象呢?高亢如盖叫天,那诸葛亮也只好放下羽毛扇,操起棍棒刀剑才相当。

二

　　一个人的成长过程中，也有一个由蒙昧到觉醒的被教化过程。对于自然的发现，是其中的部分。风景对于婴儿来说是不存在的，只有具备相当的认知能力之后，才可能注意到自然物，比如太阳、月亮和各种星辰、山川河流与树木动物。但是，这样的认识和自觉的审美观照有着相当的距离，一方面是好奇，另一方面则因为无功利性而接近着艺术。所以儿童画虽然幼稚，却有着成人不具备的想象力。能够画画，就已经掌握了一定的笔墨技法。对于没有这些能力的多数孩子来说，看待自然的眼光是唯美的。最早是颜色，比如云彩。萧红的《呼兰河传》第一章中的火烧云，是她童年对自然记忆美好的部分；汪曾祺的《异秉》中孤苦伶仃的小学徒陈相公，只有傍晚在屋顶上独自看巧云的时候是快乐的。

　　在成长的过程中，由于生活的艰辛，由于世俗利害的腐蚀，许多人丧失了这样的能力，只有艺术家能保留下来，借助各种形式表达，他们是永远的儿童。那一年到湘西的芷江，在一座寺庙的跨院里，看到一块断裂的石碑，碑文是沈从文十九岁时写的。字体间架清瘦匀称，和他的小说简约清新的风格完全一致。而且和湘西峻峭的山势与清澈的河水，也非常地相宜，不由不感叹，一方水土养一方人。他在湘西父老兄弟当中，被视为下凡的文曲星，与他独特的风格大有关系。一个刚刚长出小唇髭的讲解员对我们说，当地的老人，有沈从文先生年轻时的朋友，说他有些癫，站在城楼上，看着风景会突然没有缘由地哭起来。他的同乡与研究专家，我的一位学长，谈起幼年的经历，也说起过饥寒当中，沈从文猛然看见落日中的群山，眼泪会情不自禁地流淌，号啕失声。在贾平凹的《商州初录》和莫言的《枯河》中，也都有类似的情节。这些乡土作家是自然之子，对于风景有着独特的领悟能力，而且这些都是他们早期的作品，感觉还没有被技巧所泯灭。而民间的艺术家则是文化意义上的儿童，一生都保留着对于自然单纯的感觉，可以用最稚拙的形式表达出来，不无夸张的线条与色彩几乎是不可模仿的。户县的农民画是典型，其他如各种剪纸、布贴、泥塑与布饰等，也都风格独特。

即便是最庸庸碌碌的卑微草民，也会有一瞬间意外发现风景的喜悦。当知青的时候，麦收时节，在地里干活，会突然阴风四起骤雨倾盆，人群溃散似的隐入各种可躲雨的地方。疾风暴雨之后，天色放晴。突然有一个人喊："出彩虹了！"空寂的田野里，立即人声沸腾，男女老幼好像是从地下冒出来的，全都忘乎所以地大喊大叫，又蹦又跳，快乐得像儿童。生活的艰辛、命运的不幸，在这一瞬间全都抛在脑后，风景是大自然赐予艰辛劳作的地之子最丰厚的恩惠。青年时代，在冀西的山地，有一个傍晚，人群密集地涌向一个露天的电影院。太阳接近山顶的时候，突然金光四射，穿过浓云，在薄暮中变化着深深浅浅的颜色，多半个天都被霞光笼罩。所有的人都欢呼起来，云彩真好看！城乡的差别、贫富的对立、年龄的差距，甚至性别的距离，都一团模糊，只有瑰丽的晚霞唤起爱美的共同喜悦，很有些普天同庆的境界。大自然以风景的壮丽，呼唤着人类的平等与友爱。汪曾祺先生画过一小株野百合，边款题字是："秋色无私到草花。"他的平等意识是以对自然的感悟为契机，生发出超越了阶级的人道主义思想。

随着政治经济的急剧变化，旅游的风气骤然兴起。看风景的政治文化禁忌解除了，突然膨胀的城市又带给归来的人们空前的压抑，居室的狭小、时间的紧张、交通的拥塞、人际关系的局促，都使现代人烦躁不安，渴望在自然的风景中放松身心。旅行结婚的人们，乡下的往大都市跑，大都市的则往深山老林里钻。各级会议多选择风景宜人的旅游地，公私兼顾地观风景，前提是必备高档的宾馆。其中包括人文的景观，是广义的风景。特别是专业性强的会议，尤其需要找相关的地址。历史文化方面的会议，多选在有古迹的地方，考察夹带着旅游。笔会是组稿与写稿的接洽场所，一般选在风景秀丽的旅游区，经费是预算中的先期投入。只是随着改革开放的全面展开，近十几年来，拉赞助搞活动成为风气，费用一般是由商家赞助，代价是发广告。作者已经不是主要的成员，具有发稿权的媒体人员成为骨干。而且，"靠开发旅游推动经济"的理念深入人心，各地都建了不少假古迹，有的高级宾馆则干脆以历史人物的传奇发生地命名。带来的负面效应是真的古迹被大量破坏。多年前，听一位朋友说起，一些民间的文化圣徒，为了防止旅游开发的破坏，有意识地隐瞒古迹。这就难怪在第一届亚洲大专辩论会上，有一场辩题是"发展旅游业利多于弊还是弊多于利"。

随着综合国力的提高、旅行方式的改善，还有生活条件的相对丰足，特别是中产白领阶层的兴起、国家休假制度的改革，旅游的人越来越多。旅游的方式有了很大的变化，看风景成为一种高档的消费。效益好的单位，以旅游为重要的福利项目。富裕的家庭以旅游为生活水平的标志，各地的艺术品是家庭装潢的重要点缀，高级的土产是馈赠亲友的最佳礼品。旅游产业的兴起，使旅游逐渐成为普通百姓也能承受得起的消费方式，只是目的大不相同。旅行结婚改变了几千年来的婚礼习俗，大大节约了人力。寻访古迹是专业考察的重要手段，对于文史工作者尤其重要。在我就读的大学中，一个搞党史的教师，"文革"中自费沿着红军长征的路线走了一遍，成为深入治学的典范而被传颂。独自考察的风气，近些年来由男性开始发展到女性参与。一个年少进藏的女友，独自开车跑藏北无人区四次，写下大本锦绣文章。旅游的范围也越来越广，域外看风景的感受便源源不断地流泻在许多作家的笔端。一个专写报告文学的东北女作家，带了两件皮夹克就独自跑车臣两次,穿行在炮火中采访。凤凰卫视有一次独家专访,是一个年轻的女士独自沿着释迦牟尼走过的路线考察,而且走进了战火正酣的中东,这简直是以生命为代价,看交织着慈悲与残酷的风景。

由自然而人文,随着风景概念越来越宽泛,看风景的文化意味也发生着隐约的变化。文化禁忌的消解,使各种带有宗教意味的旅游活动十分普及,寺庙和道观的香火极盛,特别是在名山大川当中。有一年在泰山,见到一群十来个农村老婆婆,一色大襟缁衣,背着干粮,从山下一步一步地向上走。最年轻的也有五十多岁,最老的大概近八十岁。她们走一会儿,就坐在石阶上歇一会儿,有的还掏出干粮吃。我计算着她们的速度,没有两天是到不了山顶的。这样不辞辛劳地登山,肯定是为了朝圣。泰山上供奉的最大的神——碧霞元君,是道教的神,民间称为"泰山奶奶",凤冠霞帔的塑像,其实倒没有这一群老婆婆生动。采风则更是所有文人共同的愿望,近年来多有各种形式组织的赞助,由此诞生了"行走文学"。它催生的主要文体游记,是中国文学最悠久的传统之一,所谓"醉翁之意不在酒,在乎山水之间也"。至于郦道元《水经注》式文采与考察兼得的雄文,则在现代科技分工的条件下,再也没有出现的可能性了。人在现代文明的驱赶下,走马观花式的旅游,生发的只能是对于自然的向往。人与自然的分离,首先表现在文体的分流。而且随着环境的严重破坏,还带来了汉语词汇的流失,不少的词语已经没有了语用的对象,比如葱蔚洇润。

在游记的科学价值越来越稀薄的同时,人生观的意义逐渐地显豁。汪曾祺先生曾坦言,我在这个世界上已经走了七十三年,我还能走多远呢?几年以后,他在云南写下"任你读通四库书,不如且饮五粮液"的潇洒字迹,漫游归来不久就仙逝了,前面的自问遂成谶语。在对于历史与社会价值的普遍怀疑中,面对一片虚无的动荡时代,活着就是到这个世界上来走一遭的人生观,成为不少人的共识,其中隐含着观风景的价值取向。积极向上的理想主义者，也可能会讥笑这种看客的心理太消极，但是对于无力左右历史的普通人，不这样又怎么办呢？这样的人生观至少可以使心理健康一些，它是贵生的，有着对于生命的珍重在里面。还有什么比生命的价值更宏大呢？生命大于历史！从这个角度来说，观风景是非常积极的，和古代真正的隐者有着异曲同工的意义。区别在于隐者安居于某个固定的地方，所谓大隐、中隐与小隐的差别；而走一遭、观风景的人生观，则以自愿与被迫的迁徙和游走为方式。

在新的时代背景中，对于写作者来说，观风景的概念更大的变化是人逐步成为聚焦的中心。著名女作家方方的成名作《风景》，是"新写实主义"的扛鼎之作，但与优美无关，写的是艰难污秽的底层生存真相，题目大有反讽的意味。有一位年轻的女批评家，结集出版评论文章的时候，书名是《走进这一方风景》，她看的是第二度的风景，是赏析别人观来的风景。文学评论工作的诱人之处，也就是可以在作品中观看各种不同的风景。由于主体感觉最大限度地释放，同样的风景在二度的创造中，效果完全不一样。经过二十世纪初俄国形式主义的理论倡导，"陌生化"成为艺术创新的基本原则。虽然说是"秦时明月汉时关"，但是由于主体思维的文化资源不同，明月与关隘的想象描述也就大相径庭。这里涉及从亚里士多德开始的，关于艺术起源与本质的漫长探讨，比如，"模仿说""游戏说""直觉说""表现说"，等等。近代以来艺术建立在对"模仿说"的反对，而对于感觉的推崇则是基本的动力。按照西方当代激进的马克思主义者的批判，是只要感觉不要思想。这让我陷入长久的困惑，思想是建立在共同的感觉之上的，否则就不会被传播。思想是依赖语言的符号系统，人在掌握语言的时候，特别是借助语言表达思想的时候，已经被特定的文化价值规范了，很难说哪些思想完全是个人的，故西谚云，"太阳底下无新事"。而且个人是渺小又有限的，受着历史、时代、文化等的制约，也受着更普遍的人性的制约，思维的有限性也是必然的，故犹太谚语有"人类一思索，上帝就发笑"。还有一个更深的困惑是，思想是双刃剑，有一利便有一弊。感觉是无害的，即使无益而有限，也不至于造成太大的破坏。持观风景的态度，至少可以使渺小的人生少犯错误。

三

我出生在山清水秀的地方，但是离乡太早全无印象。那是瓯江边上的小城丽水，四面都有植被浓密的峻峭山峰，瓯江从旁而过。那是成年之后，回乡探亲的时候看到的，此前只能靠图片和父辈的讲述想象。据说附近的山里有摩崖石刻，范成大在这里当过县令。我的祖籍龙泉乡下，有一处小山坳，我在那里生活了近两年的时间，形成我对世界比较完整的清晰印象。只是一直都封存在内心深处，作为亲情的回忆，并不以审美的眼光打量它。距离我出生地一百多里的地方，是母亲的故乡遂昌，是大戏曲家汤显祖写作《牡丹亭》的地方。他在那里当县令，自编自导之后公演，当年乐队的编制保留至今，有些乐器在山外久已失传。每年都要在一个特定的节日中演出，成为那里重要的文化景观。我是在电视里知道这些掌故的，并且引以为自豪。这样的山川景物历史人文，熏陶了家乡人的性情，亲属中爱好旧体诗词与书法的不在少数，吹拉弹唱更是他们自娱的家常方式。读大学的时候，看《临川四梦》，如诗如画，美不能言，也是故乡的山水，启迪了这位伟大戏曲家非凡的艺术想象。探亲的匆忙路途，好像穿行在绿色的梦里，一路颠簸头昏脑涨，遇水过桥，逢山绕道，水无一不清，山无处不翠，一片光影变幻中的翠绿模糊了视线。故乡！故乡！为什么要在我成年之后,才能相逢你的美丽?那处小小的山坳一直无形地笼罩着我,成为我无意识中的乐土,引导着我人生的步履,走向文学的原野。

在读书之前,我对于风景几乎没有任何意识。幼儿园里有春游,但是我的目光主要锁定在小花小草和知了蚂蚱之类的微小实物,认知的兴趣显然大于审美的兴致。最初听到"风景"这个词,出自一个女同学之口。她住在县委大院里,有一次和几个同学来串门,感叹着说,你们这儿的风景真美!我的心一怔。门前是一片杂树丛生的坟场,最大的坟头有一人高。隔着一片杨树林,东边是一个池塘,被一条堤坝分开,只有一个通道使水流过。一条小路穿过上面的绿色小木桥,通往宽阔笔直的柏油国道。怎么美呢?我奇怪地问。她说,那么多的绿草,还有小河。那是春天,草刚发芽。她的话,道出了季节。从此以后,上学和放学的路上,我不再只注意车辆行人,视野变得开阔。走过学校的操场,不再醉心爬攀登架,倒挂在双杠上打悠悠,你推我我推你地荡秋千,几个人配合着玩儿大转轮。我一路流连着沿途的景物,突然发现我对环境是这样的陌生,而且相同的景物每一天都不一样。翻越大马路之后,穿越白桦树林,变化的天色好像翻动着树叶上的露水。操场的周围种植着一圈儿高大的黄楝树,开花的季节,一束一束的碎花从树叶中伸出来,淡黄色不停地修改着树冠的轮廓。

我的风景中,一开始就布满着人。上下班的成人、拥挤着上学的各种学生、连成队的马车、按着喇叭的各种机动车辆,还有各色装束的农民。有一个初冬的夜晚,云彩很浓,天空很低,夹着黄土的风像人的哭声一样由远而近忽高忽低。我刚走到穿越大道的路口,被一大队人流阻隔了。他们多数穿着黑色的中式棉衣棉裤,背着像小山一样的芦苇,压得头部离地只有一两尺高,偶尔有一张混合着泥水的脸从草垛下探出来,眼睛扫一眼道路,抽出一只胳膊用袖子擦一把汗,又低下头艰难地迈动步伐。干黄的芦苇呼应着风沙的颜色，朦胧中看去，狭窄的天地之间，有一些色块在移动，又像是不规则的球体在滑动。偶尔有一块褪了色的花布，在黑色中闪过，始知其中也有女人。池塘中的芦苇收割晒干之后，由大队用车马拉走了，送去编苇席，剩下边边角角的苇子枝叶则任意拾取。他们用竹耙子搂了苇叶，装在筐里，用麻绳勒紧，背回家中烧锅灶。有的耙子就别在背筐的苇叶里，也有的耙子是倒过来当拐杖。经历了许多年的人世沧桑，这个傍晚的风景总是挥之不去，经常浮现在我的眼前。

　　我家大院门前的小路，来往着各色的行人。因为住的房子小，天气一放暖，各家的许多活动都在门前的一小块空地中进行，洗衣烧饭，种植小园子，打扑克，吃晚饭，乘凉闲聊。行人走过，便会引起注目。特别是傍晚的时候，人们从一天的劳累中放松下来，对于过往行人特别留意。有一对年轻人，每天傍晚的时候，在我们的小路上准时出现，持续了好长时间。两个人都谈不上漂亮，男的略微有些瓦刀脸，女的也是瘦长脸。但是，他们都长得顺溜，高挑个，白净脸，穿得朴素整洁。那时候的胖子似乎不多，用不着减肥。男的推着一辆半新的自行车，女的背着一个荷叶边的花书包。他们慢慢地走着，略微低着头，男的不停地小声说话，女的则似笑非笑地听着，不时拉一拉自己碎花衬衣的下摆。所有的人都放下手里的工作，停止了说笑，安静地看着他们走过。只有他们走上小桥之后，大家才兴奋地议论起来。踊跃的主要是女性，大妈阿姨你一嘴我一嘴。有的说他们真般配，两人长得有点像，大概是表亲；还有的猜测，他们是搞对象还是已经订婚？随意的说笑给一个普通的黄昏平添了欢乐的气氛。回想起来，他们最早出现的时候应该是在冬天，因为大家猫在屋子里，所以没有把他们从人流中挑选出来。这真是一道可人的风景，每当他们出现的时候，连吵架的人都停了嘴。一开始，他们好像沉浸在自己的世界里，没有发现别人注意他们。随着仪式一样的准时出行,他们逐渐注意到身体一侧的目光,便加快了自己的步伐,头也垂得更低,脸上有了微红。后来,他们突然消失了,所有的人好像都有了失落的感觉。一开始,还不自觉。突然有一天,不知是谁说了一句,那一对年轻人好久没从咱们这条路上走了。大家突然明白,生活中少了一项内容。于是又开始猜测,是不是吹了?也可能已经结婚了!因为不好意思,绕道走了?直到冬天再一次来临的时候,这个话题才随着户外生活的结束而完结,深深的遗憾也随着这一道风景的消失被北风吹走了。

四

没有人的风景出现在灾难中。社会环境的恶化,使风景具有了形而上的意义。对于人的恐惧与戒备,使不少人逃遁到自然中。耳闻一个当了"右派"的中学教师,孤身一人,节衣缩食,潦倒不堪,一放假就精神抖擞,四处游历。"文革"以后,游山玩水被批判,估计他最后精神逃亡的路径也被堵塞了,不知怎么活下来。"文革"中的"大串联",使一代人的风景意识得到启蒙。不少红卫兵走遍了天南地北,饱览了大好河山,而且是免费的。甚至有报告文学写到,有接受切·格瓦拉影响的激进红卫兵,看到宁静的风景与祥和的村庄烟火之后,自愿地放弃了暴力革命的理想。上山下乡也是一次不自觉的采风活动,不少知青作家近于流浪式地东走西看,成就了新时期文学的精彩段落。史铁生的寓言小说《命若琴弦》改编成电影的时候,以《边走边唱》命名,隐喻了一代人动荡漂泊的无奈人生中养成的浪漫主义情怀。有一些极其热爱生活的人,在流放的途中也不失时机地游览风光著名的地方。而在政治文化中心的大城市,旅游则要打上探亲访友的旗号,害怕被批判。所谓的文化禁忌其实都是约束老百姓的,对于有权势的人来说,可以肆无忌惮。"文革"中禁止旧戏剧,使不少演员和化妆师丢了工作,被打发到其他行业,或者到干校劳动。样板团尤其严重,被刷下来到干校的人,被称为"板刷"。但是如果开堂会点旧剧目的话,他们也会被紧急调用露一手。"文革"中的掌权者,假公济私利用搞外调的机会,游山玩水品尝土产挥霍公款的不在少数。那时候的风景地大约是萧条的,"破四旧"之后,关闭的关闭,人员遣散的遣散,连能够从门缝里探出头来骂一声阿Q的小尼姑也没有了,她们肯定要被打发到工厂干粗活去。

中学的短暂时期,下乡学农是观风景的唯一机会。有一次到附近的生产队割稻子,收工的时候,走在狭窄的田埂上。一个干部子弟絮絮叨叨地对我说,你说那些黑帮多反动,他们说太阳里面还有黑子呢!我不由抬头看了一眼太阳,突然发现落日是这样的瑰丽!脚下一滑,整个人掉到了水渠里,好在水不深,只落得一身稀泥。顾不上往上爬,站在泥水里呆呆地继续看落日。它已经失去了灼热的光芒,橘黄色的球体隐蔽在粉红色带折痕的霞堆里,几缕黑褐色的光影直愣直角,曲折着分割了它的形体,简直不像是真的太阳,更像是人工制作的图画。许多年之后,我才能找到一个美术的专业术语,命名那一天太阳的风格——套色木刻。还有一次是在深冬,到学校很远的地方参加劳动,干什么活已经记不清了,只记得傍晚时分寒风刺骨,浑身冻得冰凉,脚已经失去了知觉,冻裂的手背钻心地疼痛。孤独地走在冰水泥泞的小路上,浑身紧张地缩成一团。终于走上大路的时候,我回身看了一眼刚刚走出的冰水田地,忽然发现景色的奇异,一片灰色中,枯树杂乱地生长,上面有三五个鸟窝。几处深灰色的低矮农舍、浅灰色的炊烟,<u>丝丝缕缕地飘散</u>。浓云垂下来,笼罩着光秃秃的田野,只有小片水洼的冰面闪一点亮色。一群黑鸟在几乎是静止的画面中,飞起又落下,看上去星星点点,呼应着隐隐的风声,给死一般枯寂的世界点缀出生气。我立刻想起从同学那里听来的谚语,"腊七腊八,冻死寒鸦"。那一刻,我懂得了凄凉。许多年以后,我有幸参观钧瓷窑场。几座大窑坐落在山麓的土丘中,略显简陋的博物馆建在一座高台上。钧瓷以窑变著称,同样的工艺釉色,出炉千变万化,几乎找不出两件釉色相同的器物;而且它的典型釉色是鸡血红,在变化中由凝重而鲜艳。在博物馆里,陈列着一只盘子,是由紫过渡到黑的灰色调,技术人员说这是百年难遇的精品。我仔细地看了看,下半部如烟雨迷茫中的田野,也像水彩泼出的印象派绘画;上半部疏疏密密地分布着许多深纹,一个一个独立成倒写的"人"字,旁边的标签上有一个著名作家的命名——"寒鸦出林"。我立即联想起那个暮云低垂的凄凉傍晚,只是凝重的釉色冲淡了寒冷荒郊的死寂。我站在那个盘子前,良久不想离去,感叹着艺术与自然难分难解的奇缘。在赵无极的画面中,我也看到了钧瓷变化中的釉色。现代艺术是返璞归真的努力,形式的探索逐渐走向消解的归宿,只有色彩的感觉能够充填面对疯狂人世的无力思想。

  还有一种风景带给心灵的震撼是终生难忘的。许多年前,我还是一个刚过了青春期的小青年,多少有些"强说愁"的迷惘。在一个接近黄昏的夏日,和几个女友在密林中的小路上散步,突然听到一阵尖厉的嘶鸣,亢奋中夹带了欢乐。抬起头,发现声音来自雍正泰陵的牌楼,被落日照射得金碧辉煌的宫殿屋顶上面,覆盖了一片叫嚣着的黑色云团,而且像原子弹爆炸一样,扭动着扩散,逐渐稀薄,终于显现出真身,竟然是一群蝙蝠。随着声音的消散,星星点点的蝙蝠又零零散散、叽叽喳喳地向中心收缩,好像是被无形的力所吸引。扭结成一团响亮的浓云之后,又逐渐扩散成稀疏的一大片。冲上去,穿下来,尖叫声纵横交错织成密集的网。如此反复多次,骤然消逝在宫殿的大屋顶下面。专业的说法是,它们不知受了什么惊吓,从倒挂着栖息的屋顶下面拥挤着冲出来,反复来回,逐渐感到危险过去之后,才飞回感觉安全的屋檐下,安静下来重新倒挂着收缩进木头的梁柱中间。蝙蝠在白天是没有视力的,主要靠感觉判断,叫声是信息传递的主要方式。直到所有的声音都平息之后,落日沉下壁垒一样的山崖,我才恢复了知觉,呆呆地回想那惊人的一幕,生命的顽强与瞬间的激扬,即便是弱小如蝙蝠的种群,也不会放弃生的挣扎。带给我的感动是经久不息的,来到人世就是幸运,何论幸与不幸。

在学校读书的时候,我几乎游遍了北京西郊的所有名胜。到处都挤满了人,就连野趣十足的樱桃沟也拥挤不堪。工作以后,我也走过不少地方,美则美矣,但是感受却并不深刻。心灵在迅速老化,行旅越加匆忙,俗务缠身,购买土产分赠亲友成了主要的任务,加上朋友相聚的热闹或私密的交谈,观风景的主要目的反而被忽略。最多也就是留下大致轮廓的印象,如果时间充裕及时记下最初的兴奋,还算是走了一遭。忙起来,挤不出时间写作,则风流云散。人生观也因此被修正,知道自己离自然已经是多么的遥远。每到一个景色清幽的地方,我就生出赖着不走的欲望。徒然地感叹一番,重又踏上归程,回到熙熙攘攘的城市,不久就将那粗浅印象,遗忘在琐碎的事务中。只有少年时代的风景难以磨灭,明明灭灭不时晃动在眼前。在熟练掌握语言之后,才有能力将封存在心灵深处的童年印象,转化在文字的形式中。还有苦心寻找而不得的失望,也充满了观风景的经验。在秦皇岛,在泰山,我都随了同伴起早去看日出,结果都是无功而返。于是明白,风景也像爱情一样,可遇而不可求。有一个朋友的朋友,带了孩子从岭南到北京看雪,住了一冬雪都没下,只好打道回府,刚走没几天,大雪就纷飞而下,只好感叹与雪无缘。而且与任何风景的相遇,也还都是一次性的。就像古希腊哲人所谓的"人不能两次踏进同一条河流",人也不可能两次看见同样的风景。特别是在我们这个急剧变化的时代,适应着旅游产业的飞速发展,古老的风景也飞速地改变着面貌。我相隔十几年两次还乡，上江浙第一峰的凤阳山，山顶上老旧破败砖木结构的招待所，已经变成了宽敞的欧式原木结构的度假别墅，比日本富士山同样风格的建筑要高大宽敞得多。有一位作家对于这样的现象有一个精彩的比喻——强行剥夺记忆。突然了悟，风景风景就是风中之景，风过景过，无法重返现场。也突然明白，自己为什么向来缺少故地重游的兴致，潜意识中隐藏着害怕失去旧日风景的恐惧。鲁迅是为了忘却的记念，我则是为了记念的忘却。

习惯读书之后，我也经常流连于文字营造的风景中。就连读小说的时候，印象最深的也是风景的描写，对于杀来打去、钩心斗角的故事没有兴趣，主题思想更是有意忽略。看一个著名小说家的自传体小说，对于里面罗曼蒂克的三角恋爱，只是觉得新奇而已，而她对于故乡小镇橘子树的描写则至今栩栩如在眼前。书本里的自然风景，激发着我对于世界的想象，填补着我贫乏的生活。一度很想当一个森林调查队员，可以长久地生活在自然之中。这大概就是我很难成为小说家的原因，我躲在自然的风景中逃避人生。而文学批评的工作又使我长年活动在二度创作的艺术风景里，自然、人文、历史、社会与心灵，是我的生活中无形的风景。语言文字是多么的奇妙！它再现着大千世界的纷纭万象，将有人的风景和没有人的风景剪辑在同一个时空形式中。当然会有可遇不可求的失望，也会有不可重复的阅读感受，但是它毕竟物化为文字。我缺少鲁迅直面惨淡人生的勇敢，只能躲在书本中观风景。早在所有的批评家都大声疾呼价值判断的时候，我只能很惭愧地承认我只是一个文学现象的观察者。我也是一只寒鸦，在二度的风景中东奔西撞，寻找可以栖息的归林。

感谢上苍恩惠，以风景滋补我们这些无家可归的现代人干瘪的灵魂。

看美人

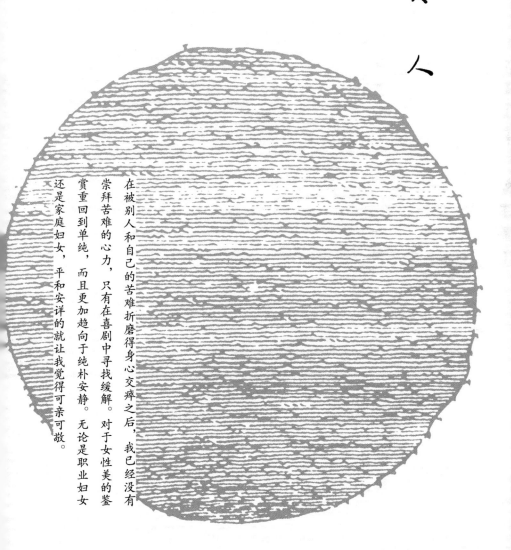

在被别人和自己的苦难折磨得身心交瘁之后,我已经没有崇拜苦难的心力,只有在喜剧中寻找缓解。对于女性美的鉴赏重回到单纯,而且更加趋向于纯朴安静。无论是职业妇女还是家庭妇女,平和安详的就让我觉得可亲可敬。

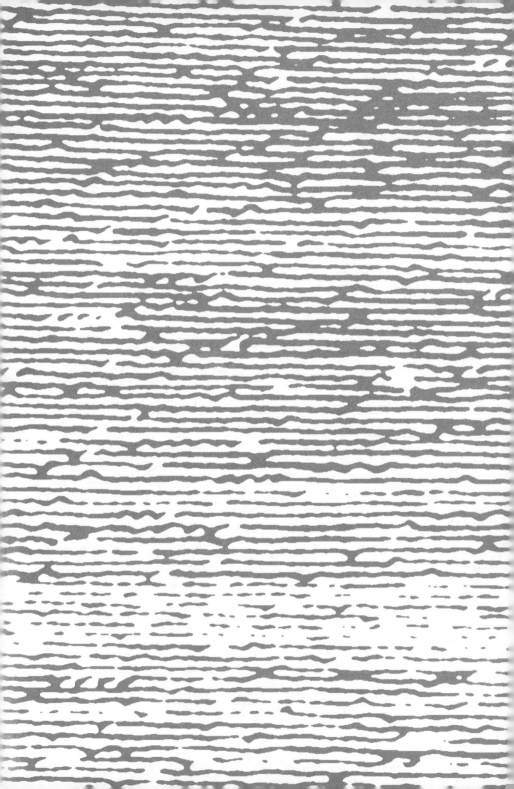

一

对于女性美的发现,大约是出自人的本能。

儿童的世界几乎完全是由女性组成,因为在文明世界中,无论哪个种族,育儿的职责都是由女性承当。在太平洋岛屿的原始部落中,女性生产之后,要由丈夫坐月子。功能学派的人类学家认为,这样的习俗是为了帮助男人完成心理的转变,也就是使男人适应做父亲的角色。保留这样文化习俗的部落毕竟不多,因此人类学家满怀发现的惊喜。襁褓时代哺乳的母亲,是男人无论如何也不能替代的角色。即便是在原始部落中,坐月子的男人也无法承担这样的职责。这是人作为自然界的一个物种,和所有哺乳动物共同的属性。差别在于养育的方式,是人区别于动物的宇宙性的体现。照看幼儿的保姆,一般也是女性。即便是在文化高度发达的社会,幼儿园也是阿姨负责幼儿的保育与教育。特别是在中国,男女平等的意识形态,使妇女走出家庭有了制度的保障。适合女性从事的职业中,教师是首选,从小学到中学,女教师的数量大大超过男教师。这就使中国孩子早期的教育,基本处于女性的范围之内。对于女性美的感觉,也就顺乎天然地发展出来。当然,这是在传媒不发达的时期。现代传媒的普及,使孩子们可以在各种材料的图像中看到男性的风采,这要另当别论。

对于男性世界的陌生,是女性美得以较早进入个体审美视野的主要原因。同时也涉及一个古老的美学命题,美有没有功利性?汉字中的"美"上为"羊"下为"大",原始的语义是羊大为美。"有奶便是娘"是对人没有操守的讽刺,而对于还没有进入语言象征秩序的孩子们来说,则是绝对合理的。对于男孩子来说,还有一重性的因素。按照弗洛伊德的理论,力比多导致的本能冲动,使男孩子天然亲近异性。在没有男性的世界中,女孩儿的本能受到严重的压抑,也只有向同性的方面发展。闺中密友是所有女人成长中不可或缺的同性伴侣,通常在一个时期有一个相对稳定的人。如果一个以上,就要产生矛盾导致解体。至于发展成同性恋的事件,也多有出现。或者为了逃避同性恋的倾向,友谊破产也是不可避免的。争夺女友更是矛盾百出的原因,在所有的女人堆中都不可避免。在纯粹女性的世界中,也同样存在"情人眼里出西施"的情况。女生中通常分成派别,自发地拥戴各自以为美的同性,甚至争执不休扰乱正常的秩序。这样的现象在女生中特别突出,就是在硕士、博士的圈子里也难以避免。在文化荒芜的时期尤其严重,因为没有足够的艺术让人鉴赏。即便是在艺术发达的时代,也无法幸免。"美是生活",这是车尔尼雪夫斯基的观点,应该说是关于美最朴素的一种定义,也是包罗万象的定义。因为人的生活是多方面的,美也就无所不在。而艺术中的美毕竟是人为的,加工的痕迹太深,离普通人的生活太远,永远不可能替代生活本身的美,最多也就是"望梅止渴"而已。

当然也有另一种说法,不是艺术模仿人生,而是人生模仿艺术,据说是王尔德的名言。应该属于浪漫主义的观点,也仍然有现实的心理依据。爱上戏剧中的角色,迷恋图像中的异性,崇拜媒体中的人物,都是由于现实生活的贫乏,精神和情感的饥渴找不到实实在在的寄托。这里也同样有审美的功利性蕴含其中,明星的魅力是短暂的,图像完结的时候自然也就随风飘散。特别是在不可抗拒的自然规律之下,偶像是特别容易破碎的。倒不如世俗中彼此纠缠的平凡情感,即使不能生死不渝，也会有一个时期的美好，值得记忆终生。女权主义所谓"姐妹情谊"，作为意识形态的理念当然太矫情，但作为人生特定情境中不期然而遇的缘分，则有超越时空的情感价值。这也是一种功利，影响着审美的情感矢量。此外，对于没有审美能力的人来说，图像的提示是无效的，看过也就看过了。这类似于马克思所谓的，对于不懂音乐的耳朵，最美的音乐也没有意义。对于不懂人体美的眼睛，人体的美也同样不存在。即便是英雄的崇拜也是功利性很强地综合了各种因素，而不是仅就形象的美。在西方，美学的原始语义是"感官学"，对象本来就是人类视、听等知觉活动的综合性结果。如果承认情感、精神也是一种价值，特别是承认审美活动也是人类生活的需要，自然就不存在超功利的美，只存在超越政治、经济、军事、伦理等现实功利的美。二十世纪初，俄国形式主义美学强调的"陌生化"，就是让人们从各种现实的功利性目的中超脱出来，重新发现纯粹的审美价值，人当然也是其中的一部分。

　　而人类对于女性美的发现，则是第一种意义上有功利的美，超越的往往是第二个层面的功利意义。中国民间对于历史上著名美人的崇拜，从出生地的争执到事实的附会，一直到转世投胎的信仰，都体现着纯粹的审美需要，和正统的封建观念大为相悖。古希腊著名的特洛伊战争，也是起于对美女海伦的争夺。从妲己、西施、貂蝉到现代的所有色情间谍，都是由于出众的女性美，成为政治斗争的工具。她们的美因此具有了第二层意义上的功利性。历史是瞬息万变的，功利性的美也随之反复，只有纯粹审美的意义与世长存。艺术的永恒性，就是建立在人类这样的审美本性当中。

二

我最初发现的女性美,与政治历史的功利无关,但也不是纯粹的审美需求。在我幼小时,父亲几乎是缺席的,在女性亲属的悉心关爱中长到五岁,母亲便是世界上最美的人。其他如邻居家的大姐姐、幼儿园里和蔼的阿姨,都曾经是我依恋过的人。在我的心目中,她们都是很美的。应该说,非常非常功利。这样的审美观,来自本能的需要,具有伦理价值的意义。

真正发现超功利的女性美,是对于周围日常生活中人们的鉴赏。上幼儿园时候,有一个女孩儿又瘦又高,经常和其他的孩子发生争执,吵闹急了就放声大哭,而且是随便蹲在一个地方,两臂搭在膝盖上,头伏在臂上伤心欲绝地抖动。她的名字很响亮,经常被男孩儿女孩儿们挂在嘴上。出了幼儿园,我们分别进了不同的小学,有四五年没有再见到她。突然,有一天,看见她和她的母亲一起走在马路上,她已经发育成一个少女,苗条而挺拔,两条大辫子垂到腰肢下。她的瓜子脸上,五官分布得很匀称,眉毛淡淡的,小鼻子小嘴,皮肤是暗黄色。她的母亲从身材到脸庞,都和她很相似,只是周身都显得松弛一些。她母亲也梳了大辫子,推着一辆崭新的黑色"飞鸽"自行车。看上去,她们更像是一对姐妹。"文革"停课以后,有一两年的夏天,我都是以游泳打发日子。每天吃过午饭,去找一个女孩儿,一起步行穿过田地,到水柜改造的游泳池,在水里泡到太阳西斜,再一起走回来。那一段时间里,我几乎三天两头遇见她,只是从来没有搭过话。她的知名度更高了,几乎成为小镇上的明星。关于她的身世,也是这个时候听说的,她的父母离异,随母亲工作调动到了这里。有一次,挤在自来水边洗游泳衣,她在我们的对面,腰弯得很低,领口露出了大空档。同行的女孩儿小声指点着说,你看她的胸发育得多高。她立即抻了抻衣领,拎着水淋淋的游泳衣起身走了。她肯定听见了,只是习惯了人们的议论,没有强烈的反应。这件事让我觉得很狼狈,每次看见她的时候,都要远远地绕开。有一次,突然间看见她迎面走来,躲闪已经来不及。她大大方方地和我打了招呼,似乎记得我的样子。

  上小学的时候,有一对高年级的姐妹花,名字非常的欧化,大约是中苏友好的产物。她们是县委领导的女儿,穿得很洋气,辫子上系着蝴蝶结。姐姐身材瘦高,是轮廓分明的长脸,高鼻深目;妹妹稍矮,身材略为宽一些,圆脸上眉毛舒展,单眼皮的大眼睛很少眨眼。姐姐好像安静一些,几乎不说话;妹妹则活泼一些,看见过她在校园里跳猴皮筋。上学放学的路上,她们拉着手回家,神情淡漠地穿过无数好奇的眼睛,不少女同学凑在一起,指指点点地议论她们。不久,小学毕业了,她们到市里去上中学,静悄悄地消失了。还有一对姐妹花,是附近一个单位的职工子弟。她们比较平易一些,因为曾经有同学到她们的家里去过,回来说,她们家可干净了,进门以前要在垫子上把鞋底的土跺干净。她们的肤色白里透红,柔弱的身体也富于弹性。衣服穿得很合体,颜色的搭配也很和谐,而且,她们的脸上老是带着微笑,特别是在和人说话的时候,眉眼都有笑意。有一年暑假,我到父亲的学校去玩,那是一片建在荒野中的平房。他带我去果园,顾自和一个老园丁探讨果树栽培的问题,把我晾在一边。有三四个年轻的女工,围着一个老人开他的玩笑。她们都不能算漂亮,衣服也穿得很一般,但是脸色红润,性格活泼开朗。特别是笑起来的时候,前仰后合快乐得忘乎所以,好像不知道世间有忧愁。许多年过去了,我仍然记得她们毫无矫饰的笑容。在冀西山地的时候,同学的女孩儿中,有一个特别白,瓜子脸的下颚上有一颗黑色的小痣,衣着朴素又清爽整洁,也给我留下了深刻的印象。下乡的时候,有一个神情安静的保定女孩儿,身材匀称,脸庞近似椭圆,鼻子笔直,双眼皮的眼睛不大不小,肤色略为发陈但是有光泽。据说，她是一对双生姐妹之一，姐妹俩相似得难以分辨，我因为没有看到这一对姐妹花在一起的情景而遗憾。有一年，出差到北京，在大华照相馆，等待拍照的人中有两个穿红毛衣绿军裤的女孩子，略带羞涩的青春美艳胜过所有的电影演员，"惊为天人"不算夸张。从我记事以后，明星们的照片就被取缔了，但是同学朋友之间索要照片是很普遍的现象，就像以前和以后的人搜集明星的照片一样。这也是一种替代，补偿审美的心灵需要，并且是以友谊为旗号。对于我来说，更是一种无意识的流露，我以这样的方式集美。打开自己的影集的时候，经常有观看的人惊呼："你的朋友怎么都这么漂亮！"

即便是在年轻人标榜有思想的八十年代，我也无法不被女性的美所震撼。大学同学中颇多出色的，因为来自全国各地，美的风格也各有千秋，很有些美不胜收的感觉。而且，美学正热，可以公开地谈论美了。各种艺术形式也展示着各种美的极致，但是感动我的仍然是生活中最自然的美丽。一个当地的女同学，身材和相貌都很均衡，而且神态自然，透着纯朴的活力。二十多年以后重逢，她只是多了点少妇的风韵，几乎没有其他的变化，不由感叹岁月无痕的天赐。有一年寒假回家，一进门就看见妹妹抱着一个盆在洗衣服。我立即就愣住了，因为聚少离多，我对于她的印象还是以前的，不知不觉中，她突然出落得极其漂亮，那一瞬间明白了什么叫光彩照人。邻居家的小男孩儿来送东西，看见她扭头就跑，回家对母亲说，阿姨家来了个女的，长得那漂亮呦！他连认都认不出来了，可见变化之大。我几乎看傻了，直到母亲嗔怪道，你怎么盯着人看？北大女研究生的宿舍楼中，才貌双全的女生更是数不胜数。有一个学数学的江南女孩儿，纯朴淡雅，周身焕发着书卷气息。一个来自西北学数理逻辑的女生，从身材、脸型到五官、肤色都美得无可挑剔，而且是颇为欧化的美，简直就像希腊雕塑中的人物；而且，她充满了活力，聊着天的时候，一高兴就一个跟头倒立着折到墙上。还有一个学现代汉语的北京淑女，清秀而单纯大方，性格也很温和，为人坦诚全无机心。要好的女同学不避浅薄，私下里议论，幸亏咱们都是女人，要是男的，大概都得成了流氓。

这样的审美心理带有源自本能的势利。少小的时候，被一群漂亮阿姨支使得团团转。对于一些姿色稍差的，则不甚礼貌，而且，因此引来各种麻烦。有一个母亲同事的姐姐，已经进入中年，身材依旧苗条，眉清目秀且透着安详。那是在武斗正激烈的时候，所有的人都暴躁异常。她的父亲被人迫害致死，她是逃到妹妹家避难的。我掩饰不住对于她的好感，随口说了出来。一个阿姨酸酸地说，是什么让你对她一见钟情。有一个阿姨，我还很小的时候，经常看见她站在校门口的树荫里，穿着白府绸的卡腰短袖上衣和苹果绿的西装裙，手里打着色彩鲜艳的毛活，远远看去好像在画里。后来成了邻居，她逐渐被生活折磨得自私、琐碎、势利、暴躁，彻底打碎了那幅美丽的图画。和她的交往让我不堪重负，这就是源自审美的势利带来的恶果。有什么办法呢，对于美人我永远不会说不。类似的经历还有很多，终于明白美是需要距离的。审美的关系就是审美的关系，最好不要卷入过于切近的世俗往来，而且要学会说不，哪怕她美若天仙。好在美人愈来愈多，我也愈来愈忙，纯粹审美的兴致因为疲劳而衰退，招惹的麻烦自然也少了许多。我所在的学校，简直美女如林，上下班的路上大饱眼福，好在已经习惯克制，不至于影响工作。

我对同性的审美，随着年龄发生着变化。小的时候，只能欣赏单纯的美，近于古典艺术的标准；经历了成长的坎坷，则趋向丰富的美。上大学的时候，文化开禁，东西方的电影对于视觉的冲击是最大的。日本的影星成双成对，三浦友和与山口百惠看过以后也就看过了，而高仓健和倍赏千惠子则印象深刻。他们俩搭档的时候，高仓健显得自然,不那么绷着,而倍赏千惠子略带疲惫的神情,蕴含了所有劳碌的女性独特的坚韧之美,是成熟的中年女性之美。那个时候,崇拜苦难和悲剧,善于发现经历丰富的人身上的沧桑之美。但仍然遇到审美关系与世俗关系的矛盾,"美"的形象也以不同的方式破碎。我看重的是生命过午之后的丰饶与温煦,她们执着的自我价值是青春美貌、权势金钱,错位的心理无法构成长久的和谐关系。而在被别人和自己的苦难折磨得身心交瘁之后,我已经没有崇拜苦难的心力,只有在喜剧中寻找缓解。对于女性美的鉴赏重回到单纯,而且更加趋向于纯朴安静。无论是职业妇女还是家庭妇女,平和安详的就让我觉得可亲可敬。这又近于童年的功利,只是不是出于世俗的需要,而是出于心灵的需要。在喧嚣的世界上挣扎,渴望获得片刻的宁静。

三

对于男性美的鉴赏,则需要很高的修养。

不知道为什么,我对于男明星们从来都没有感觉,完全不能理解爱上银幕形象的痴情女子。对于异性最早的审美意识,来自一次旅行。在简易的车厢硬座中,对面是一对青年男女。现在想来大约是在恋爱,当时不知道。那个女人长了圆脸,而且有很密的雀斑。她对着一面小镜子,仔细地描眉画眼,不时扭头探问那个男青年的意见。大约是被她幸福的自美感所感染,我对一个同行的成年女性说,她真漂亮。同伴摇了摇头说,那是画出来的,没有她的朋友漂亮。我不由打量起那个男青年,他大约是一个水手,穿着海魂衫,两臂搭在一起,很悠闲的样子。从肩膀至手臂都骨骼匀称,肌肉一条一条地隆起。他的脸型接近于长方形,但是颧骨突出,眼窝很深,头发蓬松着略有些卷曲。窗外耀眼的光线照出他鼻子笔直的轮廓,明暗柔和地从脸的一面过渡到另外一面。许多年过去了，我仍然记得那个被漂浮的窗帘衬着的头像。从人种的角度看，他大约是混血，而有这样脸型的人在北方是不少见的。

从一开始，我对于异性的欣赏就被锁定在审美的领域中，而且范围很宽。长胳膊长腿活力四射的少年、慈祥的老者、眉清目秀的知识型、风度潇洒的运动型……发现异性的美也是早年集美的重要内容。在乡下的时候，肌肉发达的赤裸背脊、潇洒的骑车姿势，都曾经使我感动得扭过脸。即便是在山居的日子里，看球赛的兴致显然也高于看文艺演出的兴致。而且，只限于篮球，体操太做作，乒乓球太精巧，摩托车比赛遮蔽了身体的美。至今，我对篮球比赛的规则都不甚了了，但是运动场上舒展的形体让我领略了男性人体的健美。女运动员多数被强化训练得失去了曲线，而男运动员则身材匀称舒展，并且潇洒自如。我家的附近，有一个坦克团，篮球队中多大城市来的兵，身材高大动作灵活，而且表情肃穆。我几乎分辨不出他们的个体差别，但整体的健美则印象深刻。而且那时候的比赛都是在露天的土场上，以山川林木为背景，效果比大的运动场馆和电视屏幕要精彩得多。我曾经骑了自行车，尾随他们到另一个比赛场地，就像现在的追星族。这样的习惯延续到成年，那一年到西藏，终于看见了传闻中高大的康巴人，震撼于他们骑在马上的潇洒坐姿和沉静安详的神态，立即联想到温克尔曼对于希腊古典造型艺术的评价，"高贵的单纯、静穆的伟大"，胜过所有艺术中的男性形象，也包括运动员。难怪做着贵族梦的希特勒，要派人类学家到那里去寻找雅利安人种莫须有的祖先。耳闻巴黎和日本的一些现代女孩，千里迢迢跑到西藏，找康巴男人共眠，只是为了带人种血统回家。

男性的美，比起女性来要丰富得多。按照罗丹的说法，一个女人一生最美的时候只有一个较短的时期，而男人贯穿一生都有不同的魅力。在他的雕塑中，有三个以单独女性为对象，其中两个头像都是她的恋人，一个是纯朴热情的劳动型妇女罗斯，一个是沉思的艺术型妇女卡缪尔，各有各的风采，都传神而形象。最生动的要算是被题为《老妓》（亦名《欧米哀尔》）的女人体，据说是以他的姐姐为模特。一个瘦得皮包骨头的老妇人，佝偻着身体，满脸垂挂着皱纹，几乎看不出准确的神色，或者说复杂到找不出可以形容她的表情的词语。罗丹对前两个雕像，充满爱意，对后一个则满怀悲悯，甚至还包含了厌恶。而对他塑像中形形色色的男人，则无一例外地激赏。青春如《青铜时代》中的美少年，扬起的胳膊几乎遮住了脸，充分地展示了均衡颀长的身躯。《加莱义民》沉着赴死的群像，用宽松的衣衫遮住了躯体，只有骨骼的架构支撑着轮廓分明的头颅，使人的精神品格凝聚在脸部的庄严造型中，又以不同生命周期的形体特征和性格差异所承载的、从弱到强的变化，将男性的英雄气概整体地表现出来。《思想者》几乎是一个体力劳动者的形体，全身的力量支撑着硕大的头颅，一个成熟的中年男人的形象。《巴尔扎克》被强调的是他巨大的头颅，还有造型复杂的脸部，仰视的角度表达了无尽的尊崇。对于同性多种多样魅力的领悟，罗丹要算佼佼者。

中国历代美术作品中的人物，成就也很高。比如相传出自吴道子的《先师孔子行教像》，从身材、神态到衣饰都很传神，像一个富态而和蔼的老者。汉画像砖中的雕刻也很精彩，形体和神态整体的抽象程度都要比西方人高，传达的精神也比较单纯。还有陈老莲的木刻，也以整体的精神氛围取胜。一直到现代著名画家陶元庆为鲁迅所画的头像，简单得近于素描，但传达出来的精神风采无人可以匹敌。西方人的美术建立在解剖学的基础之上，艺术的概括是以人种和生命周期的普遍性为前提，罗丹研究过欧洲人种的南北差异，为了寻找理想的模特儿走了很多地方。而中国著名画家的作品，多是以著名人物为内容，精神气质是艺术表现的主要内容。只有在不知名的民间艺术作品中，有着相似于西方的特点。唐三彩中的侍者少女和骑在骆驼背上的乐工，晋祠中宋代宫女的彩绘泥塑和坐在水缸盖上的水母造型，还有各式各样罗汉的雕塑，都是从姿态到神情形象各异，包括马和骆驼的造型都有解剖学的基础。即便是在西方，民间的艺术作品也有超出解剖学甚至生命基本规律的怪诞形象。在巴赫金的著作里得知，欧洲民间有一种雕塑，衰老的女人体中怀着一个胎儿。许多年以前，在深山中的一所学校就读过几天。有一段时间，是在帝王的宫殿中和泥，按着收租院的照片塑造人物。因为在禁欲的时代，又正逢蒙昧初开的青春期，身体的禁忌导致了羞涩，把每一个女人体都塑造得胸部扁平。当地的男学生说，"妈妈"太小了，抓起泥就糊上去。城市来的女孩臊得脸红，趁人不注意又把泥抹了下来。由此可见，女性的美被压抑，在我们的文化心理中，是多么根深蒂固的病态。据说，希腊雕像上的衣饰，也是中世纪宗教势力全面统治世俗社会之时，后加上去的。可见，对于女性身体的恐惧是人类文化禁忌的一部分，是所有意识形态笼罩之下的普遍现象。

对于男性这种审美的习惯，带给我致命的危害是无法与之建立深刻的现实联系。别人都在谈婚论嫁的时候，我还感觉不到必要，从来没有一个明确的异性理想模式。来往的异性同龄人，多是互相帮助的友谊性质，要么是同学，要么是同事。懵懵懂懂的性格，可能无意中伤害过人。过于美、过于艺术化的异性，让我觉得不真实，离得太远，可以欣赏而无法产生爱情。以至于为了保留对一个人的深刻印象，我常常采取回避的态度，不愿意第二次看见他。只是到了大学里，浪漫的八十年代，开启了我情感的闸门。感谢东北，感谢长春，我在那里遇到爱情，顺利地克服了纯粹审美的心理障碍，完成了与异性世俗情感的深刻联系。而对于男性魅力的鉴赏能力，也由外表深入心灵，在作品中解读各自不同的灵魂。有一年，在一座外省的车站，遇到一个乞丐。他的下肢只剩下膝盖以上的部分，用布带系在一个四轮小平车上，他几乎是以古代跪坐的姿势面对行人，长方形的脸上浓眉大眼，灰白的肤色紧凑而干净，黑黑的胡茬密布在轮廓鲜明的嘴唇周围和结实的下巴上。看见他的第一眼，我就被他的神态所震慑，就像罗丹的《老妓》带给我无法言表的感受一样。他的眼睛里没有祈求的神情，略垂的眼皮下目光平静，他沉默着伸出手，有一种庄严的肃穆。这已经是二十多年前的奇遇，他的神情依然时时敲打着我的心灵，使我沉着地面对所有现世的苦难。我不得不承认，他是我一生见到的最有魅力的男人。

感谢上苍，以多种多样的"美人"，启发我对丰富人世的发现与热爱。

逛书店

在混浊嘈杂的俗世中沉浮,还有什么地方比安安静静的书店,更能让人浊气下沉清气上升呢?这是灵魂的需要,书店里的孩子便是创世的希望。

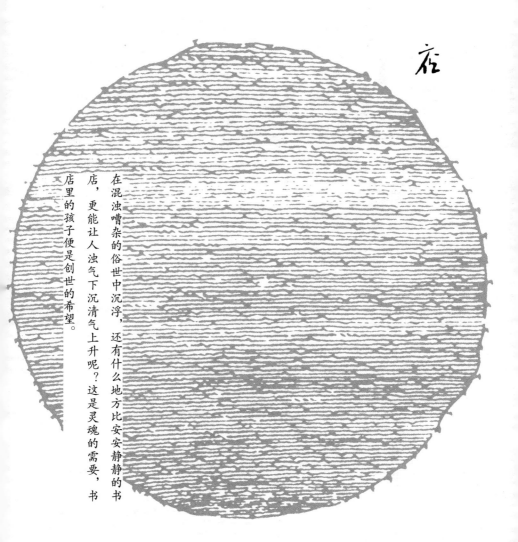

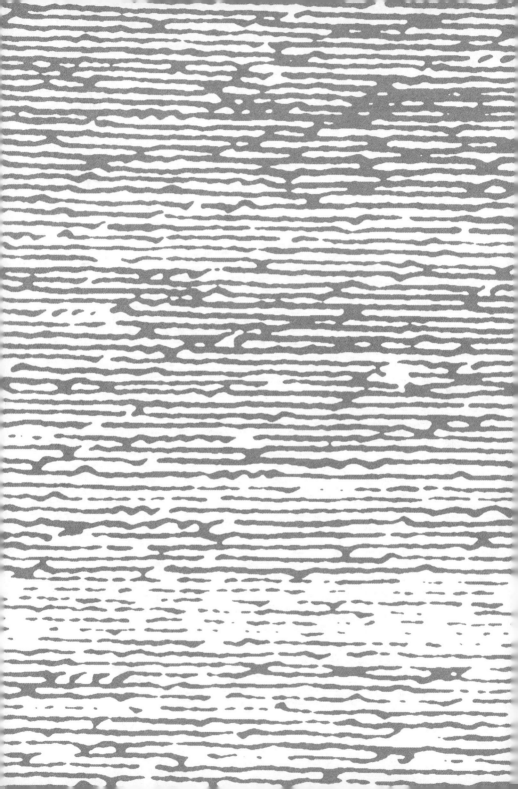

一

书店大约是印刷术发明以后才出现的。甲骨文主要用于占卜，没有流通的必要。从竹木简册到素绢的时代，书籍的成本高昂，加上识文断字的人少，不会形成大规模的市场，大约都是雇请人工刻写或抄录。这样原始的方式，即便是在印刷术昌明之后，仍然延续下来。虔诚的佛教徒抄写了大批经卷，有的甚至是刺血为墨。布达拉宫的一个大殿里，至今还有年轻的喇嘛表演用木板印刷经文。《红楼梦》的不少版本是手工抄写的，因为曾经被禁而转入地下，由"不法"书商廉价雇请寒士执笔，以至于笔误错讹疏漏与衍文导致如今校勘的困难。著名的红学家周汝昌先生断言，光版本问题没有二十年也搞不清楚。"文革"中民间流传的手抄本，则完全没有商业的意味，只是在荒漠中解决精神饥渴的简陋方式。文化解冻之后才正式出版，带来可观的经济效益。一直到二十世纪九十年代，还有出版社出大价钱雇请著名作家，整理改写"文革"时期的手抄本。商业效益不得而知，却着实毁过好作家。直到当下，这一最原始的方法仍然有其生命力，石、木、竹刻是各种酒楼饭庄必备的匾额和对联的主要形式，写在宣纸上的书法则是高雅场所必不可少的装饰，仿古的影印本更是商家开拓市场的重要手段，而手工抄写名著的事例也不时出现。可见，最古老的制作方式有着顽强的生命力，特别是在机械复制时代的后工业社会，手工制作的价值尤其珍贵。刻写抄录者在工作中的乐趣，也有超出商业利益的精神享受。新兴的网络写手们，则彻底地摆脱了传统的书写印刷方式与发表途径，红起来之后，被出版商注意，再印刷装订成册，进入传统的书店。他们是图书市场的尖兵，在无所顾忌的状态中自由地写作，带动了出版事业的革命。

最早的图书大约是制作与销售同时进行的，其场所即书坊。"坊"字的原始语义是里巷，一开始就标志着民间的特点，左为"土"右为"方"，土方之间自然是城市中的寻常巷陌，引申为手工业的工场，就是民间所谓的作坊，比如油坊、染坊、磨坊、粉坊等，也是由于可能存在的区域，只是语音由阴平变成了阳平。只有刻印图书的作坊仍然沿用最初的语音，不知道理何在？坊本是指书坊刻印的版本，坊间多指书坊，泛指街市。就像现在的各大出版社都有自己的读者服务部一样，只是印刷这一部分彻底地分离了出来。作为最早的书店，至今一些雅士撰文还沿用"书坊"的语用习惯。至于从什么时候改用"书店"的名字则无从考证，大约是分工进一步细致，生产与销售部分脱节，才有了专门卖书的店铺。也是商业文化发达之后规模扩大，类似于茶楼酒肆的兴起，出现比书坊宽大且图书种类多样的铺面，沿用了下来。后世不论功能多寡，都称之为书店。1949年以前的书店，多数兼营出版，著名的有出版家邹韬奋先生创办的"生活·读书·新知"三联书店，是从编辑、出版到出售一条龙的经营。而张元济先生创办的商务印书馆，是从接手一家印刷厂开始，主要以翻译西学名著为主，是中国最早的专业出版社，比起其他的书店功能更完备，接近古代书坊的本义。而以"书局"命名的出版社也不在少数，比如，出版了鲁迅主要著作的北新书局，与郑振铎关系密切的泰东书局，还有巴金老创办的、出版汪曾祺先生第一本小说《邂逅集》的文化生活出版社，都具有书店的一般职能，只有印刷这一个环节要借助书店以外的现代机械印刷工厂，而且，都是民营的企业，和古代书坊的语义相去不远。

古代书坊的老板都是有相当文化的人，即便是商人也需要专门的生意眼，哪些书有销路，哪些书面对哪些读者，心里都有一本明细账。不少书坊的主人本身还是编辑家，对于文化的整理有着特殊的贡献。冯梦龙整理编辑的"三言"，凌蒙初一刻再刻《拍案惊奇》，都可谓用心良苦。除了经济的原因，对于文学的热爱，特别是对于小说的偏好也是内在的动力。《儒林外史》中的失意士子，是以编书刻书获取名士的身份，估计销路不会很好，只是附庸风雅追求名望而已。这需要相当的财力，类似当下的自费出版，有没有人买不重要，只要能对付着评职称，或者忝列文士之林。不少刻书的资本来自赞助，多数是由官宦和富商出资，曹雪芹的先祖曹寅的美誉之一，就是乐于资助文士刻书。以至于有学人认为，《红楼梦》的原著者是戏曲家洪昇，推断是他到曹府演出《长生殿》等传奇的时候，请求曹寅资助出书。离开那里的三天之后，在归途中落水身亡。曹家已露败象，无力帮衬他，书稿压在箱箧之中，经六十年被后人发现，固有曹雪芹在悼红轩中批阅十载增删五次的陈白。

这种情况在个人财产没有被剥夺的现代社会中依然存在，东西方的各大财团都设有专门用于赞助研究出版的基金，作为体现着企业形象的社会公益事业。个人的赞助也很多，六十年代兴起于台大外文系的现代派文学的园地《现代文学》，成就了一大批卓越的作家和学者，最初的启动资金就是白先勇向父亲白崇禧募来的一万元台币。在当下的大陆，不少学术书籍的出版靠多种渠道的经济赞助，国家设立的科研基金条例中有用于出版的项目，境外的一些团体也乐于赞助有实力的学人办同仁刊物，由大款掏腰包出书的现象也很普遍。在进入了中产的境外知识分子中，大家集资办没有销路的同仁刊物以飨同好的情况也不在少数，香港的《素叶文学》杂志在商业社会的喧嚣中，默默地坚持了许多年。五十年代末期被发配到长春的张伯驹先生，和古文字学家于省吾先生、罗振玉的孙子罗继祖先生,经常雅聚吟诗唱和,办了一个诗刊油印出版,不知是否逃过"文革"劫难保留下来。

不少书商是大学问家,不仅精通训诂文史,而且对学术动向非常敏感,罗振玉是典型,他在古籍的整理和校勘方面用了大功夫,并且最早对地下考据和甲骨之学投入心血。爱才若渴之心,使他出资送王国维越洋留学,培养了承前启后的学术巨人。后者为他带来的巨大商业利润,也是无法计量的。即便是书肆的伙计,没有文化也是干不成的。许多版本目录学家是从当学徒开始自己的学术生涯,著名的如写了《贩书偶记》的孙殿起。他们都有自己相对固定的主顾,淘得好书便送上门去。不仅是敬业的精神,也和顾客一样对于文化有着共同热爱。他们对于学术的贡献是别人无法替代的,穿越红尘万丈的街肆,奔走于曲折的里巷,像使者一样传递着文化的薪火。

在新旧交替的动荡时代,不少文化人都自觉地投身于抢救古籍的工作。鲁迅在"改造国民性"的呐喊中,包括了对于文献流失的愤怒。他一方面呼吁青年不要读线装书,抛开"三坟五典""祖传膏丹",等等;一方面又编辑校勘古籍,节衣缩食刊印了不少濒于绝版的书籍。郑振铎在日据恐怖中的上海,隐居市井,毁家筹资购买古籍,经常是拆东墙补西墙,将珍贵的图书资料卖给大学的图书馆,所得资金再去购买其他的典籍。这个传统在1949年以后得到了发展,编纂大型类书、整理校勘古籍等,都是由政府出面组织投资完成。在思想的禁地中,只有最古老的学术得以存活。这只是一个方面,为了保护古籍在内的文化,不少知识分子也和上一代人一样,付出了惨重的代价,大到梁思成这样的专家学者,小到无数默默无闻的基层文化工作者。直到"文革",焚书之灾遍及全国。在"上山下乡走五七道路"的潮流中,大量的私人藏书被当成废纸论斤约两卖掉,多数被制作成纸浆。只有极少数被有关部门抢救,而一些求知欲旺盛的年轻人是以废品的价格,淘得重要的典籍，隐蔽于乱世的陋室，以窃火一样的勇敢接近文化；还有的干脆以"窃书"的方式，满足精神的饥渴。

二

1949年之后，编书、印书、卖书的三个环节基本上脱了节。国有化以出版业最彻底，各级行政组织都有负责出版的机构，出版社在其领导之下。印刷厂也由中央到地方的各级党政部门统一领导，大到北京新华印刷厂，小到一个县的印刷厂，都在体制之内。图书出售自成系统，新华书店遍布全国，是唯一的书店，以集约化的方式分门别类地出售图书，控制着整个图书市场。可以称为坊间的，只有民间出租小人书的小店，分布在各大中城市商业街的角落里。以看一本一到两分钱的价格，吸引着小孩子。类似时下各个城市的音像商店，兼营从录像带到光盘的出租业务，只是价格翻了几百倍，而且需要高科技的设备，绝对不是没有经济能力的黄口小儿所能消费的。幼年进北京，母亲去办事，就把我们带进一家随处可见的灰扑扑小店，留下几分钱，让我们看小人书等她。在八十年代初的长春，还可以看到这样的小店。一个要好的女同学私下对我说，等到咱们老了，就摆一个小人书的摊子，向孩子出租小人书。人生已经过百，想干的事情虽实现得不多，还可以挣扎着苦干，而这个愿望肯定实现不了了。家家的孩子都不缺玩具，何况各种装帧精美的图书。加上电脑网络、手机和各种电子游戏，谁家的孩子还会用一两分钱租书看呢？除非是在边远的贫困地区，而连基本的生活都成问题的乡村，怕是也没有家长肯出钱给孩子租书看。

统一计划的出版销售体制，使图书出版的机制运行严密。主要是算政治账，成本方面不是问题，国家的补贴足以支撑庞大的运行机制。

耳闻一家著名的出版社，一个工作人员由于马虎，把印数多写了两个零，结果两千册印成了二十万册，一再降价也卖不出去，绝大多数的新书都重新成为纸浆。如果是自负盈亏的民营企业，大概早就亏损得关张了。计划经济体制下的图书出版的好处，首先是价格稳定，在全国的任何一个新华书店，都可以用同样的价钱买同样的书。购书的地点也比较稳定，只要到最大的新华书店就可以了，只有在中心点脱销的时候，才需要去分店。坏处是产销之间脱节，一本书印数有限，再版的机会又很少，一旦卖完就很难再买到。这对于好书的人来说是非常不方便的，类似于短缺商品，需要时时留意出版和进货的消息。至于托人走后门远程购买长途邮寄，都是那个时代常有的情况。而且通常是没有目标，托人买书的时候是先给一笔钱，看见什么书好就买什么。这种情况时下也有，只限于一些小众的专业图书。可那个时代则是一般的图书也要如此，更不要说内部出版的灰皮书，没有相当级别的介绍信和工作证是绝对买不出来的。读大学的时候，一个老师推荐我看苏联文艺理论家赫拉普钦科的著作，就是他出差过北京的时候，用介绍信在内部书店买到的。当时中苏交恶，修正主义的文化是被公开禁止的。八十年代中期，我还按图索骥专门到那里看了看，不是要买书，而是无端地好奇。那是王府井新华书店的后院，从一个类似一般居室的小门进去，只有两间房大，另有一个套间。拥塞着顶天的书架，密集地排列着一些政治历史方面的图书，在其他的书店也能够看到。当时已经门庭冷落，门前积着污水，很有些破败的景象。

商业大潮骤然兴起的九十年代，书店业顺势崛起。而且相应的功能空前完备，订书、邮购、阅览、雅集，以设在美术馆东街的韬奋图书中心最为典型。楼梯两侧经常坐满埋头看书的孩子，近似于图书馆，而且没有繁杂的借阅手续，这真是造福后人的文化传播事业。二楼的多功能厅结构复杂，布置高雅的咖啡室，是世界文化友人联络友情与洽谈出版事宜的舒适场所,主厅则是各种小型图书发布会的重要场所。而且,在那里开会的主题通常汇聚着全球性的文化思潮,我参加过两次,一次是环保,一次是女性写作。三楼的会议室则是小型学术会议的场所,促进着学术思想的交流。他们已经衔接起了中国现代以来的文化精神,但愿可以绵延不绝地贯通中国的文化史。这样格局的书店在外省也纷纷出现,只是规模和服务的范围较小。私人开办的书店也相当不少,著名的如北京的风入松、长春的学人书店,规模都很大。太原的尔雅书店,专门出售文学艺术类图书兼营陶瓷,铺面不大但古色古香,十分雅致可人。大约十年前,由朋友引路,穿过闹市拐进一条小胡同才得进入,大有"酒香不怕巷子深"的感觉,不知现在是否还在。我在那里买到了脱销的一本小书,同去的一个朋友买了一个造型古雅的梅瓶,釉色近于邯郸瓷的酱色。最新潮的书店大概是书吧,我只在电视剧里看到过,知道个大概,如何经营无从想象。最小的书店大概是各地都有的一间小店,同时经营新旧图书,在大学的生活区经常可以看到。有的甚至兼营家常早餐,这是我新近在校园外的街边发现的。开办者是一个学生的母亲,租了里外两间房子,且住且经营,赚出两个人的吃穿用度,这是最实惠的陪读方式。

除了书店以外,各种规模的书市大概也是商业文化高度发达之后的产物。在一个宽敞的地方,事先分配好各家出版社的摊位。像赶集的时候顺序挑选各种生活必需品一样,一个摊位一个摊位地选择精神的食粮,比起东奔西跑四处寻找书店方便了许多。八十年代末的时候,北京的书市经常设在公园里,购书的环境相当优美。我曾和外子逛过劳动人民文化宫的春季书市,春风拂面花事繁盛,而且在拥挤的书摊前经常头碰头地撞上朋友。找到好书一乐,遇见朋友亦一乐,这是最佳的春游方式。连庙会上,都有书的摊位。我的一本老北京风俗图谱,就是二十多年前,在地坛的庙会上买来的。笔触与构图都简约传神,点染着单纯的颜色，充满了质朴的民间趣味。烦躁时翻阅一下，精神立即松弛下来。看各种风俗表演，尝各种小吃，买意外发现的好书，三乐齐备，且与朋友共享，真其乐也融融。

不知是从什么时候开始，各大城市都建立了图书批发市场，主要是面对个体摊贩。但是，批发之外也零售。北京的甜水园，集中了各大出版社的图书，隔开的房间比书市的摊位要宽敞些。只是拥挤而结构复杂，八卦阵一样的通道，很容易让人转晕了头，只有老马可以识途。特别是几个兴趣不同的人分头寻访，如果事前不约定碰头的地点，是很容易走散的。外省的要好得多，因为空间富裕规划简单，而且多数是以内容分类，即便是小马也很容易识途。保定站前的地下商场，书市部分相当地整齐，走进去有眉清目朗的感觉，特别是酷暑之中，阴凉得犹如痛饮冰茶。等车的间隙，匆匆浏览，是避暑防风的好办法，而且，每次都有所收获。

市场的供需关系需要公共的空间，这使图书订货会兴起，洽谈订货是预测销售量的重要指标。在"看不见的手"的操纵下，为了在激烈的竞争中生存，不少出版社在既定的三审之上，还设立了市场预测的干预制度，把握政治、文化的标准之外，商业效益成了最终的关隘。这使销售人员比编辑们拥有更大的决定权，大有"一夫当关，万夫莫开"的局面。图书订货会也有零售，是新书最全的市场。和不少出版界的朋友聚会，多是利用他们来北京参加订货会的机会，各种图书出版的信息，由此源源不断地涌来，成为购书的重要指南。

最大量的售书方式是地摊，而且具有全民皆兵的性质。在城市改革全面铺开之前，八十年代初的时候，商品意识就悄悄地兴起，首先在旧书业昌盛起来。穷学生们经常迫于生计处理旧书，特别是在毕业的时候，卖掉看过的书是轻装上路的主要方式；或者伙食费成了问题，只好卖掉唯一的资产。地摊出现在路边。一个以精明著称的男生，将一堆近乎烂了的旧书原价卖给我。明知不值也收了下来,因为都是古典名著,已经卖完了,很难寻访。北大西南面的海淀有买卖旧书的中国书店,规模比不了琉璃厂的总店,但就近方便。我曾经用五角钱,在那里买到胡安·鲁尔福的一本小说集,扉页上有蓝色的钢笔签名,笔迹潦草而刚健,估计出自一个男同学之手。那是最初接触拉美的文学,开辟了我对于艺术理解的新纬度。还有各种车辆,拉了旧书到学校里卖,《怀念萧红》的小册子是五毛钱在一辆卡车上买到的。史蒂文森的《金银岛》是五分钱在板车上买来的,那是个寒冷的冬天,刚买好寒假北行的火车票,就听见路边的吆喝。上了火车之后,就着昏暗的车灯看,车灯熄灭的时候已经看完了。一个同窗好友,在旧书摊上给我购得康德《实践理性批判》的下卷,只用了五角钱。一直到近年,逛旧书摊也是真正读书人普遍的嗜好。几年前,朋友在旧书摊为我买回几本旧作,再版的可能不大,这使我喜出望外。她还用两元钱买了一摞《中华活页文选》送给儿子,至今是他不时翻阅的手头读物。耳闻一个著名的作家,在旧书摊里发现了自己的一本书,是签了名送给一个朋友的,他当即买下,又寄给那位朋友。当时"文革"刚刚结束,这本书如何流入旧书摊,个中缘由也是难以说清的事情。各个城市都有集中卖旧书的地点,大的城市通常在一条小街,小的城市则是挤在旧货市场之中。

  以出售盗版的廉价书为主的小贩,是近年才出现的。在地摊之外,又多有各种人力车辆:板车、小车箱的三轮车。他们人数极多,流动性极强。在我家院子外面的丁字路口,每条街上都有几个。一开始觉得奇怪,这样集中会有销路吗?后来明白,守着几路公交车的总站,还有轻轨车站,大饭店也不少,书不是卖给居民的,主要的顾客是流动人口。这些小贩估计都是下岗的人,通过各种不同的渠道获取图书,就像卖盗版光盘、各种衣物、水果、蔬菜和零星百货的人,男人居多,而且尽是壮年，他们卖的畅销书通常比正版书小一圈儿，经典作家的著作多是缩印，纸张粗糙，字迹模糊，封面花里胡哨，装订马虎，封面的广告词邪乎得让人惊心动魄，但价格便宜。奇怪的是，各地的批发市场，都有一些仿线装的大型图书，比如《芥子园画传》，要价很高，三折就可成交。不知通过什么样的出版渠道出来的，比起这些流动的小贩出售的劣质盗版书，要技高一筹。

三

我最早进的一家书店是在县里的新华书店。那是十字街的路口，北面靠东的第一家店。宽敞的平房里面，悬挂着红太阳的各种画像，靠墙都是书架，摆着的图书种类并不多。我进去大约也是为了买红太阳的画像，记忆中没有去过几次。直到家随母亲的单位搬走，我已经十四岁的时候，还没有进书店的习惯。家境不好，从来就没有过可以由自己支配的钱。尽管家政的许多事情都是我负责，母亲重病在床的时候，我买粮买菜，跑邮局、药店和银行，都是经常的事情。和所有的商店比起来，新华书店最整洁干净，而且亮堂温暖。这样的感觉来自一个女营业员，她是我小学的老师，当过县广播站的播音员，不知为什么又去卖图书了。她长得并不出众，但是永远笑容灿烂，即便是在"文革"，她也以春风一样的笑容和我攀谈。听说在我们搬走之后，还向人打听过我。

在山地居住的时候，因为没学可上，也没什么地方可去，读书成了唯一的消遣。看完自己家的书，借别人家的书看，图书馆开放之后又借公家的书看。每月一次要到十五里地以外的镇子上买粮，顺便逛一逛小街。泥石混合的街面上，冬天冻得梆硬，车辙一道一道地陷下去；夏天则泥泞不堪，车辙的两边都是水洼。所有的店铺隔三岔五地摆列在街边，多数光线晦暗。其中有大车店，有一家兼卖杂货的百货店，还有画着红十字的卫生所和兽医站。在一个偏僻的转角处，居然出现了一家书店，我是在去了好几次之后才发现的。而在离我们五里地的小镇，连个书店也没有，出售的书放在杂货店的一个货架上。这家小店是只有一间门脸的门市，白木柜台、白木书架，零散地放着几本书，其中最厚的一本是《恩格斯传》，我一眼就看到了。在母亲学校刚开放的图书中，主要是政治图书。《马克思的青年时代》是其中的一本，看得很过瘾，用现在的话说就是很爽，比起国内出版的伟人故事要生动得多。一个伟大的人物也可以有种种的缺点，有过放荡的青年时代，这让我很惊异。而关于恩格斯的书几乎没有看到过，立即擅自从买粮的余款中拿出一些买了下来。当时父母都不在家，我掌管着家庭的经济命脉，利用了这点特权。卖书的老人很高兴，大约许久没有开张了。一个成人克制不住惊愕，问道你还看这样的书？我没有回答，故自走了出来。这是我第一次在书店里，买自己挑选的书。

下乡以后，我有了固定的工资，虽然很少，但养活自己之外略有盈余。休息日的时候，进县城就是最大的享乐。那是一个平原县，比我原来在的山区县的县城繁华了很多。各种小吃部排成一列，街道两边出来进去的都是小店。而且炸油条不要粮票，是白面和玉米面混合在一起的，不能用绳子系，稍微紧一点就断作两截。那里的新华书店比从小居住的县城的书店还要大，书架和柜台都整齐，只是书很少。小说只有一部《边疆晓歌》，大量的是政治图书。其中有一套四本的歌颂英模的文集，可以算作报告文学，题目叫《一不怕死、二不怕苦的革命精神永放光芒》。我因为业余写通讯，要熟悉一些术语，便买了一套。回去以后才觉得不值，因为每一篇和每一篇都差不多，语言也大同小异。那种豪迈的激情和我的性情不符，天生不是革命的材料，学习也没用。那套书我连一本都没有看完，暗自惭愧自己的"不可雕"。在那家书店中，我找到了两本好书，一本是小册子《恒星世界》，大约是一两角钱；还有一本是赫胥黎的《人类在自然界的位置》，大约四五角钱。第一本我很快就看完了，第二本则看得很慢，从前言中知道它影响了达尔文的进化论，开启了我对于人与自然的关系的兴趣，伴随我一直走进人类学的殿堂。可惜被一个男知青借走，再也没有还回来。此后，我又在那里买到了几本《十万个为什么》，过年回家的时候送给了小弟。

极度的饥渴导致了极度贪婪，就像杰克·伦敦《热爱生命》中的主人公，由于饥饿的极端体验，对于面包产生病态的占有欲一样，我对于书的爱好也源于同样的心理。可以吃简单的伙食，可以穿廉价的衣服，但是绝对不吝惜花钱买书。不仅是我，经历过那个时代的人普遍具有相似的倾向。读大学的时候，有一个年长的男同学对我说，写作是为了挣稿费，可以搞一搞家庭的现代化，也好置办些书留给孩子。他已经娶妻生子，肩负着生活的重担。当时我为他的坦率触动，多少还觉得有些可笑。其实我对于书的爱好也早已超出必需的范围，更不要说成家生子之后经济的拮据，买书是额外的开支。在上大学之前的许多年，收入的大部分用于购书。《红楼梦》有四个版本，《鲁迅日记》也是在那个时候购入的。偶尔进一次北京，逛书店是必不可少的节目。当时买到的书中，有一本《公孙龙子》，是某个工厂的工人理论组注释的，至今还在我的书柜中。

对于书的占有欲，是那个时代留给我最大的精神后遗症。金钱可以马虎，对于书则绝对吝啬。最讨厌的是借书不还的人，近于恋物式的怪癖。特别是成套的书少了一本，就特别恼火。至于过路的书被借走不还，无论私人还是公家的，都让人免不了尴尬，更是让人愤怒。有一位当代的藏书家，说起一位清代藏书家的藏书票，上面印的竟然是，家有藏书多少万，一半来之有借不还。此公爱书不择手段，倒也无赖得天真，比孔乙己的"窃书"之说略胜一筹。这样的人在哪个时代都不会绝种，难怪不少学人在自己的书柜上贴着纸条"工作用书，恕不外借！"少年时代，曾经认识一个爱书的人，他大概饱尝借书不还的苦恼，请人在玻璃书柜的外面设计安装了锁，得意地说，这回我让他们可望而不可即！

四

考上大学、进入城市，买书方便了许多。访书的困难以另一种方式出现，文化热骤然兴起，所有的书店都拥挤不堪。结婚的新房里如果没有一柜世界文学名著，就显得没有品位。而计划经济下的出版，市场的信息又不通畅，新书一上市立即就脱销。即便是一个中等的省城，一种书也来不了几十本，听说某一本书来了，就赶紧跑去买。落空的情况是经常的，苦心购得之后的狂喜也是经常的。我学日文，需要一本日汉大辞典，暑假路过北京，听说西单的新华书店有，下了火车立刻挤上公共汽车，喘着粗气跑到书店，买到以后如获至宝，高兴得忘记了交通规则，差点撞到汽车。八十年代的出版业，商业意识还很差，莫名其妙的封锁也很严，大学的教材没有同一专业的学生证就买不出来。不像现在，许多学校考博指定的是其他院校的教材，而且一般来说，只要花钱就可以买到。当年经常不能完成别人代购图书的嘱托，抱歉的信倒是写了不少。当时不知道原因何在，直到前几天，在电视节目中才看到，恢复高考之初，高层决策者果断地停印政治文本，把纸张用来印考卷。突然明白教材的控制，大约是由于纸张的紧张，或者是印刷等生产能力的限制。那时候年轻体力好，为了买一本书，骑着一辆破旧的自行车，从海淀进城到市区的各个角落，穿行于半个城市居然不觉得累。这就是生活在北京的方便，信息灵通，出版事业发达，书店的经营者文化层次高，服务意识强。耳闻近年的一些书店，还有为顾客送书的业务，条件是购书款超过一定的数额。据说在外地，当年由于追求经济效益，不少书店为了创收，挤出铺面卖衣服之类走俏的商品；而且，营业员的文化素养有限，在进书的时候只订畅销的通俗读物。这就苦了外省的读书人，经常专程到北京、上海等大城市买书。这是许多的读书人拼了命往北京挤，赖在北京不走的主要原因。

工作以后的岁月，可以自己支配的钱多了起来，而且北京的书店也特别多。逛书店求书是日常生活的重要部分，骑着自行车东逛西逛，几乎跑遍了所有新旧书店。加上不少同学朋友在出版行业工作，馈赠的书也不少。信息的畅通和各种不同的销售方式，都使买书更加方便。《闻一多全集》，是用最初的工资在一家不大的书店里买到的。只是好景不长，生子之后，安家过日子，拮据的经济条件限制了买书的狂热，这回是真正的可望而不可即！《王国维遗书》出版的时候，由于凑不够书款只得放弃。至于在境外逛书店，则更是只能望书兴叹。香港的书店中，一本两百页的平装书，一般需要四十港币。日本神保町著名的内山书店，价格更是让人不敢问津。我到那里干脆不看标价，转来转去只是想实地感受一下从鲁迅到萧红，当年与它的特殊关系。现在的老板是鲁迅的挚友内山完造先生的孙子，而店铺也已经改装得很现代，和当年的照片大不一样。买书的目的被彻底地消解了，还原到逛书店的原始语义。而且时间紧张，逛书店也成了奢侈的享受。反倒是出差到外地，一个人无牵无挂可以自由地逛书店，多数情况是由当地的朋友引路。有一年到上海，由朋友带领逛书店，在最大的一家新华书店买到了向往已久的一本小册子。许多连出版社的库存都罄尽的书，也能碰巧在外地买到。

八十年代末期，我在东单的一条胡同的大杂院里，住过近两年的时间，出了胡同口向东就是中国社科出版社的读者服务部，我在那里买过帕斯捷尔纳克的《日瓦戈医生》；出西侧胡同口向北就是王府井新华书店，我在那里买了不少古代工具书；再向北是外文书店，重要的辞典都是在那里买的。急需的时候，骑上车，半点钟打一个来回就能买回来。这真有点像是瓮中捉鳖，手到擒来。沿王府井大街北上到八面槽，有中华书局和商务印书馆的门市。晚饭之后，和外子一起散步，逛各个书店是最大的愉快享受。我在那里买到了不少必需的工具书，也买到了不少流行的学术著作。出版信息的灵通，使购书的频率增加，看书的时间反而被挤压。曾经向朋友自嘲，顾得上赚钱就顾不上花钱，顾得上买书就顾不上看书。远方的亲戚来访，直率地问，这么多书，看得过来吗？这使我汗颜，多数书没有细读过。家中的长辈也殷殷劝告，书买起来是没有头的。尽管如此，我仍然积习难改，看见好书就不由心痒难熬。

家搬到城外之后，进城上班的时候，只要时间允许，我都要把沿途的书店逛一逛。五四书店是最近的一家，福柯最早翻译过来的《疯癫与文明》就是在那里购得。当年《佩文韵府》只要八十多元，但已经是我多半个月的工资，在柜台前转来转去，出出进进了好几次，终于因为凑不够书款而作罢。同一条街隔一两个门脸就是文物出版社的读者门市部，多次进入也主要是浏览。为了节约时间多逛书店，要事先设计好不同的下班路线。或者往东先进美术商店，看看各种画册；由十字路口往南拐，到八面槽北边的中华书局和商务印书馆的读者门市部；再由灯市西口穿过横街，进灯市东口的新华书店。这家书店虽然门面不大，但是图书种类很全，脱销了的《中国大百科全书》，不少卷是在那里找齐的。有一次居然遇到了郝懿行的《尔雅义疏》，精装的两卷本才要十五元，这简直就像是天上掉馅饼，白捡一样。还有一条经常走的路线，是向北到沙滩北街的丁字路口往东拐，到十字路口向北过交道口至安定门向东,再转几个大弯儿回家。这条路上有几家专业书店,有的是私人开的,服务态度特别的好,我在那里买到了不少重要的书。还有一条路是由五四大街向东,过东四上朝内大街,沿途有人民文学出版社、外国文学出版社、人民出版社、科学出版社,各家的读者门市部依次逛过去,拐上北小街回家。现在的读者门市部都兼销其他社的图书,经常可以买到同类的好书,比八十年代更方便。

  单位搬出城以后,附近的书店都是大路图书,自己能用的不多,但是为孩子们购买各种教辅读物基本可以满足。只有一次,为了儿子需要的一本指定教材,我从东单一直跑到朝阳门,在专门的教材商店里才找到,那本书的名字我已经忘记了,倒是熟悉了北京教材的出售点。直到前几年,才在朋友的指点下,发现自己办公的大楼一侧就是一家牌子很大的出版公司,我在那里购得一套专业性极强的历史文化专著。进一次城,要把各种事情集中处理,通常是会朋友、开会时顺便买书。经常去的三联书店向东是隆福寺,那里的中国书店规模颇大。我在那里无意中发现了温克尔曼论希腊艺术的书,以前只看过节选,从上大学的时候就渴望阅读,这次终于获得完璧。这使我想起那句老话,"踏破铁鞋无觅处,得来全不费功夫"。我还在那里用五折的价钱,买到了《普希金全集》。和朋友一路说笑着回家,那个周日过得十分愉快。

  由于商业营销意识的普及,书店经常有各种促销活动,这刺激着爱书人的购买欲望。八十年代版的《鲁迅全集》,就是在出版社"十一"打折的活动中,由朋友牵线,用九折的价钱买来的。最新的版本也是直接找到朋友,从出版社打折提出来的。很多书店购书超过一定的金额,就有打折的优惠,还可以办理会员卡,购必优惠。耳闻北京的一些书店,开展送书上门的业务。这对于像我这样生命已经开始走下坡路的读者,无疑是一个福音。只是所订数额偏高,怕是到了领养老金的时候,没有了大量购书的经济能力。为了让资金周转起来,不少书店都经常大批甩卖库存的图书。有一年在沈阳的北方图书城顶楼,用五折的价钱买了一大批古典小说名著,简直就像发了一笔露水财。不显眼的小店,我也经常出入,那里经常会有大书店脱销了的好书。《纪德文集》就是在河北农大里面的一家书店买到的。至于在地摊上找书,买路边盗版的必读书,更是家常便饭。在保定的旧货广场,我买到过一本八成新的《东北亚的萨满教》,是一个年轻人写的,对于我的学术研究大有用处。在我家附近的超市门口,在一堆旧书中买了一本外国文学的选本,因为里面有布莱希特的小说《奥格斯堡灰阑记》,始知他根据包公案改编的剧本《高加索灰阑记》,先是以小说的方式叙述。

　　网络的兴起正在改变着我们传统的购书方式,各种网站都在提供买书的方便。坐在屋里,就可以知道各种图书出版的消息与价格,有的货到交款,有的通过网上银行。这节省了体力与时间,也方便了访书。有一本重要的哲学书,因为印数少,找了好几年也没有得到,元旦前有一个朋友在网上为我购得,这真是最好的新年礼物。尽管方便,仍然无法代替逛书店的乐趣。在混浊嘈杂的俗世中沉浮,还有什么地方比安安静静的书店,更能让人浊气下沉清气上升呢?这是灵魂的需要,书店里的孩子便是创世的希望。

　　只要走得动,我就要逛下去!